LUCA DIPORRETA

Sankt Galler Spitzen

SÜSSER TOD Keller, Leiter der Kripo St. Gallen, und seine Lebens-
partnerin Lea, verbringen ein Wellness-Wochenende in einem Luxushotel am
Bodensee. Während des sonntäglichen Frühstücks bittet der Hoteldirektor
den Kommissar, ihm unauffällig zu folgen. In einem der Gästezimmer liegt
Mia Schneider, Chefdesignerin und Geschäftsleitungsmitglied der renommierten St. Galler Textilfirma Vadiana, nackt und tot im Bett. Als Todesursache stellen sich rasch vergiftete »St. Galler Spitzen« heraus, die weiterum
berühmten Pralinen einer traditionellen Confiserie. Die Ermittlungen führen
Keller in die Welt der alten Textildynastien der Stadt. Im Zentrum steht die
Vadiana Textil, eine der letzten Produzentinnen der berühmten Spitzen, die
seit Jahrhunderten von St. Gallen aus für die besten Modehäuser hergestellt
werden. Dr. Signer, CEO der Firma und Schwiegersohn des Firmenpatriar-
chen, scheint ein düsteres Geheimnis mit der Toten zu verbinden.

*Luca DiPorreta ist ein Pseudonym. Der Autor lebt teils in der Ostschweiz,
teils in der Toskana. Er war in verschiedenen Bereichen von Wirtschaft und
Wissenschaft sowie in einer internationalen Textilfirma tätig. Heute arbeitet
er als freier Autor an seinem nächsten Roman.*

LUCA DIPORRETA

Sankt Galler Spitzen

KRIMINALROMAN

GMEINER

Immer informiert

Spannung pur – mit unserem Newsletter informieren wir Sie
regelmäßig über Wissenswertes aus unserer Bücherwelt.

Gefällt mir!

Facebook: @Gmeiner.Verlag
Instagram: @gmeinerverlag

Besuchen Sie uns im Internet:
www.gmeiner-verlag.de

© 2023 – Gmeiner-Verlag GmbH
Im Ehnried 5, 88605 Meßkirch
Telefon 0 75 75 / 20 95 - 0
info@gmeiner-verlag.de
Alle Rechte vorbehalten
3. Auflage 2025

Lektorat: Claudia Senghaas, Kirchardt
Satz: Mirjam Hecht
Umschlaggestaltung: U.O.R.G. Lutz Eberle, Stuttgart
unter Verwendung eines Fotos von: © Elnur / stock.adobe.com
Druck: CPI books GmbH, Leck
Printed in Germany
ISBN 978-3-8392-0503-7

KAPITEL 1

Während er seinen schwarzen Range Rover in die Zufahrt zur Garage steuert, hört er durch die halb offene Scheibe des Wagens die dumpfen Glockenschläge vom Dom, die der Nachtwind vom direkt unter ihm liegenden Klosterviertel zu ihm hinaufträgt. Dreiundzwanzig Uhr. Die Sensoren des eisernen Tors erkennen seinen Wagen. Mit einem feinen Quietschen ziehen die Motoren die beiden Torflügel zur Seite und lassen ihn passieren. Er lässt den Wagen gleich auf dem Kiesplatz vor der Treppe zum Hauseingang stehen. Die Automatik des Garagentors ist seit gestern defekt, und er hat keine Lust, das schwere Tor von Hand beiseitezuschieben, zumal er gleich früh am nächsten Morgen wieder wegfahren will. Obwohl das Gelände gut gesichert ist, verschließt er das Fahrzeug gewohnheitsmäßig mit einem kurzen Druck auf den Funkschlüssel. Er steigt die wenigen Stufen zur hohen, aus massivem Eichenholz gefertigten und einbruchsicher verstärkten Eingangstür der Villa hinauf, öffnet mit einem kurzen Druck seines Zeigefingers auf das unauffällig neben dem Eingang in die Mauer eingelassene Lesegerät die Tür und tritt in die Halle. Die Bewegungssensoren schalten die dezente, in die Holzpaneele der Wände eingelassene Beleuchtung der Eingangshalle ein. Mit einem leisen »Plop« fällt die Türe hinter ihm wieder ins Schloss.

Vor der Schuhablage tauscht er seine Lederschuhe gegen altmodische Filzpantoffel. Er weiß, sie passen zum Stil des Hauses wie die Faust aufs Auge. Aber er liebt sie, und vor allem im Winter, wenn das alte Haus trotz der neuen Zentralheizung kaum warm zu bekommen ist, steigt die Wärme aus den Pantoffeln über die Füße hinauf bis zu seinem Kopf. Das Jackett seines Anzugs wirft er achtlos über den Kleiderständer neben der Schuhablage. Hätte er, wie früher üblich, zu seinem grauen *Zegna*-Anzug eine Krawatte getragen, wäre auch sie sogleich am Kleiderständer gelandet. Gott sei Dank ist dieses fast ein Jahrhundert lang für jeden Manager, unabhängig von Alter und Status, unabdingbare Erkennungszeichen inzwischen definitiv aus der Mode gekommen. Er hat sich noch so gerne dem neuen Modediktat unterworfen, zum Anzug nur noch ein weißes Hemd zu tragen, dessen oberster Knopf konsequent geöffnet bleibt.

Normalerweise wartet Jeannette, die langjährige Hausdame der Familie, auf seine Rückkehr aus dem Büro und nimmt ihm seinen Mantel oder das Jackett ab. Doch er weiß, dass sie heute ihren freien Abend hat und bei ihrer Schwester übernachtet. Sie wird erst morgen früh in ihr kleines Appartement im Erdgeschoss des Hauses zurückkehren, um das Frühstück für ihn und seine Frau sowie seinen Schwiegervater im Gartenhaus vorzubereiten. So geht er selbst hinüber zur Garderobe. Trotz der für die herbstliche Jahreszeit ungewöhnlichen Wärme hat er am Morgen gewohnheitsmäßig den leichten Mantel mitgenommen. Er hängt ihn an einen der stoffbezogenen Kleiderbügel und klaubt die kleine Schachtel aus laminiertem Karton aus der Manteltasche, die er aus dem Büro mitgenommen hat.

Abgesehen vom Ticken der großen Standuhr ganz hinten in der Eingangshalle ist es still im Haus. Auch Lisa, die kleine Pudelhündin, die manchmal hinter der Tür auf seine Rückkehr wartet, scheint sich heute bereits in ihren

Korb in einem der Zimmer in der oberen Etage verzogen zu haben. Er blickt kurz hinauf zur Galerie, zu der die geschwungene Treppe aus der Mitte der Halle hinaufführt. Ein feiner Lichtstreifen fällt aus einem der Zimmer auf den polierten Handlauf des Geländers. Sie ist also zu Hause. Entweder liegt sie einmal mehr mit wirklicher oder vorgetäuschter Migräne im Bett, oder sie zieht es vor, seine Heimkehr zu ignorieren. Letzteres ist inzwischen bei ihnen mehr oder weniger zum Normalfall geworden. Sie haben sich auseinandergelebt in den vielen Jahren, die sich aneinanderreihten wie die Glieder einer stählernen Kette, eines gleich wie das andere. Bis aus den individuellen Gliedern das feste Band entstanden ist, das sie umschlingt, mit einer immer geringeren Möglichkeit, es zu sprengen. In der letzten Zeit hat er die Kette viel stärker verspürt. Er weiß, dass er keine Chance hat, sie abzuschütteln. Das hat sie ihm klar zu verstehen gegeben, als er, in einem abendlichen Gespräch in der Bibliothek, vorsichtig die Zukunft ihrer Beziehung anzusprechen versuchte. Sie machte ihm diese Zukunft unmissverständlich klar: Nebengeleise ja, Weichenstellungen nein. Sie würden die Kette beide nicht sprengen können. Seine Frau wegen ihrer gesellschaftlichen Stellung, was immer das heißen mag, er wegen seiner Position in der Firma, die er, wie er sich bewusst ist, nur ihrem Status als künftige Alleinerbin des großen Familienvermögens verdankt. So spielen sie ihre Rollen im Netzwerk der »guten Gesellschaft«, wie viele andere Paare in ihrem ausgedehnten Bekanntenkreis auch, jeder für sich und, wenn nötig, auch gemeinsam. Und weil in ihren Kreisen jeder vom anderen weiß, dass auch er nur eine Rolle spielt und es hinter den Fassaden viel weniger Lack und Farbe gibt, als das an den Partys und Bällen den Anschein hat, braucht sich auch niemand große Mühe zu geben, die Langeweile über sich, den jeweils anderen und das Leben ganz allgemein zu verbergen.

Er durchquert die Halle und tritt durch eine halb geöffnete Türe in den Salon. Vorbei an einer Sitzgruppe mit plüschigen, leicht verstaubt wirkenden Sesseln und einem langen Esstisch geht er durch die offen stehende Schiebetür in die Bibliothek. Vor dem großen Kamin steht sein lederner Ohrsessel. Gute Jeannette, denkt er kurz und lächelt, während sein Blick auf das Beistelltischchen neben dem Sessel fällt. Da warten eine Glaskaraffe mit seinem bevorzugten Whisky, eines der Kristallgläser aus dem Gläserschrank im Salon und eine glänzende, von Feuchtigkeit leicht beschlagene Metalldose. Bevor sie abends ihre Arbeit beendet hat und nach Hause gegangen ist, hat Jeanette offenbar noch die Karaffe nachgefüllt, frische Eiswürfel in den metallenen Behälter gelegt und alles für die späte Heimkehr des Hausherrn bereitgestellt.

Mit einem Seufzer lässt er seinen massigen Körper in den Sessel sinken und saugt mit einem tiefen Atemzug den Duft des Leders ein. Hätte man ihn nach seinem Lieblingsplatz auf Erden gefragt, er hätte wahrscheinlich diesen Lehnstuhl hier in der Bibliothek mit den raumhohen Gestellen und den vielen in Leder gebundenen Büchern genannt. In dem riesigen alten Gemäuer ist er für ihn eine kleine Insel der Geborgenheit, auf die er sich, nach einem hektischen Arbeitstag oder nach einem der häufigen gesellschaftlichen Anlässe, fast jeden Abend noch für einige Momente zurückzieht, ehe er nach oben in sein Schlafzimmer geht.

Sein Arbeitstag hat mit einem mühsamen Gespräch zur geplanten Kollektion für das kommende Frühjahr denkbar schlecht begonnen. Die Präsentation des Zwischenabschlusses durch seinen jungen Finanzchef sowie die anschließende langfädige Geschäftsleitungssitzung haben nicht dazu beigetragen, seine Stimmung zu verbessern. Am frühen Abend stand noch eines der digitalen Meetings an, die er so verabscheut und wenn immer möglich durch eine traditionelle Telefonkonferenz zu ersetzen sucht, während der man sich immerhin am Kopf oder wo auch immer kratzen kann, wenn einem danach ist. Nach einem Abstecher zum Kühlschrank in der kleinen Büroküche lief er die Treppe hinunter ins Erdgeschoss, wechselte einige belanglose Worte mit dem Nachtportier und verließ das Gebäude. Es war einmal mehr spät geworden.

Ein weiterer anstrengender Tag in der Firma liegt hinter ihm. Der Gedanke, dass nicht mehr allzu viele weitere vor ihm liegen, wenn alles gut läuft, tröstet ihn. Die vergangenen Wochen haben ihm Hoffnung auf eine Entwicklung gegeben, die er anfänglich mit großer Skepsis, später mit wachsender Begeisterung zur Kenntnis genommen hat, auch wenn er selbst dabei keinen aktiven Beitrag leisten kann. Die Aussicht auf die stattliche Summe, die seinem Konto zufließen würde und dank der er bald auch die ehelichen Fesseln loswerden könnte, lässt die Zukunft mit einem Mal in einem wieder viel helleren Licht erscheinen.

Wenn alles gut läuft.

Er greift nach der Karaffe und gießt sich einen Whisky ein. Exakt zwei Finger hoch, auch wenn er weiß, dass dem ersten ein zweites und auch ein drittes Glas folgen würden, sodass er sich eigentlich gleich ein volles Glas einschenken könnte. Aber Rituale sind dazu da, um gepflegt zu werden. Und er liebt Rituale, nicht nur beim Trinken.

Zum Ritual gehört, dass er mit dem ersten Glas immer ein Stückchen Schokolade nimmt. Mal ist es eine Praline, mal ein Riegel Milchschokolade oder eine andere süße Spezialität. Er weiß, dass manche Whiskypuristen über das Pairing von Whisky und Schokolade die Nase rümpfen, was ihn wenig kümmert. Für ihn passen die latenten Holzaromen und die feine, fast ein wenig süßliche Note des Getränks perfekt zu einer cremigen, süßen Schokolade. Schokolade ist ein Laster, zu dem er trotzig steht, auch wenn Doktor Rentsch, der Hausarzt der Familie, ihn immer wieder mahnend auf seine grenzwertigen Blutbefunde und das Übergewicht hinweist.

Für den heutigen Abend hat er sich die restlichen Pralinen aus dem Büro mitgebracht, die seine Sekretärin für ihn im kleinen Kühlschrank der Büroküche aufbewahrt. Normalerweise bekommen er oder irgendwelche Besucher, die ihn in seinem Büro aufsuchen, eine der Schokokreationen zum Kaffee gereicht. Er hat heute Abend die beiden letzten Stücke in der Schachtel aus dem Kühlschrank mitgenommen. Eigentlich wollte er sie gleich auf dem Weg in die Tiefgarage essen, da ihn, wie häufig am Ende eines stressigen Arbeitstags, eine unbändige Lust auf Süßigkeiten überfallen hat. Dann erhielt er einen Anruf auf sein Handy, und über dem langen Gespräch hat er die Schokolade wieder vergessen. Zu Hause angekommen, nahm er den Mantel aus dem Wagen. Erspürte die kleine, harte Schachtel mit den süßen quadratischen *Sankt Galler Spitzen* in der Tasche. Seine Lust auf etwas Süßes wurde übermächtig, doch er wollte sich die Pralinen bewusst für den Moment aufsparen, wo er sie gemeinsam mit den kleinen Schlucken des erstklassigen Whiskys genießen konnte, den er sich gleich gönnen würde.

Ohne Hast greift er nach dem Whiskyglas und führt es zum Mund. Während das Aroma des ersten kleinen Schlucks sich im Gaumen entfaltet, öffnet er mit der anderen Hand die Pralinenschachtel und klaubt das erste der beiden noch vorhandenen Stücke heraus. Er schluckt das Getränk und schiebt sich die Schokolade in den Mund. Dann schließt er genießerisch die Augen und spürt, wie die herbe Süße der Praline sich mit den komplexen, im Gaumen verbliebenen Aromen des Whiskys verbindet. Langsam lässt er die Schokolade in seinem Mund schmelzen, ehe er sie mit einem weiteren Schluck Whisky hinunterspült.

Sekunden später weiten sich seine Augen. Zuerst in verständnislosem Staunen über das, was er in seinem Körper verspürt. Sekundenbruchteile später geht das Staunen in Entsetzen über. Sein Körper strafft sich und erstarrt für einen Moment, der Kopf zuckt nach hinten, während er sich mit der freien Hand an seine Kehle greift. Er bekommt keine Luft mehr, reißt den Mund auf im hilflosen Versuch, Sauerstoff in seine Lungen zu saugen. Die andere Hand krampft sich um das Whiskyglas, als wolle er es mit den Fingern zerdrücken. In den letzten Momenten seines Lebens spürt er, wie sich die Muskellähmung in seinem Inneren ausbreitet. Er versucht zu schreien, aber seinem Mund entfährt nur ein leises Röcheln, und sein massiger Körper sackt in sich zusammen. Der Kopf zuckt zur Seite, Augen und Mund immer noch weit aufgerissen.

Das Whiskyglas fällt ihm aus der Hand auf den Boden, ohne dass das massive Kristallglas zerbricht. Mit einem feinen Rumpeln rollt es ein wenig vom Stuhl weg und hinterlässt auf dem Boden eine dünne goldene Spur, die langsam in den feinen Ritzen des alten Fischgrätparketts versickert.

KAPITEL 2

Als kleines Kind dachte Lea, der Bodensee sei das Meer. Man nannte den See ja auch das Schwäbische Meer. Da ihre Familie ihren Urlaub immer in den Bergen verbracht hatte und nie mit ihr an ein richtiges Meer gereist war, war der Bodensee für sie zum Sinnbild des Meeres geworden. Und wenn bei schlechtem Wetter der Wind manchmal die Wellen aufpeitschte und mit weißen Krönchen verzierte, während das gegenüberliegende Ufer in einer grauen Wolkenwand verschwand, sah der See auch tatsächlich aus wie ein richtiges Meer, das sich bis zum Horizont und weit darüber hinaus erstreckte.

Im Licht der noch tief über den Hügeln Vorarlbergs stehenden Septembersonne zeigte das Wasser an diesem Sonntagmorgen eine fast karibisch blaue Farbe. Lindau am gegenüberliegenden Ufer schien zum Greifen nah, und der spiegelglatte See verlockte zur Annahme, ein geübter Schwimmer könnte ihn problemlos überqueren. Das Personal hatte die großen Glasscheiben des Frühstücksraums im Hotel *Seebad* ein wenig zur Seite geschoben. Die Sonne wärmte die Scheiben und den dahinter liegenden Frühstücksraum, während die leichte Brise vom See her frische Morgenluft und die kreischenden Schreie der Möwen, die vor dem Hotel über dem Wasser umherschossen, in den Gastraum trug.

Es war kurz vor 10 Uhr. Der Frühstücksraum war gut besetzt, wie meist an den Wochenenden um diese Tageszeit. An den Tischen saßen vornehmlich Paare mittleren

Alters, die sich ein verlängertes Weekend im renommierten Wellnesshotel gönnten. Auch Lea und Robert, die am Ecktisch ganz hinten im Raum saßen, gehörten zu dieser Kategorie von Hotelgästen. Von ihrem Frühstückstisch aus bot sich ihnen ein schöner Ausblick auf den vor dem Restaurant liegenden Garten und den angrenzenden See. Robert hatte seine Lesebrille auf der Nase weit nach vorne geschoben und sich in eine der Sonntagszeitungen vertieft, die beim Eingang zum Frühstücksraum für die Gäste bereitlagen. Lea hatte gerade ihr Joghurt ausgelöffelt und platzierte Butter und Konfitüre für den nächsten Gang ihres Frühstücks auf ihrem Teller.

»Robert, reichst du mir mal den Brotkorb?«

Der Angesprochene zeigte keinerlei Reaktion. Lea musste lächeln, während sie ihren Partner betrachtete, der ihr am Frühstückstisch des Hotels gegenübersaß vertieft in seine morgendliche Lektüre. Die Zeitung lag halb auf seinem Teller mit einem angebissenen Stück Sonntagszopf, halb auf seinen Knien, während er den Kopf über den Artikel beugte, den er gerade las und der ihn offensichtlich so in Beschlag nahm, dass er Leas Frage gar nicht wahrgenommen zu haben schien. Oder, wie sie aus Erfahrung wusste, irgendwo in seinem Kopf wahrgenommen und sogleich wieder ausgeblendet hatte, um seine ganze Konzentration dem zu widmen, was er jeweils gerade zu tun im Begriff war. In diesem Fall dem Lesen der Wochenendausgabe des *Tagblatts*.

Sie hob ein wenig ihren Kopf und sprach ihn nochmals an, diesmal etwas lauter:

»Robert? Hallo?«

Mit einem Lächeln winkte sie ihm über den Tisch hinweg zu. Diesmal bemerkte er sie und schreckte auf. Wie ein zerstreuter Professor der nahegelegenen Universität Sankt Gallen, der aus irgendwelchen fernen Gefilden seiner Gedankengänge überraschend auf den Boden der Realität zurückgeholt wurde, blickte er sie über den Rand seiner Lesebrille hinweg an. Für einen Moment hatte sie das Gefühl, er überlege sich, was für eine Gestalt ihm da auf der anderen Seite des Frühstückstisches gegenübersäße. Keller war kein Professor, sondern Kriminalkommissar. Und natürlich wusste er, wer ihn da ansprach und wo er war. Es war nur so, dass er sich manchmal in etwas vertiefen konnte und die Welt um sich herum einfach vergaß. Eine Eigenschaft, die sein Beruf erforderte und die sich in langen Berufsjahren verstärkt hatte, wie Lea vermutete.

Keller bewies ihr sogleich, dass er in seinem Unterbewusstsein durchaus notiert hatte, was sie von ihm wollte. Er griff nach dem Brotkörbchen neben seinem Frühstücksteller, das noch einen letzten Buttergipfel und eine Scheibe Zopfbrot enthielt. »Entschuldigung! Ich habe gar nicht gemerkt, dass ich es bei mir platziert habe.« Er reichte ihr den kleinen geflochtenen Korb über den Tisch.

»Nimm, was du willst, ich habe genug gehabt. Die Gipfel sind übrigens köstlich!«

»Danke«, sagte Lea und nahm sich den Gipfel und die Brotscheibe aus dem Körbchen. »Das scheint eine spannende Lektüre zu sein. Etwas, das ich auch lesen sollte?«

Keller wiegte den Kopf. »Kaum. Aber spannend ist es tatsächlich. Es geht um einen Giftmord, der gerade in zweiter Instanz vor dem Obergericht verhandelt wird. Erinnerst du dich an den Fall vor einigen Jahren, der in den Medien unter dem Namen ›Die Kräuterhexe‹ eine Zeit lang Schlagzeilen machte? In der ersten Instanz wurde die Angeklagte freigesprochen. Mangels Beweisen, wie das Gericht meinte, trotz starker Indizien, die auf sie als Täterin hinwiesen. Jetzt wird das Ganze in der zweiten Instanz nochmals aufgerollt. Ob sie wirklich zu neuen Erkenntnissen gelangen werden, wage ich zu bezweifeln. Obschon ich mir sicher bin, dass sie hinter dem Giftanschlag auf ihren Ex stand.«

Lea erinnerte sich dunkel an den Mord. Er war in einem Nachbarkanton geschehen und deshalb nicht in den Kompetenzbereich ihres Partners gefallen, der zu jener Zeit bereits Leiter der Gruppe Gewaltverbrechen der Kriminalpolizei Sankt Gallen gewesen war.

»Wenn man jemanden umbringen will, ohne dass man die Todesart auf den ersten Blick erkennen kann, hat sich Gift seit Jahrhunderten als eine der zuverlässigsten Methoden bewährt«, fügte Robert hinzu. »Vor allem wenn keine Anzeichen einer äußerlichen Gewalteinwirkung feststellbar sind, kann der Mörder oder die Mörderin in den meisten Fällen davon ausgehen, dass seine Tat unentdeckt bleibt. Erschreckend viele Menschen werden jedes Jahr kremiert oder begraben, ohne dass jemand ahnt, dass sie eigentlich nicht eines natürlichen Todes gestorben sind. Gift ist zudem, rein statistisch gesehen, die von Frauen am häufigsten verwendete Methode, um jemanden umzubringen. Männer, so scheint es, bevorzugen dazu direktere Methoden.«

Er warf einen kurzen Blick auf Lea. »Das Thema fasziniert dich wahrscheinlich nicht so sehr wie mich«, meinte er lächelnd.

Da hatte er recht, das Thema interessierte Lea an diesem friedlichen, noch immer spätsommerlich warmen Septembermorgen tatsächlich wenig. Während Robert sich wieder in seine Lektüre vertiefte, bestrich sie sich ein weiteres Brötchen fast fingerdick mit der süßen Himbeermarmelade, die sie vorhin vom Buffet geholt hatte. Eigentlich hatte sie sich vorgenommen, in den kommenden Wochen ihren Kalorienkonsum ein wenig zu reduzieren. Ende Oktober stand der seit Langem gebuchte gemeinsame Strandurlaub auf einer Insel im Indischen Ozean an, auf den sie sich wie ein kleines Kind freute. In der Woche vor der Abreise würde sie sich in ihrer Lieblingsboutique einen neuen Bikini kaufen. Dazu musste natürlich die Figur stimmen. Nicht dass sie zwingend hätte abnehmen müssen. Sie war Mitte 40 und wusste, dass sie für ihr Alter noch immer eine gute Figur hatte. Wie die meisten Frauen ihres Alters hatte sie ein bestimmtes Zielgewicht im Kopf. Und das war, wie ihr regelmäßiger morgendlicher Blick auf die Waage zeigte, seit Längerem und recht deutlich überschritten. Robert sagte ihr bei jeder passenden oder unpassenden Gelegenheit, dass sie doch besser noch ein, zwei Kilo zulegen und sich nicht über Maßnahmen zur weiteren Gewichtsreduktion den Kopf zerbrechen solle. Während er wie die meisten Männer bei der Beurteilung ihrer Figur mehr auf Busen und Hintern schaute, ging ihr Blick eher zu den Ausbuchtungen von Bauch und Hüften. Hier hatte sich ein wesentlicher Teil der zusätzlichen Kilos abgelagert, die sie sich in den vergangenen Monaten mit gutem Essen und nicht weniger gutem Wein angefuttert hatte. Dass sie gleichzeitig wegen ihrer großen beruflichen Belastung den ganzen Sommer hindurch ihre sportlichen Aktivitäten weitgehend einstellen musste, trug zusätzlich dazu bei, die Anzeige auf ihrer digitalen Waage im Wochentakt ansteigen zu lassen.

Sie biss in ihr Brötchen und lehnte sich zufrieden kauend in ihrem Sessel zurück. Ihr Blick streifte durch den fast voll besetzten Frühstückssaal. Das gedämpfte Murmeln der Hotelgäste lag wie ein weicher Klangteppich über dem Raum. Offiziell würde das reichhaltige Frühstücksbuffet noch eine weitere Stunde geöffnet bleiben. Und inoffiziell, wie sie aus eigener Erfahrung wusste, so lange, bis auch der letzte Langschläfer unter den Gästen zufrieden und satt die zerknautschte Serviette auf den Tisch gelegt und den Speisesaal verlassen hatte.

Durch die hohen Fenster, welche die ganze Front des Frühstückssaals einnahmen, ging ihr Blick hinaus über die kleine Gartenterrasse zum See. Das Hotel lag direkt am Bodensee. Die Sonne stand inzwischen hoch über den Hügeln des gegenüberliegenden deutschen Ufers und tauchte die vom Föhnsturm der vergangenen Nacht noch aufgewirbelten Wellen in ein warmes Herbstlicht. Möwen auf der Suche nach Nahrung schossen hin und her oder ließen sich vom Wind über das Wasser tragen. Am Holzsteg vertäut, der vom Hotel weit in den See hinausführte, schaukelte die antike Hoteljacht *Lucy* auf den Wellen. Weiter draußen kreuzten die ersten Segelboote im Wind. Im Laufe des Tages würde sich das obere Seebecken mit hin- und herfahrenden Motor- und Segelschiffen füllen. Lea musste immer wieder staunen, dass es an den schönen Tagen mit nahezu idealen Segelbedingungen wie heute angesichts der Dichte von Booten aller Kategorien nicht häufiger zu Kollisionen kam.

Wären nicht noch letzte Windböen des nächtlichen Föhnsturms über die Terrasse hinweggefegt, hätten Robert und sie das Frühstück draußen in der Morgensonne unter einem der bunten Sonnenschirme des Restaurants eingenommen, wie meistens, wenn sie im Sommer oder Herbst für ein gemeinsames Wochenende hier waren. Immerhin hatten die Gäste dank der halb geöffneten Fensterflächen auch im Inneren des Restaurants das Gefühl, direkt am Seeufer zu sitzen.

KAPITEL 3

Aus rein meteorologischer Sicht war der Sommer vorbei und hatte dem Herbst Platz gemacht. Es war einmal mehr ein überdurchschnittlich warmer Sommer gewesen. Auch jetzt erinnerten die Temperaturen mehr an den Spätsommer als an die bevorstehenden Herbsttage. Und wenn man den Wetterfröschen in den Medien glauben wollte, würde das Hochdruckgebiet, das seit einer Woche über dem See und den angrenzenden Gebieten lag, auch über die nächsten Tage hinweg stabil bleiben.

Vor einigen Tagen hatte Robert sie angesichts der guten Wetterprognosen für ihren bevorstehenden Geburtstag mit einer Einladung zu einem Wellness-Wochenende ins Luxushotel *Seebad* am Bodensee überrascht. Trotz ihrer Freude über die spontane Geste hatte sie gezögert, die Einladung anzunehmen. Denn eigentlich hatte sie überhaupt keine Zeit für ein solches Timeout, und an ihren Geburtstag hatte sie in den vergangenen Wochen nicht ein einziges Mal gedacht. Sie stand mitten in der Vorbereitung zu einer großen Ausstellung im Textilmuseum, die sie als verantwortliche Kuratorin planen und realisieren musste, und deren Eröffnung in wenigen Wochen bevorstand. Ein verlängertes Wochenende im Wellnesshotel konnte sie sich mit Blick auf die anstehenden Arbeiten im Museum zu diesem Zeitpunkt eigentlich nicht leisten. Aber sie wollte Roberts Einladung nicht ablehnen. Nicht nur, weil der Anlass ihr Geburtstag war. Sie spürte auch, dass es ihr guttun würde, sich eine kurze Auszeit nehmen. Manchmal hatte sie das Gefühl, von der Arbeit erdrückt zu werden, die es zur Vorbereitung der Ausstellung noch zu erledigen galt. Robert schien gespürt zu haben, wie die immer längere Pendenzenliste, die sie auf ihrem Pult in ihrem kleinen Büro im ersten Stock des Museumsgebäudes führte, ihr buchstäblich auf dem Magen lag. Seine Geburtstagsüberraschung kam deshalb genau zur richtigen Zeit. Und weil sie merkte, dass die kurze Auszeit ihr wirklich helfen würde, hatte sie nur halbherzig auf all die Arbeiten hingewiesen, zu deren Erledigung sie die freien Stunden am Wochenende unbedingt brauchen würde.

Robert hatte ihre Einwände einfach ignoriert. »Keine Diskussionen«, war seine Antwort. »Ich hole dich ab. Es ist alles gebucht, und das Wetter scheint auch mitzuspielen.«

Als er am Freitagnachmittag zum vereinbarten Zeitpunkt mit seinem uralten Mercedes-Cabrio auf dem Garagenvorplatz des kleinen Appartementhauses ganz oben am Rosenberg stoppte, stand sie mit ihrem kleinen Rollkoffer bereit. Er hatte das Verdeck des Oldtimers zurückgefaltet, die Seitenscheiben heruntergekurbelt und begrüßte sie mit seinem spitzbübischen Lächeln, das sie so sehr an ihm liebte. Ohne die Tür zu öffnen, schwang er sich aus dem Fahrersitz und kam um das Fahrzeug herum zu ihr. Er griff nach ihrem Gepäck und legte es neben seine lederne Reisetasche auf die schmale hintere Sitzbank des Oldtimers und öffnete ihr die Beifahrertür. Mit einer Handbewegung forderte er sie zum Einsteigen auf und setzte sich neben sie ans Steuer.

»Pünktlich wie eine Schweizer Uhr!«, scherzte er und gab ihr einen zärtlichen Kuss.

Sie musste lächeln. Normalerweise fuhr er mit seinem unscheinbaren Kombi einer japanischen Marke durch die Stadt. Vom Frühling bis in den Spätherbst holte er bei einigermaßen trockenem Wetter mindestens einmal pro Woche den Oldtimer aus der Garage. Der alte Mercedes SL aus den fünfziger Jahren des vergangenen Jahrhunderts war sein großer Stolz, dem er auch einen großen Teil seiner meist karg bemessenen Freizeit widmete. Mit dem von ihm sorgfältig in Schuss gehaltenen Fahrzeug hatten sie manche schöne Tour durch das Appenzellerland oder den Bodensee entlang gemacht. Entweder sprachen sie sich vorher ab, wohin die Ausfahrt führen sollte, oder er überraschte sie mit einer Fahrt ins Blaue, die abends irgendwo in einem schönen Boutiquehotel im Hinterland des deutschen oder österreichischen Bodenseeufers oder in einem kleinen Dorf im Thurgau endete.

Das Wellnesshotel *Seebad* lag, eine knappe Viertelstunde Autofahrt von Sankt Gallen entfernt, direkt am Ufer des Bodensees. Keller hatte an diesem Wochenende Pikettdienst. Er durfte sich nicht zu weit vom Stützpunkt der Kripo entfernen, um im Bedarfsfall rasch einsatzbereit zu sein. Die kurze Fahrt im offenen Cabrio ließ bei beiden rasch so etwas wie Feriengefühle aufkommen. Mit jedem Kilometer, den sie dem großen See entgegenfuhren, lösten sich die Alltagssorgen ein wenig mehr in der warmen Septembersonne auf. Robert steuerte den Wagen schwungvoll in die Zufahrt zum Hotelportal, und beiden war, als fiele bereits jetzt der Stress von ihnen ab.

Der Hotelportier eilte ihnen aus der Lobby entgegen und öffnete Lea die Wagentür. »Willkommen, Frau Keller«, und, mit einem Blick zu Robert, »Herr Keller! Schön, dass Sie wieder einmal bei uns sind.«

Sie waren über die vergangenen Jahre viele Male gemeinsam ins *Seebad* gekommen, und das Hotelpersonal ging der Einfachheit halber davon aus, dass sie ein Ehepaar mit gleichem Namen waren. Da Lea bei ihrem ersten Besuch mit »Frau Keller« angesprochen wurde, hatte Robert sie fragend angesehen. Sie hatte nichts gesagt und ihm nur kurz zugelächelt. Seither wurde sie hier wie selbstverständlich als seine Frau angesprochen, ohne dass einer von ihnen sich je bemüßigt gefühlt hätte, das zu korrigieren. Zumindest für Lea entsprach es auch dem, was sie fühlte.

Der Portier nahm die beiden Gepäckstücke aus dem Auto und meinte mit einem fragenden Blick: »Direkt aufs Zimmer, nehme ich an?«

Keller nickte und übergab ihm den Autoschlüssel. »Bitte in die Tiefgarage. So können wir das Verdeck offen lassen.«

Gemeinsam gingen sie zur Rezeption, wo sie ebenfalls als Stammgäste begrüßt wurden. Sie erhielten umgehend den Batch zu ihrem Lieblingszimmer, einer schönen Juniorsuite mit einem kleinen Balkon direkt zum See. In ihrem Zimmer wartete das Gepäck bereits auf sie. Lea öffnete sogleich die beiden Fensterflügel und trat auf den Balkon. Robert stellte sich hinter sie und umarmte sie zärtlich. Sie streckte ihre Arme in die Höhe und seufzte wohlig, während ihr Blick über den See hinüber zum deutschen Ufer ging, das noch von der Sonne beleuchtet wurde, und weiter zu den Vorarlberger Alpen. Die für diese Gegend typische Föhnstimmung ließ in der trockenen Luft alles zum Greifen nah erscheinen.

»Sooo schön! Ich freue mich riesig!«, seufzte Lea glücklich. Museum, Ausstellung und Pendenzenliste schienen in einer weit entfernten Welt zu liegen.

Sie packten die wenigen Kleider und Utensilien, die sie für das Wochenende mitgenommen hatten, in den Wandschrank und brachen sogleich auf zu einem ersten langen Spaziergang, der sie bis hinauf zum kleinen Hafen von Arbon führte. Erst zum Nachtessen kamen sie ins Hotel zurück.

Das Wochenende war wie immer viel zu schnell vergangen. Zuerst machten sie eine lange Wanderung im Rheintal, dann hatten sie den Rest des Samstags im luxuriösen Spa des Hotels verbracht. Abends hatten sie auf der Hotelterrasse eines der lokalen Fischgerichte genossen, für die das Hotelrestaurant berühmt war, begleitet von einer guten Flasche aus einem kleinen Weingut im Rheintal. Auch den Sonntagmorgen waren sie gemütlich angegangen. Ein wenig ausschlafen, das gemeinsame lustvolle Erwachen, eine ausgedehnte Joggingrunde das Seeufer entlang und zum Sonntagsbrunch zurück ins Hotel – das war fast ein Ritual, das sie bei den meisten ihrer gelegentlichen Auszeiten hier zelebrierten.

Lea blickte von ihrem Frühstücksteller auf, um bei einer der Kellnerinnen für sich und Robert einen weiteren Espresso zu bestellen. Ihr Blick fiel auf einen groß gewachsenen, dunkelhaarigen Mann in einem hellen Anzug, der ganz hinten beim Eingang zum Frühstücksraum stand. Mit leicht zusammengekniffenen Augen blickte er nervös durch den Saal und schien jemanden zu suchen. Sie erkannte Lorenzo Berger, den Hoteldirektor. Ihre Blicke kreuzten sich. Offensichtlich suchte er sie oder Robert, denn sobald er sie erkannt hatte, kam er mit raschen Schritten direkt zu ihrem Tisch, ohne erst nach rechts und links die anderen Gäste zu begrüßen, an denen er vorbeilief, wie er das sonst jeden Morgen zu tun pflegte.

Erst als er fast unhöflich nahe direkt neben ihrem Tisch stand, nahm ihn auch Robert wahr, ließ die Zeitung sinken und blickte über den Rand seiner Lesebrille fragend auf. Ehe er etwas sagen konnte, beugte sich der Direktor zu ihnen hinunter. Er war unübersehbar aufgeregt.

»Entschuldigen Sie die Störung, Herr Keller!«

Mit einem kurzen Blick schloss er auch Lea in die Entschuldigung mit ein. Beide blickten den Direktor fragend an.

»Könnten Sie vielleicht mit mir hinauskommen?«, bat er Keller mit leiser Stimme, offensichtlich darauf bedacht, nicht die Aufmerksamkeit der anderen Gäste zu erregen.

Robert zog erstaunt und fragend die Augenbrauen nach oben.

»Ist etwas passiert?«

Der Direktor ließ die Frage im Raum stehen. »Bitte kommen Sie! Ich erzähle es Ihnen draußen.«

Keller legte seine Serviette auf den Tisch. Er warf Lea einen entschuldigenden Blick zu und folgte dem Direktor hinaus in die Lobby des Hotels. Einige der Gäste, an denen sie vorbeieilten, hoben kurz den Kopf und schauten ihnen nach, ehe sie sich wieder ihrem Frühstück widmeten. Die junge Frau an der Rezeption lächelte Keller routinemäßig zu, während sie verfolgte, wie die beiden Männer aus dem Frühstücksraum kamen und durch die Lobby liefen. Berger gab immer noch keine Erklärung ab. Er warf Keller nur einen Blick zu und wies mit dem Kopf auf die geschwungene Treppe, die von der Rezeption hinauf in die Zimmeretagen führte.

»Wir gehen in den ersten Stock!«

Er schien keine Zeit zu haben, den Gästelift zu benutzen, und eilte, immer zwei Stufen auf einmal nehmend, die Treppe hinauf. Mit einer Handbewegung forderte er Keller erneut auf, ihm zu folgen. Oben angekommen, ging er wortlos den mit einem weichen blauen Teppich ausgelegten Flur hinunter. Der Flur war leer, auch keines der Zimmermädchen, die um diese Zeit meist mit den Servicearbeiten in den Gästezimmern begannen, war zu sehen. Nur ein einsamer Servicewagen stand an der Wand zwischen zwei Zimmertüren. Im hinteren Teil des Flurs war die Tür zu einem der Gästezimmer einen Spaltbreit geöffnet. Vor dieser Tür blieb der Direktor stehen und blickte um sich, als wollte er sich vergewissern, dass niemand sie sehen konnte. Er klopfte kurz zweimal. Ohne eine Antwort abzuwarten, stieß er die Tür auf und winkte Keller, ihm ins Zimmer zu folgen.

Mit einem in vielen Berufsjahren geschulten Blick scannte Keller das Zimmer, kaum war er hinter dem Hoteldirektor durch die Tür getreten. Von seiner Dimension und Einrichtung her war es weitgehend identisch mit demjenigen, das er und Lea eine Etage höher bewohnten. Ein *Grand Deluxe Superior Room*, wie es im Hotelprospekt etwas großspurig bezeichnet wurde. Zwei große, fast raumhohe Fenster öffneten den Blick auf den in der späten Morgensonne glitzernden See. Einer der Fensterflügel stand offen. Er war der Zugang zum Balkon, der mit zwei Korbstühlen und einem kleinen Tischchen möbliert war. Die leichte Seebrise hatte das Fenster aufgestoßen und blähte die raumhohen Vorhänge, die noch vom gestrigen Abendservice zugezogen waren. Ein marineblauer Wollteppich bedeckte den Zimmerboden. Die weiß tapezierten Wände waren im unteren Drittel mit dunkel gebeizten Kirschholzpaneelen verkleidet. Aus dem gleichen Holz war auch die Bettstatt des Doppelbetts gefertigt. Ein kleiner Salontisch stand inmitten einer Sitzgruppe aus Sofa und zwei breiten Sesseln. Gleich neben der Eingangstür war ein ebenfalls aus Kirschholz gefertigter Kleiderschrank in die Wand eingelassen. Eine Kommode mit drei Ausziehschubladen vervollständigte die Ablagemöglichkeiten für die Gäste. Auf dem Salontischchen stand ein silberner Kühler, schräg darin eine entkorkte Flasche *Krug* Champagner, um deren Hals eine weiße Serviette drapiert war. Eine halb volle Flute stand neben der Flasche. Bläschen perlten keine mehr in der gelblichen Flüssigkeit. Der geöffnete Champagner, notierte Keller bei sich, musste seit Längerem dagestanden haben.

Der Hoteldirektor hatte bisher kein Wort gesagt. Er trat ein wenig zur Seite und gab Keller den Blick auf das große Doppelbett frei. Immer noch wortlos wies er mit der Hand auf das Bett, in dem eine Frau lag. Sie war nackt, hatte nur das Bettlaken über ihren Unterleib gezogen. Auf den ersten Blick hätte man meinen können, die Frau schlafe. Das linke Bein ragte über die Bettkante hinaus, das Knie leicht abgewinkelt. Die Laken waren zerwühlt, die leichte Daunendecke wie achtlos auf die andere Bettseite geworfen. Auch die linke Hand hing über die Bettkante, die Finger zusammengekrampft, als wollten sie mit Gewalt etwas festhalten. Der Kopf der Frau war Keller zugewandt. Ihre weit aufgerissenen Augen schienen durch ihn hindurch ins Leere zu blicken. Der Mund stand halb offen, der Unterkiefer war leicht herabgefallen.

Es war offensichtlich, dass die Frau nicht schlief, sondern tot war.

KAPITEL 4

Gleich nach dem Betreten des Zimmers hatte Kellers Denken und Handeln aus dem Modus des Wochenendgastes in denjenigen des Kriminalkommissars gewechselt. Er war seit 30 Jahre Polizist. Den größten Teil dieser Zeit hatte er bei der Kriminalpolizei verbracht und im Verlauf seiner Karriere eine Vielzahl von Funktionen und Abteilungen kennengelernt. Vor einigen Jahren hatte er die Leitung der Gruppe Gewaltverbrechen übernommen. Vor einer Leiche zu stehen, war keine Überraschung für ihn, sondern gehörte sozusagen zum Beruf. Auch wenn es in der ruhigen Umgebung der Stadt, in der er seinen Dienst tat, natürlich nicht alltäglich war, zu einer Toten gerufen zu werden. Erst recht nicht, wenn die Leiche nackt im Bett eines Luxushotels lag.

Rasch trat er zum Bett, kniete sich neben die Frau und ergriff das herabhängende Handgelenk. Der Tod musste bereits vor einem längeren Zeitraum eingetreten sein, denn ihre Hand fühlte sich kühl und etwas sperrig an. Den genauen Todeszeitpunkt würde später der Gerichtsmediziner feststellen. Er hob für einen Moment das Laken und musterte den Körper der Toten. Etwa 40 Jahre alt, schätzte er bei sich. Sie war schlank, mit gut trainierter Muskulatur. Abgesehen von den Bikinizonen war ihre Haut leicht gebräunt, schön gleichmäßig, als hätte sie regelmäßig ein Solarium besucht oder eine jener Cremes benutzt, die eine dezente Tönung der Haut bewirkten. Spuren einer Gewaltanwendung vermochte er bei dieser ersten kurzen Musterung nicht zu entdecken.

Er ließ das Laken wieder auf ihren Körper fallen und inspizierte das Bett und dessen unmittelbare Umgebung. Es war ein extrabreites Doppelbett, ein *Boxspring*-Modell, das auch er und Lea in ihrem Zimmer im oberen Stock hatten, mit einer Kingsize-Matratze und zwei Garnituren von Decken und zwei Kissen. Kissen und Daunendecke auf dem Teil des Bettes neben der Toten schienen unberührt zu sein, so wie das Zimmermädchen sie bei der Vorbereitung des Raumes für den nächsten Gast hinterlassen hatte. Routinemäßig notierte er im Kopf, dass wahrscheinlich niemand neben ihr gelegen hatte. Neben dem Kissen lag ein aufgeschlagenes Taschenbuch. Kellers Blick streifte kurz den Umschlag. *Extra Vergine*, der Aufmachung des Taschenbuchs nach nicht ein Buch über das gleichnamige italienische Olivenöl, sondern ein Kriminalroman. Der Name des Autors sagte ihm nichts. Er war kein großer Bücherleser, von Fachliteratur einmal abgesehen. Und Krimis las er, im Unterschied zu Lea, überhaupt nicht. Verbrechen hatte er genug in seinem Berufsalltag.

Auf dem Nachttischchen neben der Toten stand eine Leselampe. Ihr Licht war angeknipst und auf den Kopf der Toten gerichtet. Keller vermutete, dass sie, nachdem sie sich ins Bett gelegt hatte, wahrscheinlich noch im Buch, das neben ihr lag, gelesen hatte oder zumindest hatte lesen wollen. Neben der Lampe stand eine geöffnete, aus glänzendem Karton gefertigte Schachtel, in der ein quadratisches Schokostückchen lag. Eines der beiden Fächer für die Schokostücke war leer. Keller kannte die Schachtel. *St. Galler Spitzen* hießen die Pralinen, von denen eine kleine, zwei Stückchen enthaltende Schachtel jedem neu ankommenden Gast als süßes Willkommensgeschenk aufs Zimmer gelegt wurde. Die rote Banderole, mit der die Schachtel verschlossen war, lag am Boden vor dem Nachtkästchen, ebenso der Deckel mit der Aufschrift »St. Galler Spitzen«. Keller ergriff nochmals die kalte Hand der Toten. Die Kuppen von Daumen und Mittelfinger zeigten mit bloßem Auge erkennbare braune Spuren, die vermutlich von der Schokolade stammten. Aber das würden die kriminaltechnischen Untersuchungen der Spurensicherung bestätigen oder widerlegen müssen.

Seit Keller das Zimmer betreten hatte, waren erst wenige Minuten vergangen. Er drehte sich zum Hoteldirektor, der inzwischen neben der Sitzgruppe stand und ihn anblickte. Erst jetzt nahm er wahr, dass hinten im Zimmer noch eine Person war. Keller erkannte Stefanie, die Frau des Hoteldirektors. Bei den bisherigen Aufenthalten, die er sich zusammen mit Lea im Hotel gegönnt hatte, hatten sie rasch bemerkt, dass sie die gute Seele des Hotels war, die den Betrieb mit straffer Hand führte und leitete, während ihr Mann mehr für die repräsentativen Aufgaben und den Kontakt mit den Gästen im Speisesaal und in der Bar zuständig war. Eine Frau, die mit beiden Füßen auf dem Boden stand, so hatte er sie immer eingeschätzt. Sie war ihm und Lea auf Anhieb sympathisch gewesen. Er wusste, dass sie Appenzellerin war, ein Exemplar jenes Völkchens, das ein wenig mundfaul, aber keineswegs auf den Mund gefallen war und mit Fremden ohne Anlass nur gerade so viel redete, wie es unbedingt notwendig war.

»Was ist passiert?«, wandte Keller sich an die beiden.

Berger zuckte mit den Schultern und schüttelte den Kopf. »Wir wissen es auch nicht.« Er zeigte mit der Hand auf das Bett mit der Toten. »Das Zimmermädchen hat sie so gefunden, wie sie hier liegt.«

»Wann war das?«

»Vor etwa einer halben Stunde. Sie wollte wie jeden Vormittag das Zimmer machen, solang die Gäste noch beim Frühstück sitzen. Als sie das hier«, er zeigte mit dem Kinn auf das Bett, »gesehen hat, ist sie aus dem Zimmer gelaufen und hat sogleich Stefanie informiert. Meine Frau hat mich geholt, ich war gerade unten in meinem Büro. Wir kehrten zusammen hierher ins Zimmer zurück. Es war uns sogleich klar, dass die Frau tot ist. Da ich wusste, dass Sie Gast bei uns sind, und vermutete, dass Sie gerade beim Frühstück sitzen, bin ich sogleich zu Ihnen gekommen.«

Keller warf Stefanie einen Blick zu, die mit einem angetönten Nicken die Ausführungen ihres Mannes bestätigte. Beide schienen verstört, der Schrecken stand ihnen ins Gesicht geschrieben. »Ich hoffe, niemand hat hier etwas berührt oder gar verändert«, bemerkte er.

Sie verneinten und bestätigten, dass das auch für das Zimmermädchen gelte, das in seiner Panik gleich wieder aus dem Zimmer gestürzt sei.

»Wer ist die Tote?«, wollte Keller wissen.

Der Blick, den die beiden für Sekundenbruchteile austauschten, entging ihm nicht. Diesmal beantwortete Stefanie seine Frage.

»Mia Schneider. Eine Textildesignerin. Sie arbeitet seit vielen Jahren oben in der Stadt bei der *Vadiana*. Soviel ich weiß, ist sie dort auch Mitglied der Geschäftsleitung.«

Keller hatte inzwischen sein schmales Notizbuch aus der Innentasche seines Jacketts geklaubt und kritzelte ein paar Stichworte hinein. Anschließend knipste er, mehr aus Gewohnheit denn aus Notwendigkeit, mit dem Handy einige Bilder vom Zimmer und der Toten. Er musste sowieso gleich das Team der Spurensicherung aufbieten, das den Raum professionell untersuchen und fotografieren würde.

»Sie kennen die Frau?«, meinte er fragend zu Stefanie, die wie ihr Mann weiterhin abwartend neben der Zimmertür stand und ihm bei seinen Verrichtungen zugeschaut hatte.

»Kennen ist zu viel gesagt. Ich weiß, wer sie ist.« Sie wies mit dem Kopf auf ihren Mann. »Fragen Sie Lorenzo. Der kennt sie besser.«

Keller glaubte, einen leichten Unterton von Aggressivität in ihrer Stimme zu hören. Er blickte zu Berger, der mit den Schultern zuckte.

»Sie war öfters Gast bei uns«, antwortete der Hoteldirektor. »Sie ist eine Designerin. Wir haben vor einigen Jahren das Hotel modernisiert, und sie hat uns mit einem guten Gespür für Stil und Harmonie bei der Inneneinrichtung beraten. Seither kommt«, er verbesserte sich sogleich, »kam sie oft für ein Wellnesswochenende zu uns.«

»Allein?«, wollte Keller wissen.

»Meistens ja.«

Stefanie mischte sich ein. »Einige Male war sie mit einem jungen Typen hier, auch aus Sankt Gallen. Von ihm wissen wir nicht viel. Scheinbar hat er ein kleines Unternehmen, das sich mit irgendwelchen Technologien in der Textilproduktion befasst. Vielleicht ihr Freund. Übernachtet hat er jedenfalls nie bei uns.«

»Und gestern?«

»Gestern ist sie alleine gekommen.«

»Ist Ihnen etwas an ihr aufgefallen? Hat sie ein in irgendeiner Weise auffälliges Verhalten gezeigt? Oder war sie krank?«

Beide schüttelten den Kopf.

»Nein, sie war wie immer«, meinte Berger. »Ob sie krank war, wissen wir nicht. Zumindest nicht so, dass es aufgefallen wäre. Natürlich können wir nicht in unsere Gäste hineinsehen.«

Keller drehte sich wieder der Toten zu. Sie hatte ein schönes, ebenmäßiges und sehr gepflegtes Gesicht. Vor dem Zubettgehen hatte sie sich abgeschminkt, man konnte die ersten feinen Falten auf der Stirn und um die Augen sehen. Ihre halblangen schwarzen Haare waren zu einer gerade mal wieder modernen Pagenfrisur geschnitten. Die weit geöffneten Augenlider und die stumpf blickenden, leicht mandelförmigen Augen hatten wahrscheinlich den Eingriff eines Schönheitschirurgen hinter sich. Wie er vorhin festgestellt hatte, war sie schlank und hatte einen für ihr Alter straffen und muskulösen Körper. Schmuck trug sie keinen. Auf dem Nachttischchen sah Keller zwei Ohrstecker mit je einem kleinen Brillanten, die sie offenbar vor dem Zubettgehen dort deponiert hatte. Ebenfalls auf dem Nachttischchen lag eine Geldbörse aus feinem braunem Leder. Ohne sie zu öffnen, sah er, dass sie mehrere Hunderterscheine enthielt, deren oberster Rand sichtbar war. Diebstahl, dachte er bei sich, war offenbar nicht das Motiv des Mordes. Falls es überhaupt ein Mord war, korrigierte er sich sogleich.

Er ging hinüber zur einen Spaltbreit offen stehenden Badezimmertür und ging ins Badezimmer. Auf dem Waschtisch standen die üblichen Kosmetikutensilien einer Frau mittleren Alters. Neben der gläsernen Dusche lag ein achtlos auf den Boden geworfenes weißes Frottiertuch. Es war trocken, wie sein rascher Kontrollgriff zeigte.

Etwas Auffälliges konnte er auf den ersten Blick nicht erkennen. Er ging zurück ins Zimmer, nahm sein Handy aus der Hosentasche und drückte den Code für den Pikettdienst des Kommissariats. Der diensthabende Beamte meldete sich. Keller informierte ihn kurz über den Sachverhalt und beauftragte ihn, die notwendigen Maßnahmen einzuleiten. Danach wandte er sich wieder dem noch immer im Hintergrund des Zimmers wartenden Ehepaar zu.

»Ich muss Sie bitten, das Zimmer zu verlassen. Das Team der Spurensicherung und der Amtsarzt werden demnächst hier eintreffen. Die Kollegen werden die weiteren Untersuchungen und Abklärungen übernehmen.«

Die beiden nickten. Ehe Berger hinaus auf den Flur trat, fragte er Keller mit gedämpfter Stimme: »Was meinen Sie, wie ist sie gestorben?«

Keller warf einen letzten Blick auf die Tote und hatte das Gefühl, ihr leerer Blick folge ihm, während er das

Zimmer verließ und die Tür hinter sich ins Schloss fallen ließ. »Keine Ahnung«, meinte er. »Bis jetzt wissen wir nur, dass sie tot ist. Nach einer Gewalteinwirkung sieht es nicht aus. Aber bei einem Todesfall einer Person in ihrem Alter kann man nicht einfach von einer natürlichen Todesursache ausgehen.«

Sie gingen zurück zur Treppe, die zur Lobby und zur Rezeption führte. Ehe sie die Stufen hinunterstiegen, fasste Stefanie Keller am Ellenbogen und hielt ihn zurück. »Bitte«, fragte sie leise, »können wir das so diskret wie möglich behandeln? Es müssen nicht alle Gäste mitbekommen, dass wir eine Leiche im Hotel haben!«

»Wir geben uns Mühe, unsere Arbeit so unauffällig wie möglich zu verrichten«, versprach Keller. »Geheim halten können wir die Sache kaum. Bald kommen drei, vier Leute des Technischen Dienstes, teils in weißen Schutzanzügen, zusätzlich ein Gerichtsmediziner. Später werden wir einen Sarg und einen Leichenwagen brauchen. Und wir werden nicht darum herumkommen«, fügte er hinzu, während sie das Foyer erreichten, wo die ersten Gäste nach dem Frühstück am Auschecken waren, »möglichst rasch zumindest die Gäste der ersten Etage nach auffälligen Wahrnehmungen zu befragen.«

Die beiden Hoteliers blickten sich betroffen an, während Keller hinzufügte: »Ich brauche zudem einige Informationen. Stellen Sie mir eine Liste der Gäste zusammen, die in der vergangenen Nacht im Hotel waren, mit den jeweiligen Zimmernummern.« Er wies auf die Rezeption, wo zwei junge adrett gekleidete Frauen daran waren, die Formalitäten für die Abreise der Gäste zu erledigen. »Aus der ersten Etage darf niemand abreisen, bevor nicht ich oder einer meiner Mitarbeiter mit ihm oder ihr habe sprechen können. Falls Gäste bereits weg sind, brauche ich ihre Namen und Adressen, damit wir sie kontaktieren können. Das Hotel muss sich wohl oder übel eine geeignete Kommunikation überlegen, bevor die Untersuchungen losgehen. Zudem«, ergänzte er nach einer kurzen Pause, »möchte ich eine Liste des Personals, das gestern Abend, über die Nacht und heute Früh im Hotel Dienst hatte.«

Er blickte sich suchend um. »Ich brauche einen Raum, den ich und meine Leute für die nächsten paar Stunden benutzen können.« Und zu Stefanie gewendet fügte er hinzu: »Schicken Sie mir das Zimmermädchen, das die Tote heute Morgen gefunden hat. Meine Mitarbeiter werden sich später um das übrige Personal kümmern, das gestern im Einsatz war.«

Hinter sich hörte er jemanden seinen Namen rufen und drehte sich um. Zusammen mit anderen Gästen, die ihr Frühstück beendet hatten, kam Lea aus dem Frühstücksraum. Sie blickte ihn vorwurfsvoll an.

»Was ist denn los? Ich warte und warte, und du bist einfach verschwunden!«

Sie begrüßte Stefanie und bemerkte ihre ernste Miene. »Ist etwas passiert?«, wandte sie sich wieder Keller zu.

Keller informierte sie mit gedämpfter Stimme. »Es ist jemand gestorben. Wir wissen nichts Genaues, aber die Umstände sind so, dass es mit großer Wahrscheinlichkeit kein natürlicher Todesfall ist. Wir müssen die Sache untersuchen.« Er legte kurz den Arm um ihre Schultern und drückte sie an sich. »Tut mir leid wegen des Frühstücks. Ich muss hierbleiben und die ersten Abklärungen einleiten. Ich habe mein Team aus Sankt Gallen und den Gerichtsmediziner aufgeboten. Sie sollten bald da sein. Du musst das Auschecken alleine erledigen. Ich werde noch einige Zeit hierbleiben müssen. Nimm den Bus und fahre zurück. Wir treffen uns am Abend bei mir!«

KAPITEL 5

Berger hatte ihm den kleinen Sitzungsraum gleich hinter der Rezeption geöffnet, den das Hotel jeweils für ihre Gruppenmeetings nutzte, und einen Mitarbeiter beauftragt, für Kaffee und Getränke zu sorgen. Auch von diesem Raum ging der Blick durch die hohen Fensterfronten hinaus auf den See. Der Wind hatte aufgefrischt, die kleinen Wellen des Sees trugen erneut weiße Schaumkrönchen. Am gegenüberliegenden Ufer blinkten die Scheinwerfer der Sturmwarnung. Die an weißen Bojen vertäuten Segelschiffe vor der Hotelterrasse tanzten im unruhigen Wasser. Ein Föhneinbruch kündigte sich an, wie das am Bodensee häufig der Fall war.

Mit einem zaghaften Klopfen an die halb geöffnete Tür betrat eine junge Frau den Raum. Sie trug das Kostüm der Zimmermädchen, eine dunkle Bluse mit schwarzem Rock, darüber eine beigefarbene Schürze. Ihre langen Haare hatte sie zu einem strengen Dutt hochgebunden. Sie wirkte ängstlich und blickte Keller unsicher an, als sie vor ihm stand.

Er bemühte sich, seiner Stimme einen freundlichen Klang zu geben, und wies auf einen der Stühle am Konferenztisch. »Bitte setzen Sie sich!« Zögernd setzte sie sich ganz vorne auf die Stuhlkante und faltete ihre Hände, wobei sie Keller erneut einen ängstlichen Blick zuwarf.

»Sie brauchen keine Angst zu haben«, versuchte er, sie zu beruhigen. »Sagen Sie mir Ihren Namen und was Ihre Aufgabe im Hotel ist. Nachher erzählen Sie mir, wie Sie heute Morgen die tote Frau gefunden haben.«

Svetlana, so hieß sie, kam aus Kroatien und erzählte, dass sie seit vielen Jahren im Hotel arbeite. Sie sei eine »Springerin«, wie man die erfahrenen Mitarbeiterinnen bezeichnete, die in verschiedenen Bereichen des Hotels einsetzbar waren. Manchmal arbeite sie im Wäschedienst, manchmal im Zimmerservice. Oder, wie heute Morgen, mit dem Auftrag, in allen Gästezimmern die Minibar zu überprüfen, um fehlende Getränke und Snacks zu ersetzen. Diese Kontrolle fand meist während der Frühstückszeit statt, wenn die meisten Gäste unten im Restaurant waren. Sie hatte wie immer an die Tür geklopft, begleitet von einem Ruf »Minibar!«. Dann warte sie immer einige Sekunden, um sicher zu sein, dass niemand im Zimmer war oder um keinen Gast in einer für ihn peinlichen Situation zu überraschen. Weil beim Zimmer 112 alles ruhig blieb, habe sie mit ihrem Passepartout die Tür geöffnet und sei ins Zimmer getreten. Gleich an der Tür habe sie die Frau im Bett liegen sehen. Sie sei noch einen oder zwei Schritte weiter ins Zimmer gegangen und habe fragend »Hallo?« gerufen, aber die Frau habe nicht reagiert.

»Haben Sie etwas berührt im Zimmer?«, fragte Keller, der wieder sein Notizbuch vor sich liegen hatte, um sich Anmerkungen zu machen.

»Nein. Ich bin gleich wieder aus dem Zimmer zur Rezeption gelaufen.«

»Oder ist Ihnen etwas aufgefallen, das Ihnen bemerkenswert erschien?«

Svetlana verneinte erneut. Sie sei viel zu erschrocken gewesen, als sie die Frau mit den großen, weit geöffneten Augen und dem leeren Blick gesehen habe. Sie habe gleich vermutet, dass die Frau tot sei. Sie komme aus dem Balkan und wisse, wie Tote aussehen. Sie sei, wiederholte sie, direkt zur Rezeption geeilt, um ihre Beobachtung zu melden. Dort habe sie alles der Frau Direktorin erzählt, die gerade am Empfang gestanden sei. Diese habe ihren Mann geholt und sei mit ihm zusammen die Treppe hinaufgelaufen, während sie unten geblieben sei. Mehr wisse sie nicht.

Keller nickte und legte den Stift vor sich auf den Tisch. »Danke, Svetlana, das wär's für den Moment. Vielleicht komme ich später noch auf Sie zu, um ein Protokoll über Ihre Aussage unterzeichnen zu lassen.«

Sie erhob sich mit unübersehbarer Erleichterung aus ihrem Stuhl und wollte zur Tür gehen, da schob er eine Frage nach.

»Haben Sie die Frau gekannt?«

Svetlana zögerte kurz. »Gekannt nicht, aber sie ist mir aufgefallen. Eine schöne Frau. Wir haben nie miteinander gesprochen, obschon sie mir immer freundlich zulächelte, wenn wir uns irgendwo auf dem Gang oder in der Lobby begegneten. Sie war gelegentlich hier zu Gast und hat immer das gleiche Zimmer genommen. Meist ist sie nur eine Nacht, höchstens zwei Nächte geblieben. Und wenn sie abreiste, hat sie immer ein großzügiges Trinkgeld auf dem Waschtisch im Bad hinterlassen.«

Keller notierte sich auch diese Aussage und gab ihr seine Karte. »Wenn Ihnen noch etwas in den Sinn kommt, rufen Sie mich an. Egal was, jede Kleinigkeit kann wichtig sein.«

Sie nickte, nahm die Karte und ging hinaus. Keller schloss die Türe hinter ihr und trat ans große Fenster. Während ihres Gesprächs hatte sich eine dunkle Wolkenwand von Westen her über das schweizerische Seeufer und ein Stück weit in den See hinausgeschoben. Die Sonne war hinter den schwarzen Wolken verschwunden. Die Wellen auf dem schmutzig grau gewordenen See trugen Schaumkronen. Man sah noch gut zum deutschen Ufer hinüber, wo im Hafen von Lindau hektisch die orangen Lichter der Sturmwarnung blinkten. Die Segelschiffe waren längst in einen der zahlreichen kleinen Häfen eingelaufen, wo dicke Steinmolen die Hafenanlagen vor den Wellen des Sees schützten. Immer wieder erstaunlich, dachte er, wie schnell sich auf diesem See die Wetterbedingungen ändern konnten.

Er öffnete die Tür und trat hinaus in die Lobby. Hinter der Theke der Rezeption standen mehrere Hotelmitarbeiter, die leise miteinander tuschelten, wahrscheinlich über die Ereignisse der vergangenen Stunden. Die Nachricht vom mysteriösen Tod eines Gastes war, allen Bemühungen der Direktion zum Trotz, wie ein Lauffeuer durch das Hotel gegangen. So etwas ließ sich schlicht nicht geheim halten, und jeder Versuch dazu war von vornherein zum Scheitern verurteilt. Er spürte, wie sich die Blicke der Leute auf ihn richteten. Rasch durchquerte er die Lobby und ging hinüber zum Office, dessen Tür halb offen stand.

Er klopfte kurz und streckte den Kopf ins Büro. Wie er vermutet hatte, saß Stefanie Berger, die Frau des Hoteldirektors, am Arbeitspult, ihr gegenüber stand ein Mitarbeiter, der auf einem Notizblock etwas notierte. Er fragte gar nicht erst, ob er störe.

»Kann ich kurz mit Ihnen reden?«, wandte er sich an die Hoteldirektorin.

»Natürlich«, sagte sie. »Wir sind gerade daran, die Listen auszudrucken, um die Sie mich gebeten haben. Ein wenig Zeit benötigen wir noch, bis wir alles überprüft haben.« Sie bat den Mitarbeiter hinauszugehen und wies auf einen freien Bürostuhl neben ihrem Pult. Keller bedankte sich, nahm sein Notizbuch aus der Tasche und blickte Stefanie einen Moment lang an. Es war ihm bereits früher aufgefallen, dass sie eine attraktive Frau war. Sie trug ein anthrazitfarbenes Kostüm mit langen Hosen und einem elegant geschnittenen Blazer, dazu eine weiße Seidenbluse. Ihre Kleidung korrespondierte mit ihren halblangen schwarzen Haaren, die von ersten grauen Strähnen durchzogen waren. In ihrem ebenmäßigen Gesicht fielen die für eine schwarzhaarige Frau ungewohnten blauen Augen auf. Sie war dezent geschminkt. Der einzige Schmuck, den er an ihr erkennen konnte, waren ein feiner Armreif und der ebenfalls unauffällige Ehering.

Mit dem professionellen Lächeln einer Hoteldirektorin blickte sie ihn an und wartete, dass er das Gespräch eröffnete.

»Wir haben bereits oben kurz über die Tote gesprochen. Was wissen Sie sonst von ihr?«, begann er die Befragung.

Stefanie dachte kurz nach. »Eigentlich nicht viel. Sie heißt Mia Schneider, wie ich schon erwähnt habe. Ich weiß nur, dass sie in der *Vadiana* arbeitete. Ich habe mir den

Meldezettel geben lassen, weil ich mir gedacht habe, dass Sie Fragen zu ihr stellen werden.« Sie griff nach dem Zettel, den sie neben sich bereitgelegt hatte. »Laut Eintrag war sie 38 Jahre alt und wohnte in der Stadt, am Falkenburghügel über der Altstadt. Mehr steht hier nicht.«

»War sie öfters hier im Hotel?«

Täuschte er sich, oder verhärtete sich ihr Blick kurz bei dieser Frage?

»Vielleicht ein- oder zweimal im Monat. Meist reiste sie am späteren Nachmittag an und blieb bis zum kommenden Morgen. Sie ging abends immer in den Spa und ließ sich massieren. Gelegentlich kam sie am Freitagnachmittag und blieb über das Wochenende. Jedenfalls gehörte sie zu unseren Stammgästen. Wir haben sie auch immer eingeladen, wenn wir für unsere treuesten Gäste spezielle Anlässe organisierten, etwa eine Vernissage mit Bildern eines lokalen Künstlers, ein Kammerkonzert oder die Lesung eines Autors aus der Gegend. Sie ist gelegentlich zu solchen Anlässen gekommen und war für uns immer ein gern gesehener Gast.«

Nach einer ganz kurzen Pause schob sie nach: »Vor allem für meinen Mann.«

Keller blickte kurz von seinen Notizen auf. Er beschloss, diese letzte Bemerkung für den Moment unkommentiert im Raum stehen zu lassen. Er würde später nachhaken, um zu verstehen, was Stefanie damit meinte.

»Hat sie immer das gleiche Zimmer reserviert?«

Stefanie nickte. »Das machen die meisten Stammgäste. Sie fühlen sich so bei uns noch stärker zu Hause. Frau Schneider wollte immer die Nummer 112, eine unserer Juniorsuiten. Wenn diese Nummer besetzt war, bekam sie ein weitgehend identisches Zimmer, das sich nur in der Lage im Gang von ihrer bevorzugten Nummer unterschied. Sie kennen diese Zimmerkategorie ja von Ihren eigenen Aufenthalten bei uns.«

Keller nickte und kritzelte erneut einige Notizen in sein Buch. »Kam sie alleine oder war jemand bei ihr?«

»Wie ich vorhin sagte: Sie kam meist allein. Vor einigen Monaten erschien sie ein paarmal in Begleitung eines jungen Mannes. Manchmal kamen sie gemeinsam zu einem der vorhin erwähnten Anlässe oder auch nur zu einem Nachtessen auf der Terrasse oder auf der *Lucy*, unserem kleinen Salon-Dampfschiff.«

»War er ihr Liebhaber?«

Stefanie zuckte mit den Schultern. »Das weiß ich nicht. Es hat mich auch nicht interessiert. Meines Wissens blieb er nie über Nacht im Hotel. Seinen Namen kenne ich nicht, sie bemerkte nur einmal nebenbei, dass er ebenfalls aus Sankt Gallen komme und in der gleichen Branche wie sie tätig sei.«

»Und auch im Restaurant oder in der Bar hat sie sich mit niemandem getroffen?«

Wieder dachte Stefanie kurz nach, bevor sie zögernd den Kopf schüttelte. »Mir ist nie jemand aufgefallen. Natürlich weiß ich nicht, was sie in der ganzen Zeit bei uns gemacht hat. Sie wissen ja, wir haben so viele Gäste ... Fragen Sie Jasper, unseren Barkeeper. Er müsste es wissen.«

Keller nickte erneut und notierte sich den Namen des Barkeepers. »Natürlich. War etwas besonders an ihr? Ist Ihnen etwas aufgefallen, das uns weiterhelfen könnte? Irgendetwas, egal was.«

Stefanie schüttelte bedauernd den Kopf. »Sie war eine attraktive Frau. Immer ausgesprochen freundlich mit allen. Sie erschien mir eher extrovertiert, aber wenn sie bei uns war, wollte sie offenbar einfach ihre Ruhe haben. Ich habe nie viel mit ihr gesprochen, nur das übliche Geplauder, das man halt mit Gästen so führt.«

Keller hatte noch eine letzte Frage. »Denken Sie bitte zurück an den gestrigen Abend. Gab es etwas, das Ihnen im Rückblick auffällig erscheint?«

Wieder verneinte Stefanie. »Ich war gestern gar nicht im Hotel. Wir haben immer am letzten Samstag im Monat einen Frauenstammtisch in Sankt Gallen. Da war ich gestern den ganzen Abend über. Ich bin erst kurz nach Mitternacht zurück ins Hotel gekommen. Da war die Bar leer und Jasper am Trocknen der Gläser. Es war wie immer um diese Zeit sehr ruhig im Hotel. Wir haben eher ältere Gäste, denen der Sinn nicht mehr so nach spätem Partybetrieb steht. Die meisten schlafen längst um diese Zeit.«

Das war bei ihm und Lea auch nicht viel anders. Die Zeit, wo man sich um Mitternacht fragte, wohin man jetzt noch für einen letzten Absacker gehen könnte, lag auch bei ihnen weit zurück. Er klappte sein Notizbuch zu zum Zeichen, dass die Befragung vorläufig zu Ende war, und verabschiedete sich von der Hoteldirektorin. Gerade wollte er das Büro verlassen, da klopfte jemand kräftig an die Türe. Bevor er ein »Herein!« rufen konnte, lugte ein massiger Kopf mit lichtem Haarkranz in den Raum.

»Hallo, Robert, wir sind da!«

Offensichtlich war das Piketteam eingetroffen. Der Kopf gehörte Urs Lange, dem Gerichtsmediziner, mit dem Keller seit vielen Jahren in manchem Fall zusammengearbeitet hatte. Er hatte damit gerechnet, dass irgendein Notfallarzt erscheinen würde, der gerade Pikettdienst hatte. Immerhin war es Sonntagmittag. Aber seit Lange von seiner Frau getrennt lebte, was er Keller vor einiger Zeit bei einem Glas Wein erzählt hatte, saß er wahrscheinlich noch häufiger als früher auch außerhalb der üblichen Dienststunden in seinem kleinen Büro drüben in der Pathologie des Kantonsspitals oder an seinem engen Arbeitsplatz im Polizeilabor.

Rasch begrüßten sich die beiden Männer und gingen zurück ins Foyer. Dort warteten drei in weiße Overalls gekleidete Männer der Spurensicherung sowie Hannah, die junge Assistentin. Sie war seit einigen Monaten als Praktikantin der Gruppe Gewaltverbrechen zugeteilt und wurde von Keller selbst in die kriminaltechnische Arbeit eingearbeitet. Die Männer und Hannah waren mit einem grauen Kastenwagen der Kripo direkt vor dem Hoteleingang vorgefahren, womit sich die Hoffnung der Bergers, den Vorfall diskret handhaben zu können, endgültig in Luft auflöste. Zahlreiche Gäste und Mitarbeiter beobachteten neugierig die Ereignisse in der Hotellobby und tuschelten aufgeregt miteinander.

Gleich neben dem Tresen der Rezeption sah Keller einen jüngeren Mann mit wirrem blondem Haarschopf und lebhaft umherblickenden Augen, der jemanden zu suchen schien. Keller kannte ihn von anderen Schauplätzen. Louis, wie er sich bei denjenigen vorstellte, an die er sich heranpirschte, arbeitete als freier Journalist für lokale Medien und eine Boulevardzeitung. Keller fragte sich, woher zum Teufel der Journalist immer wieder derart schnell von Ereignissen wie denjenigen jetzt hier im *Seebad* erfuhr, so dass er nahezu gleichzeitig mit dem Einsatzteam der Kripo am Tatort erscheinen konnte. Dabei war es noch nicht einmal sicher, ob es sich überhaupt um einen Tatort handelte, auch wenn die Indizien auf einen unnatürlichen Tod der Frau hinwiesen.

Der Reporter schien gefunden zu haben, was er suchte: Keller. Er winkte ihm zu und bahnte sich einen Weg durch die Menschen, die das Hotelfoyer aus allen Richtungen durchquerten oder sich mit ihren Koffern vor der Rezeption einreihten, um aus- oder einzuchecken. Am liebsten wäre Keller gleich wieder im hinter ihm liegenden Raum verschwunden.

»Was ist denn passiert?«, fragte Louis ohne Umstände und pflanzte sich vor ihm auf.

Keller schüttelte verärgert den Kopf. Aber angesichts der Tatsache, dass sein ganzes Einsatzteam in der Eingangshalle des Hotels stand, war es sinnlos abzustreiten, dass etwas geschehen war. Bald würde auch ein Leichenwagen vorfahren, um nach Abschluss der ersten Untersuchungen die Tote in die Gerichtsmedizin zu überführen. Er wusste, dass Louis über andere Kanäle so oder so vom Todesfall erfahren würde. Mit Sicherheit würde er sich auch an das Hotelpersonal und einzelne Gäste heranmachen. Keller sah die morgigen Schlagzeilen im *Tagblatt* und in den Gratisblättern schon vor sich. »Ich weiß nicht, was Sie wieder gehört haben«, meinte er kurz angebunden, während er Brüschwiler, den Leiter der Spurensicherung, zu sich heranwinkte. »Im Moment gibt's gar nichts zu sagen.« Damit ließ er Louis stehen und wandte sich seinem Mitarbeiter zu.

»Gehen wir nach oben!« Er forderte den Rest der Einsatzgruppe mit einer Geste auf, ihm in die obere Etage zu folgen. Einer der Kripobeamten sperrte hinter ihnen mit einem Plastikband den Aufgang zu den oberen Etagen ab und beauftragte eine Hotelmitarbeiterin, den Aufgang über die Treppe und den Zugang zum Lift nur noch für registrierte Gäste freizugeben.

Keller führte die Männer des Einsatzteams zum Zimmer der Toten und berichtete kurz über seine bisherigen Erkenntnisse. Mehr gab es für ihn momentan nicht mehr zu tun. Seine Mitarbeiter kannten ihre Aufgaben und machten sich ohne weitere Instruktionen an die Arbeit. Während der nächsten Stunden würde der Routineprozess ablaufen, der immer in Gang gesetzt wurde, wenn der Verdacht eines unnatürlichen Todes im Raum stand.

KAPITEL 6

Lea war am Sonntagmittag nach dem Auschecken mit dem Bus zurück nach Sankt Gallen gefahren. Eigentlich hätten sie beide vorgehabt, nach dem Frühstück noch einen langen Marsch das Seeuferweg entlang zu machen. Dass nun nichts daraus wurde, war zwar schade. Andererseits konnte sie den freien Sonntagnachmittag dazu verwenden, einige der anstehenden dringenden Arbeiten zu erledigen.

Seit sie vor gut einem Jahrzehnt in das Kuratorenteam des international berühmten Sankt Galler Textilmuseums gewählt worden war, hatte sie bereits mehrere Ausstellungen realisieren dürfen. Das Projekt, das sie jetzt leitete, war bei Weitem ihr bisher umfangreichstes Vorhaben. Anhand der berühmten Sammlung von Spitzen des Museums wollte sie mit ihrem Team den Besuchern eine Einführung in eines der spannendsten Gebiete der schweizerischen Textilindustrie vermitteln. Die Auswahl und Präsentation der Exponate aus der Tausende von Mustern umfassenden Sammlung des Museums war allein eine gewaltige Herausforderung. Aus Begeisterung für das Projekt hatte sie sich zudem vorgenommen, eine umfassende Studie zur Geschichte der Spitzenindustrie in der Ostschweiz zu schreiben und einen ersten Teil davon in den Ausstellungskatalog aufzunehmen. Dieses Vorhaben hatte sich inzwischen zu einem eigenen Projekt entwickelt, dessen Umfang und Komplexität mit jeder Woche, in der sie daran arbeitete, weiter anzuwachsen schien und ihr bisweilen über den Kopf zu wachsen drohte.

Vom Bahnhof aus ließ sie sich mit einem Taxi den Hügel hinauf in das Rotmontenquartier fahren. Das Appartement in dieser herrlichen Lage konnte sie sich nur leisten, weil sie vor einigen Jahren von einem verstorbenen Onkel etwas Geld geerbt hatte. Das ermöglichte ihr, die schicke Eigentumswohnung zu kaufen, die eigentlich für das Einkommen einer Museumskuratorin viel zu teuer war. Mit dem Lift fuhr sie hinauf in die vierte Etage, schloss die Türe zu ihrem kleinen Appartement auf und stellte ihre Reisetasche in den Flur. Sie öffnete die Fenster zur Terrasse und ließ die warme Herbstluft ins Zimmer strömen. Wie immer, wenn sie nach Hause kam und einigermaßen schönes Wetter herrschte, trat sie für einen Moment hinaus auf die Terrasse und ließ den Blick über die Stadt schweifen, die unter ihr in der Nachmittagssonne lag, während sich im Westen, wie oft nach einem warmen Herbsttag, die ersten Gewitterwolken aufzutürmen begannen.

Robert und sie hatten sich vor einigen Jahren bei der Vernissage einer Galerie im Klosterviertel kennengelernt. Wie an solchen Anlässen üblich, standen die Besucher dicht gedrängt im Ausstellungslokal, wahlweise mit einem Cüpli oder einem Glas Wein, und kommentierten die ausgestellte Kunst, obwohl die Bilder vor lauter Menschen gar nicht richtig zu sehen waren. In der Galerie war es heiß und stickig. Sie versuchte gerade, sich mit einem Glas Rotwein durch die Menschenmenge in Richtung Ausgang vorzuarbeiten, um für einige Minuten dem lärmigen Gedränge im Inneren der Galerie zu entfliehen und frische Luft zu schnappen. Da bohrte sich ein Ellenbogen in ihre Rippen. Mit ihrer reflexartigen Abwehrbewegung schwappte Wein aus ihrem Glas und ergoss sich über ihre beige Seidenbluse.

Sie stieß einen kurzen Schmerzensruf aus und suchte mit einem empörten Blick den Verursacher des Malheurs. Der Ellenbogen an ihren Rippen gehörte einem Mann, der neben ihr in der Menge eingeklemmt war.

»Entschuldigung! Das tut mir wirklich leid!« Er musterte den hässlichen Rotweinfleck auf ihrer Bluse und schien mindestens so erschrocken zu sein wie sie. »Wie ungeschickt von mir! Ich bin selbst gestoßen worden, aber das ist natürlich keine Entschuldigung. Kommen Sie, gehen wir kurz nach draußen und schauen uns den Schaden an!«

Breitschultrig und einen Kopf größer als sie pflügte er wie ein Eisbrecher durch die dicht gedrängten Vernissagebesucher. Sie folgte ihm im entstehenden Freiraum hinter seinem Rücken. Vor dem Lokal musste sie erst einmal tief durchatmen und ihre Lungen mit der frischen Abendluft füllen. Vom Lärm im Inneren der Galerie war nur noch ein Summen wie aus einem Bienenstock zu hören.

»Robert Keller«, stellte er sich vor und streckte ihr die Hand entgegen. Auch sie nannte ihren Namen und erwiderte seinen kräftigen Händedruck. Blitzschnell scannten ihre Augen ihr Gegenüber. Etwa 50, schätzte sie sein Alter. Groß und kräftig, dennoch schlank, dichte schwarze Haare, dunkle Augen, die sie mit echtem Bedauern über das Malheur auf ihrer Bluse anblickten. Schwarzer Rollkragenpullover unter einem hellgrauen Sakko. Er gefiel ihr auf Anhieb.

Er musterte nochmals den roten Flecken auf ihrer Bluse und schüttelte den Kopf. »So blöde, das tut mir wirklich leid«, wiederholte er. Seine Betroffenheit wirkte echt. Er schien auch Humor zu haben. »Und ausgerechnet Rotwein! Hätte ich das gewusst, hätte ich mir ein Glas Mineralwasser geben lassen, oder zumindest einen Weißwein …«

Sie hatte sich längst wieder gefasst und meinte lächelnd: »Es ist wirklich unmöglich eng hier drinnen. Viel zu viele Leute. Und viel zu stickig. Sie können nichts dafür. Es war einfach Pech. Machen Sie sich keine Vorwürfe.«

Er entspannte sich und lächelte zurück. »Den Schaden werde ich selbstverständlich übernehmen. Ich denke nicht, dass man das so einfach reinigen kann. Rotweinflecken auf Seide sind schwierig aus dem Gewebe herauszukriegen. Sie müssen sich eine neue Bluse kaufen. Auf meine Rechnung natürlich.« Er nahm ein kleines Notizbuch aus der Innentasche seines Sakkos, riss eine Seite heraus und schrieb ihr seinen Namen, Adresse und Handynummer auf. Ohne nachzudenken, gab sie ihm auch ihre Daten. Er steckte sein Notizbuch ein und blickte sie fragend an.

»Wollen Sie wieder zurück ins Getümmel, oder darf ich Sie an einen ruhigeren Ort zu einem Glas Wein einladen? Ihre Bluse ist bereits ruiniert, da kann nichts mehr passieren.«

Sie musste lachen. Eigentlich wollte sie mit dem hässlichen Fleck auf der Bluse nirgendwohin, doch zu ihrem eigenen Erstaunen sagte sie sogleich zu. Gemeinsam gingen sie durch die Altstadt zu einer nahe gelegenen Weinbar, wo Robert zwei Glas *Amarone* bestellte. Es wurde ein schöner Abend. Sie plauderten erst über Belanglosigkeiten wie die Vernissage, von der sie gerade kamen. Er schien einiges von Kunst und Kultur zu verstehen. Sie war erstaunt, als sie, beim dritten Glas *Amarone* und persönlicheren Gesprächsthemen angekommen, erfuhr, dass er Polizist war und bei der Kriminalpolizei arbeitete.

Vom ersten Moment an hatten sie eine Verbundenheit gespürt, die zu erklären sie gar nicht erst versuchten. Dem ersten Rendezvous folgten weitere. Sie lernten sich immer besser kennen, und dann hatte sich eines aus dem anderen ergeben. Dem ersten Abendessen in einem der romantischen Erststock-Beizchen der Altstadt folgten die erste gemeinsame Nacht und das erste verlängerte Weekend im *Seebad*. Seit bald fünf Jahren waren sie ein Paar, bewahrten sich aber mit einer eigenen Wohnung und einem anspruchsvollen Beruf weiterhin ihre Unabhängigkeit.

KAPITEL 7

In den Morgenzeitungen der Region war der mysteriöse Todesfall im renommierten *Seebad* eine der Schlagzeilen auf der Titelseite. Louis hatte einmal mehr ganze Arbeit geleistet. Der Journalist wusste zwar nichts Genaues, hatte aber in den Abendstunden trotz des Feiertags hartnäckig recherchiert und dabei zumindest herausgefunden, wer die Tote war. Wahrscheinlich hatte er dazu eines der Zimmermädchen des Hotels bestochen, die ihm auch einige weitere Details verraten hatte, etwa zum Alter der Frau oder zu ihrem Beruf und zum Zimmer, in dem die Tote gefunden worden war. Mit den wenigen Fakten und vielen eigenen Mutmaßungen hatte er eine süffige Story zusammengeschrieben, die von den regionalen Print- und Onlinemedien dankbar verbreitet und auch in den Frühnachrichten des Lokalradios erwähnt wurde. Keller hatte den Text beim ersten Espresso des Tages überflogen, bevor er wie jeden Tag kurz nach acht Uhr ins Kommissariat kam, das nur wenige hundert Meter von seiner Altstadtwohnung entfernt im hintersten Teil des großen zum Weltkulturerbe gehörenden Klosterhofs lag.

Im ehemaligen Gärtnerhaus der Klosterpfalz herrschte bereits emsige Betriebsamkeit. Noch am Sonntagabend hatte Keller seine Mitarbeiter für den späteren Vormittag zu einer Teamsitzung aufgeboten, um die ersten Ergebnisse der gestrigen Ermittlungen im *Seebad* zusammenzutragen. Er winkte Nele, seiner Sekretärin, einen kurzen Morgengruß zu und erledigte in seinem kleinen Eckbüro im ersten Stock einigen administrativen Kleinkram, ehe er Punkt neun Uhr zum Sitzungsraum am Ende des Ganges ging. Die Tür stand weit offen, Kaffeeduft schlug ihm entgegen. Sein Team war vollzählig anwesend: Klaus, Franz und Klemens aus seinem Ermittlungsteam, Brüschwiler von der Spurensicherung sowie die Kriminalassistentin Hannah. Auch Lange, der Gerichtsmediziner, war da und nuckelte an seiner Kaffeetasse.

Keller setzte sich an den Kopf des Tisches, begrüßte die Mitarbeiter und blickte erwartungsvoll in die Runde. Franz stellte einen kleinen Pappbecher mit heißem Espresso vor ihn hin.

»Also, was haben wir bis jetzt?«, eröffnete er die Sitzung.

Erwartungsgemäß war Lange der Erste, der das Wort ergriff. Er räusperte sich, blickte über seine auf der Nase vorgeschobene Brille zu Keller und setzte zu seinem Kurzvortrag an. »Wir haben gestern Abend eine Legalinspektion der Leiche vorgenommen. Eigentlich gab es keinen Grund dazu, wir haben ja keinerlei äußere Anzeichen einer Gewalteinwirkung feststellen können. Aber mir kam der Todesfall seltsam vor. Die Tote war, wie die anschließende Obduktion zeigte, kerngesund. Ich habe deshalb heute in der Frühe eine Obduktion vorgenommen, ohne erst das Einverständnis der Staatsanwaltschaft einzuholen, wie das eigentlich vorgeschrieben wäre. Wir kennen ja alle die Sparvorgaben unserer Verwaltung … Immerhin hast ja auch du, Robert, den Verdacht geäußert, dass es sich um eine nicht natürliche Todesursache handeln könnte.« Er blickte kurz über den Brillenrand zu Keller, der bestätigend nickte. »Alle Laborergebnisse haben wir noch nicht, aber einiges liegt bereits vor.« Erneut legte er eine kurze Pause ein, als erwartete er irgendeine Form von Anerkennung dafür, selbst an einem Sonntagnachmittag zu arbeiten. Da niemand dazu bereit schien, fuhr er mit seinem Bericht fort.

»Bei der Toten handelt es sich um eine ungefähr 40-jährige Frau.«

Hannah unterbrach ihn: »Genau gesagt 38. Ich habe recherchiert.« Sie merkte, wie alle sie anblickten, und wurde rot. »Entschuldigung. Ich wollte nicht unterbrechen …«

»Kein Problem«, meinte Lange freundlich. »Meine Schätzung war offensichtlich nicht schlecht.«

»Zudem steht das bereits in der Zeitung«, warf Klaus ein, einer der drei Ermittler, die gestern auch im *Seebad* anwesend gewesen waren. Lange blickte irritiert auf. Er blätterte kurz in seinen Notizen und fuhr mit seinem Vortrag fort, ohne auf den Einwurf einzugehen. »Keine ernsthaften Vorerkrankungen. Das klären wir noch genauer ab. Wir haben, wie gesagt, keinerlei Hinweise auf Gewalteinwirkung wie Hämatome noch sonstige Verletzungen gefunden.«

Wieder warf er einen kurzen Blick über den Brillenrand auf die übrigen Teilnehmer des Rapports.

»Also?«, fragte Keller mit leicht ungeduldigem Unterton. Sie kannten alle Langes Tendenz zu ausufernden Berichten.

Etwas genervt von der Erkenntnis, dass die anderen Teammitglieder seine Ausführungen nicht ausreichend zu würdigen schienen, fuhr Lange nach einem kurzen Räuspern fort: »Um zum Punkt zu kommen, der euch Schnüffler primär interessiert: Sie ist tatsächlich *nicht* eines natürlichen Todes gestorben.« Erneut legte er eine Kunstpause ein, um die Spannung zu erhöhen. Er sah, wie Keller die Augen verdrehte, und fügte rasch hinzu:

»Sie wurde vergiftet.«

Das bestätigte Kellers gestrige Vermutung. Dass eine jüngere, dem äußeren Anschein nach gesunde, Frau so plötzlich verstarb, war an sich schon ungewöhnlich. Ihre Körperstellung und die weit geöffneten Augen, deren leerer Blick ihn den ganzen Tag über verfolgt hatte, ließen für ihn nur den Schluss zu, dass ein Verbrechen vorliegen musste.

»Und womit wurde sie vergiftet?«

»Das wissen wir noch nicht, die Untersuchungen laufen. Ihr habt gestern gesehen, neben dem Bett auf dem Nachttischchen lag eine angebrochene Schachtel Pralinen. Sie enthielt ursprünglich zwei Schokostückchen *St. Galler Spitzen*. Die Spezialität einer Confiserie in der Innenstadt kennt ihr wahrscheinlich alle.«

Keller wusste, was Lange meinte. Die *St. Galler Spitzen* der renommierten *Confiserie Roggwiller* waren weiterum berühmt. Die quadratischen Stückchen mit einer feinen Ganache-Füllung waren von heller oder dunkler Schokolade umhüllt. Die Verpackung zierte das Bild einer der bis heute weltberühmten Sankt Galler Stickereien. Meist lag die von einem roten Band verschnürte kleine Schachtel mit zwei der viereckigen *St. Galler Spitzen* im *Seebad* auf dem Nachttischchen oder dem Salontisch auf den Zimmern. Daneben stand ein Kärtchen, auf dem das Hotelierpaar die Gäste herzlich willkommen hieß und ihnen eine schöne Zeit in ihrem Hotel wünschte. Im Unterschied zu Lea machte er sich nicht viel aus Süßigkeiten und hatte ihr deshalb meist beide Stücke überlassen.

»Wie ihr alle gesehen habt«, fuhr Lange in seinem Vortrag fort, »fehlte eines der Stücke. Ich habe das andere ins Labor mitgenommen. Im Mageninhalt der Toten haben wir gesehen, dass sie das Schokoplätzchen mit der dunklen Schokolade kurz vor ihrem Tod gegessen haben muss. Wahrscheinlich hat sie es im Bett zu sich genommen. Es ist auch möglich, dass sie es einige Zeit vorher gegessen hat und sich ins Bett gelegt hat, als die Wirkung des Gifts einsetzte und sie die ersten Anzeichen von Übelkeit verspürte. Das Labor ist im Moment daran, das verbliebene Stück zu analysieren. Unsere vorläufigen Erkenntnisse lassen vermuten, dass die Vergiftung über die Praline geschehen ist. Wahrscheinlich mit einem Pflanzengift, ich will mich hier nicht auf die Äste hinauswagen. Gebt mir noch ein wenig Zeit, im Laufe des Tages werden wir Gewissheit haben.« Und an Keller gewendet fügte er hinzu: »Du hast den Bericht bis heute Abend im Mail.«

»Gut«, bedankte sich Keller. »Informiere mich, sobald du mehr weißt.« Dann wandte er sich Brüschwiler zu, dem Leiter der Spurensicherung. »Und was habt ihr bei eurer Arbeit herausgefunden?«

Der Angesprochene, ein Mann mittleren Alters mit Halbglatze und einem Bierbauch, der sich, von der Tischplatte nur halb verdeckt, unter einer verwaschenen Strickjacke wölbte, lehnte sich in seinem Stuhl zurück. Er schob die Brille auf der Nase etwas nach vorne und nahm die vor ihm liegenden Notizen in die Hand. Mit gerunzelter Stirn suchte er das richtige Blatt und begann mit monotoner Stimme seine Erkenntnisse vorzutragen.

»Viel zu sagen gibt es nicht. Im Zimmer haben wir nur die Fingerabdrücke der Toten gefunden. Und diejenigen des Zimmermädchens, das am Vortag das Zimmer hergerichtet hatte und am Sonntag die Minibar kontrollieren wollte. An der Zimmertür sicherten wir Abdrücke von zwei weiteren Personen. Sie gehören zum Hotelierpaar, das morgens ins Zimmer kam und die Tote fand. Wir haben auch das noch vorhandene Schokostück untersucht, bevor Kollege Lange es ins Labor mitnahm. Das andere Stück hat die Tote ja gegessen. Auf der unteren Seite der Praline haben wir eine feine, kaum sichtbare Einstichstelle gefunden.«

Er wandte sich Hannah zu, die ihren Laptop vor sich stehen hatte. »Kannst du das Bild mal an die Wand werfen?«

Hannah tippte einen Befehl in die Tastatur. Man hörte den Beamer anspringen, der in der Mitte des Sitzungstisches stand. Nach einigen Sekunden projizierte er das stark vergrößerte Bild der Unterseite des Pralinenstücks an die Wand. Mit dem Pointer zeigte Brüschwiler auf die Einstichstelle, die in der Vergrößerung deutlich zu erkennen war. »Beachtet den winzigen Einstich. Hier könnte etwas in die Praline injiziert worden sein. Wahrscheinlich mit einer feinen Spritze.«

Keller sah sich das Bild aufmerksam an. »Gut. Warten wir auf die Laborergebnisse«, meinte er. Dann fügte er hinzu: »Und was ist mit der Verpackung? Habt ihr die auch untersucht?«

Brüschwiler nickte. »Ja, und das Ergebnis hat uns überrascht. Wir haben die Abdrücke der Toten auf der Schachtel und auf dem roten Bändchen gefunden, mit dem die Schachtel zugebunden war. Sie hat die Schachtel also mit großer Wahrscheinlichkeit selber geöffnet. Und natürlich waren auch da die Abdrücke des Zimmermädchens, das die Pralinen aufs Zimmer gebracht hat.«

»Und was ist daran überraschend?«

»Dass es sonst überhaupt keine Abdrücke auf der Verpackung gab. Die Schachtel muss vorher durch verschiedene

Hände gegangen sein. Wir haben den Ablauf heute früh mit einem Mitarbeiter der Confiserie rekonstruiert. Die Schokostücke werden in der hauseigenen Produktionsabteilung hergestellt und in die Schachteln verpackt. Jede Schachtel wird mit einer Schleife versehen und in einer monatlichen Lieferung ins Hotel gefahren. Dort werden die in Kartons zusammengefassten Schachteln von einem Hotelmitarbeiter entgegengenommen. Die Schachteln werden ausgepackt und im Lager hinter dem Office in einen Kühlschrank gelegt, bevor sie von den Zimmermädchen geholt und für ihre morgendliche Zimmertour auf den Servicewagen geladen werden. Unsere Schachtel muss also, wie alle anderen, durch mehrere Hände gegangen sein, bevor sie von der Toten geöffnet wurde. Wir haben auf der Verpackung keine anderen Spuren gefunden, nur die, welche ich vorhin erwähnt habe.«

»Das heißt«, folgerte Keller nachdenklich, »unsere Schachtel wurde zuerst von jemandem geöffnet, der die Pralinen mit dem Gift präparierte, die Verpackung wieder verschloss und anschließend sorgfältig von allen Fingerabdrücken reinigte.«

Franz meldete sich zu Wort. »Wir haben im Lagerraum des Hotels etwa 50 weitere Schachteln *St. Galler Spitzen* gefunden und alle beschlagnahmt. Weitere Schachteln, teilweise bereits angebrochen oder leer, haben wir auf den Hotelzimmern eingesammelt. Alle sind im Labor und werden analysiert. Wie Doktor Lange erwähnt hat, erwarten wir die Ergebnisse in den nächsten Stunden.«

»Schade um die feinen Pralinen«, warf Klaus ein.

Jeder im Team wusste, dass Klaus ein bekennender Schokofreak war. Er erklärte immer wieder, dass er einen Tag ohne Schokolade als verlorene Lebenszeit betrachte, und hatte so erreicht, dass alle seine Kollegen und Kolleginnen ihn regelmäßig mit Süßigkeiten bedachten, die sie von irgendwoher erhalten hatten und selbst nicht verzehren wollten.

Keller wandte sich wieder an die Runde. »Was wissen wir zur Identität der Toten, abgesehen von dem, was heute Morgen bereits in der Zeitung stand?«

Diesmal antwortete Klaus, mit einem raschen Seitenblick zu Hannah. »Mia Schneider, 38, Schweizerin, unverheiratet, wohnhaft gewesen in Sankt Gallen an der Felsenstraße.« Er blickte kurz in die Runde. »Eine schicke Adresse, nebenbei gesagt. Eine meiner Tanten wohnt auch dort oben. Herrlicher Blick über die Stadt!«

Er sah Keller ärgerlich das Gesicht verziehen und beeilte sich, zu den Fakten zurückzukehren. »In einer ledernen Mappe, die neben dem Pult in ihrem Hotelzimmer stand, haben wir ein Bündel Akten, eine Agenda und Visitenkarten mit ihrem Namen gefunden. Demnach arbeitete sie hier in Sankt Gallen bei der *Vadiana Textil*. Gemäß Visitenkarte war sie Textildesignerin und Mitglied der Geschäftsleitung. Wie unser Doktor bereits erwähnte, haben wir nirgends Spuren von Gewalteinwirkung gefunden. Es gibt auch im Zimmer keine Hinweise auf eine Auseinandersetzung oder überhaupt auf die Anwesenheit anderer Personen. Ihre persönlichen Utensilien scheinen unberührt geblieben zu sein. In ihrer Geldtasche waren knapp 300 Schweizer Franken sowie mehrere Kredit- und Kundenkarten. Nichts weist auf einen Diebstahl hin. Das ist alles, was wir bisher haben.« Er blickte wieder rasch zu Hannah. »Hannah hat das Personal befragt, das am Vorabend im Speisesaal und an der Bar Dienst hatte.«

Keller wandte sich der jungen Kriminalassistentin zu,

die ihm gegenüber auf der anderen Tischseite saß, und forderte sie mit einer Handbewegung auf, ihre Erkenntnisse vorzutragen. Die junge Frau holte tief Luft. Sie war unübersehbar aufgeregt. Es war ihr erster großer Fall, den sie begleiten durfte, seit sie vor einigen Wochen direkt von der Polizeiakademie zu Kellers Team gestoßen war. Keller hatte sie aus fünf Bewerbern und Bewerberinnen ausgewählt, die sich auf die Ausschreibung im internen Stellenanzeiger der Verwaltung gemeldet hatten. Ihn hatten nicht nur ihre guten Bewerbungsunterlagen, sondern auch ihre offene Art, die Neugier und nicht zuletzt der Wissensdurst beeindruckt, den sie bereits im ersten Bewerbungsgespräch gezeigt hatte. Auch die Feedbacks der Teammitglieder, zu denen er sie anschließend für weitere Gespräche geschickt hatte, waren durchwegs positiv ausgefallen, und er hatte sie für eine Probezeit eingestellt, obwohl sie für die ausgeschriebene Position eigentlich noch zu jung und zu unerfahren war. Wie immer, wenn er Leute in sein Team holte, vertraute er lieber seinem Bauchgefühl als den oft schablonenhaften Kriterien, die das Personalamt für eine zu besetzende Position vorgab. Es hatte ihn noch selten getäuscht, und nach den ersten Wochen der Zusammenarbeit war er überzeugt, sich richtig entschieden zu haben.

Auch Hannah hatte einige dicht mit ihren Notizen beschriebene Blätter vor sich liegen. »Zuerst habe ich den Chef de Service befragt, der am Samstagabend im Restaurant die Aufsicht hatte«, begann sie ihren Bericht. »Er kannte Frau Schneider, die er oft im Hotel gesehen habe. Er meinte, an diesem Abend sei sie nicht im Restaurant gewesen. Das hätte er bemerkt, da er sie wie jeden Stammgast immer persönlich begrüße und ihre Bestellungen aufnehme, ehe er sie zur weiteren Betreuung an das Service-personal übergebe.«

Das deckte sich mit Kellers eigener Erinnerung. Er und Lea hatten am Samstagabend das Dinner im Restaurant eingenommen. Natürlich hatte er den übrigen Gästen keine große Aufmerksamkeit geschenkt, aber nach 30 Jahren Polizeiarbeit entwickelte man einen siebten Sinn für Menschen und Dinge in seinem Umfeld, auch wenn man nicht im Dienst war und keinen Anlass hatte, sich die Gesichter um sich herum zu merken. Wenn Mia Schneider im Speisesaal gewesen wäre, hätte er sich wahrscheinlich an das Gesicht erinnert, das er im Bett liegen sah, auch wenn die Umstände am Vorabend natürlich ganz anders gewesen waren.

»Ich habe die Rezeptionistin befragt, die den ganzen Nachmittag und Abend hindurch Dienst hatte. Sie sagte mir, Frau Schneider habe früh am Samstagmittag eingecheckt«, setzte Hannah ihren Bericht fort. »Auch sie meinte, Frau Schneider sei regelmäßig im Hotel gewesen, meist über das Wochenende. Gegen Samstagabend habe sie das Hotel verlassen und sei erst kurz vor Mitternacht zurückgekommen. Sie sei noch in die Bar gegangen. Mehr habe sie nicht mehr gesehen, denn für sie sei ihr Dienst zu Ende gewesen und sie sei hinüber ins Personalhaus gegangen.«

Hannah legte eine kurze Pause ein und suchte ein weiteres Blatt aus ihren Notizen hervor. »Jasper, der Barkeeper, bestätigte mir, dass er sie an diesem Abend gesehen habe. Sie sei an einem der kleinen Tische im Hintergrund gesessen, alleine, soweit er sich erinnern konnte. Es sei an diesem Abend sehr viel Betrieb gewesen, wie meist am Samstag, und er habe nicht weiter auf sie geachtet. Sie sei plötzlich weggewesen, ohne zuvor die Rechnung verlangt zu haben. Das sei nicht ungewöhnlich, wenn viel Betrieb herrsche. Er habe ihr Getränk einfach selber visiert und in der elektronischen Kasse abgerechnet. Er meinte noch, sie sei eigentlich nie lange in der Bar geblieben und habe sich meist nach einem Schlummertrunk zurückgezogen. Ob sie gleich auf ihr Zimmer gegangen sei, konnte er natürlich nicht sehen. Der Nachtportier, der nach Mitternacht die Rezeptionistin abgelöst hatte, bestätigte jedoch, er habe sie die Treppe hinaufgehen sehen.«

Damit beendete Hannah ihren Bericht und blickte fragend zu Keller.

»Danke, Hannah, gut gemacht.« Er hatte sich laufend die wichtigsten Punkte aller Ausführungen notiert und blickte erneut fragend in die Runde. Seine Mitarbeiter schienen alles berichtet zu haben, was bis zu diesem Zeitpunkt an Erkenntnissen vorlag. »Wir können also definitiv davon ausgehen«, fasste er zusammen, »dass wir es mit einem Mord zu tun haben. Ich denke, die endgültigen Laborbefunde brauchen wir nicht abzuwarten, um mit unseren Ermittlungen zu starten. Machen wir uns erst mal ein genaueres Bild vom Opfer und seinem Umfeld. Wer war sie, wo lebte sie, berufliches und privates Umfeld, die ganze Checklist. Teilt euch auf. An die Arbeit!«

KAPITEL 8

Keller stand am Fenster seines Büros, die Espressotasse mit dem inzwischen lauwarmen Kaffee in der Hand. Der direkt an den großen Klosterhof angrenzende Pfalzhof war von barocken Bauten der früheren Klosterverwaltung eingefasst. Vor dem einstöckigen Gebäude, das die Büros von Kellers Abteilung beherbergte, lag eine kleine Naturwiese, auf der die Stadtgärtnerei im Frühling Hunderte von Wiesenblumen ausgesät hatte. Während der Sommermonate leuchteten Rotklee, Hahnenfuß und Margeriten im Sonnenlicht und schafften einen Gegensatz zur manchmal eher düsteren Stimmung in den Büros, in denen sich die Beamten mit Mord und Totschlag befassen mussten. Auf einer kleinen Messingplakette an der Hauswand war zu lesen, dass sich unter der Wiese ein mittelalterlicher Friedhof des einstigen Klosters befinde. Jetzt im Herbst blühten nur noch wenige Blumen, und viele gingen im hochstehenden Gras unter. Man sah sie nur, wenn man wie Keller sein Büro im ersten Stock hatte und gleichsam aus einer Vogelperspektive auf die Wiese blicken konnte. Gegenüber lagen in einem lang gezogenen, an den alten Wehrturm angebauten Gebäude die Büros der Kantonspolizei. Der Turm trug den Namen eines einst mächtigen Kardinals, an den sich längst niemand mehr erinnerte, und schützte im Mittelalter eines der fünf Stadttore. Die riesigen hölzernen Torflügel waren der Ausgang für die Fürstäbte, den sie zum Verlassen der Klosteranlage benutzten, um nicht durch die mit dem Kloster zerstrittene Stadt gehen zu müssen. Seit Jahrhunderten diente der Turm den Stadtbehörden als Gefängnis und beherbergte auch heute noch ein Untersuchungsgefängnis. Die schmalen, mit engmaschigen Gittern versehenen Fensteröffnungen der Zellen erinnerten an die vergangenen Zeiten, in denen verhaftete Übeltäter im feuchten Turm ihre Strafe verbüßen und nicht selten von hier aus ihren letzten Gang zum Richtplatz vor der Stadtmauer antreten mussten. Während der sorgfältig restaurierte Turm von außen mit den vergitterten kleinen Fenstern und den mächtigen Steinquadern noch immer aussah wie vor 400 Jahren, waren die Zellen im Inneren modernisiert und mit allen Features eines modernen Untersuchungsgefängnisses ausgestattet.

Manchmal, wenn Keller so wie heute am Fenster stand und auf den kleinen Hof und den steinernen Gefängnisturm blickte, versuchte er, sich vorzustellen, was für Menschen hier vor vielen Jahrhunderten gelebt und gearbeitet hatten und unter der heutigen Blumenwiese begraben wurden. Hatten sie die gleichen Wünsche, Hoffnungen, Begierden und Gefühle verspürt wie heute ihre Nachfahren? Hatten sie sich genauso wichtig genommen, wie das die heutigen Bewohner der Stadt taten? Nichts war von ihnen übrig geblieben außer einigen Knochen unter der Wiese. Niemand erinnerte sich an sie. Von wenigen Ausnahmen abgesehen waren weder Namen oder Eigenschaften dieser Menschen überliefert worden. Und die wenigen Hinweise, die sich in den Klosterakten und Büchern zu einzelnen von ihnen fanden, beschränkten sich auf Namen und Daten aus ihrer Biografie, ohne dass daraus das Bild eines Menschen aus Fleisch und Blut entstehen konnte. »Auch an mich wird in ein paar Jahrzehnten nichts mehr erinnern«, murmelte Keller halblaut vor sich hin.

»Hast du etwas gesagt?«, rief Nele aus dem Vorzimmer. Keller hörte sie von ihrem Pult aufstehen und zur nur angelehnten Verbindungstür zwischen dem Sekretariat und seinem Büro kommen.

»Nein, ich führe Selbstgespräche«, rief er zurück und drehte sich seinem Arbeitstisch zu. Nele war das administrative Herzstück seiner Abteilung. Seit Jahrzehnten am immer gleichen Arbeitsplatz, hatte sie schon für zwei seiner Vorgänger gearbeitet. Sie wusste alles, was im Kommissariat offiziell oder inoffiziell geschah, kannte jeden Ablauf, jedes Formular und vor allem auch jeden Kontakt, der ihrem jeweiligen Chef nützlich sein konnte. Ihre Fähigkeiten, aus Kellers Stichworten einen den Anforderungen einer oft monströsen Verwaltung entsprechenden Bericht zu zimmern, waren unübertroffen.

Sie streckte ihren Lockenkopf durch die Spaltbreit geöffnete Bürotür. »Obermüller hat zweimal angerufen. Er klang ziemlich grantig. Ich habe ihm gesagt, du seiest in einer Sitzung. Er wartet auf deinen Rückruf.«

Keller brummte etwas vor sich hin, was Nele als Empfangsquittung ihrer Meldung interpretierte, und ging zurück zu seinem Pult. Obermüller war der zuständige Staatsanwalt, ein jüngerer Jurist auf dem Karrieretrip. Keller mochte ihn nicht, ein Gefühl, das durchaus auf Gegenseitigkeit beruhte. Er war sich bewusst, dass er ihn eigentlich längst über die gestrigen Ereignisse im *Seebad* hätte informieren müssen. Er hatte ihm vor der Teamsitzung zwar eine kurze Mail geschickt, nachher aber schlicht vergessen, sich bei ihm zu melden. In Erwartung des Rüffels, den er gleich kassieren würde, setzte er sich an seinen Schreibtisch und wählte auf dem Computer die Direktnummer des Staatsanwalts.

Obermüllers Gesicht mit dem akkurat gepflegten Schnurrbart und dem immer leicht ölig glänzenden, zurückgekämmten und am Hinterkopf zu einem kleinen Schwänzchen zusammengebundenen Haar erschien bereits nach wenigen Sekunden auf dem Bildschirm. Keller hasste diese Kommunikationssoftware, die erst vor Kurzem eingeführt worden war und nach wie vor periodische Abstürze produzierte. Er sehnte sich zurück nach dem guten alten Telefon, mit dem man bei einem Gespräch auch mal die Füße auf die Pultplatte legen oder ungeniert irgendwelche Reste vom mittäglichen Essen aus den Zähnen pulen konnte. Zudem wurde er das unangenehme Gefühl nie los, dass irgendjemand ihn über die Kamera des Computers beobachten oder überwachen könnte, auch wenn er nicht annahm, dass das tatsächlich der Fall war. Aber er wusste, dass es rein technisch möglich war. Und, wie jemand in einer Diskussion einmal gesagt hat, was technisch möglich ist, wird irgendwann auch gemacht. Wie zufällig hing deshalb immer, wenn er nicht am Telefonieren war, ein kleiner beschrifteter *Postfix*-Zettel über der runden, dunkel glänzenden Öffnung der Computerkamera am oberen Rahmen des Bildschirms.

»Keller! Endlich! Was ist los bei euch? Warum bin ich der Letzte, der informiert wird, wenn es einen Todesfall gibt?«

Keller hätte eine ganze Reihe von mehr oder weniger stichhaltigen Gründen für die fehlende Information Obermüllers anführen können. Immerhin war es Sonntag gewesen, und er könnte argumentieren, dass er Obermüller nicht habe stören wollen. Ob die Tote tatsächlich einem Giftmord zum Opfer gefallen war, hatte die Gerichtsmedizin noch nicht offiziell bestätigt. Zudem wusste er, dass an diesem Wochenende ein Kollege Obermüllers in der Staatsanwaltschaft Pikettdienst hatte, den er über den Todesfall hätte informieren können. Ihm war klar, dass es ein Fehler gewesen war, Obermüller nicht gleich oder spätestens heute früh zu informieren. Weniger ein sachlicher, sondern mehr ein psychologischer Fehler. Er wusste, Obermüller würde sich einmal mehr in der vorgefassten Meinung bestätigt sehen, dass Keller am liebsten wie ein »lonely wolf« agiere und als Teamplayer und -leiter eigentlich unbrauchbar sei. Eine Beurteilung, die Keller tief in seinem Inneren durchaus nachvollziehen konnte.

Er murmelte etwas, das man dem Tonfall nach als Entschuldigung interpretieren konnte, und dass es Sonntag gewesen sei und er den Staatsanwalt nicht habe stören wollen, aber Obermüller ließ ihn gar nicht erst ausreden. »Sie wissen genau, dass Sie mich in so einem Fall sofort informieren müssen. Wir diskutieren das nicht zum ersten Mal miteinander. Also, was haben wir bis jetzt?«

Du hast gar nichts; wir aber auch nicht viel mehr, dachte er bei sich, rapportierte jedoch die wenigen Informationen, die bereits gesichert waren. Er wies darauf hin, dass die Untersuchung gerade erst angelaufen sei.

Obermüllers Kopf nickte ihm vom Bildschirm entgegen. Er schien sich etwas beruhigt zu haben. »Gut. Wir machen morgen nach dem Mittag eine Pressekonferenz. Ich werde sie leiten. Sie begleiten mich.«

Auf Kellers Vorschlag, die Medienkonferenz mit Hinweis auf die noch minime Datenlage um einen oder zwei Tage zu schieben und es stattdessen bei einer kurzen Medienmitteilung zu belassen, ging Obermüller nicht ein. »Transparenz, Keller, Sie wissen um deren Bedeutung heutzutage! Die Öffentlichkeit will informiert werden!« Und mit wieder etwas grimmigerer Stimme fügte er hinzu: »Wie ich auch!«

Keller wusste, dass Obermüller sich im nächsten Frühjahr für den Posten des Leitenden Staatsanwalts bewerben wollte. Die Aussicht, sich auf der Pressekonferenz als energischer Macher präsentieren zu können, war ihm wichtiger als das, was bei diesem Anlass gesagt oder nicht gesagt werden konnte.

»Ich erwarte Sie eine Stunde vorher zum Briefing in meinem Büro«, beschied ihm Obermüller. »Und mailen Sie mir heute Abend einen vollständigen Bericht mit allem, was wir bisher haben.« Damit beendete der Staatsanwalt das Gespräch, und der Bildschirm zeigte wieder das farbige Bild vom letzten Urlaub mit Lea, das sich Keller als Bildschirmschoner installiert hatte.

»Ja dann«, sagte er zu sich und wandte sich seiner Arbeit zu.

KAPITEL 9

Keller holte sich am Automaten im Gang den nächsten Espresso und ging zurück in sein Büro. Im Vorbeigehen streckte er den Kopf ins Sekretariat. »Nele, verbinde mich mit der *Vadiana* Zentralverwaltung! Ich will den Chef sprechen.«

Nach einer knappen Minute stellte Nele die gewünschte Verbindung zu ihm durch. Eine barsch klingende Frauenstimme meldete sich im Lautsprecher. Der Ton signalisierte ihre Empörung über den Wunsch, so kurz vor der Mittagspause ihren Chef und damit auch sie zu stören.

»Brenner! Büro Doktor Signer!«

Er spürte förmlich, wie die Frau zusammenzuckte, als er sich mit »Keller, Kripo Sankt Gallen« meldete und wünschte, mit dem Chef verbunden zu werden. Doch so schnell ging das natürlich nicht, auch wenn die Stimme einen etwas verbindlicheren Ton annahm.

»Darf ich fragen, worum es geht?«

Keller vermutete, dass die Frau genau wusste, worum es ging. Der Tod einer leitenden Mitarbeiterin der *Vadiana* musste sich angesichts der Meldungen von heute morgen in allen Medien längst herumgesprochen haben.

»Das möchte ich mit Herrn Doktor Signer direkt besprechen.«

Die Stimme des Vorzimmerdrachens wurde wieder einige Grade kühler. »Es tut mir leid, Doktor Signer ist gerade in einer Besprechung. Ich richte ihm aus, dass er Sie zurückruft, sobald er frei ist.«

Keller verspürte wenig Lust, auf einen Rückruf in unbestimmter Zeit zu warten. »Das ist nicht nötig. Richten Sie Ihrem Chef aus, dass ich mich nach der Mittagspause bei ihm im Büro melden werde. Sorgen Sie dafür, dass er für mich frei ist. Danke und bis später.«

Damit beendete er das Gespräch. Er kannte seinen schlechten Ruf, den er sich wegen seines oft ein wenig rüden Umgangs mit anderen erworben hat. Er mochte das Gesülze und Um-den-Brei-herum-Reden nicht, das manche Leute in schwierigen Gesprächssituationen veranstalteten. Nach der Mittagspause, die er, ein Sandwich kauend, in seinem Büro verbrachte, machte er sich auf den Weg zur *Vadiana*. Eigentlich wollte er den Weg durch die Stadt bis zum Sitz der Firma zu Fuß gehen. Ein Blick zum wolkenverhangenen Himmel zeigte ihm, dass es bald regnen würde. Deshalb beschloss er, den Wagen zu nehmen. Er ging über den Hof zu seinem Toyota, den er – eines der wenigen Privilegien, die ein Chefbeamter genoss – direkt im Innenhof und sozusagen vor seiner Bürotür abstellen durfte.

Die großen Fabrikgebäude und der Verwaltungssitz der *Vadiana* lagen ein wenig erhöht am östlichen Rand der Stadt. Damals waren die Fabrikhallen und die alte Villa des Gründers der Textildynastie Raggenbass außerhalb der Stadtgrenzen im Grünen gelegen, inzwischen hatte sich die stetig wachsende Stadt aber immer näher an das Werkareal herangeschoben und es war ganz von Wohnblöcken und Bürogebäuden umgeben. Keller erinnerte sich dunkel an die Produktionshallen, die er vor einer gefühlten Ewigkeit während seiner Schulzeit besichtigt hatte. Damals besuchten viele Schulklassen die größte noch verbliebene Textilfabrik der Stadt, wenn im Geschichtsunterricht die lange und erfolgreiche Geschichte der lokalen Textilindustrie behandelt wurde. Heute sind aus dieser textilen Vergangenheit, die Sankt Gallen einst zu einer der reichsten Städte der Welt gemacht hatte, nur einige stattliche Villen und Verwaltungsbauten der Textilbarone geblieben. Die meisten der einst großen und mächtigen Firmen waren längst untergegangen, ihre Fabriken abgerissen und durch moderne Wohnsiedlungen ersetzt worden.

Die *Vadiana* hatte bisher alle Stürme des vergangenen Jahrhunderts überstanden. Natürlich war auch sie nur noch ein Zerrbild ihrer einstigen Größe. Immerhin hatte sie bisher überlebt, wenn auch die Umsätze und Gewinne von Jahr zu Jahr weiter zurückgingen. Noch immer war sie eine der großen Arbeitgeberinnen in der Stadt. Der lang gezogene Ziegelbau des Fabrikgebäudes, in dem einst Hunderte von Webstühlen ratterten und in der Blütezeit der Firma fast zweitausend Einfädlerinnen, Kopisten, Maschinensticker und Nachbearbeiterinnen in langen Schichten und unter prekären Bedingungen arbeiteten, war umgebaut und an viele kleinere Unternehmungen aus unterschiedlichen Branchen vermietet worden. Eine mit viel Glas und Beton neu erbaute Fabrik war heute Produktionsstätte einerseits für die Einzelstücke, die in kleinen Serien für Modedesigner in der ganzen Welt hergestellt wurden, andererseits für die Muster, anhand derer die Massenprodukte in den asiatischen und osteuropäischen Tochtergesellschaften produziert wurden. Einzig die sorgfältig restaurierte Verwaltungsvilla am Rande des Fabrikgeländes erinnerte an die vergangene Blütezeit der *Vadiana*. Einst als standesgemäßes Wohnhaus für den Firmengründer gebaut, war sie heute das Verwaltungszentrum der *Vadiana*. Die Nachfolger des Gründers hatten sich vor über hundert Jahren mit ihrem wachsenden Reichtum einen neuen Wohnsitz hoch über der Stadt bauen lassen, bis heute das Stammhaus der Familie Raggenbass.

Keller erinnert sich vage an einen Zeitungsbeitrag, der anlässlich eines Jubiläums der *Vadiana* im lokalen Tagblatt erschienen war. Dort hatte der betagte Firmenpatriarch Raggenbass, der bereits in der vierten Generation die Firma führte, in einem Interview die Geschichte der Firma seit ihrer Gründung im frühen 19. Jahrhundert bis zur Gegenwart beschrieben. Einige Jahre darauf hatte er die Leitung seinem Schwiegersohn übertragen und sich aus der operativen Führung zurückgezogen. Soweit Keller sich erinnerte, blieb der Patriarch noch einige Jahre Verwaltungsratspräsident der Firma, ehe er sich aus gesundheitlichen Gründen endgültig aus dem Geschäft zurückziehen musste.

Das eiserne Rolltor zum Firmengelände stand offen. Keller fuhr direkt zum Haupteingang der Verwaltungsvilla und stellte den Wagen auf einen der mit »Besucher« markierten Parkplätze. Er stieg die paar Treppenstufen hinauf zur Eingangstür, die sich lautlos vor ihm öffnete. Hinten in der Eingangshalle sah er eine lange Empfangstheke aus poliertem Nussbaumholz. Eine junge Frau in einem hellen Kostüm und einem Headset auf dem Kopf war gerade daran, ihre Fingernägel mit einer kleinen Feile zu bearbeiten. Erschrocken blickte sie auf, als sie Keller durch die Türe kommen sah, und ließ die Feile unter einem Stapel akkurat aufgeschichteter Papiere verschwinden. Mit einem Ruck setzte sie sich in Positur und zauberte ein professionelles, gleichzeitig erfreut und fragend wirkendes Lächeln in ihr Gesicht.

»Willkommen in der *Vadiana*!«, begrüßte sie ihn. »Was kann ich für Sie tun?«

Keller lächelte zurück, zeigte seinen Ausweis und erklärte ihr, dass er mit Doktor Signer verabredet sei. Die Dame tippte etwas auf ein Tablet, das vor ihr auf der ansonsten leeren Ablage der Empfangstheke lag, und erklärte einem für den Besucher unsichtbaren Gegenüber Kellers Anliegen. Während sie in ihrem Kopfhörer offenbar eine Antwort erhielt, blickte sie kurz zu Keller und tönte ein verstehendes Nicken an. Die Verbindung wurde getrennt, und sie wandte sich wieder Keller zu. Mit der Hand wies sie auf die Sitzgruppe neben einer der großen Glasscheiben der Empfangshalle.

»Bitte nehmen Sie für einen Moment dort drüben Platz. Frau Brenner wird Sie gleich abholen. Darf ich Ihnen inzwischen etwas anbieten?«

Keller lehnte dankend ab, ging zur Sitzgruppe hinüber und setzte sich in einen der bequemen Ledersessel. Unauffällig blickte er um sich und musterte die Umgebung. Die Empfangshalle war offensichtlich aus der alten Eingangshalle der Fabrikantenvilla entstanden. Der Architekt hatte fast das ganze Erdgeschoss der Villa aushöhlen und mit modernen Stilelementen ausstatten lassen. Während die denkmalgeschützte Fassade unverändert blieb, entstand im Innenraum ein moderner, dank geschickter Beleuchtung lichtdurchfluteter Raum.

Lange musste er nicht warten, bis ganz hinten in der Halle ein leiser Klingelton die Ankunft des Aufzugs ankündigte und eine ältere Dame aus dem Lift auf ihn zukam. Wieder notierte Keller blitzschnell die wichtigsten Eindrücke, während er sich aus seinem Sessel erhob. Grauer Hosenanzug, weiße hochgeschlossene Bluse, dunkelbraune, gefärbte halblange Haare, Brille mit modischem Gestell, dezentes professionelles Make-up. Alter dank einiger diskreter Eingriffe der Schönheitschirurgen undefinierbar. Sie streckte ihm ihre Hand zur Begrüßung entgegen. Keller erkannte die Stimme, die er vor dem Mittag am Telefon gehört hatte.

»Guten Tag, Herr Kommissar. Alberta Brenner, die Assistentin von Doktor Signer. Er hat sich kurzfristig für Sie freimachen können und erwartet Sie oben in seinem Büro. Ich bringe Sie zu ihm.«

Ohne die Reaktion von Keller abzuwarten, drehte sie sich um und ging zurück zum Lift, dessen Tür noch immer offen stand. Aus den Augenwinkeln sah er, wie die Blondine am Empfangstresen ihn mit neugierigen Blicken verfolgte. Wahrscheinlich konnte sie sich denken, was der Grund seines Besuchs war. Im Aufzug drehte die Assistentin ihm den Rücken zu und starrte angestrengt auf das digitale Liftpanel. Sie vermied jeden Blickkontakt mit ihm. Mit einem dezenten Klingelton stoppte der Lift in der zweiten Etage. Fast geräuschlos glitt die Lifttür zur Seite und gab den Blick auf einen großen Raum mit einer breiten Fensterfront frei. Der Fußboden war mit einem dezent grau gefärbten Wollteppich belegt. Vor der Fensterfront stand ein Arbeitstisch mit gläserner Platte und Stahlgestell, dahinter ein hoher weißer Ledersessel. Zwei große Computerbildschirme und eine Telefonanlage ließen Keller vermuten, dass das der Arbeitsplatz des Vorzimmerdrachens war. Sie würdigte ihn keines weiteren Blickes und ging direkt auf eine Tür im Hintergrund des Raums zu. Sie klopfte kurz und öffnete die Tür. Dann trat sie zur Seite und forderte Keller mit einer Handbewegung auf, ins Zimmer zu treten.

»Der Herr Doktor ist nun frei für Sie.«

Keller hatte eigentlich erwartet, in ein Sitzungszimmer

gebracht zu werden, doch der Firmenchef empfing ihn in seinem Büro. Ein etwas untersetzter Mann kam auf ihn zu und streckte ihm die Hand zur Begrüßung entgegen. »Signer. Kommen Sie, setzen wir uns!« Er wies mit einer Handbewegung auf eine kleine Gruppe von Ledersesseln in einer Ecke des Büros. Wieder startete blitzschnell Kellers Scan. Größe: etwa einssiebzig, Statur untersetzt, kleiner Kugelbauch, vom Anzugsjackett geschickt kaschiert. Schütteres Haar, Geheimratsecken, an den Schläfen leicht ergraut. Augenfarbe braun, Haut leicht sonnengebräunt. Dunkler Wollanzug mit perfektem Sitz, wie nur ein guter Maßschneider ihn hinkriegt. Hellblaues Hemd mit dunklen Knöpfen, ohne Krawatte. Am Handgelenk eine goldene Uhr, die unter den Manschetten des Hemds hervorlugte. Angenehme Stimme, offener Blick unter buschigen Augenbrauen. Etwas über 50, schätzte Keller. So wie er selbst.

»Was darf ich Ihnen anbieten? Ein Wasser? Oder einen Espresso?« Signer deutete ein Lächeln an. »Wahrscheinlich keinen Alkohol …?«

Keller akzeptierte dankend einen Espresso, den Signer bei Alberta bestellte, zusammen mit einem zweiten für sich. Die Miene des Firmenchefs wurde ernst. »Ich kann mir vorstellen, weshalb Sie zu mir kommen.« Seine Betroffenheit wirkte echt. »Wir haben heute in der Frühe die furchtbare Nachricht erhalten. Auch ich stehe noch immer unter Schock. Es ist einfach unfassbar.«

Keller sagte erst mal nichts darauf, und einen Moment lang herrschte Stille im Raum. Alberta brachte auf einem Tablett zwei Mokkatässchen mit den bestellten Espressi. Sie stellte die Getränke vor Keller und Signer auf den Tisch, zusammen mit einer Zuckerdose und einem Kännchen mit

Rahm, alles offensichtlich aus dem gleichen alten Porzellansortiment. Zuletzt platzierte sie eine Schale mit kleinen, quadratischen Plätzchen aus schwarzer und brauner Schokolade auf den Tisch, die Keller bekannt vorkamen. *St. Galler Spitzen*!

»Danke, Frau Brenner, das ist für den Moment alles«, beschied Signer sie. Nachdem Alberta das Büro des Chefs verlassen und die Tür hinter sich geschlossen hatte, fügte er, zu Keller gewandt, hinzu: »Alberta ist sozusagen der gute Geist der *Vadiana*. Ich weiß gar nicht, wie lange sie in der Firma ist. Jedenfalls saß sie bereits auf ihrem Stuhl, als ich vor vielen Jahren zum ersten Mal meinen heutigen Schwiegervater in seinem Büro aufsuchte. Sie sieht, hört und weiß alles, was in der Firma passiert.«

Keller lehnte dankend ab, als Signer sich ein Schokoplätzchen vom Teller nahm und ihn mit einer Handbewegung einlud, sich ebenfalls zu bedienen.

»Ich liebe diese Plätzchen«, meinte Signer und wies auf die in der kleinen Porzellanschale akkurat angeordneten *St. Galler Spitzen*. »Ein starker Espresso und ein Stückchen Schokolade geben mir den Booster für den täglichen Kampf mit den kleinen Widrigkeiten des Alltags. Leider meint mein Arzt, ich müsse zurückhaltender sein mit Süßigkeiten. Zudem sollte ich abnehmen.« Er klopfte sich mit einer Hand auf den kugelförmigen Bauch, der den Ledergürtel in seiner Hose fast verschwinden ließ. »Ein kleines Laster darf man sich gönnen, finden Sie nicht auch?«

Keller ließ seine Blicke durch das Chefbüro schweifen. Ein großer Raum mit hoher Decke, offenbar früher ein Salon der alten Fabrikantenvilla. Die breite Fensterfront und zwei raumhohe gläserne Türflügel gingen auf eine Terrasse hinaus. Auf dem Parkettboden lagen weiche Teppiche. Ein bis zur mit Stuckaturen verzierten Decke reichendes Regal nahm die der Fensterfront gegenüberliegende Wand ein. Neben Tablaren mit farbigen Ordnern füllten lange Reihen gebundener Folianten die raumhohen Regale.

Signer bemerkte, wie Keller den Büroraum musterte. »Der Raum war ursprünglich ein Salon der ehemaligen Fabrikantenvilla«, erklärte er. »Wie ich in den Unterlagen der *Vadiana* gelesen habe, war er seit Generationen für die jeweiligen Firmenchefs die Kommandozentrale, von der aus das einst Kontinente umspannende Imperium der *Vadiana* gesteuert wurde. Zuletzt saß mein Schwiegervater an diesem alten Pult. Und jetzt ich, sein Nachfolger.«

Die Möblierung des Raums, deren Kombination von alt und modern auf einen erstklassigen Innenarchitekten hinwies, bestand aus einem alten Arbeitspult aus poliertem Tropenholz sowie einem vor dem Bücherregal stehenden gläsernen Stehpult. Vor dem Pult stand der Stuhl eines bekannten Designers, auf der anderen Seite der Pultplatte ein Besuchersessel, den Keller ebenfalls einem Designer zuordnete, dessen Name ihm gerade entfallen war. Moderne Stehlampen und geschickt in die Wand integrierte Strahler leuchteten die Wandtäfelungen und die Holzdecke aus und tauchten den Raum in ein warmes Licht. Auf dem Pult stand eine Leuchte, die Keller, der seit jeher ein Faible für Stilmöbel hatte, als *Bauhaus*-Lampe erkannte. Wahrscheinlich das Original und kein Retromodell, ging ihm unwillkürlich durch den Kopf.

Signer sah Kellers Blicke über die langen Reihen der Folianten in den Regalen schweifen, deren Rücken in schwarzen, verschnörkelten Lettern beschriftet waren. »Unser Firmenarchiv. Jeder der Folianten steht für ein

Geschäftsjahr. Die Zahlen und Aufzeichnungen gehen zurück bis 1789, ins Gründungsjahr der *Vadiana*. Manchmal, wenn ich Zeit habe, schmökere ich in den alten Geschäftsbüchern. Die Zahlen erzählen spannende Geschichten, wenn man sie zu interpretieren weiß.« Er gab sich einen Ruck und blickte Keller mit wieder ernster Miene an. »Sie wollen vermutlich über etwas anderes mit mir reden?«

»So ist es«, bestätigte Keller. Er hatte sein Notizbuch aus der Innentasche seines Sakkos gezogen und vor sich auf die Tischplatte gelegt.

»Sie sind wegen Mia hier.« Der Ton von Signer drückte aus, dass das weniger eine Frage als eine Feststellung war. »Sagen Sie mir, was geschehen ist! Ich weiß nur, was ich heute früh im Lokalradio gehört habe. Sie haben dort zwar keinen Namen genannt, aber es war jedem von uns klar, wer mit der Toten gemeint war. Die Nachricht ist wie ein Lauffeuer durch die ganze Firma gegangen. Ich übertreibe nicht, wenn ich sage, dass wir alle zutiefst schockiert sind.«

Keller hatte beim Rasieren am Morgen die Topmeldung im Regionaljournal des Lokalsenders auch gehört. Der Sprecher hatte von einem mysteriösen Todesfall im *Seebad* gesprochen. Das Opfer, so werde vermutet, sei eine jüngere Kadermitarbeiterin einer lokalen Textilfirma. Es bestehe der Verdacht, dass die Frau eines unnatürlichen Todes gestorben sei. Von der Kripo Sankt Gallen sei bisher kein Kommentar zu erhalten gewesen. Während er sich den Seifenschaum aus dem Gesicht gewischt hatte, erinnerte er sich an den Journalisten Louis, der am Vortag fast gleichzeitig mit seinem Team im *Seebad* eingetroffen war. Der Kerl musste einen Informanten im Hotelteam haben, der ihm heimlich den Todesfall gemeldet und später auch einige Details wie Name, Alter und Arbeitsort der Toten verraten hatte. Er musste ihn sich gelegentlich wegen Behinderung von Ermittlungen vorknöpfen. Aber er wusste auch, dass der Journalist nur seine Arbeit machte und seine Quelle sowieso schützen würde.

»Wir stehen erst ganz am Anfang unserer Ermittlungen«, beantwortete er Signers Feststellung. »Ich kann Ihnen leider noch nicht mehr sagen als das, was Sie heute früh im Radio gehört haben.«

»Sie gehen davon aus, dass Mia eines ...«, er suchte nach dem passenden Wort, »unnatürlichen Todes gestorben ist?« Mit einem Blick auf Kellers Visitenkarte fügte er hinzu: »Sonst wären Sie nicht hier.«

Keller bestätigte, dass man von einem gewaltsamen Tod Mia Schneiders ausgehen müsse, ohne weitere Details preiszugeben. »Ich bin daran, mir ein etwas genaueres Bild von der Toten zu machen. Sie hat in Ihrer Firma gearbeitet. Deshalb bin ich hier. Bitte erzählen Sie mir von ihr!«

Signer zögerte einen Moment. Er schien sich zu überlegen, wo er beginnen und was er Keller erzählen sollte. »Mia ist«, sagte er schließlich und korrigierte sich sogleich, »war Mitglied unserer fünfköpfigen Geschäftsleitung. Sie war bei ihrer Beförderung das jüngste Mitglied der Geschäftsleitung, das wir in unserer langen Geschichte je hatten, und die erste und bisher einzige Frau. Das ist«, er rechnete kurz nach, »inzwischen gut fünf Jahre her.«

»Was war ihr Aufgabengebiet in der Firma?«

»Sie war einerseits zuständig für den textilen Einkauf unserer Firma. Das umfasst die Garne, die wir verspinnen, auch viele Halb- und Fertigfabrikate, die wir für unsere Spitzen entweder weiterverarbeiten oder -verkaufen. Andererseits, und das war eigentlich ihre Haupttätigkeit, war sie die Chefdesignerin unserer berühmten textilen Spitzen. Sie hat alle die Designs verantwortet, die wir für Kunden rund um den Globus herstellen.«

»Eine bemerkenswerte Karriere für eine so junge Frau«, warf Keller ein.

Signer nickte. »Da haben Sie recht. Sie war wirklich gut in ihrem Job. Dank ihr hat die *Vadiana* in den vergangenen Jahren ihr«, er suchte wieder nach dem treffenden Wort, »vielleicht etwas antiquiertes Image korrigieren können. Wir sind heute mit unseren Textilien eine moderne Firma, die in unserem Markt textile Trends nicht nur aufnimmt, sondern sie selber setzt. Unsere Stoffe und Stickereien verkaufen wir heute international. Viele meinen, Stickereien seien Produkte der vergangenen Jahrhunderte, die niemand mehr nachfragt. Das ist nicht so. Wir stellen im Gegenteil fest, dass selbst renommierte Modeschöpfer bei der Gestaltung ihrer Kreationen vermehrt wieder auf unsere Stickereien zurückgreifen.«

»Wie ist Frau Schneider zur *Vadiana* gekommen?« Keller bemerkte das minime Zögern, ehe Signer auf Kellers Frage antwortete. »Sie hat bereits früher einmal bei der *Vadiana* gearbeitet. Genauer gesagt: Sie hat ihre Lehre zur Textilfachfrau bei uns gemacht. Nach dem Lehrabschluss ist sie ins Ausland gegangen. Wir haben lange nichts mehr von ihr gehört, bis sie nach Sankt Gallen zurückgekommen ist. Sie hat sich in dieser Zeit weitergebildet und wichtige Erfahrungen bei renommierten Modehäusern sammeln können. Wenn ich mich richtig erinnere, meldete sie sich auf eine Stellenanzeige im *Tagblatt*. Wie ich vorhin erwähnte, hat sie für uns hervorragende kreative Arbeit geleistet. Als wir vor einigen Jahren die Führungsstruktur unserer Firmengruppe reorganisierten und neu die Position des Chefdesigners schufen, war sie trotz ihres noch jungen Alters die ideale Besetzung.«

Keller machte sich Notizen. »Und was war sie für ein Mensch? Hatte sie Freunde? Oder Feinde? Wie war sie mit ihren Mitarbeitern? Was wissen Sie über ihr Privatleben?«

Wieder schien es Keller, dass Signer sich seine Antwort sorgfältig überlegte. Als wolle er nichts Falsches oder nicht zu viel sagen. »Über ihr Privatleben kann ich nicht viel sagen«, sagte er zögernd. »Sie war eine freundliche, offene und spontane Person. Ich glaube, die meisten, die mit ihr zu tun hatten, haben sie gemocht. Soviel ich weiß, war sie nicht verheiratet. Ich weiß auch nicht, ob sie einen festen Freund hatte. Zumindest kam sie zu unseren Firmenanlässen, zu denen auch die Partner unserer Mitarbeiter eingeladen waren, immer alleine. Ich habe das Gefühl gehabt, die Arbeit sei ihr einziger Lebensinhalt.« Er drehte sich kurz zum Fenster und zeigte mit der Hand auf den modernen Glasbau auf der anderen Seite des Parkplatzes. »Die Designabteilung, der sie vorstand, liegt dort drüben im Neubau. Wenn ich nach Hause ging, war in ihrem Büro oft noch Licht. Und wenn ich morgens kam, stand ihr Cabrio meist auf dem Parkplatz.« Er stockte kurz. »Außer heute natürlich«, fügte er mit sichtlicher Betroffenheit hinzu.

Keller hatte sich während Signers Ausführungen Notizen gemacht. Dann blickte er Signer direkt in die Augen. »Und wie war Ihr persönliches Verhältnis zu Frau Brenner?«

Die Frage verwirrte Signer sichtlich. »Wie meinen Sie das?«

»So, wie ich gefragt habe. Wie war Ihr Verhältnis zu der Toten? Haben Sie sie auch privat gekannt?«

Signer schüttelte energisch den Kopf. »Wie ich vorhin sagte, weiß ich nichts von ihrem Privatleben. Das hat mich auch nie interessiert. Unser ›Verhältnis‹, wie Sie es nennen, war rein professionell.«

Keller nahm es zur Kenntnis. »Wer könnte ein Interesse haben, Mia zu töten? Stand sie jemandem im Weg? Gab es in jüngster Zeit Streit, in den sie verwickelt war? Gibt es irgendetwas, das ein Motiv für die Tat sein könnte?«

Signer schien angestrengt nachzudenken und schüttelte bedauernd den Kopf. »Sie war bei allen beliebt und wurde überall respektiert. Mit ihrer Spontanität und Direktheit ist sie vielleicht beim einen oder anderen angeeckt und hat auch Widerstand hervorgerufen. Natürlich geht es in unseren Geschäftsleitungssitzungen gelegentlich ein wenig ruppig zu. Das ist normal und nicht nur bei uns so. Mia war sozusagen der kreative Kopf unseres Gremiums. Sie hat immer wieder Vorschläge und Gedanken eingebracht, die uns herausgefordert haben. Ich kann mir niemanden vorstellen, der ein Motiv gehabt hätte, sie umzubringen. Und von einem Mord gehen Sie offensichtlich aus, wenn ich Sie richtig verstehe.«

Keller zeigte keine Reaktion. »Nur noch eine Routinefrage«, fügte er hinzu. »Wo waren Sie am vergangenen Samstagabend und in den ersten Stunden nach Mitternacht?«

Signer legte die Stirne in Falten und dachte kurz nach. »Ich war bis zum frühen Abend im Büro, um einige Pendenzen abzuarbeiten, nachher war ich zu Hause.«

»Kann das jemand bestätigen?«

»Leider nein«, meinte Signer bedauernd. »Ich war an

diesem Abend allein. Meist haben wir am Wochenende Gäste, aber diesmal nicht, und meine Frau ist zu ihrem Onkel nach Zürich gefahren. Sie kam erst am Sonntag gegen Mittag wieder zurück.«

Keller nahm auch das kommentarlos zur Kenntnis und notierte in seinem Notizbuch: Kein Alibi. Dann fügte er eine letzte Frage hinzu: »Sie kennen das *Seebad*?«

»Natürlich«, bestätigte Signer. »Wir, das heißt die Familie Raggenbass, sind die Hauptaktionäre des Hotels. Ich vertrete die Familie im Verwaltungsrat und bin seit dem altersbedingten Rückzug meines Schwiegervaters auch der Verwaltungsratspräsident des Hotels *Seebad*. Deshalb bin ich häufig zu Sitzungen und Besprechungen dort.«

Keller bedankte sich und steckte sein Notizbuch ein. »Für den Moment ist das alles. Ich werde wieder auf Sie zukommen, wenn wir mehr zu dem Fall wissen. Für den Moment bitte ich Sie, sich zu unserer Verfügung zu halten, falls wir weitere Fragen haben. Wenn Ihnen noch etwas in den Sinn kommt, das für uns wichtig sein könnte, melden Sie sich jederzeit bei mir!«

Signer nickte zustimmend und gab seinerseits Keller seine Businesskarte. Im Vorzimmer versicherte Keller der immer noch grantig blickenden Assistentin Alberta, dass er den Weg hinaus gut selber finde, und fuhr mit dem Lift zurück in die Empfangshalle. Diesmal machte die Rezeptionistin gar keinen Versuch mehr, das Heftchen mit den Kreuzworträtseln zu verstecken, mit dem sie ihre Langeweile zu vertreiben versuchte. Ihr freundliches »Auf Wiedersehen«, erwiderte er mit einem angedeuteten Lächeln.

Wahrscheinlich bald, dachte er, und trat durch die sich wie von Geisterhand vor ihm öffnende Glastür ins Freie.

KAPITEL 10

Eigentlich wollte Keller nach dem Gespräch mit Signer sogleich ins Kommissariat zurückfahren. Als er auf dem Firmenparkplatz vor dem Verwaltungsgebäude neben seinem Auto stand, kam ihm eine andere Idee. Wenn er schon mal hier war, konnte er gleich noch Mias Arbeitsplatz im gegenüberliegenden modernen Kubus besuchen und sich dort bei den Mitarbeitern aus dem Designteam der Verstorbenen ein wenig umhören.

Die riesigen Glasflächen des Gebäudes waren abgedunkelt, sodass man von außen nicht ins Innere sehen konnte. Die breite, ebenfalls gläserne Eingangstür war verschlossen. Auf einem kleinen Edelstahlpanel neben der Tür fand er eine Sprechstelle, darunter einige zweistellige Nummern, jeweils mit Abteilungsnamen versehen. Er tippte die Nummer in das Panel, neben der »Designteam« stand, und wartete. Nach einigen Sekunden knackte es im Lautsprecher, und eine leicht blechern klingende Frauenstimme meldete sich.

»Ja bitte?«

Er neigte sich zum Mikrofon. »Keller, Kripo Sankt Gallen. Ich möchte zur Abteilung von Frau Schneider.«

Wieder knackte es im Lautsprecher. »Einen Moment bitte!«

Kurz darauf meldete sich eine andere Stimme, und gleichzeitig glitt die gläserne Schiebetür geräuschlos zur Seite und gab den Blick ins Innere des Gebäudes frei. »Nehmen Sie den Lift in die fünfte Etage. Ich erwarte Sie dort.«

Noch ein Knacken im Lautsprecher, und die Verbindung war unterbrochen. Keller durchquerte einen kleinen Vorraum zum Lift und fuhr wie angewiesen hinauf in die fünfte Etage. Die Lifttür öffnete sich geräuschlos, und unvermittelt stand er in einem großen, fast die ganze Etage einnehmenden Büroraum. Drei Seiten des Raumes gaben durch raumhohe Glasscheiben den Blick auf die Umgebung frei. Üppig wuchernde Grünpflanzen trennten Arbeitsplätze mit Tischen und Stehpulten voneinander. Eine gespenstische Stille lag über dem mit hellen Teppichen belegten Raum. Die Mitarbeiter hatten ihre Arbeit unterbrochen und schauten mit ernsten Blicken zu Keller, der aus dem Aufzug trat. Eine junge, in Jeans und ein verwaschenes T-Shirt gekleidete Frau erwartete ihn. Auch sie blickte ernst und sichtlich betroffen, während sie ihm die Hand zur Begrüßung reichte.

»Ich bin Sybille. Oder Syb, wie mich hier alle nennen. Ich bin …«, sie korrigierte sich sogleich, und Keller hörte ein leichtes Zittern in ihrer Stimme, »war Mias Assistentin und Stellvertreterin.« Sie wies mit einer Handbewegung auf die Mitarbeiter hinter ihr. »Wir sind alle völlig schockiert. Sie sind deswegen hier, oder?«

Er bestätigte ihre Vermutung mit einem angedeuteten Nicken und fragte: »Können wir irgendwo in Ruhe miteinander sprechen?«

Die Assistentin wies auf eine Glastür neben dem Lift. »Unser Besprechungsraum. Ich gehe voraus.«

Aus den Augenwinkeln sah er, wie die Blicke der Mitarbeiter sie verfolgten. Das Klingeln eines Telefons zerriss die gespenstische Stille, doch niemand nahm den Anruf entgegen. Sybille schloss die Tür hinter ihm und forderte ihn mit einer Handbewegung auf, am runden Konferenztisch Platz zu nehmen. Selbst setzte sie sich ihm gegenüber. Sie war sichtlich aufgeregt und vergaß sogar, ihm ein Getränk anzubieten.

»Wir sind alle fassungslos, seit wir heute früh von Mias Tod gehört haben«, wiederholte sie mit leiser Stimme. »Mia war das Zentrum unserer Arbeit hier, und weil diese Arbeit für uns alle nicht nur einfach ein Job ist, könnte man auch sagen: das Zentrum unseres Lebens. Sie war so fröhlich, motivierend, auch lebenslustig. Ich kann nicht glauben, dass sie einfach fort ist, für immer.«

Keller sah, dass sie mit den Tränen kämpfte. Sie zog ein kleines Taschentuch aus ihren Jeans und schnäuzte sich ausgiebig die Nase. Dann gab sie sich einen Ruck, setzte sich gerade hin und blickte Keller mit geröteten Augen an. Sie sah kurz auf die Visitenkarte, die sie vor sich auf den Tisch gelegt hatte.

»Weiß man inzwischen mehr? Ich meine, warum sie so überraschend gestorben ist? Warum interessiert sich die Kripo für ihren Tod? Sie war kerngesund, topfit, sportlich, voller Energie. Ich kann das beurteilen, denn ich habe während der letzten Jahre einen großen Teil meiner Zeit mit ihr verbracht. Wir waren«, sie zögerte kurz und suchte den passenden Ausdruck, »nicht einfach Chefin und Assistentin. Wir waren Freundinnen.«

Keller sah, wie ihr wieder Tränen in die Augen schossen, die sie mit dem Taschentuch wegtupfte. »Eigentlich mehr als das«, fügte sie leise hinzu.

»Die Ermittlungen haben erst begonnen«, antwortete er. »Wir wissen inzwischen, dass sie nicht eines natürlichen Todes gestorben ist.«

Jetzt weiteten sich Sybs Augen in ungläubigem Erschrecken. »Heißt das, sie wurde ermordet?«

Keller nickte. »Davon müssen wir leider ausgehen. Nach dem aktuellen Stand der Ermittlungen wurde sie vergiftet.«

Syb hielt beide Hände vor ihren aufgerissenen Mund und schaute Keller entsetzt an. Ihre Augen füllten sich erneut mit Tränen. Ungläubig schüttelte sie den Kopf und flüsterte immer wieder ein leises »Nein, nein!«

Keller ließ ihr Zeit, sich wieder zu sammeln.

»Wer tut so etwas?«, fragte sie mit tränenerstickter Stimme. »Warum?«

»Wir wissen es noch nicht«, antwortete Keller geduldig. »Wir arbeiten daran, es herauszufinden. Vielleicht können Sie uns weiterhelfen!«

Syb hatte sich inzwischen mit einem kleinen Taschentuch die Nase geschnäuzt und das von den Tränen verschmierte Make-up aus den Augen gewischt.

»Ich?«, fragte sie, wieder etwas gefasster. »Wie kann ich Ihnen helfen?«

»Erzählen Sie mir von ihr. Wie war sie? Als Chefin, als Mensch?«

Sie schien kurz nachzudenken und nach den passenden Worten für die Beschreibung ihrer ehemaligen Chefin zu suchen. »Toll. Sie war einfach toll. Sie war bei allen ihren Leuten beliebt. Sie hat viel von uns verlangt, uns stets von Neuem begeistert und motiviert. Jedem hat sie viel Freiheit gegeben. Sie war immer guter Laune und schien von unerschöpflicher Energie zu sein.«

Während Syb redete, hatte Keller sein schwarzes Notizbuch hervorgeholt und begonnen, Stichworte ihrer Aussage hineinzukritzeln. »Hatte sie Gegner, vielleicht sogar Feinde, oder gab es jemanden, der sie nicht mochte?«, fragte er, nachdem sie ihre Beschreibung beendet hatte.

»Feinde?« Sie schüttelte den Kopf. »Wie ich sagte, sie war bei allen beliebt. Ich wüsste niemanden, der ihr übelwollte. Sie war eine tolle Chefin. Und ein toller Mensch. Allerdings …«, sie zögerte, und Keller blickte fragend von seinem Notizbuch auf, »sie konnte sehr fordernd sein«, beendete sie den Satz. »Manchmal war sie aufbrausend. Und hart in Kommentaren, wenn ihr etwas nicht gefiel oder sie Fehler feststellte. Zudem war sie unglaublich ehrgeizig. Wenn sie sich oder dem Team ein Ziel setzte, war sie erst zufrieden, wenn es erreicht, besser noch übertroffen wurde. Und gleich ging es weiter zum nächsten Ziel.«

Keller nickte und kritzelte weitere Worte in sein Notizbuch. Dann blickte er sie direkt an.

»Wie war Ihr Verhältnis zu ihr?«

Sie erwiderte Kellers Blick. »Wie meinen Sie das?«

»Sie waren ihre Assistentin, ihre engste Mitarbeiterin. Sicher hat niemand so eng mit ihr zusammengearbeitet und so viel Zeit mit ihr verbracht wie Sie.«

Syb zuckte mit den Schultern. »Wir waren beide sehr erfolgreich. Das heißt …«, sie zögerte einen Augenblick, »die wirklich erfolgreichen Entwürfe wurden fast alle von mir eingebracht. Mia hat sie weiterbearbeitet und an unserer hausinternen Design-Konferenz der Produktions- und Marketingabteilung verkauft. Das konnte sie wirklich gut. Ich vermute, dass sie viel von meiner Kreativität als ihre eigene Leistung verkauft hat.«

Keller spürte einen Hauch von Frustration in ihrer Stimme. »Hat Sie das gestört?«, fragte er nach.

»Nein, das war okay so. Sie war die Chefin, ich die Assistentin.« Dann fügte sie hinzu: »Manchmal hätte ich mir ein wenig mehr Anerkennung gewünscht. Wenn eine

Sonne so hell leuchtet, ist der Schatten umso dunkler, in dem andere stehen.«

Keller verkniff sich einen Kommentar zum blumigen Vergleich und lenkte das Gespräch auf ein anderes Thema, das ihn interessierte.

»Kann ich Mias Büro sehen?«

»Natürlich. Kommen Sie.«

Sie führte ihn aus dem Besprechungskubus quer durch den Raum. Wieder folgten ihnen die Blicke der Mitarbeiterinnen. Hinten am Fenster, abgetrennt durch eine Wand aus Bergpalmen und Bogenhanf, standen ein Pult mit riesiger Glasplatte und ein einfacher Drehhocker. Auf dem Pult ein Durcheinander von Skizzen, farbigen Zeichnungen, aufgeschlagenen Zeitschriften. Neben dem Pult stand ein Rollkorpus, daneben ein weiterer Tisch mit einem großen Bildschirm. Der Arbeitsplatz eines kreativen Kopfes, dachte Keller und verglich ihn für einen Sekundenbruchteil mit seiner eigenen Pultplatte, die stets ordentlich aufgeräumt und zumindest bei Büroschluss meist leer geräumt war.

»Gab es etwas in ihrer Arbeit, das besonders wichtig oder aktuell war? Oder umstritten? Woran hat sie zuletzt gearbeitet?«

Syb schüttelte den Kopf. »Eigentlich nur Routine.« Nach kurzem Nachdenken suchte sie ein schmales Dokument aus der Ablage. »Das hier hat sie in den vergangenen Wochen stark beschäftigt.« Sie reichte Keller einige zusammengeheftete Seiten. Es war eine Projekt-Präsentation mit wenig Text und vielen farbigen Grafiken und Tabellen. Auf der Titelseite stand in großen roten Buchstaben »New Vadiana«

Keller blätterte durch die farbigen Seiten. Die Anhäufung von Business-Schlagworten sagte ihm nicht viel. »Was ist das?«

»Sie hat es nicht mit mir besprochen. Ich habe das Dokument zufällig gesehen, während ich etwas in ihrer Ablage suchte, und habe sie gefragt, um was es gehe. In den letzten Monaten hatte sie sich intensiv mit der Weiterentwicklung unserer Firma befasst. Sie war der festen Überzeugung, dass die *Vadiana* eine radikale Strategieänderung und Reorganisation brauchte, um im immer schwierigeren Umfeld unserer Branche bestehen zu können. *New Vadiana* war der Arbeitstitel, den sie dem Projekt gegeben hat. Sie war richtig besessen vom Gedanken, dass wir mit unserer bisherigen Ausrichtung nicht mehr überlebensfähig wären. Die Präsentation fasste ihre Gedanken zusammen.«

»Und was meinten die Kollegen in der Geschäftsleitung dazu?«

»Soviel ich weiß, hat sie das bisher nur mit Doktor Signer besprochen. Sie hat ihm die Präsentation geschickt und gesagt, dass sie das auf der jährlichen Strategietagung im Oktober präsentieren möchte. An dieser Tagung nehmen jeweils die ganze Geschäftsleitung und einige weitere Schlüsselpersonen der Firma teil.«

»Wie war die Reaktion von Doktor Signer?«

»Ich war nicht dabei an ihrer Besprechung. Sie sagte mir nachher, dass Signer überhaupt nicht begeistert gewesen sei von ihren Ideen. Das schien sie nicht weiter zu stören. ›Den kriege ich ins Boot, darauf kannst du dich verlassen‹, meinte sie nur. Das glaubte ich ihr sofort. Sie hat immer bekommen, was sie von ihm haben wollte. Dass ihre Umbaupläne bei den übrigen Mitgliedern der Geschäftsleitung gut ankommen würden, wage ich allerdings zu bezweifeln.«

»Weshalb?«

»Die Herren sind etwas, wie soll ich mich ausdrücken, konservativ, um nicht zu sagen altmodisch in ihrem Denken und ihren Ansichten. Was Mia hier vorgeschlagen hat, kommt in ihren Augen vermutlich einer Revolution gleich. Ich kann mir nicht vorstellen, dass diese Gedanken bei unserer Geschäftsleitung auf fruchtbaren Boden gefallen wären.«

»Können Sie mir diese Präsentation kopieren?«, bat Keller. »Ich möchte sie mitnehmen und etwas genauer studieren.«

Syb holte den Computer aus dem Schlafmodus, und Keller hörte hinter sich das leise Summen des Druckers. Sie nahm den Papierstoß aus dem Outputfach, steckte ihn in ein Sichtmäppchen mit dem Logo der *Vadiana* und überreichte es Keller.

»Wer übernimmt jetzt nach dem Tod von Frau Schneider die Führung des Departementes?«

»Ich war ihre Stellvertreterin, auch wenn ich sie nie wirklich vertreten durfte. Solang die Geschäftsleitung nicht jemand anderen bestimmt, werde ich die Führungsaufgabe übernehmen.«

Keller kritzelte einige Stichworte in sein Notizbuch. Ob die Assistentin eifersüchtig war auf den Erfolg ihrer Chefin? Er musste ihr vielleicht im Zuge der Ermittlungen nochmals auf den Zahn fühlen. »Wie standen Sie privat zu ihr?«, kam er auf die Frage nach ihrer Beziehung zu ihrer verstorbenen Chefin zurück.

Erneut schienen ihre Augen sich zu röten, doch sie fasste sich rasch wieder. »Wir haben sehr erfolgreich zusammengearbeitet. Unser Verhältnis, wie Sie es nennen, war sehr gut.« Sie blickte kurz durch die getönte Glaswand in das

Großraumbüro, wo man schemenhaft die Teammitglieder an ihren Arbeitsplätzen sitzen oder stehen sah. »Ach was, Sie werden es sowieso erfahren. Unser Verhältnis war nicht nur beruflich, sondern auch privat hervorragend. Ich war während einiger Zeit ihre Geliebte. Sie hat mich auch zur *Vadiana* gebracht.«

»Sie sagen ›war‹?«, hakte Keller sogleich nach.

»Wir haben uns vor etwa einem halben Jahr getrennt. Privat lief da nichts mehr. Im Job haben wir weiterhin zusammengearbeitet. Mia hat es immer verstanden, Privatleben und Beruf strikt voneinander zu trennen. Wir waren fast noch erfolgreicher als vorher, während unserer gemeinsamen Zeit.«

»Und warum haben Sie sich getrennt?«

Syb zögerte mit ihrer Antwort und verstaute umständlich ihr Taschentuch in den engen Jeans. Dann zuckte sie mit den Schultern. »Ach Gott, wie es halt so geht in einer Beziehung. Das Feuer war erloschen. Wir kamen beide zur Überzeugung, dass es besser ist, wenn wir privat wieder getrennte Wege gehen. Dazu kam, dass Mia nicht wirklich lesbisch war so wie ich. Sie war eher bi. Sie hatte immer auch mal wieder mit Männern Beziehungen. Ich mochte das eigentlich nicht. So haben wir einen Schlussstrich gezogen.«

Keller blickte sie nachdenklich an. »Sie liebten sie immer noch, auch nach der Trennung?« Es klang wie eine Feststellung.

Syb konnte nicht verhindern, dass ihr erneut die Tränen über die Wangen liefen. Sie biss sich auf die Lippen und nickte langsam. Ihre Antwort war nur ein Flüstern.

»Ja.«

KAPITEL 11

Zurück im Büro fand Keller eine Mitteilung von Lange, der ihn um einen Rückruf bat. Er sei im Labor und habe neue Erkenntnisse, die er besprechen wolle. Keller beschloss, anstelle des Anrufs wieder einmal persönlich bei Lange vorbeizuschauen. Als er ins unweit des Kriminalkommissariats gelegene Polizeilabor kam, fand er Lange am Kaffeeautomaten stehend, umgeben von drei jüngeren Mitarbeiterinnen, die gespannt an seinen Lippen hingen, während er ihnen mit ausufernden Armbewegungen etwas zu erklären schien. Keller musste innerlich lachen, ließ sich aber nichts anmerken. Er wusste, dass Lange ein Frauenschwarm war. Groß gewachsen, mit dichtem, nur vordergründig gezähmtem Haarschopf, markanten Gesichtszügen, stahlblauen Augen und einem meist fröhlichen und offenen Lächeln im Gesicht und dem strahlend weißen, stets tadellos gebügelten Arztkittel war er das Gegenbild eines Pathologen und Labormediziners, der in ausgelatschten Plastikboots, im zerknitterten Kittel voller Spritzer, von denen man nie wusste, war es getrocknetes Blut oder der Rest vom Frühstück, durch die Laborgänge schlurfte. Keller wusste auch, dass Lange nach der Scheidung seit Kurzem wieder in festen Händen war. Dass er die Verehrung seiner Jünger und besonders Jüngerinnen im Kriminallabor genoss, konnte ihm niemand übel nehmen.

Lange sah ihn durch den Gang kommen und winkte ihm mit der freien Hand zu. »Robert, du kommst gerade richtig! Die Damen hier wollen unbedingt meinen Geburtstag feiern. Sie haben mir sogar diesen Marmorkuchen mitgebracht. Gnädigerweise nur mit drei Kerzen besteckt, womit offenbleibt, für welche Zahl jede von ihnen steht. Trinkst du einen Kaffee mit uns?« Ohne seine Antwort abzuwarten, stellte er einen der Pappbecher unter den Auslauf, legte eine Kapsel ein und drückte auf den Startknopf. »Espresso, schwarz, wenn ich mich richtig erinnere?«

Keller nahm mit der einen Hand den Becher mit dem heißen Getränk entgegen, mit der anderen einen Kartonteller, den ihm eine der Laborantinnen reichte, beladen mit einem Stück von Langes Geburtstagskuchen. Gemeinsam mit den drei Mitarbeiterinnen hob er den Pappbecher und stimmte in das Geburtstagslied für Lange ein. »Alles Gute«, gratulierte er ihm, kaum war die letzte Strophe der Hymne verklungen. Er verkniff sich die Frage, welchen Jahresring sie hier feierten. Er wusste, Lange war ungefähr in seinem Alter, also auch nicht mehr allzu weit von der letzten Abschiedsparty mit den Kollegen und Kolleginnen entfernt.

»Danke für die guten Wünsche und natürlich den Kuchen«, sagte Lange in die Runde, die ihn hochleben ließ. Dann wandte er sich Keller zu.

»Du willst sicher nach den neuesten Untersuchungsergebnissen im Fall Schneider fragen. Gehen wir hinüber in mein Büro.«

Langes Büro, ein kleiner, weitgehend schmuckloser Raum, lag gleich neben dem Labor. Auf dem Schreibtisch stapelten sich wissenschaftliche Zeitschriften und Ausdrucke von Studien, in einem Regal hinter dem kleinen Arbeitspult standen einige graue Aktenordner. Lange wies auf den einzigen Stuhl im Raum, der auf der anderen Seite seines Schreibtisches stand. Er setzte sich auf seinen abgewetzten Ledersessel und kramte aus dem Durcheinander auf seiner Pultplatte ein farbiges Sichtmäppchen hervor.

»Wir haben jetzt die Bestätigung. Wie ich vermutete, wurde sie vergiftet, und zwar mit einem Pflanzenschutzmittel. Es heißt *Paraquat* und wird in der Unkrautvernichtung eingesetzt. Eigentlich dürfte es wegen seiner für den Menschen gesundheitsschädigenden Wirkung nicht mehr benutzt werden, es wird aber nach wie vor in über 100 Ländern verkauft. *Paraquat* ist extrem toxisch, wenn es in den Körper eines Menschen gelangt. Zudem ist es geruch- und geschmacklos. Wenn du dir arglos eine der Pralinen in den Mund schiebst, merkst du nichts von der giftigen Substanz. Und wenn du's merkst, ist es zu spät. Das Gift lähmt die Muskeln, auch die Atemmuskeln. Sie muss binnen weniger Minuten tot gewesen sein. Ein Gegenmittel gibt es nicht. Weil es akut toxisch wirkt und in vielen Ländern relativ einfach erhältlich ist, ist es auch ein beliebtes Mittel zur Selbsttötung.«

»Willst du damit sagen, Mia Schneider habe sich selbst getötet?«

»Nein, keineswegs. Wir haben das Gift in ihrem Magen auch im anderen Pralinenstück auf dem Nachttisch neben dem Bett gefunden.«

Keller war nicht überrascht. »Dann ist zumindest das klar. Gibt es weitere Erkenntnisse?«

Lange schüttelte den Kopf. »Ich weiß, worauf du hinauswillst. Körperlich war sie unversehrt. Keine Spuren von Gewalteinwirkung, keine fremden Hautpartikel unter ihren Fingernägeln, keine Spuren einer Vergewaltigung. Ob sie zum Zeitpunkt ihres Todes allein im Zimmer war, müsst ihr untersuchen. An der Leiche haben wir keine Hinweise auf die Anwesenheit Dritter gefunden.«

Keller hatte nichts anderes erwartet. Seine Leute hatten das Hotelzimmer, in dem Mia gestorben war, buchstäblich Zentimeter für Zentimeter untersucht und keine Hinweise gefunden, dass sich zum Todeszeitpunkt oder kurz davor noch jemand anderes im Zimmer befunden haben könnte. Die einzigen Fingerabdrücke neben Mias eigenen konnten dem Zimmermädchen zugeordnet werden, das vor Mias Ankunft und später abends das Zimmer gemacht hatte. Dessen Abdrücke fanden sich logischerweise auch auf der Verpackung des süßen Willkommensgrußes für den Hotelgast. Theoretisch war es also denkbar, dass das Zimmermädchen direkt oder indirekt mit dem Giftanschlag in Verbindung stand. So, wie Keller sie nach der ersten Befragung einschätzte, ging er nicht davon aus, dass Svetlana etwas mit dem Mord zu tun hatte. Es lief ihm kalt über den Rücken, wenn er daran dachte, dass ihm Signer heute nach dem Mittag ein Stück *St. Galler Spitzen* zum Kaffee angeboten hatte, auch wenn ihm klar war, dass diese Schokostückchen natürlich nicht vergiftet gewesen wären. War es einfach ein Zufall, dass man im *Seebad* und in der *Vadiana* den Besuchern die gleichen Pralinen anbot? Oder waren die *St. Galler Spitzen* ein Verbindungsstück, auch wenn sie noch nicht wussten, was es miteinander verband?

»Inzwischen«, fuhr der Gerichtsmediziner mit seinem Bericht fort, »haben meine Leute auch die übrigen Schachteln untersucht, die ihr im Hotel beschlagnahmt habt. Dabei haben wir nichts mehr gefunden. Offensichtlich ist nur diese eine Schachtel mit dem Gift präpariert worden.«

Das war eine wichtige Erkenntnis. Sie konnten zwar nicht ausschließen, dass irgendein Irrer die eine Pralinenschachtel präpariert hatte und Mia einfach das unglückliche Zufallsopfer geworden war. Solche Fälle gab es immer mal wieder und waren meist mit einer Erpressung verbunden. Hier hatte sich bisher kein Hinweis auf eine Erpressung gefunden. Vielmehr mussten sie davon ausgehen, dass der Giftanschlag gezielt Mia gegolten hatte.

»Da ist noch etwas«, fügte Lange hinzu und machte wie immer eine kurze Pause, wenn er etwas Besonderes zu verkünden hatte. Keller wartete, ohne ihm die Freude zu machen, sogleich neugierig nachzufragen.

»Sie war schwanger. Schätzungsweise Mitte dritter Monat.«

KAPITEL 12

Ludwig Signer hatte lange vor dem Gespräch mit dem Kommissar geahnt, dass er heute nicht viel Produktives zustande bringen würde. Vom Tod seiner Mitarbeiterin hatte er bereits frühmorgens durch eine Push-Meldung seiner Kommunikationsabteilung erfahren. Auf der Fahrt ins Büro hörte er im Lokalradio die wenigen Details, die bereits bekannt waren.

Kurz nach sieben Uhr betrat er sein Büro. Alberta blickte ihm über ihre übergroße goldgeränderte Brille hinweg entgegen und wünschte ihm einen guten Morgen. Er sprach sie auf den Tod von Mia an, von dem sie ebenfalls bereits gehört haben musste. Sie verzog keine Miene und meinte nur: »Schrecklich!« Wie meist trug sie eine dezent gefärbte und hochgeschlossene Bluse, von denen sie ein ganzes Sortiment zu besitzen schien. Ihre Haare hatte sie streng zurückgekämmt und am Hinterkopf zu einem Dutt zusammengedreht und mit einem unsichtbaren Haargummi fixiert. Sie war jeden Morgen bereits da, wenn er ins Büro kam. Und wenn er abends nach Hause oder zu irgendeinem Anlass ging, saß sie immer noch an ihrem Platz. Manchmal fragte er sich, ob sie das Büro überhaupt je verließ. Sie war an ihrem Pult gesessen, als er nach der Heirat mit der Tochter des Firmenpatrons vor bald 20 Jahren in die Firma eintrat, zuerst als einfacher Mitarbeiter, dann Abteilungsleiter, später als Personalchef. Nachdem der alte Raggenbass die Anzeichen seiner beginnenden Altersdemenz nicht mehr übertünchen konnte und auf Drängen seiner Tochter das Chefbüro seinem Schwiegersohn überlassen hatte, »erbte« er mit der Firmenleitung auch den langjährigen Vorzimmerdrachen, der, wie man in der Firma hinter vorgehaltener Hand zu sagen pflegte, nicht nur Haare auf den Zähnen, sondern an jedem Haar auch noch einen Widerhaken habe.

Anfangs war er trotz ihres etwas ruppigen Gehabes froh gewesen über ihr in Jahrzehnten erworbenes Wissen zu allen für die Geschäftsführung der *Vadiana* wichtigen Bereichen. Es war in der Firma ein offenes Geheimnis gewesen, dass Alberta mit den zunehmenden Altersgebrechen ihres langjährigen Chefs zur grauen Eminenz der *Vadiana* geworden war. Wer beim alten Raggenbass etwas erreichen wollte, tat gut daran, das zuerst mit Alberta zu besprechen und ihre Meinung dazu einzuholen. War sie dagegen, brauchte man es bei Raggenbass erst gar nicht vorzubringen. Sie hätte ihm die Akten dazu nicht oder nur mit einem vernichtenden Kommentar versehen vorgelegt. Signer hatte lange gebraucht, sie zumindest teilweise auf ihre eigentliche Aufgabe zurückzustutzen. Erst nachdem er sie zu einem formellen Mitarbeitergespräch in sein Büro zitiert hatte, sie dort vor seinem Pult stehen ließ und ihr mitteilte, wie er sich ihre künftige Zusammenarbeit vorstelle, andernfalls sie sich in die verdiente Frührente zurückziehen möge, knickte sie ein. Ihr schon bisher wenig inniges Verhältnis war seither noch einige Grade eisiger geworden. Sie hielt sich jedoch künftig an die von ihm gesteckten Rahmenbedingungen, und er respektierte ihre Erfahrung und das immense Wissen zu allen Abläufen und Vorgängen in der *Vadiana*. Inzwischen hatte sie längst das ordentliche Rentenalter erreicht und dachte nicht daran, ihren Platz im Vorzimmer des Chefs zu räumen. Signer hatte sie einmal auf ihre nahende Pensionierung angesprochen, doch hatte sie ihm klargemacht, dass nur sie selbst darüber entscheide, wann sie sich zurückziehen würde. Aus ihren Andeutungen konnte Signer erkennen, dass sie sich erfolgreich gegen einen wie auch immer kaschierten Rauswurf zur Wehr setzen und er wahrscheinlich als Verlierer aus einem Konflikt hervorgehen würde. Seither hatte er keinen Versuch mehr unternommen, sie aus ihrer Position zu entfernen.

Er wusste, dass sie alleinstehend und nie verheiratet gewesen war. Kein Wunder …, hatte er für sich gedacht, nachdem er sie vor vielen Jahren in einem hilflosen Versuch, etwas mehr Intimität zwischen Chef und Sekretärin herzustellen, darauf angesprochen hatte. Ihr energisches »Nein, nie!« war gleichzeitig eine unmissverständliche Botschaft, ihr Privatleben privat sein zu lassen und sich nicht in Dinge einzumischen, die ihn nichts angingen. Seither hatten sie weiterhin gut, wenn auch immer entsprechend distanziert zusammengearbeitet. Er war viel unterwegs, reiste zu Kunden und Lieferanten rund um die Welt und war froh, wenn in der Firma jemand die Zügel in den Händen behielt, der alle Abläufe und Stolpersteine der Verwaltung kannte.

Nach Kellers Besuch stellte er sich an ein Fenster seines Büros und schaute auf den Parkplatz hinab, wo er den Kommissar zum Nebengebäude gehen sah. Seine Gedanken schweiften weit zurück in die Vergangenheit. Nach seiner Heirat mit Britta, der Alleinerbin des Mehrheitsaktionärs und Tochter des damaligen CEO der *Vadiana*, war es klar, dass er in die Firma eintreten und sich auf die spätere Übernahme der Unternehmensleitung vorbereiten musste. Wie ihm sein Schwiegervater erklärte, würde er dazu erst eine Reihe von Positionen in verschiedenen Bereichen der *Vadiana* durchlaufen müssen und, Bewährung in den Augen Raggenbass' vorausgesetzt, schrittweise mehr Verantwortung übernehmen können. Nach dem ersten Jahr und Stationen in verschiedenen Bereichen der Firma war er zum Personalleiter befördert worden, um so einen vertieften Einblick auch in diesen Bereich der Unternehmung zu erhalten. In dieser Funktion war ihm das Lehrlingswesen unterstellt. Mia Schneider war damals eine der Auszubildenden im letzten Jahr. Ein lebenslustiges, impulsives und bei jedem passenden oder unpassenden Anlass fröhlich lachendes Mädchen. Auf ihrer für jeden Lehrling üblichen Rotation durch verschiedene Abteilungen war sie für einige Monate Signers Personalbereich zugeordnet worden. Er bemerkte rasch ihre Begabung für Zahlen und ihre Kreativität. Und ebenso ihre außerordentliche Attraktivität. Sie war sich ihrer Wirkung durchaus bewusst und kleidete sich entsprechend. Vor allem in den heißen Sommermonaten fiel es manchen männlichen Mitarbeitern schwer, die Blicke von ihrem durch ihre Kleidung geschickt betonten attraktiven Körper abzuwenden. Auch Signer fand sie auf Anhieb sympathisch. Als er feststellte, welche Unruhe sie ins Großraumbüro brachte, forderte er sie auf, zur Arbeit ein etwas züchtigeres Top und anstelle der engen Pants zumindest Jeans anzuziehen. Sie kam bereits am nächsten Tag der Aufforderung nach und quittierte sie mit einem verführerischen Lächeln, das wiederum Signer zwang, sich umzudrehen und sich an seinen durch eine Stellwand und einige Pflanzen abgetrennten Arbeitstisch zurückzuziehen. Die Lehrabschlussprüfung bestand sie mit Bestnoten, lehnte jedoch die ihr angebotene Stelle in der Firma ab und verließ die *Vadiana*. An das »Ereignis«, wie er den Vorfall nach einem Betriebsfest kurz vor ihrem Lehrabschluss bei sich genannt hatte, dachte er kaum mehr. In den letzten Jahren war es ganz aus seiner Erinnerung verschwunden und schlummerte nur noch irgendwo in seinem Unterbewusstsein. Signer hatte nichts mehr von ihr gehört, bis sie sich nach über einem Jahrzehnt überraschend mit einem Telefonanruf bei ihm meldete.

Alberta hatte den Anruf entgegengenommen. »Sie hat nicht sagen wollen, was sie will. Soll ich sie ablehnen?«, hatte sie über die Gegensprechanlage gefragt.

Signer zögerte einen Augenblick, bevor er Alberta anwies, den Anruf durchzustellen.

»Frau Schneider! Was für eine Überraschung!«

Ihr fröhliches Lachen erkannte er sogleich, obschon zehn Jahre vergangen waren, seit er sie das letzte Mal gesehen hatte.

»Nicht wahr? Ich hoffe, eine freudige Überraschung!«

Signer sagte erst mal nichts. Er wusste, dass Alberta draußen heimlich lauschte. »Es ist eine Ewigkeit her!« Er spürte, wie sein Puls anstieg. »Wie geht es Ihnen denn?«

Wieder hörte er erst ihr Lachen, bevor sie antwortete. »Eine Ewigkeit würde ich das nicht nennen. Es ist lange her seit damals, das stimmt. Meine Erinnerungen an die Zeit in der *Vadiana* sind deswegen nicht verblasst. Ich denke oft daran zurück. An die Firma. Und natürlich auch an Sie.«

Signer hörte einen drohenden Unterton aus ihrer Stimme. Er zwang sich zur Ruhe. »Und was ist der Grund für Ihren heutigen Anruf? Wo sind Sie denn? Kann ich etwas für Sie tun?«

Die Antwort Mias kam unverzüglich, und diesmal war die Schärfe in ihrer Stimme unüberhörbar. »Ich bin in Sankt Gallen, im Hotel *Einstein*. Und ja, Sie können etwas für mich tun. Das möchte ich nicht jetzt am Telefon besprechen. Treffen wir uns heute Abend auf einen Drink in der Hotelbar?« Das war eher eine Feststellung als eine Frage. Signer hatte eigentlich keine Zeit heute Abend. Seine Frau hatte ihn morgens noch ausdrücklich darauf hingewiesen, dass sie Gäste eingeladen hatte, und ihn um pünktliches Erscheinen gebeten.

Mia spürte sein Zögern. »Wir brauchen nicht lange, versprochen.« Und ohne weitere Erläuterungen fügte sie hinzu: »Also heute Abend um sechs in der Bar. Ich freue mich auf unser Gespräch.«

Damit unterbrach sie die Verbindung.

KAPITEL 13

Die mit dunklen Mahagonipaneelen getäfelte *Einstein*-Bar war zu dieser Tageszeit noch fast leer. Zwei Männer in grauen Businessanzügen saßen an der Theke und unterhielten sich bei einem Bier in einer fremden Sprache. Der Barkeeper polierte mit einem Geschirrtuch Gläser, die er aus der Spülmaschine nahm. Er hielt jedes Glas mit einem kritischen Blick gegen das Licht, ehe er es im entsprechenden Gestell versorgte.

Signer trat durch die Lobby des Hotels in das schummerige Licht der Bar und sah Mia ganz hinten an einem der kleinen Tischchen sitzen. Er stellte fest, dass sie sich nur wenig verändert hatte in den Jahren, die seit ihrem letzten Zusammentreffen vergangen waren. Sie hatte die Haare etwas kürzer und anders geschnitten. Anstelle der Jeans und T-Shirts, die sie früher immer getragen hatte, war

sie in ein Ensemble aus Jackett, Bluse und Hose gekleidet, das Signer mit seinem für Textilien geschulten Auge
dem Atelier eines renommierten einheimischen Modede-
signers zuordnen konnte.

Auch sie erkannte ihn sogleich und winkte ihm zu. Sie
blieb in ihrem Ledersessel sitzen und reichte ihm die Hand
zur Begrüßung.

»Schön, dass es geklappt hat!«

Dass Signer nur nickte und ein gequältes Lächeln versuchte, schien sie nicht zu stören. Mit der Hand wies sie
auf den zweiten Sessel an ihrem Tischchen. »Setzen Sie
sich zu mir!«

»Mir das Gleiche!«, bestellte Signer beim Kellner, der
zu ihnen getreten war, während sie sich beide wieder in
die dunklen Lederstühle setzten.

Für einen Moment schwiegen beide und blickten sich
in die Augen.

»Ich freue mich, Sie mal wieder zu sehen!«, brach Signer
die Stille und prostete ihr mit dem Glas zu, das der Kellner inzwischen vor ihm abgestellt hatte. Sie wussten beide,
dass das nicht stimmte. Auch sie hob ihr Glas.

»Auf eine gute Zusammenarbeit!«

Signer zuckte zusammen und blickte Mia irritiert an.
»Wie meinen Sie das?«, fragte er mit verständnislosem
Blick.

»So wie ich es sage. Ich suche einen Job«, sagte sie, ohne
den Blick von Signer zu lösen. »Bei der *Vadiana*.«

Er spürte, wie ihm heiß wurde, und war sich sicher, dass
Mia trotz des gedämpften Lichts in der Bar sehen konnte,
wie ihm das Blut ins Gesicht schoss.

»Schön, dass Sie an die *Vadiana* denken.« Er bemühte
sich, ruhig und unverbindlich zu klingen, war sich aber

sicher, dass Mia die Anspannung aus seiner Stimme heraushören musste. »Leider haben wir momentan keine offene Position, die ich Ihnen anbieten könnte. Sie haben sicher aus den Medien mitbekommen, dass wir daran sind, uns neu zu organisieren. Sie kennen ja die aktuell schwierige Situation im Textilgewerbe. Das sieht auch bei uns nicht anders aus. Wir müssen Personal abbauen, nicht neue Stellen schaffen. Ich leite Ihren Wunsch aber gerne an die Personalabteilung weiter. Sie werden sich melden, wenn sich etwas Entsprechendes ergibt, das Sie interessieren könnte.«

Mia blickte ihn für einige Sekunden mit einem freundlichen Lächeln an. »Ich denke dabei nicht an die Personalabteilung, sondern an dich.« Sie war unvermittelt zum Du übergegangen, was er mit größtem Unbehagen zur Kenntnis nahm. »Oder sollte ich sagen: an uns?« Wieder hielt sie für einige Sekunden seinen Blick fest, als wolle sie sich an seinem wachsenden Unbehagen weiden, das ihre Worte bei ihm hervorgerufen hatten. »Du möchtest sicher gerne wissen, was ich in den vergangenen Jahren so gemacht habe, oder?«

Das interessierte Signer eigentlich überhaupt nicht. Am liebsten hätte er gar nichts mehr von ihr gewusst. Dennoch zog er fragend seine Augenbrauen hoch, während er an seinem Whisky nippte, um nichts antworten zu müssen.

Mia schien sein fehlendes Interesse nicht zu stören. »Nun, ich bin nach meiner Abschlussprüfung nach Mailand gegangen und habe dort *am renommierten Istituto Marangoni* eine Ausbildung zur Textildesignerin gemacht. Sogar mit einem Masterabschluss.«

Signer neigte kurz den Kopf und gab ein anerkennendes Knurren von sich.

»Anschließend habe ich in Florenz und Mailand bei einigen Designern Stages absolviert«, fuhr Mia mit hörbarem Stolz in der Stimme fort. »*Trussardi*, die du sicher kennst, hat mir eine Empfehlung gegeben, mit der ich anschließend in London einen spannenden Job bekommen habe. Dort habe ich die vergangenen Jahre gearbeitet.«

Signer hatte sich inzwischen wieder ein wenig gefasst. Er lehnte sich im Sessel zurück, während er Mias Schilderungen zuhörte. »Interessant. Das ist eine Top-Adresse«, bestätigte er. »Warum bist du nicht dortgeblieben?«

Wieder lächelte ihn Mia freundlich an. »Sie hätten mich gerne behalten. Aber für mich war von Beginn an klar, dass meine Zukunft in der *Vadiana* liegt. Alle Ausbildungen und Praktika habe ich immer mit Blick auf die *Vadiana* gemacht. Ich ging nach der Abschlussprüfung von hier weg mit der Gewissheit, dass ich zurückkommen werde. Ich weiß, die Firma braucht mich.«

Die *Vadiana* brauchte zweifellos manches in dieser schwierigen Zeit, dachte Signer bei sich, doch Mia Schneider gehörte mit Sicherheit nicht dazu. Er wollte etwas sagen, doch sie fuhr unbeirrt fort: »Natürlich habe ich in den vergangenen Jahren aus der Ferne die Situation der Firma verfolgt. Ich weiß, dass die *Vadiana* wie viele andere Textilfirmen Probleme hat«, fuhr sie fort. »Ich will dazu beitragen, dass es wieder besser läuft.« Sie schenkte Signer ihr entwaffnendes Lächeln. »Falls wir uns einig werden, brauchst du keine Angst vor mir zu haben. Vergangenheit ist für mich vergangen. Ich schaue nur nach vorne. Und da sehe ich viele Entwicklungen, bei denen ich euch unterstützen kann!«

Dieses »falls« ließ bei Signer die Alarmglocken läuten. Es war ihm klar, dass sich hinter dem Wort eine knallharte Erpressung verbarg.

»Und wie stellst du dir das vor?«

Mia hatte ihre Pläne offensichtlich gut durchdacht. »Das ein wenig, verzeih mir den Ausdruck, ›altväterlich-konservative‹ Image der *Vadiana*, das in ihren Produkten zum Ausdruck kommt, hat keine Zukunft. Es dürfte ein Hauptgrund sein für den schleichenden Niedergang der Firma. Die Firma braucht einen kreativen Schub.«

»Den du uns verpassen willst.« Der Sarkasmus in Signers Stimme war unüberhörbar, doch Mia ließ sich nicht beirren.

»Genau. Es braucht heute andere Motive, Farben, Formen, Materialien, um im Markt für Stickereien und Spitzen bestehen zu können. Einfach neue, unverbrauchte Ideen und Denkanstöße. Es gibt eine Vielzahl faszinierender Technologien zur Herstellung hochwertiger Spitzen. Der *Vadiana* fehlt eine innovative Designabteilung, die das, was wir immer getan haben, zur Entwicklung von dem nimmt, was wir noch nie gemacht haben.« Sie machte wieder eine kurze Pause, ehe sie mit sehr viel Entschlossenheit in ihrer Stimme hinzufügte: »Genau das will ich hier tun. Ich werde eine neue Designabteilung aufbauen. Und sie als Chefdesignerin auch leiten.«

Signer wusste, dass sie recht hatte. Die *Vadiana* lebte viel zu stark von ihrer Vergangenheit. Dass die Firma in mancher Hinsicht einen frischen Wind brauchte, war ihm längst klar geworden. Entsprechende Ansätze hatte er seit dem Abgang des alten Raggenbass und mit der Übernahme des Vorsitzes der Geschäftsleitung bereits eingeleitet. Auch über einen Ausbau der Designabteilung hatte er selber bereits nachgedacht. Was ihn gewaltig irritierte, war das »wir« in Mias Ansage. Nicht im Traum hätte er daran gedacht, diese Aufgabe Mia zu übertragen. Genauer gesagt hatte er in den vergangenen Jahren überhaupt nie mehr an den ehemaligen Lehrling Mia Schneider gedacht. Er hatte in den vergangenen Jahren alles verdrängt, was mit ihr und jener verhängnisvollen Nacht nach dem Betriebsfest zusammenhing. Unvermittelt standen die Bilder von damals wieder vor ihm. Und das eiskalte Lächeln Mias zeigte ihm, dass auch sie nichts vergessen hatte. Mehr noch: dass sie seit Anbeginn nichts vergessen wollte, sondern über lange Jahre gezielt auf diesen Moment hingearbeitet hatte, der jetzt, in der Hotelbar, offenbar gekommen war.

Signer hielt noch immer sein Whiskyglas umklammert. Mia hatte ihr Glas auf dem Tischchen neben den Chips abgestellt und beugte sich zu ihm hin. Ihre dunklen Augen blickten ihn emotionslos an.

»Du musst keine Angst haben vor mir. Ich sage es nochmals: Für mich ist die Vergangenheit vergangen, falls wir uns einigen.«

»Und falls nicht?«

Mia setzte sich wieder gerade hin. Sie schüttelte nur ganz leicht den Kopf, um ihm zu zeigen, wie unsinnig ihr diese Frage erschien. Signer war sich bewusst, dass er die schlechteren Karten hatte.

»Also, was genau willst du?«

Ihr Lächeln wurde wieder freundlich, fast warm. »Gib mir den Job als Chefdesignerin. Das sollte nicht schwierig sein, da es diese Position in der Firma bisher noch gar nicht gibt. Ich habe alle Qualifikationen, die es dazu braucht.« Sie kramte in ihrer großen Handtasche, die sie neben sich auf die Bank gestellt hatte, und zog ein Plastikmäppchen heraus. »Hier, meine Unterlagen, sozusagen mein Bewerbungsdossier. Du kannst es der Personalabteilung zeigen. Würdest du die Stelle ausschreiben, wäre ich mit Sicherheit die beste Kandidatin. Ich brauche zudem ein ausreichendes Budget, um ein neues Team aufzubauen. Wir müssen uns auch in der Kommunikation und im Marketing besser aufstellen und auf die ›neue *Vadiana*‹ ausrichten. Das braucht Investitionen. Glaube mir, es lohnt sich! Du wirst sehen, wir werden rasch das Image der Firma so verändern, dass deine Zahlen wieder deutlich besser aussehen!«

Er hatte ihr wortlos zugehört. In den Medien oder im Internet war über die Situation der Firma nicht viel zu finden, das wusste er. Die *Vadiana* war eine Familiengesellschaft ohne außenstehende Aktionäre und veröffentlichte keine Zahlen. Mia musste Kontakte in der Organisation haben, die ihr über die tatsächlich angespannte Finanzlage berichtet hatten. Er musste sich später auf die Suche nach dem Leck machen, aber das war jetzt nicht wichtig. Seine Miene verriet nichts von der Panik, die in ihm aufstieg. Dass sie immer wieder von »wir« sprach, so als sei sie längst Teil der Führungsriege, trug zusätzlich zu seinem Unbehagen bei. Sie war sich sicher, dass sie bekommen würde, was sie wollte. Und er ahnte, dass das nur der Anfang eines Reigens von immer weiterführenden Forderungen sein würde.

Er trank den Rest des Whiskys in einem Schluck aus und stellte das leere Glas auf das Tischchen. »Ich werde es mir überlegen.« Er blickte sich nach dem Kellner um. »Ich komme auf dich zu.«

»Bestens«, nickte Mia und strahlte ihn mit ihrem Lächeln an, das sie in ihrem Gesicht offenbar nach Belieben an- und auch wieder ausknipsen konnte. Sie zog eine Businesskarte aus der Tasche und überreichte sie ihm. »Meine Handynummer und die Mailadresse. Ich warte auf deine Entscheidung!«

Natürlich war beiden klar gewesen, wie diese Entscheidung ausfallen würde. Sie hatte ihn in der Hand.

Und sie wusste, dass er das wusste.

Signer hatte sie bereits wenige Tage später angerufen. Zuvor hatte er in der wöchentlichen Sitzung der Geschäftsleitung ein überarbeitetes Organigramm zur Diskussion vorgelegt, welches ein neues, mit »Designteam« beschriftetes und dem Produktionsdepartement zugeordnetes Kästchen enthielt. Seine Kollegen zeigten sich zwar etwas irritiert, dass über eine solche wichtige Neuerung einfach so ohne lange Diskussionen und Evaluationen entschieden werden sollte. Signer konnte einige stichhaltige Argumente anführen. Er zeigte sich offen für andere Vorschläge, ließ aber durchblicken, dass er entschlossen war, die neue Funktion so wie vorgeschlagen einzuführen. Signer erklärte seinen Kollegen, dass er überraschend eine sehr gut qualifizierte Kandidatin für die Position gefunden hätte, die noch über andere Optionen nachdenken würde und die er mit einem raschen Entscheid an die *Vadiana* binden wolle. Ihren Namen wolle er noch nicht offenlegen, da sie um Vertraulichkeit gebeten habe. Und selbstverständlich würde die Geschäftsleitung, wie üblich bei der Besetzung von Kaderpositionen, vor dem definitiven Wahlentscheid über ein ausführliches Dossier zur Kandidatin verfügen. Er ließ jedoch durchblicken, dass für ihn die Sache bereits entschieden war.

Gleich nach der Sitzung teilte er Mia scheinbar erfreut mit, die Geschäftsleitung habe nach längerer Diskussion der Schaffung eines Designteams zugestimmt. Sie solle ihm ihr Bewerbungsdossier nochmals auf dem offiziellen Weg zustellen, man werde es gerne prüfen. Anschließend werde die Geschäftsleitung über die Besetzung der

Position und die Anstellungsbedingungen befinden. Mia zeigte sich begeistert. Beiden war klar, dass die Entscheidung über ihre »Bewerbung« längst gefallen war.

Seit jenem Telefongespräch waren gut zehn Jahre vergangen. Mia hatte mit großem Elan und ansteckender Begeisterung das neue Designteam aufgebaut. Unter ihrer Leitung entstand eine Vielzahl neuer Entwürfe für Stoffe, Spitzen und andere textile Produkte. Die Produktpalette hatte sich seit ihrem Eintritt in die Firma deutlich verbreitert. Die Verbindung von traditionellen und modernen Designs der berühmten Sankt Galler Spitzen wurde im Markt gut aufgenommen. Umsatz und Gewinn der Firma erholten sich zumindest ein wenig, ohne sie nachhaltig aus der Gefahrenzone zu bringen. Es war jedoch allen klar, dass die Ergebnisse ohne die neuen Produkte aus Mias Abteilung noch schlechter ausgefallen wären.

Mia war über die Jahre zu einer wichtigen Stütze der *Vadiana* geworden. Mit ihrem offenen und fröhlichen Wesen hatte sie sich nach kurzer Zeit in die Firma integriert. Ihr Fachwissen und ihre Kreativität beeindruckten auch die alteingesessenen Mitarbeiter. Binnen Kurzem hatte sie das verstaubte Firmenimage neu ausgerichtet. Vor allem das traditionelle Kernprodukt, die berühmten Sankt Galler Spitzen, erlebte unter ihrem Einfluss eine fulminante Renaissance. Die jungen, fast ausschließlich weiblichen Mitarbeiter ihres Teams vergötterten sie. Keine fünf Jahre nach ihrer Rückkehr zur *Vadiana* wurde sie die erste Frau in der Firmengeschichte, die in die Geschäftsleitung berufen wurde. Nur sie und Signer wussten, dass der Antrag zu ihrer Beförderung durch Signer nicht freiwillig, sondern auf eine explizite Aufforderung durch Mia in die Direktion eingebracht wurde. Und niemand wusste, dass sie neben ihrem für die Branche sehr guten Salär über ein Schattenkonto, von dem nur Signer wusste und auf das nur er Zugriff hatte, regelmäßig üppige Zusatzzahlungen erhielt, die nichts mit ihrer Arbeit in der Firma zu tun hatten.

Signer war es von Beginn weg sehr unangenehm gewesen, mit ihr zusammenarbeiten und sie nach außen tatkräftig fördern zu müssen. Trotzdem musste er sich eingestehen, dass Mia der Firma tatsächlich guttat. Und sie hatte sich strikt an ihre Abmachung gehalten, die Vergangenheit vergangen sein zu lassen. Nie hatte sie in dieser Zeit auch nur indirekt die Ereignisse angesprochen, die Signer bis zu ihrer Rückkehr so erfolgreich verdrängt hatte. Was allerdings auch nicht nötig gewesen war, denn sie wussten beide, worum es ging.

Und darauf kam es an.

KAPITEL 14

Keller erledigte einige administrative Pendenzen, die ihm Nele fein säuberlich geordnet auf seinem Pult bereitgelegt hatte. Einmal mehr beglückwünschte er sich für seine Mitarbeiterin im Vorzimmer. Dank ihrer präzisen Vorbereitung hatte er auch heute den auf den ersten Blick erschreckend hohen Papierstapel in der zerfransten Dokumentenmappe innert kurzer Zeit abgearbeitet. Der Blick auf die kleine Tischuhr zeigte, dass es eigentlich noch nicht ganz Zeit für den normalen Feierabend war. Trotzdem fühlte er sich müde und ausgelaugt. Das war ihm früher nie passiert. Mit seinen bald 54 Jahren war er nicht nur der Älteste im Kommissariat, sondern auch derjenige, der die meiste Zeit von allen am Schreibtisch verbringen musste. Durch das viele Sitzen fehlte ihm die Kondition, die er früher allein durch seine tägliche Arbeit an der Front aufgebaut hatte. Zwar nutzte er sporadisch den »Folterkeller« der Polizei und arbeitete sich an den verschiedenen Kraftmaschinen ab. Da es sich dabei immer mehr nur um Alibiübungen handelte, nahm seine Kondition davon wenig zu, dafür hatte er am nächsten Tag einen umso stärkeren Muskelkater. Seine sportlichen Aktivitäten beschränkten sich momentan auf gelegentliche Joggingrunden, die er vorzugsweise mit Lea zusammen absolvierte. Auch für den heutigen Abend hatte er sich mit ihr zu einer gemeinsamen Joggingrunde oben auf Drei Weieren verabredet und sie für ein anschließendes Nachtessen zu sich in die Wohnung eingeladen. »Eine kleine Entschuldigung für das etwas abrupte Ende unseres Weekends«, wie er ihr gleich nach seiner Rückkehr aus dem *Seebad* gemailt hatte. Die Antwort kam postwendend. »Bin gern dabei!«, versehen mit einigen gelben Emojis.

Er legte die Mappe mit den unterschriebenen Dokumenten auf Neles Pult und verabschiedete sich. »Ich gehe heute etwas früher. Ich will noch eine Runde joggen gehen, bevor es dunkel wird. Wir sehen uns morgen!«

Beim Hinausgehen streckte er den Kopf rasch in das weiter unten im Flur liegende Büro, das sich Hannah und Klemens teilten. Klemens' Arbeitsplatz war verwaist, nur Hannah saß am Computer, ohne ihn zu bemerken. Sie ließ konzentriert und mit zusammengezogenen Brauen ihre Fingerspitzen wie Trommelwirbel auf der Tastatur tanzen. Er selbst hatte es nie über das Zweifinger-System hinausgebracht, das er inzwischen virtuos beherrschte. Keller blickte sie nachdenklich, fast ein wenig wehmütig an. Er fühlte sich zurückversetzt in seine eigenen Anfänge als Polizist und Kriminalist. Das lag inzwischen über 30 Jahre zurück. Er war damals etwa gleich alt wie heute Hannah. Wie die junge Frau hatte er nach dem Besuch der Polizeischule einige Jahre im Dienst der Stadtpolizei verbracht, ehe er Weiterbildungen absolvierte und sich zur Kripo versetzen ließ. Er erinnerte sich bis heute an seinen ersten Fall, an dem er ein Kriminalassistent war und im Team der Mordkommission mitarbeiten durfte. Es ging um den Mord an einer Frau aus dem Milieu. Die Verdächtigen waren rasch klar, und er wurde mit der Beschaffung von Informationen zum Hintergrund der Frau und der möglichen Täter beauftragt. Damals gab es auf den Kommissariaten noch keine leistungsfähigen Computer und vor allem keine elektronischen Archive. Abklärungen wurden in mühseliger Handarbeit in Registraturen mit langen Regalen voller Ablageschachteln, in Aktenschränken, vollgestopft mit graubraunen Ordnern, oder direkt bei Lokalterminen vorgenommen. Waren sie damals bei der Aufklärung von Verbrechen ohne all die Wissenschaft und Computer weniger erfolgreich gewesen? Er kannte die Statistiken nicht. Seinen ersten Fall hatte das Team jedenfalls rasch lösen können, nicht zuletzt dank der Informationen zur Vergangenheit des Hauptverdächtigen, die er in aufwendiger Schreibtisch- und Archivarbeit zusammengetragen hatte.

Tempi passati. Manchmal kam er sich vor wie Maigret, der Kommissar aus den Romanen, die seine Ex-Frau früher so gerne gelesen hatte und die wahrscheinlich mit ausschlaggebend dafür waren, dass sie sich damals in ihn verliebt hatte. Er hatte ihr zuliebe den einen oder anderen der Romane auch gelesen und meist kopfschüttelnd feststellen müssen, wie stark sich Romanwelt und die Wirklichkeit der Ermittlungsarbeit voneinander unterschieden. Während in den Romanen und Filmen die Administration und Schreibtischarbeit der Kriminalisten kaum vorkam, beanspruchte sie in der realen Welt seines Berufs einen Großteil der Arbeitszeit. Kriminalistik war immer mehr einerseits Kleinarbeit am Computer, andererseits Wissenschaft, die mit immer komplexerer Technologie arbeitete. Er war sich bewusst, dass er, im Unterschied zu seinen jungen Kollegen und den Nachwuchsleuten wie Hannah, zu wenig von diesen modernen Technologien verstand, um sie für die Ermittlungsarbeit effizient nutzen zu können. Das war mit ein Grund, weshalb er vor einigen Jahren dem Vorschlag zugestimmt hatte, die Leitung der Gruppe Gewaltverbrechen zu übernehmen. Erst hatte er gezögert. Er war kein Schreibtischtiger. Er war immer gerne an der Front der Ermittlungsarbeit tätig gewesen. Er spürte jedoch immer deutlicher, dass er mit seinem Fachwissen trotz des regelmäßigen Besuchs von Weiterbildungskursen mit den Jungen nicht mehr mithalten konnte. Seit er Chef war, bestand seine Aufgabe vor allem in der Organisation und Koordination der Arbeit seiner Mitarbeiter. An der Front bei der Ermittlung mitzuwirken, gehörte eigentlich nicht mehr dazu. Dass seine Vorgesetztenfunktion ihn auch von den unzähligen Nachtschichten und Wochenenddiensten entband, war eine mit zunehmendem Alter immer mehr geschätzte Nebenerscheinung. Dennoch konnte er es nicht lassen, sich immer wieder aus seinem Büro hinaus an Tatorte zu begeben und sich direkt in die Ermittlungsarbeiten einzuschalten. Man nahm zwar mit Stirnrunzeln zur Kenntnis, dass er dafür Sitzungen mit Vorgesetzten oder Bürohengsten der Verwaltung verpasste, ließ ihn aber gewähren. Und im Team wurde seine Erfahrung und oft auch die daraus entstehende Intuition bei der Beurteilung eines Sachverhalts geschätzt.

»Hallo, Hannah! Seid ihr vorangekommen?«

Hannah blickte kurz auf und schenkt ihm ein leises Lächeln. »Schwer zu sagen. Klemens und ich waren nochmals im *Seebad*. Wir haben zusammen mit dem Hotelier das Anmelderegister durchgesehen und uns notiert, wann und wie lange die Tote in den vergangenen Jahren zu Gast war im Hotel.«

»Und?«, fragt Keller.

»Allein im laufenden Jahr war sie ein halbes Dutzend Mal dort. Ich stelle die Daten gerade zusammen. Viel mehr haben wir noch nicht. Du hast den Bericht heute Abend im Mail«, versprach Hannah.

»Morgen früh reicht auch noch«, wiegelte Keller ab. »Heute schaue ich ihn eh nicht mehr an. Ich mache jetzt Feierabend und gehe eine Runde joggen. Morgen will ich mich in Mias Wohnung umsehen.« Er sah in ihrem Blick, was sie fragen wollte, und kam ihr zuvor. »Willst du mitkommen?«

Hannah strahlte und sagte sogleich zu.

Keller überlegte sich, mit dem Wagen hinauf nach Drei Weieren zu fahren. Doch er wusste, dass es um diese frühe Abendzeit schwierig bis unmöglich war, einen legalen Abstellplatz für das Fahrzeug zu finden. Das Risiko, von den Kolleginnen der Stadtpolizei einen Strafzettel unter die Scheibenwischer geklemmt zu bekommen, wollte er nicht eingehen. Die Hilfspolizistinnen, denen diese Aufgabe oblag, kannten wahrscheinlich alle seinen Toyota und würden ihm, angesichts des immer ein wenig angespannten Verhältnisses zwischen Stadt- und Kantonspolizei, noch so gerne zusätzlich einen der freundlich abgefassten Zettel unter den Scheibenwischer klemmen, mit denen sie darauf hinwiesen, das Auto einfach zu Hause zu lassen und mit den reichlich vorhandenen öffentlichen Verkehrsmitteln ins Naherholungsgebiet der Stadt zu kommen.

Er ließ seinen Kombi auf dem reservierten Parkplatz vor dem Gebäude stehen und durchquerte den kleinen asphaltierten Hof. Mit einer kurzen Handbewegung grüßte er zwei Kollegen, die gerade in einem Kastenwagen mit verdunkelten Scheiben vor dem gegenüberliegenden Untersuchungsgefängnis vorgefahren waren. Ein Durchgang führte unter dem mächtigen Barockflügel der Anlage hinüber zur großen Wiese des Klosterhofs. Auf dem kurz geschnittenen Rasen lagen oder saßen unzählige, meist junge Leute. Sie genossen die Strahlen der noch warmen

Septembersonne, welche die Zwillingstürme des Doms und die Fassade des mächtigen Kirchenschiffs in ein warmes Herbstlicht tauchten. Vorbei an der Chocolaterie bog er in die Rosengasse ein, an deren Ende das mittelalterliche Haus stand, in dem seine kleine Attikawohnung lag. Früher hatte er in einem der zahlreichen Einfamilienhausquartiere am Stadtrand gewohnt. Kleines Gärtchen mit sauber getrimmtem Rasen, ein Sitzplatz, ringsum grüne Hecken, einige Gartenbeete, in denen seine Frau Gemüse und Blumen zog. Nach dem mühsamen Scheidungsprozess musste er das von seinen Ersparnissen finanzierte Haus seiner Ex-Frau überlassen. Er hatte sich zuerst in einem Stadthotel einquartiert und sich nach einer Bleibe umgesehen, die in der Altstadt und möglichst in Gehdistanz zum Kommissariat lag. Dass er die inmitten des Klosterviertels gelegene Dachwohnung im *Haus zur Pfeffermühle* beziehen konnte, war einem glücklichen Zufall zu verdanken. Das Haus lag an einem kleinen, romantischen Platz, dessen Namen erst noch an einen früheren Polizeikommandanten der Stadt erinnerte, dem im Zweiten Weltkrieg durch seine politischen Vorgesetzten großes Unrecht angetan worden war. Eines Morgens saß er vor dem im gleichen Haus untergebrachten *Café Amici* und kam mit einer älteren, trotz der frühen Morgenstunde sehr gepflegt wirkenden Dame am Nachbartisch ins Gespräch, die sich als die Besitzerin des Hauses herausstellte. Im Gespräch erwähnte er nebenbei seinen Beruf und dass er auf der Suche nach einer passenden Unterkunft sei, worauf die Dame erfreut meinte, dass bei ihr im Haus gerade die Dachwohnung frei geworden und sie daran sei, diese neu auszuschreiben. Natürlich war er sogleich interessiert. Nach der Besichtigung brauchte er keine zwei Minuten, um sich zu entscheiden.

Die Hausbesitzerin war ihrerseits offensichtlich angetan von der Aussicht, einen Polizisten im Haus zu haben, und sie waren sich rasch einig geworden. Eine knappe Woche später konnte Keller bereits in die helle und komfortabel ausgestattete Wohnung einziehen. Dass er unten gleich die Kaffeebar *Amici* im Hause hatte mit ihrer großen, bis weit in den Grüningerplatz hinaus reichenden Terrasse, war ihm besonders sympathisch.

In der Wohnung angekommen, kleidete er sich um, zog die Jogginghose und ein T-Shirt an und schnürte die Laufschuhe. Mit lockerem Schritt lief er die Treppe hinab, immer zwei Stufen auf einmal nehmend. Vor dem Haus zeigte ihm ein rascher Blick himmelwärts die schwarzen Wolken, die sich über den Hügeln hinter der Stadt aufzutürmen begannen. Es würde bald ein Gewitter geben. Wenn sie Glück hatten, hielt sich Petrus zurück, bis sie ihren vereinbarten Rundlauf rund um Drei Weieren absolviert hatten. Und sonst war es auch egal.

Er winkte einen kurzen Gruß hinüber zur Bedienung im *Amici* und trabte los, vorbei an der Chocolaterie, um den hinteren Teil des Doms und den Ostflügel der Stiftsbibliothek zum Stationsgebäude der Mühleggbahn. Das kleine Standseilbähnchen transportierte die eher fußfaulen Menschen den Hügel hinter der Klosteranlage zum hoch über der Stadt liegenden Sankt Georgen-Quartier hinauf. Früher hatte es für die keine fünf Minuten dauernde Fahrt einen Fahrplan gegeben, und die Bahn war von einem uniformierten Beamten der städtischen Verkehrsbetriebe begleitet worden, der den Passagieren die Billette verkaufte. Das war lange her. Heute fuhr das Bähnchen automatisch, in festem Takt von frühmorgens bis spätabends. Billette aus den in den Stationen angebrachten

Automaten brauchte es immer noch, aber die meisten Passagiere machten sich nicht die Mühe, für die kurze Strecke ein Billett zu erstehen. Dies im Wissen, dass es kaum je Kontrollen gab und die Wahrscheinlichkeit, ohne Billett erwischt zu werden, äußerst gering war. Keller gehörte natürlich nicht zu diesen Schwarzfahrern. Die Vorstellung, eines Morgens im Lokalblatt die Schlagzeile »Chefkommissar als Schwarzfahrer entlarvt!« lesen zu müssen, ließ ihn erschauern und zuverlässig ein Ticket lösen. Auch weil er es richtig fand, denn der Bahnbetrieb musste irgendwie finanziert werden. Eine Tatsache, über die sich die wenigsten seiner Mitpassagiere den Kopf zu zerbrechen schienen.

Von Weitem schon sah er Lea in ihrem bunten Joggingdress. Sie stand am Geländer des Mühlebaches, der neben den Geleisen der Station herabrauschte und unter dem Stationsgebäude im Untergrund der Stadt verschwand, und machte Dehnungsübungen.

»Bin ich zu spät?« Er umarmte und küsste sie zur Begrüßung.

»Nein, ich war zu früh da. Aber so konnte ich mich bereits etwas aufwärmen. Du hältst eh nicht viel von Dehnungsübungen. Von mir aus können wir gleich los, das Bähnchen ist gerade eingefahren.«

Die Fahrt hinauf nach Drei Weieren dauerte bloß wenige Minuten. Über eine kurze Treppe gelangten sie von der Bergstation hinauf zu den drei kleinen Weihern, die dem Ort ihren Namen gaben. Der Lauf rund um die idyllischen Gewässer mit den Badehäuschen und Schrebergärten war sozusagen ihre Hausstrecke. Im Sommer spendeten die großen Bäume Schatten, und im Winter konnte man immer noch durch eine Schneelandschaft laufen, wenn der Rest der Stadt bereits im Matsch versank. Und immer hatte man von der Rundstrecke einen fantastischen Blick über die Dächer der Altstadt bis weit zum Ufer des Bodensees. Besonders bei einer der recht häufigen Föhnstimmungen schienen der Dom, die eng zusammengebauten Häuser des mittelalterlichen Klosterviertels und der blau glitzernde Bodensee fast zum Greifen nah. Lea hatte ihm bei ihrem ersten gemeinsamen Lauf erklärt, dass die kleinen Weiher vor bald 400 Jahren in mühseliger Arbeit angelegt worden waren, um Wasser für das Bleichen der riesigen Flachstücher zu gewinnen, die in jener Zeit die Haupterwerbsquelle für die Bewohner der Stadt waren. Heute waren die Gewässer und ihre Umgebung ein stark frequentiertes Naherholungsgebiet und an warmen Sommertagen ein beliebter Treffpunkt zum Schwimmen, Baden und Grillen für jung und alt.

Inzwischen waren ihre gemeinsamen Joggingrunden zu einer lieb gewordenen Tradition geworden. In den vergangenen Sommermonaten waren sie wegen ihrer beruflichen Belastung viel zu selten dazu gekommen, gemeinsam eine Runde um die Seen zu laufen. Umso mehr genossen sie es, dass es heute geklappt hatte. Sie stiegen die steile Holztreppe von der Bergstation zum Aussichtsweg hinauf und liefen in gemächlichem Tempo los. Keller musste sich einmal mehr eingestehen, dass seine Partnerin über eine viel bessere Kondition verfügte. Während er sich Mühe gab, mit kontrolliertem Ein- und Ausatmen den Laufrhythmus zu halten, trabte sie locker vor und neben ihm her und hatte stets genügend Luftreserven in ihren Lungen, um ihn auf etwas Bemerkenswertes am Wegrand hinzuweisen oder ihm eine Begebenheit aus ihrem Alltag zu erzählen.

Kurz bevor sie zum Ausgangspunkt des Rundwegs zurückkamen, passierten sie eine lange Hecke, hinter der ein zum Weiher abfallendes Gelände mit kleinen Schrebergärten lag. Die Hecke war auf Brusthöhe beschnitten, sodass man beim Vorbeilaufen die gepflegten und durch kleine Kieswege voneinander getrennten Pflanzungen der Hobbygärtner sehen konnte. Manche hatten auf ihren Mini-Grundstücken kleine Häuschen oder Geräteschuppen errichtet. Unter Büschen und hinter Beeten winkten Gartenzwerge mit bunten Mützen hervor. Jetzt im Frühherbst waren die meisten Blumen verwelkt, dafür begannen sich die Blätter der Bäume und Sträucher bunt zu färben.

Meist beachteten Keller und Lea beim Vorbeilaufen die Schrebergärten und die in den Pflanzstreifen arbeitenden Hobbygärtner gar nicht. Diesmal ging Kellers Blick zufällig über einen direkt hinter der Hecke liegenden Garten. Die Frau, die er dort neben einem älteren Mann mit einem großen Strohhut auf dem Kopf stehen sah, kam ihm bekannt vor. Ihre Blicke kreuzten sich. Es war Alberta, der Vorzimmerdrachen aus dem Chefbüro der *Vadiana*. Auch sie erkannte ihn im gleichen Moment. Sie schien sich zu überlegen, ob sie rasch den Kopf wegdrehen und vorgeben sollte, ihn nicht gesehen zu haben, entschied sich aber, ihm freundlich einen Gruß zuzuwinken.

»Herr Kommissar! Was machen Sie denn hier?«

Er blieb stehen, nicht unglücklich über die Unterbrechung, die ihn wieder ein wenig zu Atem kommen ließ. Auch Lea hatte den Zuruf von Alberta gehört und war stehen geblieben.

»Dumme Frage, ich weiß«, sagte Alberta und kam die paar Schritte bis zur Hecke auf sie zu.

Keller wies auf Lea, die Alberta mit einem freundlichen Nicken begrüßte. »Ich versuche, mit meiner Partnerin einigermaßen Schritt zu halten.«

»Sie haben hier einen schönen Pflanzgarten«, meinte Lea anerkennend. »Ich weiß von meinem Onkel, mit wie viel Arbeit das verbunden ist!«

Alberta winkte ab. »Ach, das ist nicht mein Garten. Ich bin nur zu Besuch hier.«

Fast gleichzeitig mischte sich eine weitere Stimme in das Gespräch ein. »Das mit der Arbeit kann man allerdings so sagen!«

Nun trat auch der Mann mit dem Strohhut und einer grünen, mit Erde beschmutzten Gärtnerschürze näher zur Hecke. Er blickte die beiden freundlich an. »Ich habe gehört, wie Alberta Sie mit ›Kommissar‹ ansprach. Sind Sie der Kommissar, der den Tod von Mia untersucht? Alberta hat mir von Ihnen erzählt.« Er wischte seine Hand an seiner Gärtnerschürze ab und streckte sie ihnen zur Begrüßung über die Hecke. »Johann Gerner«, stellte er sich vor. »Alberta und ich haben gerade eben von Mias Tod gesprochen. Ich habe sie gut gekannt, zumindest früher, während sie in Ausbildung war.«

»Ach ja?«, fragte Keller höflich und versuchte, seinen Atem zu kontrollieren, der vom raschen Lauf noch immer recht heftig ging.

»Ich war fast 40 Jahre lang der Chefbuchhalter der *Vadiana*«, erklärte Gerner. »Oder, wie mein Titel in den letzten Jahren vor meiner Pensionierung lautete, der ›Chief Financial Officer‹ der Firma.« Er lachte kurz. »Inzwischen bin ich längst pensioniert.« Sein Blick ging zwischen Keller und Lea hin und her. »Warum kommen Sie nicht für einen Moment zu uns in den Garten? Ich kann Ihnen ein kühles Bier anbieten!«

Lea sagte nichts, aber Keller spürte, dass sie nicht die geringste Lust verspürte, der Einladung Folge zu leisten.

Sie waren beide verschwitzt, nach dem Lauf etwas müde und dachten eher an eine erfrischende Dusche als an ein Bier. Zudem türmten sich seit einiger Zeit finstere Wolkentürme am Horizont auf, und man hörte im Westen ein bedrohliches Grollen, das sich rasch näherte.

»Jetzt nicht, danke. Ich komme gerne darauf zurück. Sie sind ja wahrscheinlich oft hier in Ihrem Garten …«

»Allerdings. Es gibt jetzt im Herbst eine Menge zu tun«, Gerner wies mit der Hand auf das kleine Grundstück, »auch wenn der Garten nur klein erscheint. Versuchen Sie's einfach, wenn Sie mal wieder auf Ihrer Joggingrunde sind. Oder rufen Sie mich an. Meine ehemalige Arbeitskollegin Alberta kennen Sie, sie hat meine Nummer.«

Keller und Lea verabschiedeten sich und nahmen, durch die ungeplante Pause beide wieder fit, die restliche Strecke ihrer Joggingrunde zurück in die Stadt unter ihre Laufschuhe. Sie waren kaum losgelaufen, da verspürten sie auf ihrer Haut die ersten Regentropfen. Wenig später brach ein gewaltiges Gewitter über die Stadt herein. Zurück im Klosterviertel waren sie beide bis auf die Knochen durchnässt.

KAPITEL 15

Keller hatte zur Sicherheit den Wecker gestellt. Wenn er die Nacht mit Lea verbrachte, war die Gefahr groß, am nächsten Tag weit in den Morgen hinein zu verschlafen. Lea murmelte nur etwas Unverständliches und zog sich das Kissen über den Kopf. Er gab ihr einen raschen Kuss und stand auf. Der kalte Strahl der Dusche weckte seine Lebensgeister, und der erste heiße Espresso aus der Maschine ließ seinen Puls auf Normalwerte steigen. Leise zog er die Wohnungstür hinter sich zu und stieg die knarrende Treppe hinab. Unten im Café war noch alles dunkel. Das gestrige Gewitter hatte sich in der Nacht über den Dächern der Stadt so richtig ausgetobt. Inzwischen hatten sich die Wolken verzogen, die ersten Sonnenstrahlen tauchten den Klosterhof und die Mauern des Doms in ihr warmes Licht. Noch waren kaum Menschen unterwegs, nur ein paar Hundehalter kreisten beim Gassigehen mit ihren vierbeinigen Haushaltsmitgliedern um die Häuser des Klosterviertels. Er überquerte den Klosterhof, passierte den Durchgang zur ehemaligen Pfalz und betrat das kleine, an die alte Schiedsmauer des Klosters angebaute Haus, in welchem sein Kommissariat untergebracht war.

Nele war noch nicht da. Sie war keine Frühaufsteherin. Dafür hatte sie nie Probleme, wenn er sie bat, abends ein wenig länger im Büro zu bleiben. Und wenn es ihm oder ihr aus irgendwelchen Gründen notwendig erschien, war sie natürlich jederzeit bereits im Morgengrauen im Büro. Zufrieden bemerkte er, dass sein Schreibtisch fast leer war.

Seit gestern war offenbar nichts Wichtiges mehr vorgefallen. Im Mail fand er die kurze Bestätigung der Staatsanwaltschaft für die nachmittägliche Pressekonferenz und die Aufforderung von Obermüller, die Teilnahme nicht zu vergessen. Doch bis zum Nachmittag blieb noch viel Zeit. Er konnte sich den wichtigen Aufgaben widmen. Zuerst stand die Untersuchung von Mias Wohnung an.

Hannah streckte ihren Lockenkopf ins Büro. »Wann wollen wir los?«

»Bin gleich so weit«, antwortete er und griff nach seiner Jacke mit den tiefen Taschen, in deren eine er sein Notizbuch versenkte. Hannah hatte sich die Adresse herausgesucht. Das Appartement lag oberhalb der Stadt im Rosenbergquartier, der bevorzugten Wohngegend der Wohlhabenden. Eigentlich hätten sie dorthin zu Fuß gehen können. Vom Sitz des Kommissariats im Klosterhof durch die Altstadt und hinauf zum Rosenberghügel waren es vielleicht zwei Kilometer, doch da Keller anschließend nochmals zum Tatort ins *Seebad* wollte, fuhren sie die kurze Strecke in seinem Wagen.

Er stellte den Toyota auf dem für Besucher gekennzeichneten Platz vor dem Haus ab. Das Haus, ein mehrstöckiger Neubau, der allein mit seiner Architektur Luxus und Exklusivität ausstrahlte, war hoch über der Stadt in den Abhang hineingebaut. In den Utensilien, die Kellers Leute im Hotelzimmer der Toten beschlagnahmt hatten, fand sich auch der Schlüssel, der ihnen den Zugang zum Treppenhaus öffnete. Der Lift war gerade besetzt, so stiegen sie zu Fuß die breite, aus glänzendem Marmor gefertigte und mit einem Geländer aus Edelstahl versehene Treppe hinauf. Mias Appartement lag im fünften Stock des Hauses. Keller musste sich Mühe geben, nicht zu laut zu atmen, während er die letzten paar Stufen zur Wohnung erklomm. Hannah hingegen schien die Stufen der Treppe fast hinauf zu schweben und kam offenbar kein bisschen außer Atem. Ich werde alt, dachte Keller und atmete möglichst unauffällig einige Male kräftig durch, während er am Schlüsselbund den zur Wohnungstür passenden Schlüssel suchte. Keiner schien zu passen. Hannah, die ihn beobachtet hatte, zeigte auf das kleine silberne Kästchen neben der Tür und wies auf den Chip, der neben den Schlüsseln am Bund befestigt war.

»Halte das mal an den Sensor hier!«, meinte sie und zeigte auf den Chip. Keller tat wie geheißen, und mit einem leisen Klicken entriegelte sich der Zugang zur Wohnung. Er ließ Hannah zuerst eintreten.

»Wow!«

Er sah sogleich, was den bewundernden Ausruf seiner Kollegin ausgelöst hatte. Hinter der Tür öffnete sich der Blick auf einen das ganze Geschoss des Hauses einnehmenden Wohnraum, auf drei Seiten von Glasflächen begrenzt, die fast vom Boden bis zur Decke reichten. Durch die riesigen Fensterscheiben ging der Blick über die Altstadt und die benachbarten Hügel. In der Ferne glitzerte der Bodensee im Licht der Morgensonne. Vorne am Fenster standen ein breites beigefarbenes Ledersofa und zwei bequem wirkende, ebenfalls mit hellem Leder bezogene Sessel. Auf der anderen Seite stand ein Esstisch mit einer Tischplatte aus weißem Marmor und acht Stühlen. Unter der Sitzgruppe sowie unter dem Esstisch bedeckten niederflorige Teppiche den Parkettboden. Eine große, ebenfalls ganz in Weiß gehaltene offene Küche begrenzte den Raum auf der vierten Seite. Vor der Kochinsel mit, zumindest für Keller, futuristisch wirkenden Geräten und Einbauten standen zwei moderne Barsessel. Auf dem Salontisch zwischen Ledersofa und Sessel stapelten sich Zeitungen und Zeitschriften. An der Wand gegenüber den Fenstern zog sich ein auf Maß gebautes Büchergestell bis zur überhohen Decke hinauf. Mia musste eine große Leserin gewesen sein. Auf den Tablaren standen lange Bücherreihen bekannter Autoren, auch zahlreiche Bücher zu Textil- und Designthemen. In das Regal integriert war eine Musikanlage, die so teuer aussah, dass an ihren Qualitäten gar nicht erst gezweifelt werden konnte. Eine aus dem gleichen Holz wie der Parkettboden gefertigte Wendeltreppe führte zu einer Galerie. Der ganze Raum strahlte Stil und dezenten Luxus aus. Er war unübersehbar von jemandem gestaltet worden, der etwas verstand von Design und Innenarchitektur, auch von Materialien und deren harmonischer Kombination.

»Genauso stelle ich mir meine künftige Wohnung vor«, meinte Hannah begeistert, die sich wie Keller zuerst zur riesigen Fensterfront begeben und an der überwältigenden Aussicht sattgesehen hatte, bevor sie sich umdrehten und die Wohnung zu besichtigen begannen.

»Dazu hast du dir wahrscheinlich den falschen Beruf ausgesucht«, meinte Keller trocken. Er streifte sich die dünnen weißen Handschuhe über, die er für die Durchsuchung mitgebracht hatte, und reichte auch Hannah ein Paar.

»Suchen wir nach etwas Bestimmtem?«, fragte Hannah, als sie die Untersuchung des unteren Wohnungsteils abgeschlossen hatten und über die enge Wendeltreppe zur Galerie hinaufstiegen.

»Eigentlich nicht«, meinte Keller. »Interessieren würden mich Informationen zu ihren privaten Finanzen. Ich kann mir nicht vorstellen, dass sie diese Wohnung mit ihrem Gehalt hat kaufen und so hochwertig ausstatten können.«

Auf der oberen Etage fanden sie zwei weitere, über die Galerie begehbare Zimmer. Eines war offenbar Mias Schlafzimmer gewesen, das andere ihr Privatbüro. Neben dem kleinen Arbeitstisch, auf dem ein Aktenstapel lag, auf dessen oberstem Blatt Keller das Logo der *Vadiana* erkannte, standen zwei kleinere Rollkorpusse. Die Ausziehschublade war mit einem Schloss gesichert, jedoch nicht abgeschlossen. Keller öffnete sie und sah eine nur halb gefüllte Hängeregistratur mit Kartonmäppchen, die mit kleinen farbigen Reitern versehen und von Hand beschriftet waren. Er zog eines davon mit der Beschriftung »Bank« heraus und blätterte durch die Papiere, die er darin fand.

»Da haben wir etwas Interessantes!« Er zog ein Blatt aus dem Stapel. Hannah stellte sich neben ihn, und er zeigte mit dem Zeigefinger auf eine der Zahlen auf dem Kontoauszug einer schweizerischen Großbank. »Das hier wird ihr Gehalt gewesen sein. Jeden Monat ein schöner Betrag! Doch schau mal hier: regelmäßig jedes Quartal ein Eingang von 30.000 Euro unter dem Titel ›Zusatzhonorare‹.« Er blätterte durch einige der anderen Kontoauszüge. »Diese Gutschriften wurden offenbar mit schöner Regelmäßigkeit seit vielen Jahren überwiesen. Da kommt über die Zeit ein stolzer Betrag zusammen, mit dem man sich eine schicke Wohnung leisten kann! Und hier«, er legte den Finger neben eine andere Zahl, »am Jahresende ein wirklich großzügiger Bonus für eine Mitarbeiterin einer finanzschwachen Textilfirma!« Er reichte das Mäppchen Hannah. »Schau dir diese Unterlagen genauer an, wenn wir wieder im Büro sind. Frage bei der Bank nach, wenn etwas unklar ist. Sie sollen die Belege zu fraglichen Transaktionen herausgeben.«

Er zog den ganzen Stapel Hängemäppchen aus der Schublade und übergab alles Hannah. »Checke einfach mal alles durch, vielleicht finden wir noch mehr, das uns weiterhilft.«

Sie besichtigten den Rest der Wohnung und später auch das dazugehörige Kellerabteil. Zuletzt inspizierten sie den Stellplatz von Mia in der Tiefgarage. Da sie nichts Interessantes mehr fanden, verschlossen sie die Wohnung wieder und brachten ein Siegel an, um zu signalisieren, dass sie vorläufig von Unberechtigten nicht mehr betreten werden durfte. »Wir lassen nachher noch die Spurensicherung über das Ganze gehen«, meinte er zu Hannah. »Sie sollen nach Fingerabdrücken suchen. Viel wird zwar kaum herauskommen. So wie's aussieht, lebte Mia allein, und man wird nur ihre Abdrücke finden.«

KAPITEL 16

Wie befohlen fand sich Keller eine Stunde vor der auf elf
11 Uhr angesetzten Pressekonferenz im Büro von Staatsanwalt Obermüller ein. Die Staatsanwaltschaft der Stadt
Sankt Gallen war in einem unscheinbaren Gebäude zwischen Bahnhof und Altstadt untergebracht. Wenn er hier-
herkommen musste, freute er sich jedes Mal wieder, dass er
vor einigen Jahren mit seinem Team in den Pfalzhof über-
siedeln konnte und nicht eine funktionelle Büroetage in
einem der Verwaltungsgebäude von Polizei oder Staatsanwaltschaft beziehen musste. Das Büro von Staatsanwalt Obermüller lag im dritten Stock. Es entsprach mehr
oder weniger dem, was man sich von einem Beamtenbüro
erwartete: Schreibtisch, kleiner Sitzungstisch, Besuchersessel, ein Aktenregal vollgestellt mit fein säuberlich ange-
schriebenen Aktenordnern. Auf einem der Regale standen
einige juristische Standardwerke, ein nostalgisches Überbleibsel aus der zurückliegenden Studienzeit des Staatsanwalts, denn natürlich fanden juristische Recherchen inzwischen auch hier ausschließlich über das Internet oder die
elektronischen Datenbanken der Verwaltung statt. In einer
Ecke am Boden stand die mittelgroße Topfpflanze, auf die
jeder Chefbeamte des Kantons Anspruch hatte.

Er meldete sich im Vorzimmer bei der immer etwas
säuerlich wirkenden Sekretärin. Auch heute musterte
sie ihn mit einem missbilligenden Blick, ohne dass er je
herausgefunden hätte, was genau ihr an ihm nicht gefiel.
Inzwischen ging er davon aus, dass sie grundsätzlich alles

ablehnte, was, aus welchem Grund auch immer, ihre oder die Arbeit ihres Chefs störte. Obermüller ließ ihn erst einmal zehn Minuten im Vorzimmer warten, ehe er über den Lautsprecher der Sekretärin meldete, er sei jetzt frei. Der Staatsanwalt begrüßte ihn mit einem angedeuteten Nicken und wies auf den Besucherstuhl vor seinem mit Aktenstapeln fast zugedeckten Arbeitspult. Er selbst blieb in seinem wuchtigen Ledersessel sitzen.

»Setzen Sie sich, Kommissar!« Er ordnete einige Akten auf seinem Pult und deponierte sie in der Ablage hinter sich, während er fragte: »Hat sich etwas Neues ergeben?«

Keller berichtete von seinen Gesprächen mit Signer und Mias Assistentin. Das alles hatte er zwar bereits in seinem abendlichen Mail zusammengefasst, das er Obermüller auf dessen Wunsch noch gestern geschickt hatte. Der Staatsanwalt hatte es sich offenbar noch nicht angesehen und machte sich Notizen zu Kellers Rapport. »Gerade viel ist das nicht«, stellte er mit einer leichten Enttäuschung in der Stimme fest. »Das gibt eine kurze Pressekonferenz.«

Keller konnte gerade noch die Bemerkung zurückhalten, das habe er ihm bereits gesagt und deshalb darauf hingewiesen, auf eine Medieninformation in einem so frühen Stadium der Ermittlungen besser zu verzichten. Doch Obermüller schien sich an der mageren Informationslage nicht zu stören. »Wir machen erst einmal eine kurze Information über den Sachverhalt, so wie wir ihn Stand heute kommunizieren können. Das schulden wir der Öffentlichkeit. Weitere Informationen versprechen wir für eine nächste Medienorientierung irgendwann in den kommenden Tagen. Ich werde das machen. Sie halten sich bereit, Fragen der Journalisten zu beantworten, reden aber nur, wenn ich Ihnen das Wort erteile.«

Keller war das nur recht. Er konnte sich denken, was die Medienvertreter für Fragen stellen würden, und kannte die Standardantwort, die er darauf geben würde: »Dazu können wir noch nichts sagen, unsere Ermittlungen stehen erst ganz am Anfang.« Diese Antwort ließ sich variieren, ohne ihren Aussagegehalt zu verändern. Für Obermüller dagegen war das Wichtigste, dass er sich endlich mal wieder vor den Medien präsentieren und, noch besser, bereits eine nächste, mit noch mehr Spannung erwartete Medienorientierung ankündigen konnte. Je häufiger die Öffentlichkeit und seine Vorgesetzten sein Bild in den Medien sahen, umso besser für seine erhoffte Beförderung zum Leitenden Staatsanwalt im nächsten Frühling.

Die Pressekonferenz im nahegelegenen Stadthaus verlief so, wie Keller vermutet hatte. Eine lange Einführung durch Obermüller, der mehr oder weniger wortgleich wiederholte, was Keller ihm vorher aufgeschrieben hatte. Im Wesentlichen bestätigte er nur, dass es sich um einen unnatürlichen Todesfall handelte und die Ermittlungen von einem Mordfall ausgingen. Zu Kellers Erstaunen war ein gutes Dutzend Journalisten gekommen, die meisten von online-Medien. Auch ein Journalist des regionalen TV-Senders mit einer Handkamera, die Leiterin der Lokalredaktion des *Tagblatts* und sogar ein Vertreter der nationalen Boulevardzeitung waren anwesend. Und natürlich Louis, der am Sonntag zuerst auf die Geschichte aufmerksam geworden war. Mit seinem Bericht, der am Montagmorgen in allen lokalen Medien und selbst auf der Titelseite der nationalen Boulevardzeitung erschien, war ihm ein echter Scoop gelungen. Er war es denn auch, der sich sogleich meldete, nachdem Obermüller die Fragerunde freigegeben hatte. Er wandte sich direkt an Keller, ohne den Staatsanwalt auch nur eines Blickes zu würdigen.

»Dass die Kripo noch nichts weiß, haben wir inzwischen gehört. Meine Quellen sagen mir, dass es sich um einen Giftmord handelt, und dass die *St. Galler Spitzen*, die das Hotel jeweils seinen Gästen schenkt, etwas damit zu tun haben. Was sagen Sie dazu?«

Keller hätte gerne gewusst, wer diese Quelle war, aber Louis würde das natürlich nie preisgeben. Es musste jemand aus dem Hotel sein oder aus dem Polizeilabor, wo all die Pralinenschachteln, die seine Leute im *Seebad* beschlagnahmt hatten, überprüft wurden. Er blickte den Journalisten freundlich an und sagte, dass er auch dazu noch nichts sagen könne, da die Untersuchungen gerade erst angelaufen seien und man noch in alle Richtungen ermittle. Auch die weiteren Fragen beantwortete er ähnlich unbestimmt. Bald einmal war allen Medienvertretern klar, dass es keine weiteren interessanten Informationen mehr geben würde. Sie klappten ihre Notizbücher und Notebooks zu, packten die *iPads* ein und verstauten die Kameras in ihren Umhängetaschen.

Nachdem Obermüller das Ende der Pressekonferenz verkündet hatte, leerte sich der Raum. Der Staatsanwalt verabschiedete sich von Keller, offensichtlich ein wenig enttäuscht, dass keiner der Journalisten das Gespräch mit ihm gesucht hatte. Auch der Kommissar packte seine Unterlagen ein. Er trat in den dämmrigen Flur, wo er Louis an einem der hohen Fenster zum Innenhof stehen sah, der offensichtlich auf ihn gewartet hatte. Noch bevor Keller neben ihm stand, hob Louis beschwichtigend die Hände. »Keine Angst, Kommissar, ich weiß, dass Sie nicht mehr sagen können oder wollen. Die Story ist zu gut, das werden Sie verstehen. Eine schöne Frau liegt in einem Luxushotel nackt und tot im Bett. Und alles deutet darauf hin, dass sie ermordet wurde. Von wem? Warum? Wie? Das ist genau der Stoff, den die Leute beim Morgenkaffee oder abends im Lehnstuhl lesen wollen, bevor sie ihr Fernsehgerät einschalten. Vor allem gefällt mir an der Sache, dass ich ein paar Schritte weiter bin mit der Geschichte als meine Kollegen. Ich werde an der Sache dranbleiben. Ich kann bei vielen Leuten unauffälliger ermitteln als die Polizei.« Er warf Keller einen kumpelhaften Blick zu. »Ich mache Ihnen einen Vorschlag. Ich teile meine Informationen mit Ihnen, sobald ich etwas erfahre, das auch für Sie von Bedeutung sein kann. Dafür werfen Sie mir gelegentlich einen Knochen zu, den ich verwerten kann. Immer ›off-the-record‹, versteht sich.«

Keller lächelte ihm freundlich zu. »Vergessen Sie's.« Damit ließ er ihn stehen und machte sich auf den Weg zurück ins Kommissariat.

KAPITEL 17

»Muss ich mir auch eine Krawatte umbinden?«

Lea musste lachen ob der gespielten Verzweiflung in Roberts Stimme. Sie stand in der Tür zu seinem Schlafzimmer und sah ihn in Unterwäsche und mit ratlosem Blick vor seinem geöffneten Kleiderschrank stehen.

»Nein, natürlich nicht. Der Schlips ist auch bei uns völlig out. Nimm ein weißes Hemd oder besser noch den schwarzen Rollkragenpullover, das wirkt immer seriös. Und das beigefarbene Jackett, das dir so gut steht.« Mit etwas Sarkasmus fügte sie hinzu: »Viel Auswahl hast du eh nicht!«

Mit einem Seufzer griff Keller in seinen Kleiderschrank. Das mit der Auswahl traf natürlich ins Schwarze. Kleidung bedeutete ihm nicht viel. Er kaufte und kombinierte Kleidungsstücke ausschließlich nach praktischen Gesichtspunkten. Dazu gehörte die Grunderkenntnis, dass hell gleichbedeutend war mit »sofort verschmutzt«, dunkel dagegen mit »kann deutlich länger getragen werden«. Entsprechend beinhaltete sein kleiner Kleiderschrank nur ein paar anthrazitfarbene Hosen, zwei ebenfalls dunkle, an den Ellenbogen mit Leder verstärkte Jacketts, die er im Dienst trug, seit er nicht mehr der uniformierten Polizei angehörte, sowie ein kürzlich erstandenes Leinenjackett. Daneben stapelten sich einige ebenfalls dunkel gefärbte Pullover und zwei Hemden, eines davon weiß für feierliche Anlässe, das andere aus dunkelgrauem Baumwollstoff für alle anderen Veranstaltungen. Mehr brauchte er nicht.

Lea hatte aus beruflichen Gründen ein ganz anderes Verhältnis zu Kleidern. Keller bewunderte sie, wie sie es verstand, auch mit einem beschränkten Kleiderbudget immer hervorragend angezogen zu wirken, sei das sportlich für die Freizeit, klassisch fürs Büro oder dezent-elegant für Veranstaltungen wie die, welche sie beide heute Abend zu besuchen vorhatten. Im vergangenen Winter hatte Lea ihn zum Abschluss eines samstäglichen Einkaufs im Lebensmittelgeschäft scheinbar spontan in den Shop eines renommierten Herrenmodegeschäfts gelotst. Im Schaufenster des Lokals prangte groß die Ankündigung des Winterschlussverkaufs, verbunden mit dem Versprechen großzügiger Rabatte auf das gesamte Sortiment. Keller war zwar nicht der Meinung, dass es mit dem Winter bereits Schluss sei, musste sich aber eingestehen, dass seine dunkelgraue Schnürlsamtjacke, die er seit Jahren zu jeder passenden oder unpassenden Gelegenheit trug, das Ende ihres natürlichen Lebenszyklus erreicht hatte und ersetzt werden musste. Sie wählten gemeinsam ein sportlich-elegantes dunkles Jackett aus Leinen und Baumwolle. Das Preisschild hätte Keller normalerweise gleich wieder aus dem Laden getrieben, wäre der ausgeschriebene Preis nicht mit einem dicken roten Stift durchgestrichen und durch die Ankündigung von »-70 Prozent« ergänzt worden. Zu Hause hatte er die Neuerwerbung zu seiner Garderobe in den Schrank gehängt und sie seither nur einmal anlässlich der Teilnahme an einer Brevetierungsfeier für Polizeikadetten getragen. Er wählte eine der dunklen Hosen, den anthrazitfarbenen Rollkragenpullover, einen schwarzen Ledergürtel (ein Geschenk von Lea) und zog das beigefarbene Jackett an. Kritisch betrachtete er sich im Spiegel, der in eine der Innentüren des Kleiderschranks eingelassen war, und drehte sich hin und her.

Lea stand hinter ihm und lächelte ihm über den Spiegel zu. »Na, zufrieden? Sieht gut aus so!« Sie sah, wie er selbstkritisch vor dem Spiegel posierte, und fügte lachend hinzu: »Man ist auch ein wenig eitel, nicht?«

Als eitel würde er sich natürlich überhaupt nicht bezeichnen. Aber es stimmte, was er da im Spiegelbild sah, gefiel ihm nicht schlecht. Es zeigte einen jetzt 54-jährigen Mann, groß, schlank, mit breiten Schultern. Der locker geschnittene Rollkragenpullover und das Jackett kaschierten den kleinen Bauchansatz. Das noch volle, kurz geschnittene Haar zeigte erste graue Strähnen. Wenn er den Kopf ein wenig anhob, war der leichte Ansatz zum Doppelkinn kaum mehr zu erkennen. Insgesamt konnte er mit seinem Aussehen durchaus zufrieden sein. Er schloss die Schranktür und gab der immer noch neben ihm stehenden Lea einen raschen Kuss. »Gut gewählt!« Er zeigte auf sein Leinenjackett, das er auf ihre Veranlassung hin gekauft hatte.

Sie gingen zu einem Apéro riche in die Villa Falkenstein. Die Hausherrin, Britta Raggenbass, hatte das ganze Team des Textilmuseums eingeladen. Anlass war das Zehnjahresjubiläum der Fördervereinigung des Museums, deren Präsidentin und Hauptsponsorin Britta Raggenbass war. Auf der mit einem kunstvollen Spitzenmotiv verzierten Einladungskarte stand ausdrücklich »Mit Begleitung«. Keller hatte zwar absolut keine Lust auf solche Veranstaltungen, vor denen er sich meist mit irgendeinem Vorwand zu drücken vermochte. Doch Lea hatte ihn eindringlich gebeten, wieder einmal mitzukommen. »Mach' mir den Gefallen. Ich will nicht immer alleine zu solchen Anlässe gehen. Und ich muss mich sehen lassen. Die Fördervereinigung wird bei einer ihrer nächsten Sitzungen die Unterstützung meiner Buchpublikation diskutieren. Da macht es sich gut, wenn man mich wahrnimmt und ich mit einigen der Förderer ein wenig plaudern kann. Dir tut es gut, auch mal mit anderen Menschen als immer mit Polizisten und Verbrechern zusammen zu sein. Es ist nur ein Apéro, wir müssen nicht lange bleiben!«

Die Aussicht, nicht einen ganzen Abend neben einem langweiligen Tischpartner sitzen zu müssen und sich frühestens vor dem abschließenden, meist erst spätabends gereichten Kaffee mit einer Entschuldigung absetzen zu können, war ein starkes Argument. Ausschlaggebend für seine Zusage war jedoch sein aktueller Fall und das gestrige Gespräch mit Signer, der als Hausherr der Villa wahrscheinlich auch anwesend sein würde. Aus einem Gefühl heraus, das er nicht benennen konnte, reizte es ihn, den *Vadiana*-Chef in seinem privaten Umfeld zu erleben.

Es war einmal mehr außergewöhnlich warm für einen Abend in der zweiten Septemberhälfte. Sie beschlossen, mit dem Seilbähnchen vom Kloster zur Mühlegg zu fahren und zu Fuß den kurzen Anstieg hinauf zur Villa Falkenstein zu gehen. Die Villa war ein mächtiges, fast quadratisches Gebäude mit einem großen Walmdach. Gebaut im frühen 19. Jahrhundert, stand sie einst inmitten eines großen Parks hoch über der Altstadt. In den vergangenen Jahrzehnten hatte die Besitzerfamilie einen großen Teil wertvollen Bodens verkauft, meist um Erben des wachsenden Raggenbass-Clans auszahlen zu können. Trotz dieser Landverkäufe stand die Villa noch immer inmitten eines Parks mit riesigen Bäumen und Sträuchern. Sie erreichten das Grundstück, wo das Tor zur Einfahrt weit offen stand. Auf beiden Seiten der Zufahrt und auf dem großen Vorplatz vor der Villa waren Fahrzeuge abgestellt. Mehrheitlich kleine Wagen der mittleren und unteren Preiskategorie, dazwischen einige Fahrzeuge der Luxusklasse.

Lea wies mit Sarkasmus in der Stimme auf die parkierte Fahrzeugkolonne. »Man sieht gleich, was hier jemandem aus unserem Museum und was einem Vorstandsmitglied des Fördervereins gehört.«

Vor der Treppe zum Hauseingang standen zwei Vans eines bekannten Lieferservices. Ein junger bärtiger Mann, dessen Jackett das Logo des Lieferservices trug, wies ihnen den Weg um das Haus herum. »Der Apéro findet auf der Terrasse und im Garten statt. Einfach dem Weg entlang, Sie können nicht falsch gehen.«

Lange bevor sie um die Hausecke bogen, hörten sie das Stimmengewirr der Gäste, das Klirren von Gläsern, hin und wieder ein lautes Lachen oder einen kurzen Ausruf. Der Apéro war bereits in vollem Gange. Vor ihnen öffnete sich ein weiter Garten, von dem eine breite halbrunde Treppe zu einer leicht erhöhten Terrasse führte. Auf der Terrasse wie auch im Garten standen kleine Gruppen von Leuten zusammen. Lea trat auf eine der Gruppen zu und wurde mit lautem Hallo begrüßt. Keller, der zwei Schritte hinter ihr stehen geblieben war, lag richtig mit der Vermutung, das seien alles Leas Arbeitskolleginnen und -kollegen aus dem Museum. Sie stellte Keller vor, worauf auch er freundlich begrüßt und mit neugierigen Blicken gemustert wurde.

Eine der uniformierten Hostessen des Lieferdienstes trat neben sie und wies auf ein Tablett mit Getränken, das sie in der einen Hand hielt. »Was darf ich Ihnen zum Trinken anbieten? Ich habe Champagner, Weißwein, Rotwein, und die hier«, sie zeigte auf einige Cocktailgläser mit einem vielfarbigen Inhalt, bestückt mit Ananasstückchen und farbigem Strohhalm, »sind ›virgin‹.«

Lea nahm ein Glas des perlenden Champagners, Robert griff sich einen der bunten jungfräulichen Drinks. Er war zwar nicht im Dienst, aber er konsumierte auch privat nur selten Alkohol. Weißwein trieb seinen Puls nach oben und ließ ihn nachts schlecht schlafen, und Champagner schmeckte ihm ganz einfach nicht. Hätte es hingegen ein kühles Klosterbräu gegeben, wäre er bestimmt schwach geworden.

Sie begrüßten noch andere Apérogäste. Keller kannte einige von ihnen, die zu Leas Team gehörten. Er hatte sie in den vergangenen Jahren bei offiziellen oder privaten Anlässen des Textilmuseums getroffen und erinnerte sich bei einigen sogar an ihre Namen.

»Lea, schön, dass du kommen konntest!« Die Stimme gehörte zu einer in einen auffälligen bunten Kimono gekleideten Frau, die mit einem Glas Champagner in der Hand auf sie zusteuerte. Sie begrüßte Lea mit einer angedeuteten Umarmung und einem Wangenküsschen. Lea stellte Robert mit »Robert Keller, mein Partner« vor, worauf sie auch ihn mit einem raschen Händedruck begrüßte.

»Britta Raggenbass«, stellte sie sich ihrerseits vor. »Freut mich. Sie waren noch nie bei uns?«

Ehe Keller etwas erwidern konnte, rief jemand von der Terrassentür her nach der Gastgeberin. »Oh, bitte entschuldigen Sie mich! Wir sehen uns gleich wieder.« Und weg war sie. Er schaute sich um. Lea war inzwischen in ein Gespräch mit einem neben ihnen stehenden kraushaarigen Mann vertieft, mit dem sie, soweit Keller das mit einem Ohr mitbekam, Aspekte einer japanischen Textilkunst erörterte. Da konnte er nicht mitreden. Langsam schlenderte er über die Terrasse nach hinten zur Balustrade. Über die Köpfe der Leute hinweg, die unten auf dem Rasen standen, bewunderte er die Aussicht, die sich ihm bot. Er verstand, weshalb der längst verstorbene Erbauer der Villa das Haus auf dieser Seite der Stadt und nicht, wie all die anderen Textilbarone, auf dem gegenüberliegenden Rosenberghügel gebaut hatte. Der Blick auf den ins UNESCO Weltkulturerbe aufgenommenen Klosterdistrikt mit dem Dom war phänomenal. Genauso die Sicht hinüber auf den Rosenberghang mit den vielen bereits im Schatten liegenden Jugendstilvillen aus der Blütezeit der Textilwirtschaft und den durch ihre futuristische Architektur mit ihnen kontrastierenden Gebäuden der renommierten Universität. Wer hier wohnen kann, dachte Keller bei sich, lebte im wahrsten Sinn des Wortes abgehoben.

KAPITEL 18

»Beeindruckend, diese Sicht, nicht wahr?«

Er erkannte die Stimme sogleich. Neben ihm, ein Glas Weißwein in der Hand, stand Doktor Signer, dem er erst vor einigen Tagen in der *Vadiana* gegenübergesessen hatte.

»Ich habe Sie von der Terrassentür aus gesehen und war zugegebenermaßen etwas erstaunt«, fügte der *Vadiana*-Chef hinzu. »Ich hätte nicht gedacht, dass Sie zu den Förderern unserer textilen Kultur gehören. Meine Frau gibt diesen Apéro für die Gönner und Mitarbeiter des Textilmuseums. Sie hat den Anlass seit Langem geplant und wollte ihn trotz Mias Tod nicht absagen.« Der leicht kritische Unterton in seiner Stimme und ein leichtes Stirnrunzeln ließen Keller vermuten, dass Signer nicht begeistert darüber war, so kurz nach dem Tod seiner Mitarbeiterin einen gesellschaftlichen Anlass durchzuführen. Der Hausherr hatte sich sogleich wieder im Griff. »Oder sind Sie beruflich hier?«

Keller verneinte und erklärte ihm, er sei als Begleitung seiner Partnerin, einer Kuratorin des Textilmuseums, zum Apéro mitgekommen oder besser mitgenommen worden. Signer schien erleichtert, dass Kellers Anwesenheit nichts mit dem Todesfall zu tun hatte. Er hob sein Glas und prostete Keller zu. »Mias Tod ist bei uns in der Firma natürlich weiterhin das zentrale Gesprächsthema. Umso mehr, da man jetzt zu wissen scheint, dass es sich um einen unnatürlichen Todesfall, also …«, er zögerte kurz, als scheute er sich, das Wort auszusprechen, »um einen Mord handelt. Dass jemand Mia umbrachte, ist für mich schlicht unvorstellbar. Gibt es inzwischen neue Erkenntnisse?«

»Nein. Wir haben noch keine Anhaltspunkte«, sagte Keller. Die Lokalmedien hatten am Morgen mit großen Schlagzeilen die Aussagen von Staatsanwalt Obermüller wiedergegeben, dass es sich beim Tod der Designerin allen Indizien nach um einen Giftmord handle. Er hatte eigentlich keine Lust, hier mit Signer über den Fall zu reden. Andererseits war das vielleicht eine gute Gelegenheit, im informellen Rahmen an zusätzliche Informationen zu kommen.

»Ist sie auch hier gewesen?«, fragte er beiläufig.

»Mia? Ja, sie war ein gelegentlicher Gast bei uns. Genauer gesagt bei meiner Frau.«

»Waren die beiden befreundet?«

»Befreundet ist vielleicht zu viel gesagt. Die beiden waren wahrscheinlich zu verschieden, um Freundinnen zu sein. Ich weiß, meine Frau bewunderte Mia. Sie hatte jene Mischung aus Empathie, positiver Ausstrahlung und Dynamik, die ihr die Sympathie nicht nur der Männer zufliegen ließ. Britta hatte sie gelegentlich auch zu einem Nachtessen im kleinen Kreis bei uns oder zu einer ihrer gesellschaftlichen Anlässe eingeladen. Und einige Male hatten sie gemeinsam Messen oder Modeanlässe besucht. Sie hatte sich in den vergangenen Monaten offenbar auch mit meinem Schwiegervater angefreundet und ihn gelegentlich hier oben besucht.«

Er wies mit dem Kinn auf das eingeschossige, mit einem steilen Dach voller moosiger Ziegel gekrönte Gartenhaus, das in einiger Entfernung am Rand des Grundstücks stand. Einige der Sprossenfenster des kleinen Hauses waren hell erleuchtet. Auch vor dem Gartenhaus gab es mit Blick zur Stadt eine kleine Terrasse. »Er wohnt dort drüben, seit seine Tochter und ich die Villa bezogen und ein wenig umgestaltet haben. Wir haben das Gartenhaus, auf seine Bedürfnisse ausgerichtet, umbauen und einrichten lassen. Mein Schwiegervater ist in den letzten Jahren ein wenig dement geworden«, fuhr Signer fort. »Mia und er schienen sich dennoch gut verstanden zu haben. Was die beiden aneinander fanden, war mir allerdings schleierhaft. Wahrscheinlich war er so etwas wie der Großvater für sie, den sie nie hatte. Und der Alte scheint die Abwechslung genossen zu haben.«

»Wenn Mia hier zu Besuch war, ist sie immer alleine gekommen?«

Signer dachte kurz nach. »Ein-, zweimal habe ich sie in Begleitung ihrer Assistentin gesehen. Aufgrund ihres Verhaltens hatte ich kurz das Gefühl, dass die beiden ein Paar sein könnten. Wahrscheinlich habe ich mich getäuscht. Es gab jedenfalls keine weiteren Hinweise, die diese Vermutung bestätigt hätten. Es hat mich auch nicht interessiert.«

Keller blickte nachdenklich an Signer vorbei und stellte sein inzwischen leeres Cocktailglas auf die Brüstung der Terrasse. Plötzlich reckte er sein Kinn leicht nach vorn und blickte Signer mit gerunzelter Stirne direkt an.

»Und Sie?«

»Ich?« Die Frage schien Signer zu überraschen. »Was meinen Sie damit?«

Keller wusste, dass für so eine Frage weder Ort noch Zeitpunkt richtig waren. Er stellte sie dennoch. »War das ein rein berufliches Verhältnis zwischen Ihnen und Mia? Oder war es mehr?«

Signers Miene verfinsterte sich. Die Frage ärgerte ihn offensichtlich. »Es ist mir klar, worauf Sie hinauswollen. Sie haben mich ja schon in dem Gespräch in meinem Büro darauf angesprochen. Nochmals und in aller Deutlichkeit: Mia und ich hatten nichts miteinander. Sie war ein geschätztes Mitglied meines Führungsteams, mehr nicht. Wir haben in unserer Geschäftsleitung ein gutes Verhältnis untereinander. Das ist nicht in allen Führungsgremien so, das kann ich Ihnen versichern. Ich lege auch für meine Kollegen in der Geschäftsleitung die Hand ins Feuer, dass keiner irgendetwas Privates mit Mia hatte. Und, bevor Sie nachfragen, ich sehe auch bei keinem den leisesten Grund, Mia etwas Übles zu wollen. Geschweige denn sie umzubringen.«

Keller nickte. Was hatte er erwartet? Dennoch war es interessant zu sehen, wie sich der sonst so ruhige Firmenchef bei seinen Ausführungen ereiferte. Seine Berufserfahrung hatte Keller gelehrt, auch unscheinbare Signale der Körpersprache oder der Stimme seines Gegenübers wahrzunehmen. Trotz Signers gegenteiligen Beteuerungen war sich Keller sicher, dass es eine Verbindung geben musste zwischen ihm und der Toten. Nur hatte er immer noch keine Ahnung, was das sein könnte.

Die zuvor verbindliche Miene von Signer hatte sich verhärtet. Offensichtlich hatte er genug von dem Gespräch, das seinem Empfinden nach in ein Verhör auszuarten schien. »Sie entschuldigen mich«, beendete er mit deutlich kühlerer Stimme ihre Unterhaltung. »Ich muss mich um unsere Gäste kümmern.« Ohne Kellers Antwort abzuwarten, drehte er sich um. Keller sah ihn zur Treppe und hinunter in den Garten gehen, wo er sich einer Gruppe zuwandte, in der er auch Lea erkannte.

Einmal mehr ließ er seine Blicke über die Gästeschar schweifen. Einige der Gesichter kannte er aus den Medien. Dem Förderverein des Textilmuseums gehörten fast alle bekannten Exponenten der städtischen Society an. Auf der anderen Seite der Terrasse sah er den Stadtpräsidenten im angeregten Gespräch mit dem Generalvikar des Doms. Mitten im Gästegetümmel ragte der Lockenkopf des Modezars von Akris aus einer Gruppe von Verehrerinnen, die ihn umstanden und an seinen Lippen hingen. Etwas abseits unter einem dezent angestrahlten Kastanienbaum redete die Dekanin der Kulturwissenschaften an der

Universität auf die Direktorin des Museums ein. Zu seinem Erstaunen erkannte er unter den Gästen unten im Garten auch Staatsanwalt Obermüller. Dass sich Obermüller für Textilkunst und -kultur interessierte oder sogar Mitglied und Spender des Fördervereins war, konnte er sich beim besten Willen nicht vorstellen. Für einen Moment kreuzten sich ihre Blicke. Selbst aus Distanz las er in Obermüllers Blick die Frage, was zum Teufel Keller an so einem Anlass zu suchen hatte, der eigentlich für Leute seinesgleichen und nicht für einfache Polizeibeamte gedacht war.

Keller drehte sein leeres Cocktailglas in den Händen und spähte nach dem Buffet, das hinten auf der Terrasse an der Hauswand aufgebaut war. Er bahnte sich einen Weg durch die angeregt plaudernden Gästegruppen und tauschte bei der freundlich lächelnden Hostess sein leeres Glas gegen ein volles. Sie bot ihm auch einen der lecker ausschauenden Schinkengipfel an, den Keller sich dankend vom Tablett pickte.

Ein paar Meter vom Buffet entfernt sah er die Gastgeberin wieder aus dem Haus auf die Terrasse treten. Inzwischen war die Dämmerung weit fortgeschritten. Die dezente Beleuchtung tauchte Terrasse und Garten in ein weiches Licht. Zufällig fiel sein Blick auf einen dunkel gekleideten Mann, der mit einem Glas Wein in der Hand langsam die Treppe aus dem Garten zur Terrasse hinaufstieg. Er schien deutlich jünger zu sein als die übrigen Gäste, obschon das im weichen Licht der Terrassenbeleuchtung schwierig zu sagen war. Der Mann schlenderte über die Terrasse, steuerte auf die Gastgeberin zu und ging an ihr vorbei zur Terrassentür. Sein Arm mit dem Weinglas streifte wie zufällig den ihren. Keller glaubte trotz der Distanz zu sehen, wie Britta dem jungen Mann kurz zulächelte. Es war nicht das Lächeln einer Gastgeberin, die einfach ihren Gast freundlich willkommen hieß. Trotz der künstlichen Beleuchtung glaubte Keller zu sehen, dass in diesem Lächeln viel mehr steckte: Zärtlichkeit, Bewunderung, vielleicht sogar Liebe? Keller konnte die Reaktion des jungen Mannes nicht sehen. Eine Frau mit üppiger Figur versuchte, sich mit entschuldigender Geste an ihm vorbeizudrücken, und er musste sich kurz abwenden. Als er wieder auf die andere Seite der Terrasse blickte, waren sowohl der junge Mann als auch die Gastgeberin nicht mehr zu sehen.

KAPITEL 19

Für Keller war das Zeitlimit erreicht, das er mit Lea für den Apéro ausgehandelt hatte. Seine Blicke fanden sie unter einem der mächtigen Lindenbäume stehend und in ein Gespräch mit zwei anderen Gästen vertieft. Er beschloss abzutasten, ob sie sich vielleicht zum Aufbruch überreden ließ. Er war gerade im Begriff, über die Treppe in den Garten zurückzukehren, da sah er, wie sich in dem im Dunkel der Nacht liegenden Gartenhaus eine Tür öffnete. Ein Lichtstrahl fiel auf den mit Steinplatten belegten Weg, der durch den Garten zum Aufgang zur Terrasse führte. Keller erkannte eine in einem Rollstuhl sitzende Gestalt, die aus der hell erleuchteten Tür den leicht abschüssigen Weg hinab auf die Gästeschar zurollte.

Neugierig blieb er neben der Treppe stehen und verfolgte den Weg des Rollstuhlfahrers. Im offenbar elektrisch angetriebenen Stuhl saß ein Mann. Trotz der Finsternis bemerkte Keller, dass er sehr alt sein musste. Als die ersten Gäste ihn wahrnahmen, unterbrachen sie für einen Moment ihre Gespräche, begrüßten den Alten fast ehrfürchtig und machten ihm den Weg frei. Er schien mit niemandem sprechen zu wollen und rollte schnurstracks zur Treppe, wo er sein Gefährt neben Keller abrupt zum Stehen brachte.

Keller hatte den Alten noch nie gesehen, doch seine markanten Gesichtszüge kamen ihm bekannt vor. Er vermutete, dass er den alten Textilbaron Raggenbass vor sich hatte. Er wusste, dass der Alte nicht nur der Besitzer und langjährige Chef der *Vadiana* war, sondern in seiner aktiven Zeit in der Textilindustrie weit über die Stadt Sankt Gallen hinaus die Fäden gezogen hatte. Das lag allerdings viele Jahrzehnte zurück. Raggenbass musste inzwischen mindestens 90 Jahre alt sein. Er bemerkte, wie ihn der Alte aus seinem Rollstuhl von unten herauf musterte.

»Guten Abend. Keller«, stellte er sich vor.

Der Alte schenkte ihm ein Lächeln aus seinem zerknitterten Gesicht, ohne sich selbst vorzustellen. Er schien vorauszusetzen, dass man ihn kannte.

»Ich weiß«, meinte er. »Der schweigsame Kriminalkommissar.«

Keller blickte ihn erstaunt an. Er war sich sicher, Raggenbass noch nie begegnet zu sein. Das hätte er nicht vergessen, und wenn die Begegnung auch noch so lange in der Vergangenheit passiert wäre.

Sein Erstaunen schien den Alten zu belustigen. »Ich habe gestern im Lokalfernsehen die Pressekonferenz des Staatsanwalts verfolgt. Sie saßen direkt neben ihm, haben allerdings während der ganzen Präsentation nichts gesagt. Ich kenne ja Obermüller, er wollte das Rampenlicht wohl nicht teilen.«

Keller lächelte und warf einen raschen Blick über den Kopf des Alten in den Garten, wo besagter Obermüller noch immer inmitten einer Gruppe von Gästen stand, denen er mit ausladenden Gesten irgendetwas zu erklären schien. Der Alte richtete sich in seinem Stuhl auf und wies mit der zittrigen Hand auf die Gästeschar auf der Terrasse und im Garten. »Da haben wir mal wieder einen schönen Querschnitt durch den Kuchen, den man hier Society nennt«, meinte er in spöttischem Ton. »Vom Fußballtrainer über den Domprälaten bis zum Staatsanwalt scheint meine Tochter alles aufgeboten zu haben, was in der Stadt Rang und Namen hat.«

Er wechselte abrupt das Thema. Seine krächzende Stimme erhielt einen harten Klang und erinnerte an den ehemaligen Firmenpatron und Vorsitzenden der einst mächtigen Textilvereinigung.

»Was wissen Sie inzwischen über Mias Tod?«

Keller war einen Moment lang irritiert, dass Raggenbass die Tote beim Vornamen nannte. Wie gut kannte er sie? Es war unwahrscheinlich, dass er sich an die einstige Lehrtochter erinnerte. Und Jahre später war Mia erst in die *Vadiana* zurückgekehrt, nachdem er die Führung an seinen

Schwiegersohn übertragen und die Firma verlassen hatte. Signers vorherige Bemerkung fiel ihm ein, dass Mia sich in der Vergangenheit mit dem Alten angefreundet hätte.

»Sie haben Mia ja gekannt«, versuchte er ihn zu motivieren, ihm etwas über diese Bekanntschaft zu erzählen. Der Alte blickte ihn nur stumm an, ohne eine Miene zu verziehen. Wollte er die Frage nicht beantworten oder hatte er sie gar nicht gehört? »Wir stehen erst am Anfang unserer Ermittlungen«, kehrte Keller, um das Gespräch nicht ganz einschlafen zu lassen, zur ursprünglich gestellten Frage zurück. »Staatsanwalt Obermüller hat gestern den Stand unserer Ermittlungen präzise zusammengefasst. Mehr können wir im Moment nicht sagen.«

Der Alte nickte. »Ich verstehe. Und wenn Sie etwas wüssten, würden Sie es mir nicht sagen. Wenn ich etwas zu Ihren Ermittlungen beitragen kann, melden Sie sich bei mir. Ich stehe Ihnen jederzeit zur Verfügung.« Und mit einem listigen Lächeln fügte er hinzu: »Die meisten in meinem Umfeld meinen, dass ich gaga sei. Ich lasse sie in dem Glauben. Das erleichtert mein Leben kolossal.«

Keller bedankte sich, obschon er sich nicht vorstellen konnte, wie der Alte für ihn und das Ermittlungsteam von Nutzen sein könnte. Im gleichen Moment trat seine Tochter aus dem Halbdunkel des Parks auf ihn zu. »Papa! Wie kommst du denn hierher? Du solltest längst schlafen. Hat Schwester Angelika dir die Tabletten nicht gegeben? Komm, ich fahre dich zurück. Es ist viel zu kühl für dich hier draußen.«

Ohne die Antwort des Alten abzuwarten, schenkte sie Keller ein kurzes Lächeln, packte energisch die Griffe des Rollstuhls und schob ihren greisen Vater zurück in Richtung Gartenhaus. Sie waren erst wenige Meter von Keller entfernt, da griff der Alte unvermittelt und mit unerwarteter Gelenkigkeit zur Radbremse, brachte den Rollstuhl abrupt zum Stehen und drehte den Kopf zurück. Trotz der fortgeschrittenen Dämmerung erkannte Keller das Feuer in seinem Blick. Fast im Befehlston rief er ihm mit seiner krächzenden Stimme zu:

»Finden Sie den Mörder!«

Er sank wieder in sich zusammen, und seine Tochter schob ihn mit einem entschuldigenden Blick weiter. Keller schaute ihnen nach, bis die beiden wieder im Gartenhaus verschwanden. Zeit kann grausam sein, dachte er, als er den Alten in seinem Refugium verschwinden sah. Einst der große Zampano, reich und mächtig, in dessen Umfeld alle nach seiner Pfeife tanzten, und dann nur noch ein bescheidenes Restchen Leben, das man trotz des ihn umgebenden Luxus kaum noch so nennen konnte, in allem abhängig von Pflegepersonal und seiner Tochter. Wie würde es ihm dereinst ergehen, in drei, vier Jahrzehnten? Wollte er überhaupt so alt werden?

Schluss jetzt mit diesen Gedanken, rief er sich selbst zur Ordnung. Bei dir ist's noch lange nicht so weit. Vorher hast du noch einiges zu erledigen. Mit zusammengekniffenen Augen suchte er den Garten und die dort stehenden Leute nach Lea ab.

KAPITEL 20

Lea schmiegte sich in Roberts Arme und schnurrte wie ein Kätzchen. Mitternacht war längst vorbei, sie lagen beide müde und entspannt in Roberts breitem Bett. Er hatte die Fenster im Schlafzimmer weit geöffnet. Ein kühler Nachtwind strich über ihre noch vom Liebesspiel erhitzten Körper. Aus den umliegenden Gassen stieg der Lärm einiger Nachtschwärmer zu ihnen hinauf, den disharmonischen Gesängen nach eine Gruppe von Verbindungsstudenten, die nach einer um diese Zeit noch offenen Bar suchten. Ein schöner Abend lag hinter ihnen. Sie hatten sich nach der Arbeit zum Nachtessen im Theaterrestaurant *Concerto* getroffen und anschließend die neueste Musical-Produktion des Stadttheaters besucht. Nach einem Glas Amarone in einem der Weinlokale in der Altstadt hatten sie die obligate Frage »zu dir oder zu mir?« ohne große Diskussionen zugunsten von Roberts Wohnung entschieden.

»Hast du gewusst, dass Britta Signer einen Liebhaber hat?«, fragte sie unvermittelt.

Robert öffnete die Augen und blickte Lea fragend an. »Nein, habe ich nicht. Wer sagt das?«

»Das ist ein offenes Geheimnis. Ihr Lover ist sehr viel jünger als sie. Die Studenten da draußen haben mich daran erinnert, dass ich dich das fragen wollte. Ich selbst habe es von einer Kollegin im Museum gehört. Die beiden geben sich keine große Mühe, ihre Beziehung zu verbergen. Auch ich habe sie im Museum zusammen gesehen, allerdings ohne zu vermuten, dass da mehr sein könnte. Er war übrigens auch neulich am Apéro des Fördervereins mit dabei. Vielleicht hast du ihn gesehen.«

Keller dachte an den jungen Mann, den er kurz auf der Terrasse gesehen hatte, und an den Blick, den die Gastgeberin ihm zugeworfen hatte. »Weißt du, wer er ist?«, fragte er, nur mäßig interessiert.

»Ich kenne ihn nicht persönlich. Er gilt in der Branche als innovativer Kopf, der an irgendwelchen neuen Verfahren zur Herstellung von Spitzen herumtüftelt. Es gibt bei uns Leute, die sagen, er sei ein Genie. Er hat eine eigene Firma, mehr weiß ich nicht.« Mit einem spitzbübischen Lächeln fügte sie hinzu: »Und er sieht sehr gut aus.« Robert gab ihr einen scherzhaft gemeinten Klaps auf den Po, den sie mit einem gespielten »Aua!« quittierte. Sie drehte sich halb zu ihm und verschloss mit ihren Lippen seinen Mund, ehe er weitere Fragen stellen konnte.

Am nächsten Morgen rief Keller im Büro Hannah zu sich. »Mach' dich mal schlau zum Thema Britta Raggenbass, der Frau des *Vadiana*-Chefs. Sie soll ein Verhältnis mit einem deutlich jüngeren Mann haben, der irgendwo in der Stadt eine kleine Firma betreibt. Er soll ebenfalls etwas mit der Textilbranche zu tun haben. Name, Adresse, seine Firma, Hintergrund, vielleicht ein Bild, einfach alles, was du möglichst unauffällig herausfinden kannst.«

Hannah nickte und machte sich Notizen. »Und warum interessiert dich dieser Mann?«, fragte sie, als sie wieder aus dem Besuchersessel aufstand.

Eine gute Frage, dachte Keller, auf die er keine gute Antwort hatte. Er verzog das Gesicht und schüttelte den Kopf. »Ich kann es dir nicht sagen. Es ist mehr ein Gefühl, dass da etwas sein könnte, das für uns interessant ist.«

Nachdem Hannah den Raum verlassen hatte, stand er auf und trat ans Fenster. Unten auf dem Hof zog die alte Frau, die jeden Morgen die große Wiese vor dem Dom reinigte und die Abfälle einsammelte, ihren Kehrichtwagen über den Platz. Nach einem warmen Abend wie dem gestrigen war ihr Schubkarren prall gefüllt mit Bierdosen, Flaschen, Fastfood-Verpackungen und allen möglichen anderen Abfällen. Sie schien seine Blicke zu spüren und schaute kurz nach oben zu seinem Bürofenster. Keller winkte ihr zu und ging zurück zu seinem Pult, um sich dem administrativen Kleinkram zu widmen, der sich im Pendenzenkorb angesammelt hatte.

Hannah meldete sich gleich am nächsten Morgen. Sie setzte sich und legte einen Stapel Papiere vor sich auf die Tischplatte. »Ich fange mit Britta Raggenbass an«, begann sie ihren Bericht. »Ihre Personalien kennst du schon. 48, einziges Kind vom alten Raggenbass und damit Alleinerbin seines Vermögens, das unter anderem aus einem Mehrheitspaket von Aktien der *Vadiana* und der Villa Falkenstein besteht. Seit zwölf Jahren mit Ludwig Signer verheiratet. Man sagt, ihr Vater sei gegen diese Verbindung gewesen, aber sie habe sich durchgesetzt.«

»Wer ist ›man‹?«, fragte Keller dazwischen.

»Eine Freundin von mir arbeitet im Ressort ›Life&Style‹ des *Tagblatts*. Sie ist immer bestens informiert über den Tratsch und Klatsch unserer ›besseren Gesellschaft‹. Sie hat mir auch Links zu einigen Artikeln über die Familie Raggenbass oder über Britta gegeben. Ich habe dir alles ausgedruckt.« Sie wies auf den Papierstapel, da sie inzwischen wusste, wie ihr Chef Informationen präsentiert bekommen wollte. Sie schob ihm das Dossier über die Pultplatte zu. »Die Ehe von Britta und Signer scheint nur noch auf

dem Papier zu bestehen. Die beiden gehen eigene amou-
röse Wege und scheinen das gegenseitig zu akzeptieren.«

»Gibt es eine Verbindung zu unserer toten Designerin?«

Hannah nickte. »Sie waren gute Bekannte, das haben
mir verschiedene Quellen bestätigt. Die Fördervereinigung war wahrscheinlich das Bindeglied zwischen ihnen.
Sie haben auch verschiedentlich gemeinsam Fachanlässe
und Textilmessen im In- und Ausland besucht.«

Keller erinnerte sich, dass auch Signer in ihrem Gespräch
diese Verbindung zwischen den beiden angesprochen hatte.
Welche Schlussfolgerungen er daraus ableiten sollte, war
ihm allerdings noch immer nicht klar. »Gut. Kommen wir
zu ihrem heimlichen Liebhaber!«

Hannah griff nach einem Plastikmäppchen und zog ein
Blatt mit ihren Notizen heraus. »Er heißt Marc London.
Ein interessanter Typ. Und so heimlich ist er gar nicht.«
Sie zog eine Farbfotografie aus ihrem Stapel. »Das ist er.
Vor einigen Wochen gab er einer Online-Zeitung ein Inter-
view zu seiner neuen Firma, da haben sie das Bild hier ver-
öffentlicht. Ich finde, er sieht recht gut aus …«

Keller runzelte die Stirn und warf einen Blick auf die
Fotografie. Das hatte er doch schon von Lea gehört! Die
Kriterien, nach denen Frauen das Aussehen von Männern beurteilten, hatte er nie so richtig verstanden. Aber
das Gesicht, das ihm aus der Fotografie entgegenlächelte,
kannte er. Ohne Zweifel der junge Mann, den er am
Abendanlass in der Villa Falkenstein gesehen hatte. Nun
wusste er auch das Lächeln zu deuten, das er im Gesicht
der Gastgeberin gesehen hatte, als Marc an ihr vorbei ins
Haus ging.

»Alter 32, in Italien und den USA ausgebildeter Textilingenieur und Informatiker«, nahm Hannah ihren Bericht

wieder auf. »Er ist Gründer und Inhaber einer Start-up-Firma, die er nach Abschluss seines Studiums gegründet hat. Die Firma heißt *NovoTex*, sie hat ein Büro oder eher Lokal am Stadtrand in einem Wohnblock. Ich habe es mir von außen angesehen. Es weist noch nichts auf die in den Medien erwähnten sensationellen Erfindungen des Start-up-Gründers hin. Viele große Durchbrüche sind in Hinterhofwerkstätten und Garagen gelungen.« Sie schob ihm ein Blatt über den Tisch. »Der Handelsregisterauszug. Er ist der einzige eingetragene Gesellschafter. Der Firmenzweck wird mit ›Entwicklung und Vertrieb neuer Technologien zur Textilproduktion‹ angeführt. In den sozialen Medien kann man lesen, dass er an einem Verfahren arbeitet, mit dem man feine Spitzen aus einem 3D-Drucker herstellen kann. Wenn man den Kommentaren der Internetgemeinde glauben will, ist er auf gutem Weg, mit seiner Entwicklung eine kleine Revolution in der Textilbranche auszulösen.«

Sie erinnerte ihn an das Gespräch, das er ganz zu Beginn der Ermittlungen mit Stefanie, der Hoteldirektorin, geführt hatte und von dem sie in dem Gesprächsprotokoll gelesen hatte, das er anschließend erstellt hatte. »Stefanie Berger hat damals einen jungen Mann erwähnt, der hin und wieder mit Mia zu Anlässen ins *Seebad* gekommen sei. Ich habe nachgehakt. Das war offenbar ebenfalls London. Wie das Verhältnis zwischen ihm und Mia war, habe ich nicht herausfinden können.« Sie fasste einige weitere Informationen zusammen, die sie im Zuge ihrer Recherche gesammelt hatte, und schob den ganzen verbleibenden Papierstoß über die Pultplatte zu Keller. »Das ist vorläufig alles, was ich herausgefunden habe. Wenn du mehr brauchst, sage mir, was dich interessiert.«

»Danke, Hannah, das reicht für den Moment«, winkte Keller ab. Er schüttelte nachdenklich den Kopf. »Ich weiß noch nicht, wie ich die beiden Frauen und ihre Beziehung zum Jungunternehmer einordnen soll. Scheinbar ist die Bekanntschaft zwischen Mia und Britta Raggenbass die einzige Verbindung zwischen ihnen. Aber in einer kleinen Stadt und noch in der gleichen Branche hätte es eher erstaunt, wenn die beiden sich nicht kennen würden. Was hat dieser Marc damit zu tun?«

Auch Hannah schüttelte den Kopf. »Vielleicht haben die beiden einfach eine Affäre, und mit Mia hat das überhaupt nichts zu tun.«

Wahrscheinlich hat sie recht, dachte Keller. Und doch schien ihm etwas nicht zu stimmen an der Geschichte der beiden. Warum war ein gut aussehender junger Mann mit brillanten Zukunftsaussichten mit einer zwei Jahrzehnte älteren, nur mäßig attraktiven Frau zusammen? Keller wusste aus eigener Erfahrung, dass die Liebe manchmal seltsame Wege ging. Hier war er sich sicher, dass es in dieser Beziehung nicht um Liebe ging. Zumindest nicht seitens des jungen Mannes. Britta Raggenbass war zu intelligent, um die wahrscheinlich kurze Halbwertszeit solcher Beziehungen nicht zu kennen. Ihre Affäre war ein Tauschgeschäft, wie man es seit jeher und in tausend Variationen kannte. Meist ging es dabei um Sex und gespielte Zuneigung für den Mann gegen materielle Vorteile für die Frau. Auch das Umgekehrte kam vor: Sex und vorgegaukelte Liebe für die Frau gegen Geld für den Mann.

Hier sah es eher nach Letzterem aus.

KAPITEL 21

Hätte ihn jemand im Büro gefragt, weshalb er am späteren Nachmittag nochmals zum Rosenberg hinauffuhr, er hätte keine plausible Antwort geben können. Er hatte das Gefühl, bei der Durchsuchung der Wohnung etwas übersehen zu haben. Er wusste, dass das irrational war, denn die Leute des Spurensicherungsteams waren Profis und erfüllten ihre Aufgaben mit großer Zuverlässigkeit. Dennoch spürte er, dass er nochmals hinfahren sollte. Und die lange Erfahrung in seinem Beruf hatte ihn gelehrt, dieses Gefühl ernst zu nehmen.

Der Nieselregen, der seit dem frühen Morgen über der Stadt niederging und den Menschen ein Vorgefühl des nahenden Herbstes vermittelte, hatte aufgehört. Die ersten zaghaften Sonnenstrahlen beleuchteten die Wiese vor dem Gärtnerhaus. Nele traktierte im Vorzimmer die Computertastatur. Ihrer sauertöpfischen Miene entnahm Keller, dass sie wahrscheinlich das Protokoll irgendeiner langweiligen Sitzung verfassen musste. Keller wusste, dass das jener Teil ihres Jobs war, den sie am meisten hasste. »Ich gehe nochmals zum Appartement der Toten«, rief er ihr zu und nahm seine Jacke vom hölzernen Kleiderständer neben der Bürotür.

Nele blickte nur kurz auf, brummte etwas, das die Kenntnisnahme seiner Ankündigung bedeuten konnte. Er fuhr wieder zum Rosenberg hinauf und stellte seinen Wagen auf einen der markierten Besucherparkplätzen vor dem Haus, brach das Siegel an der Wohnungstür und schritt langsam alle Räume ab. Er wusste nicht, wonach er suchte. Er setzte sich in einen der beigefarbenen Ledersessel im Wohnraum und ließ seinen Blick über die Einrichtung des Raums schweifen, bis er am wuchtigen Sekretär aus dunklem Holz hängen blieb, der ihm gegenüber am Fenster zur Terrasse stand. Er war ihm bereits bei der ersten Durchsuchung aufgefallen. Aus dunklem Nussbaumholz, mit vielen Schubladen und einem kleinen Aufbau mit offenen Fächern. Die breite Arbeitsplatte war, wie das Pult oben in Mias Arbeitszimmer, mit Stapeln von Zeitungen, Zeitschriften und anderem Papier fast zugedeckt. Sicher antik, dachte er. Seine Leute hatten alle Schubladen herausgezogen und deren Inhalt genau untersucht, ohne auf etwas zu stoßen, das ihnen für die Ermittlungen hilfreich erschienen wäre. Während er den Sekretär betrachtete, kam ihm plötzlich der Gedanke, ob er, wie die meisten dieser alten Möbelstücke, nicht ein Geheimfach haben könnte. Er erinnerte sich nicht, im Untersuchungsbericht von einem Geheimfach gelesen zu haben. Er ging hinüber zum Sekretär und begann, Zentimeter für Zentimeter des Möbelstücks abzusuchen. Er zog jede Schublade heraus und fuhr mit der Hand an den Fächern entlang. Es dauerte nicht lange, und seine Fingerkuppe verspürte in einem der leeren Fächer im Aufbau des Möbels eine winzige Vertiefung, in die ein Messingknopf eingelassen war. Er drückte den Knopf, ohne ihn sehen zu können. Hinter einem der Panele des Aufbaus hörte er ein feines Knacken. Er tippte mit dem Zeigefinger auf die Stelle, von der aus er glaubte, den Ton wahrgenommen zu haben. Und tatsächlich öffnete sich ein Hohlraum, den man von außen nicht hatte erahnen können. Im Geheimfach lag ein flacher schwarzer USB-Stick. Sorgfältig, um nicht allfällige noch vorhandene Spuren zu verwischen, nahm er das kleine Teil aus dem Fach.

Zurück im Büro brachte er den Stick sogleich zu Hannah.

»Überprüfe mal, was da drauf ist, und drucke es mir aus.«

Es vergingen nur wenige Minuten, bis sie ihn informierte, dass der Stick verschlüsselt sei und sie ihn deshalb den zuständigen Spezialisten weitergeben werde, die ihr am Telefon versichert hätten, die Verschlüsselung rasch knacken zu können. Und tatsächlich brachte sie ihm am nächsten Morgen einen Stapel ausgedruckter Blätter.

»Sieh dir das an!«, forderte sie ihn auf und schob ihm den Papierstapel über sein Pult zu. Ihre triumphierende Miene signalisierte, dass sie ihm etwas Wichtiges vorlegte. Er griff nach seiner Lesebrille und blätterte oberflächlich durch den Ausdruck.

Er hatte Mias Tagebuch gefunden!

Keller holte sich einen Espresso, setzte sich in einen der Besucherstühle am Fenster seines Büros und griff nach dem dicken Stapel Papier. Er hätte alles auch am Bildschirm seines Computers lesen können. Doch er gehörte zur Generation, die zumindest hin und wieder ein Stück Papier in Händen halten wollte, sei das eine Zeitung, ein Buch oder einen umfangreichen Bericht. Und irgendwie schien ihm für das Lesen eines intimen Tagebuchs die Papierform einfach passender.

Das Tagebuch reichte fast zehn Jahre zurück. Der erste Eintrag trug das Datum von Mias neuerlichem Eintritt in die *Vadiana*. Es war nicht ein Tagebuch im eigentlichen Sinn des Wortes, das chronologisch Ereignisse oder Gedanken zu den Tagesabläufen der Autorin festhielt. Vielmehr war es eine Ansammlung von Eintragungen.

Manche waren mit einem Datum versehen, andere nur stichwortartige Notizen, die keinem bestimmten Tag zugeordnet waren. Es gab längere und kürzere Einträge. Gelegentlich fehlten einige Tage oder ganze Wochen, in denen Mia offenbar nichts Bemerkenswertes zu notieren hatte oder vielleicht keine Zeit hatte, das Tagebuch zu führen. Einige der Einträge bestanden nur aus wenigen Stichworten. Andere wiederum umfassten mehrere Seiten.

Keller lehnte sich in seinem Sessel zurück. Er blätterte einfach durch die Seiten und begann, einzelne Abschnitte zu lesen, an denen sein Blick hängen blieb.

16. September: Es ist geschafft – endlich wieder in der Vadiana! Zehn Jahre ist es her, seit ich das letzte Mal hier war. Kam heute früh vor acht Uhr in der Firma und habe mein neues Büro bezogen. Signer war nicht da, offenbar auf irgendeiner Messe in Deutschland. Wahrscheinlich wollte er sicher sein, mir an meinem ersten Arbeitstag nicht zu begegnen. So nahm der alte Personalchef Ackermann mich in Empfang und führte mich durch die Firma. Der gehört auch zum Inventar; ich erinnere mich noch aus meiner Lehrzeit an ihn und seine stets griesgrämige Miene, als hätte ihn soeben jemand auf das Übelste beleidigt. Den modernen Neubau gegenüber der alten Verwaltungsvilla gab es damals noch nicht. Er ist architektonisch gut gelungen. Das Großraumbüro, in dem mein künftiges Team arbeiten soll, ist hell und inspirierend. Ein kleiner Glaskubus im Zentrum ist mein Büro. Hier werde ich wie die Spinne im Netz sitzen. Mit den elektrischen Lamellen kann ich die Sicht von außen reduzie-

ren oder ausschließen. Eine nette Spielerei. Acker-
mann wollte mich noch mit unzähligen Details und
Abläufen volllabbern, doch ich habe ihm zu ver-
stehen gegeben, dass mich das heute nicht interes-
siert. Nachdem er beleidigt abgezogen war, habe
ich mich erst einmal in meinen Stuhl gesetzt, die
Füße auf mein Arbeitspult gelegt und die Hände
hinter dem Kopf verschränkt. Seit ich nach mei-
ner Lehre die Vadiana verlassen hatte, habe ich auf
diesen Moment gewartet. Oder besser gesagt: hin-
gearbeitet. Und jetzt bin ich da. Der erste Schritt
auf einem langen Weg zum Ziel. Es kann losgehen!

Keller überflog die meist kurzen Einträge, bis er auf einen
etwas längeren Text stieß.

20. Juni: Hatte heute ein längeres Gespräch mit Sig-
ner. Er weicht mir aus und versucht, jede Begeg-
nung unter vier Augen zu vermeiden. Er befürch-
tet wahrscheinlich, dass ich die damalige Geschichte
anspreche. Da braucht er keine Angst zu haben.
Ich will nicht ihm Böses, sondern mir Gutes tun.
Es reicht, wenn wir beide wissen, worum es geht.
Solang er tut, was ich will, bekommen wir kein
Problem miteinander. Das heutige Gespräch habe
ich unter dem Vorwand initiiert, ich möchte nach
der ersten Zeit in der Vadiana eine Standortbestim-
mung machen. Zwar versuchte er zuerst, mir aus-
zuweichen und meinte, ich solle das mit meinem
direkten Vorgesetzten besprechen. Ich gab ihm
unmissverständlich zu verstehen, dass ich mit ihm
sprechen will, und wie immer hat er nachgegeben.

Er ließ mich durch den alten Drachen Alberta ins Büro führen und wies mir den Besuchersessel an seinem Pult zu, der, wie ich weiß, immer etwas tiefer eingestellt war, während er seinen Chefsessel ein wenig höher eingestellt hat. Ich musste innerlich lachen über dieses Gehabe, sagte aber nichts und bedankte mich für seine Bereitschaft, mir ein wenig seiner knapp bemessenen Zeit zu widmen.

Es war, zumindest für mich, ein gutes Gespräch, auf das ich mich auch gut vorbereitet habe. Ich habe ihm berichtet, was ich in der neu aufgebauten Design-Abteilung bisher erreicht habe. Das habe er natürlich interessiert verfolgt, meinte er, und lobte mich für meine Arbeit. Es belustigte mich zu sehen, wie unwohl er sich fühlte bei unserem Gespräch. Er war sich bewusst, dass mein fachlicher Rückblick nicht der eigentliche Grund war, weshalb ich mit ihm sprechen wollte. Ich bedankte mich freundlich für seine lobenden Worte und ging zum zweiten Teil meiner Ausführungen über. Ich skizzierte ihm meine Vorstellungen für den zukünftigen Weg der Vadiana und was ich dazu beizutragen gedenke. Er hörte mir zwar aufmerksam zu, doch sein Blick zeigte deutlich, was er sich dabei dachte. Er meinte in einem väterlichen Ton, dass er meine Überlegungen durchaus interessant finde. Die strategischen Aspekte der Vadiana würden von der Geschäftsleitung unter seiner Führung abgedeckt. Ich könne meine Überlegungen jederzeit in einem kurzen Paper zusammenfassen und ihm mailen. Er würde sie, soweit sie für die Firma tatsächlich relevant wären, in geeigneter Form in das nächste Strategiemeeting einfließen lassen.

Ich habe diese Reaktion natürlich erwartet. Er blickte demonstrativ auf seine Uhr. Es war offensichtlich, dass er unsere Besprechung beenden wollte. Ich nickte zustimmend zu seiner Bemerkung und sagte, genau deshalb schlage ich ihm und der Geschäftsleitung vor, die Design-Abteilung neu auf Departementstufe ins Organigramm einzufügen und nicht mehr wie bisher einfach als ein Anhängsel des Produktionsdepartements. Seinem Blick nach muss er vermutet haben, ich hätte den Verstand verloren. Ich erklärte ihm freundlich, mit dieser Reorganisation und Aufwertung der Designfunktionen sei automatisch auch meine Mitgliedschaft in der Geschäftsleitung verbunden. Ich schloss meine Ausführungen mit der Bemerkung, er solle sich das einfach mal durch den Kopf gehen lassen und Pro und Kontra gegeneinander abwägen. Dann packte ich meine Unterlagen zusammen und stand auf, während er mich immer noch mit einem Blick anstarrte, der Unverständnis und auch ein wenig Angst ausdrückte. Ich lächelte ihm zu und ging mit der Bemerkung zur Tür, er solle bei seinen Überlegungen nicht nur die Aspekte der Vadiana, sondern auch die Perspektiven für sich und seine Zukunft in der Firma in die Entscheidungsfindung mit einbeziehen. An der Tür drehte ich mich nochmals um. Er saß aschfahl in seinem Sessel und blickte mir entsetzt nach. Ich bin mir sicher, dass er mich richtig verstanden hat.

15. Mai: Habe mir nach all dem Stress mit der neuen Kollektion ein Wellness-Weekend am Bodensee gegönnt. So richtig mit Sauna, Massagen und Pflege

und natürlich mit gutem Essen. Eine Bekannte hat mir das Seebad empfohlen – ein wirklich guter Tipp! Obwohl das Hotel nur eine knappe Viertelstunde von Sankt Gallen entfernt ist, hat man sogleich das Gefühl, in eine andere Welt einzutauchen. Abends lernte ich den Hoteldirektor Lorenzo Berger kennen. Ein sympathischer Typ, schätzungsweise Mitte 40, schwarze Haare, blaue Augen, gute Figur. Führten interessante Gespräche über das Hotel und über die Vadiana beziehungsweise meinen Job. Er lud mich noch auf einen Drink in die Bar ein. Wir sind rasch beim Du angelangt. Vermutlich hatte er sich den weiteren Verlauf der Nacht bereits ausgemalt. War jedoch müde und ging zeitig auf mein Zimmer.

18. Juni: Abendessen mit Lorenzo in der Alten Post. Habe ihn seit unserem Gespräch in der Bar nicht mehr gesehen und, ehrlich gesagt, auch nicht mehr an ihn gedacht. War deshalb überrascht von seinem Anruf. Er sagte, er sei geschäftlich in Sankt Gallen und ob er mich zum Abendessen einladen dürfe. Es wurde ein wirklich schöner Abend. Der Wirt kennt Lorenzo und gab uns einen ruhigen Ecktisch. Wir haben beide zu viel getrunken. Als wir gehen, fragt er mich, ob er mich nach Hause fahren dürfe, das sei ja nur ein kurzer Weg. Da ich mein Auto in der Garage gelassen habe, sage ich zu. Oben vor meiner Wohnung frage ich ihn, ob er zu einem Absacker zu mir kommen wolle. Dass wir rasch im Bett landen, ist für ihn wie für mich keine große Überraschung mehr.

16. Juli: Mal wieder im Seebad. Seit Beginn unserer Affäre bin ich jeden Monat mindestens einmal hier

und genieße die Stunden mit Lorenzo. Er kommt jeweils unauffällig für eine oder zwei Stunden auf mein Zimmer. Meistens treffen wir uns bei mir zu Hause. Liebe ich ihn? Nein. Ich bin gerne mit ihm zusammen. Er ist ein interessanter Gesprächspartner. Und ein guter Liebhaber; wir genießen beide den Sex. Ich frage mich, ob seine Frau von unserer Beziehung weiß. Das ist letztlich sein Problem. Wie er mir erzählt, läuft im Bett eh nicht mehr viel zwischen ihnen. Ich weiß, das sagen alle verheirateten Männer, wenn sie eine Affäre haben ...

18. Juli: Lorenzo erzählt mir von seinen Plänen für die Erweiterung des Hotels. Es gefällt mir, dass er in großen Maßstäben denkt. Er will einen zusätzlichen Zimmertrakt anbauen und auch die Wellnesslandschaft stark erweitern. Ich fragte ihn, wie er das finanzieren wolle. Er meint, er würde die notwendigen Mittel auftreiben können. Später verrät er mir im Vertrauen, dass er auf eigene Rechnung bereits ein Nachbargrundstück aufgekauft hat, auf dem der Neubau entstehen soll. Dafür habe er sich bei seiner Bank stark verschulden müssen. Er hat sich zudem über die Betriebs-AG des Hotels, deren einziger Verwaltungsrat er ist, einen hohen Kredit gewährt. Er rechnet offenbar damit, einen großen persönlichen Profit machen zu können, wenn es ihm gelingt, den Aktionären des Hotels die von ihm geplante Erweiterung schmackhaft zu machen und er ihnen das erworbene Grundstück zu einem hohen Preis verkaufen kann. So würde er auch den Kredit, den er ohne deren Wissen aus der Betriebs-AG genommen habe, vor dem Jahresabschluss wie-

der zurückzahlen und aus den Büchern tilgen können. Allerdings wisse er noch nicht sicher, wie weit die Vadiana als Mehrheitsaktionärin des Hotels seine Pläne unterstützen würde. Je mehr ich darüber nachdenke, desto realistischer erscheint mir sein Projekt. Wenn allerdings die Vadiana oder besser gesagt Signer als Vertreter der Familie im Verwaltungsrat das Projekt nicht unterstützt, dürfte Lorenzo in Schwierigkeiten geraten mit all den Schulden, die er für den Kauf des Grundstücks angehäuft hat. Ich muss mir überlegen, ob und wie ich von diesem Projekt ebenfalls profitieren könnte. Ideen habe ich, muss aber noch darüber nachdenken. Soll ich Signer motivieren, das Projekt zu unterstützen, und im Gegenzug Lorenzo nahelegen, mich am Hotel zu beteiligen? Vielleicht verbunden mit einem Sitz im Verwaltungsrat?

26. Juli: Das mit Marc entwickelt sich gut. Je mehr er mir von seiner innovativen Technologie erzählt, die er entwickelt, desto stärker bin ich überzeugt, dass wir mit ihr ein großes Business aufbauen können. Wenn ich mir die Zahlen ansehe, die unser junger Buchhalter mir im Vertrauen regelmäßig zeigt, steht die Vadiana vor schwierigen Zeiten, trotz der Erfolge, die wir mit meinen Entwürfen für modische Spitzen haben. Mit unserem Kostenblock und den schrumpfenden Margen können wir nicht mehr lange durchhalten. Marcs Technologie könnte die Lösung sein auf die Frage, wie wir gleichzeitig Kosten senken und Erträge erhöhen können. Marc und ich reden stundenlang über seine Ideen. Natürlich denkt er, er ist ein kleiner Steven Jobs, was

er definitiv nicht ist. Aber sein Feuer für Technik und Technologie gefällt mir. Die unternehmerischen Aspekte unseres Projekts werde sowieso nur ich abdecken, aber das muss er nicht wissen. Meine bisherigen Kontakte mit Investoren sind jedenfalls vielversprechend!

28. Juli: Das darf nicht wahr sein! Der Test ist eindeutig – ich bin schwanger! War heute bei meiner Ärztin zur Kontrolle und habe ihr vom gestrigen positiven Apothekentest erzählt. Sie hat mich untersucht und bestätigt, ich sei im dritten Monat! Da sie eine diskrete Person ist, hat sie mich weder nach dem Vater des Kindes gefragt, noch ob ich das Kind behalten wolle. Bin aufgeregt und auch etwas durcheinander. So etwas passiert einer unerfahrenen 16-Jährigen, aber doch nicht mir!

5. August: Wer der Vater ist, kann ich ohne Gentest wahrscheinlich nicht herausfinden. Laut Tagebuch war ich in der fraglichen Zeit sowohl mit Lorenzo als auch mit Marc im Bett. Inzwischen weiß ich, dass ich das Kind nicht behalten will. Wer der Vater ist, spielt also sowieso keine Rolle. Den Termin in der Klinik am Bodensee habe ich reserviert. Lorenzo kam heute Abend für einige Stunden vorbei, wie er das alle paar Tage macht. Natürlich landen wir zuerst im Bett. Später lassen wir Pizza kommen und diskutieren beim Abendessen über Gott und die Welt, so wie wir das immer machen. Ich habe noch niemandem von meiner Schwangerschaft erzählt. Langsam wird mir klar, wie ich die Schwangerschaft, solang sie noch besteht, für meine Pläne nutzen kann.

10. August: War heute mit Syb zusammen. Wir waren mal wieder bei ihr daheim. Im Unterschied zu mir ist sie eine fantastische Köchin und hat wie meist, wenn wir uns bei ihr oder mir treffen, ein Festmahl vorbereitet. Sie glaubt unbedingt daran, dass Liebe auch durch den Magen geht. Wir haben uns vor einigen Monaten getrennt und das nach außen auch klar kommuniziert, treffen uns dennoch sporadisch außerhalb des Büros. Auch Frauen können Sex und Liebe trennen. Vermutlich macht sie sich noch immer Hoffnung, dass es mit uns beiden wieder klappen könnte. Sie hat noch nicht begriffen, dass ich nie zurückschaue ... Später liegen wir zusammen auf ihrem Bett; sie kuschelt sich an mich, und ich sage ihr, ohne mir viel dabei zu überlegen, dass ich ein Kind erwarte. Sie zuckt von mir zurück, als sei ich plötzlich aussätzig geworden, und schaut mich entsetzt an. Später will sie wissen, von wem das Kind sei. Ich sage ihr, dass ich es nicht weiß und auch gar nicht wissen will, da ich das Kind nicht behalten werde. Ich spüre, wie ihr anfänglicher Unglaube der Wut Platz macht. Meine Schwangerschaft scheint sie zu verletzen. Ich habe ihre Eifersucht unterschätzt. Wie sie merkt, dass ich nicht weiter darüber reden will, steht sie auf und fordert mich auf zu gehen.

18. August: Langsam nimmt mein Plan Gestalt an. Ohne es sicher zu wissen, werde ich behaupten, dass Lorenzo der Vater des Kindes ist. Es könnte auch tatsächlich so sein, so genau will ich es nicht wissen – es wird sowieso in wenigen Wochen vorbei sein. Zuerst soll mich die Schwangerschaft bei der

Realisierung meiner Pläne unterstützen. Ich werde Lorenzo eröffnen, dass er Vater wird. Seine Reaktion kann ich mir vorstellen. Ein Kind ist in seinen Karriereplänen genauso wenig vorgesehen wie in den meinigen. Das Ungeborene wird mir dabei helfen, das zu erreichen, was ich will.

1. September: Lorenzo kommt am späteren Nachmittag zu mir. Ich erzähle ihm von meiner Schwangerschaft und sage, dass das Kind von ihm sei. Er ist schockiert und reagiert, wie ich es erwartet habe. Zuerst meint er, dass er nicht glauben könne, dass er der Vater sei. Als er merkt, wie lahm das klingt, drängt er mich abzutreiben. Als ich verneine und sage, ich wolle das Kind behalten und wir müssten uns darüber unterhalten, wie wir damit umgehen wollen, flippt er aus. Ich habe ihn noch nie so emotional erlebt. Er schreit mich an, wie ich mir das vorstelle? Und dass das sein privates wie auch berufliches Leben ruinieren würde. Ich staune über mich selbst, wie ruhig ich bei seinem Ausbruch bleibe. Ich schaue ihn nur ruhig an und warte, bis er sich wieder etwas beruhigt hat, und erkläre ihm, dass ich sein Problem gut verstehen könne. Und dass ich mir durchaus auch eine Lösung vorstellen könne, die seinen und meinen Vorstellungen entsprechen würde. Als er mich fragend anblickt, erklärte ich ihm, was ich damit meine. Ich kann in seinem Mienenspiel buchstäblich lesen, wie sein Hirn arbeitet. Er versucht verzweifelt, all die Informationen zu verarbeiten, die auf ihn einprasseln, und seine Optionen zu erkennen und zu bewerten. Er steht auf, blickt mich mit einer Mischung aus Wut und

Fassungslosigkeit an und meint, er müsse das erst einmal verarbeiten. Was ich verstehen kann. Er ist ein intelligenter Mann und wird rasch erkennen, dass er keine Wahl hat. Und er weiß, dass ich das auch weiß.

5. September: War heute mal wieder unten bei Marc. Habe keine Ahnung, weshalb er in letzter Zeit so reserviert ist. Wenn ich ihn darauf anspreche, weicht er mir aus. Sein Kopf sei momentan mehr bei seinem Projekt als bei irgendetwas anderem. Habe versucht, ihm klarzumachen, dass ich nicht irgendetwas anderes bin, sondern der eigentliche Mastermind hinter unserem gemeinsamen Projekt. Er braucht mich zur Umsetzung seiner Pläne genauso wie ich ihn und seine Entwicklung. Nur zusammen sind wir so stark, dass wir das erreichen können, was uns beiden vorschwebt. Muss ihm das immer wieder von Neuem klarmachen. Immerhin ist im Bett nichts von seiner Ablenkung zu spüren.

Keller blätterte ein wenig im Tagebuch voraus und zurück. Beim Überfliegen der Eintragungen fand er nirgend einen Hinweis, was Mia mit dem »Projekt« gemeint hatte. Er vermutete, dass es etwas mit der Präsentation zu tun haben könnte, die ihm Syb kopiert und mitgegeben hatte. Da ließ ein weiterer Eintrag seinen Puls ansteigen.

12. September: Habe heute Abend auf der Multergasse zufälligerweise Britta getroffen. Sie hat mich nicht kommen sehen. Ich sprach sie an, worauf sie erschrocken, fast ein wenig schuldbewusst zu sein schien. Wir haben einige Belanglosigkeiten ausge-

tauscht und uns wieder verabschiedet. Ich weiß nicht, warum ich ihr nachher heimlich gefolgt bin. Es war reine Intuition. Zu meinem Erstaunen ging sie rasch und direkt zum Wohnblock, in dem auch Marcs Wohnung ist. Mit noch größerem Erstaunen sah ich, wie sie ihren Schlüsselbund aus der Handtasche nahm und die Eingangstür aufschloss. Ich sah Licht in Marcs Wohnzimmer. Wenig später ging das Licht aus, dafür brannte das Licht im Schlafzimmer. Ich sah, wie die Vorhänge zugezogen wurden, und da brauchte ich nicht mehr zu warten. Es gibt nur eine Interpretation für das, was ich heute gesehen habe. Marc betrügt mich mit ihr. Ehrlich gesagt ist es mir egal. Ich bin nicht eifersüchtig. Er nimmt mir nichts weg. Wenn ich ihn sehen will, richtet er es ein, genügend freie Zeit für mich zu haben. Wenn mir nach Sex zumute ist (und das ist oft der Fall, wie ich mir ehrlicherweise eingestehen muss, denn er ist ein überdurchschnittlich guter und kreativer Liebhaber), steht er buchstäblich bereit. Ich gehe fest davon aus, dass unsere Wege mit der Vadiana als Ziel zumindest ein Stück weit gemeinsam in die Zukunft laufen. Ob es da auch mal ein Nebengeleise gibt, von dem man annehmen kann, dass es eher früher als später auf einen Prellbock zulaufen wird, spielt für unsere Beziehung keine Rolle. Da wir unausgesprochen miteinander übereingekommen sind, über diese Nebengeleise auf unserem Bahnhof gar nicht erst zu sprechen, sind sie für uns auch bedeutungslos.

Keller bündelte die Blätter wieder und steckte sie ins farbige Sichtmäppchen zurück. Fürs Erste hatte er genug gelesen. Die übersprungenen Abschnitte enthielten, wie er beim Querlesen erahnt hatte, nur Nebensächliches, das für die Ermittlungen wenig an neuen Erkenntnissen bringen würde. Selbstverständlich würde er auch diese Abschnitte in einer ruhigen Stunde sorgfältig analysieren müssen.

KAPITEL 22

Der Firmensitz der *NovoTex* lag in einem gesichtslosen Randquartier der Stadt. Keller parkte seinen Wagen auf einem der markierten Felder vor dem Wohnblock mit der Hausnummer, die er sich in seinem Notizbuch notiert hatte. Auf dem Schild mit den Klingelknöpfen fand er den Namen, den er suchte: Marc London. Unter dem Namensschild war ein kleines, mit durchsichtigem Scotchband fixiertes Stück Karton zu sehen, auf dem mit schwarzem Filzstift »Novo-Tex« geschrieben stand. Der Anordnung der Klingeln entnahm Keller, dass er Marc und seine Firma im dritten der acht Stockwerke finden würde.

Er hatte sich überlegt, ob er vorher anrufen und seinen Besuch ankündigen sollte. Doch er entschied sich, den Überraschungseffekt zu nutzen und das Risiko auf sich zu nehmen, dass der Gesuchte nicht zu Hause war und er vergeblich hinausgefahren wäre. Doch er hatte Glück. Nach dem Druck auf den Klingelknopf hörte er nach wenigen Sekunden ein Knacken in der Sprechanlage, gleichzeitig zeigte ein leises Surren die Entriegelung der Haustür an. Marc stand bereits unter der geöffneten Tür seiner Wohnung und blickte ihn mit freundlichem Erstaunen an, als er in der dritten Etage aus dem Lift trat. Er hatte offenbar jemand anderes erwartet.

»Ja bitte?«

»Keller, Kripo Sankt Gallen«, stellte er sich vor und zeigte seinen Ausweis, den Marc mit einem raschen Blick streifte. Seine Überraschung war fast mit Händen zu greifen. Verständlicherweise erkannte er seinen Besucher nicht, den er vor einigen Tagen im Halbdunkel auf der Terrasse der Villa Falkenstein vielleicht gesehen, aber kaum bewusst wahrgenommen hatte.

»Sind Sie sicher, dass Sie hier richtig sind?«

Keller lächelte freundlich. »Ich leite die Untersuchung zum Tod von Mia Schneider. In diesem Zusammenhang würde ich mich gerne mit Ihnen unterhalten.«

Marc zögerte einen Moment, dann trat er zur Seite und lud Keller mit einer Handbewegung ein, in die Wohnung zu kommen. Das Wohnzimmer schien zugleich das Arbeitszimmer zu sein. In der Mitte stand ein großer viereckiger Tisch, um ihn herum einige zusammengewürfelte Stühle. Vor dem Ausgang zum Balkon thronte ein ledernes Sofa, das unübersehbar einiges erlebt haben musste. Marc wies auf das Sofa und bat Keller, Platz zu nehmen.

Keller setzte sich und zog sein Notizbuch aus der Innentasche seines Jacketts. »Sie haben Mia gut gekannt?«, begann er die Befragung.

Wieder zögerte Marc kurz. »Ja. Ihr Tod ist ein fürchterlicher Schlag für mich. Sie war eine fantastische Frau – kreativ, innovativ, immer gut drauf. Ich kann es noch nicht fassen, dass sie tot ist. Ermordet, wie ich gelesen habe. Ist das wirklich so?«

Keller bestätigte, was in den Medien vermeldet worden war, und kam direkt zum Kernpunkt seiner Befragung. »Wir haben in unseren bisherigen Ermittlungen herausgefunden, dass Sie und Frau Schneider geplant hatten, die *Vadiana* zu übernehmen und die Firmenstrategie zu verändern.«

Marc schien sich zu überlegen, woher Keller diese Informationen hatte. »Verändern ist der falsche Ausdruck«, antwortete er schließlich zögernd. »Sie haben recht, wir hatten uns tatsächlich überlegt, wie wir die *Vadiana* übernehmen könnten. Wir hatten zusammen eine neue Strategie entwickelt, mit der wir die kränkelnde Firma wieder erfolgreich machen könnten. Mia wäre der Kopf der neuen *Vadiana* gewesen, während ich für die Umstellung der Produktion auf die neue Technologie zuständig gewesen wäre.« Seine Stimme war gegen Schluss immer leiser geworden. »Das ist jetzt alles hinfällig.«

Keller konnte sich nicht verkneifen, mit einem raschen Blick die kärgliche und unübersehbar billige Möblierung des Zimmers zu mustern, was Marc nicht entging. »Ich weiß, was Sie jetzt denken«, fügte er hinzu. »Wie kann ein Hungerkünstler wie ich daran denken, eine so große und angesehene Unternehmung zu übernehmen? Die Antwort ist einfach: Mia hatte Kontakte zu sehr potenten Investoren. Nicht wir, sondern sie würden die Firma übernehmen. Haben Sie sich die Zahlen der *Vadiana* angesehen?«

Keller verneinte mit einem Kopfschütteln. Er musste unbedingt nachher Hannah darauf ansetzen, das wirtschaftliche Umfeld und die finanzielle Situation der Firma vertiefter zu analysieren.

»Der *Vadiana* geht es nicht gut«, fuhr London fort. »Sie ist überschuldet, steht vor einem größeren Liquiditätsproblem und weist seit Jahren rückläufige Umsätze aus. Ihre Produktionsstraßen in der Fabrik sind hoffnungslos veraltet. Die ganze Digitalisierung der Textilproduktion in den vergangenen Jahren ist mehr oder weniger an der *Vadiana* vorbeigegangen. Oder besser gesagt, die *Vadiana* ist an ihr vorbeigegangen. Sie wird nicht mehr lange so weitermachen können. Nur die Unterstützung durch einen finanziell potenten Partner kann sie vor dem Untergang bewahren. Diesen Partner haben wir, oder besser gesagt Mia, im asiatischen Raum gefunden. Die Investoren waren bereit, den heutigen Besitzern einen fairen Preis anzubieten und uns das zusätzliche Kapital zur Verfügung zu stellen, das für eine radikale Modernisierung der Produktion benötigt wird.«

»Und was wäre Ihre Rolle in diesem Projekt gewesen?«

London zögerte einen Moment mit der Antwort und schien sich zu überlegen, was und wie viel er dem Kommissar sagen sollte. »Es gibt faszinierende neue Technologien zur Produktion von Textilien. Eine davon«, er wies mit der Hand auf den Apparat auf dem Tisch, »ist das 3D-Druckverfahren, an dem ich hier arbeite. Mia und ich hatten vor, die Produktion der Spitzen auf diese Technologie umzustellen. Die meisten Leute können sich noch nicht vorstellen, was ein Durchbruch dieser Technologie längerfristig für die Textilbranche bedeuten wird. Die Verfahren und Prozesse unserer Industrie stammen aus dem 20. Jahrhundert. Die Gewinnung der Rohstoffe, das Spinnen, Weben und Färben machen wir immer noch so wie vor Jahrzehnten.

Natürlich haben wir heute hundertmal bessere Maschinen, die immer größere Mengen zu immer günstigeren Stückkosten herstellen. Man sieht in der Branche zwar durchaus, dass sich viele der heutigen Prozesse in den Ateliers und Fabriken dank neuer Technologien verbessern lassen. Dass es bei der aktuellen Revolution der Produktionstechnologie nicht einfach um Effizienzsteigerung und Kostenreduktion geht, haben erst die wenigsten erkannt. Für das Überleben von Firmen wie der *Vadiana* geht es nicht darum, einfach bestehende Prozesse zu verbessern und noch modernere Spinnerei- oder Webautomaten einzusetzen. In der Textilproduktion wird in einigen Jahren nichts mehr so sein, wie es heute ist. Es geht nicht um die Verbesserung von Bestehendem, sondern um völlig andere, neue Produktionsverfahren, die mit den traditionellen Prozessen nichts mehr zu tun haben. Mit der 3D-Technnologie schaffen wir Kleidungsstücke, die keine Nähte mehr haben. Sie kombinieren unterschiedliche Materialien wie Baumwolle, Latex oder irgendwelche Kunststoffe, die wiederum auf Pflanzenbasis hergestellt werden können.«

Keller war seinen Ausführungen interessiert gefolgt. »Ist das neu?«, wollte er wissen. Er glaubte sich zu erinnern, Ähnliches auch bereits früher in Leas Erzählungen gehört zu haben.

»Nein, keineswegs. Vor vielen Jahren hat der Modepapst Karl Lagerfeld anlässlich der *Paris Fashion Week* einen klassischen Anzug von Coco Chanel aus den 20er-Jahren des vergangenen Jahrhunderts vollständig aus dem Laserdrucker ›nachgebaut‹. Selbst die Experten konnten kaum Unterschiede zum Original feststellen. Die Modewelt staunte Bauklötze, ohne sich weiter groß Gedanken zu machen über die Konsequenzen für die Textilbranche, wenn so etwas einmal größere Dimensionen annehmen würde. Seither ist ein Jahrzehnt vergangen, die Technologie hat gewaltige Fortschritte gemacht, und überall beginnen Spezialisten, das traditionelle Modell der Textilproduktion auf den Kopf zu stellen.«

»Und warum ist das neue Modell dem alten überlegen?«, wollte Keller wissen, den die Ausführungen des jungen Unternehmers mehr und mehr zu interessieren begannen.

»Wir stellen so künftig Textilien her, für die es nur noch eine minimale Abfallproduktion gibt, weil wir das Ausgangsmaterial fast beliebig oft wiederverwenden können«, antwortete Marc. »Was dennoch entsorgt werden muss, ist zu einhundert Prozent biologisch abbaubar. Wir benötigen für die Herstellung viel weniger Wasser; wenn wir nur noch mit Kunststofffasern arbeiten, die fast identische Eigenschaften haben wie Baumwolle, verbrauchen wir kaum mehr etwas vom weltweit immer knapperen Wasser. Wir sparen Unmengen an Energie, da die traditionelle Lieferkette von der Baumwollkapsel zum entkernten Baumwollstapel über die Spinnerei und Färberei zur eigentlichen Textilfabrikation schlicht entfällt.«

Langsam redete sich Marc in Fahrt. »Stellen Sie sich das am Beispiel eines aus indischer Baumwolle gefertigten T-Shirts vor. Da werden im Frühjahr Baumwollsamen ausgesät und über die nächsten Monate bewässert, mit Dünger und Pestiziden bearbeitet und geerntet. Die Kapseln werden in eine Fabrik gefahren, wo sie mit großen Maschinen entkernt und die Baumwolle in große Ballen gepresst werden. Diese werden im nächsten Schritt in eine Spinnerei transportiert, die manchmal in Indien steht, oft auch irgendwo in einem europäischen oder anderen asiatischen Land. Das so gewonnene Garn wird irgendwo in eine Färberei gebracht, wo es die gewünschte Farbe erhält. Dazu werden starke und gefährliche Chemikalien eingesetzt. Dann wird in einer Weberei der Stoff gewoben, aus dem in einer wieder anderen Produktionsstätte das T-Shirt gefertigt wird. Dieses wird zum Großhändler und von dort zum Detailhändler transportiert, bei dem der Kunde es kaufen kann. Im Idealfall wird das erworbene Kleidungsstück eine Weile getragen, bis es irgendeinen Schaden hat, ausbleicht oder es dem Besitzer nicht mehr gefällt und er es ausmustert. Es gelangt vielleicht in eine Kleidersammlung, wird zurück nach Afrika oder Asien transportiert, wo es entweder auf einen lokalen Markt gelangt oder, was leider der Normalfall ist, auf einen der riesigen Abfallberge, die längst nicht mehr einigermaßen ökologisch abgetragen werden können. Ganz abgesehen davon, dass mit jeder Kollektion eine meist gewaltige Menge an Ladenhütern anfällt, die im Ausverkauf verschleudert werden oder überhaupt nie zu einem Endkunden kommen, sondern direkt aus dem Lager heraus wieder entsorgt werden müssen, um Platz für die nächste Kollektion zu schaffen. Dieser vielstufige Prozess hat nicht nur einen immensen ökologischen Fußabdruck, sondern ist zusätzlich extrem arbeitsintensiv, was nur dann keine Rolle spielt, wenn die eingesetzte Arbeitskraft kaum etwas kostet.«

Keller war beeindruckt. Zumindest leiste ich mit meinem bescheidenen Kleidervorrat keinen großen Beitrag zu dieser Verschwendung von Material und Ressourcen, dachte er bei sich.

»Und das können Sie mit Ihrer neuen Technologie ändern?«

Marc war offensichtlich in seinem Element und setzte seinen Vortrag mit spürbarer Begeisterung fort. »Richtig! Denn da sieht die Wertschöpfungskette für die Produktion eines Kleidungsstücks völlig anders aus. Schauen wir uns das gleiche T-Shirt an, das ich vorhin erwähnt habe. Der Textildesigner entwirft es an seinem Computer. Anschließend druckt er ein Muster auf dem 3D-Printer. Das benötigte Material kann er aus einer Vielzahl von Komponenten auswählen, je nach Eigenschaften, die das Kleidungsstück aufweisen soll: dehnbar, waschbar, geschmeidig, was weiß ich. Alle Materialien werden vollständig ökologisch hergestellt und sind damit auch biologisch abbaubar. Die mit unserer Technologie gefertigten Kleidungsstücke brauchen kaum Nähte und Klebstoffe. Sie haben weit weniger Giftstoffe, die aus der Färbung von Garnen oder Geweben im Kleidungsstück verbleiben. Der Kunde bestellt online das T-Shirt in der gewünschten Größe und Farbe und mit den gewünschten Eigenschaften. Er kann ein Muster davon auch in einem Outlet ansehen und vielleicht sogar anprobieren, wenn er das möchte. Er kann sich durch einen Körperscanner in wenigen Sekunden vermessen lassen, und der Computer passt das gewählte Kleidungsstück auf seine Körpermaße an. Vom simplen T-Shirt bis zum hochwertigen Hemd oder Kostüm erhält er oder sie so ein maßgeschneidertes Exemplar des von ihm gewünschten Kleidungsstücks. Sowohl das online bestellte Stück als auch das Exemplar im Laden wird erst nach der Bestellung auf dem Drucker produziert. Dieser Prozess dauert nur wenige Minuten. Der Kunde im Laden kann das eigens für ihn angefertigte Kleidungsstück gleich mitnehmen. Entscheidet er sich später, das Kleidungsstück nicht mehr zu tragen, kann er es an entsprechenden Sammelstellen abgeben, wo es wieder in seine Ausgangsmaterialien zerlegt oder biologisch abgebaut werden kann. Dieses Produktionsmodell braucht nur einen Bruchteil an Energie und Ressourcen der heute üblichen Prozesse. Es braucht kein Wasser, viel weniger Ressourcen, setzt einen Bruchteil an CO2 und anderen Gasen frei und gibt dem Kunden ein Produkt von weit höherer Qualität als der Ramsch, den er heute in einem Laden oder auf einer Plattform der globalen Kleiderketten kauft.«

Keller verstand nicht viel von alten oder neuen Produktionsverfahren in der Textilindustrie. Er konnte sich vorstellen, dass die neuen Technologien die Textilwelt auf den Kopf stellen würden. »Für Textilerzeuger muss es frustrierend sein zu sehen, wie eine jahrhundertalte Tradition der Textilproduktion einfach obsolet werden soll«, meinte er.

»Das ist so«, stimmte Marc zu. »Aber der Fortschritt lässt sich nicht aufhalten. Wer sich dagegen stemmt und meint, morgen so wie gestern produzieren zu können, wird von der Entwicklung einfach überrollt werden.«

Keller fragte sich, was all diese zweifellos interessanten Informationen mit seinen Ermittlungen zu tun haben könnten. Bisher konnte er keinen Zusammenhang erkennen, wie er sich eingestehen musste. Er wusste aus Erfahrung, dass sich, manchmal völlig überraschend, scheinbar unabhängige Puzzlestücke zu einem stimmigen Gesamtbild zusammenfügen konnten.

»Wie war Ihre Beziehung zu Mia?«, fragte er unvermittelt, um das Gespräch zurück auf den eigentlichen Grund seines Besuchs zu lenken.

»Wir waren befreundet«, antwortete Marc zögernd. »In unserem Projekt *New Vadiana* waren wir Partner. Mia wollte Investoren und Marketingwissen einbringen, ich die Technologie.«

Keller dachte an Mias Tagebuch, in dem ihre Beziehung zum jungen Start-up-Unternehmer ganz anders beschrieben wurde, doch er beschloss, sein Wissen einstweilen noch für sich zu behalten.

»Haben Sie gewusst, dass Ihre Geschäftspartnerin eine intime Beziehung mit Lorenzo Berger unterhielt? Und dass sie ein Kind erwartete?«, fragte er unvermittelt.

Er sah, wie Marc erbleichte. Die Frage schien ihn zu überraschen.

»Nein, das habe ich nicht gewusst. Weder das eine noch das andere.« Er war sichtlich betroffen. Keller stellte noch einige Routinefragen und nahm gelassen zur Kenntnis, dass sich auch Marc nicht vorstellen konnte, warum Mia umgebracht wurde und wer allenfalls ein Interesse an ihrem Tod haben konnte. Bevor er sein Notizbuch einsteckte, stellte er Marc noch eine letzte Frage.

»In welcher Beziehung stehen Sie zu Britta Raggenbass?«

Marc blickte ihn mit ausdrucksloser Miene an. »Wir kennen uns«, antwortete er. »Sie interessiert sich sehr für die neue Technologie, an der ich arbeite. Wir haben gelegentlich Kontakt miteinander gehabt. Das ist rein beruflich.«

Warum log Marc, was seine Beziehungen zu den beiden Frauen betraf? Erneut sagte Keller nichts auf dessen offensichtlich falsche Aussage. Er musste erst besser verstehen, ob und wie Marc sich ins Netz der Verdächtigen einfügte. Er bedankte sich für das Gespräch und verabschiedete sich, nicht ohne anzumerken, dass er möglicherweise später nochmals mit weiteren Fragen auf Marc zukommen würde. Als er den Wohnblock verließ und hinaus auf den gepflasterten Zugangsweg zum Haus trat, sah er weiter hinten in der Überbauung eine Frau um die Ecke kommen, die ihm bekannt vorkam. Rasch duckte er sich hinter einen der hohen Lorbeersträucher, die den Zugang zum Haus abgrenzten. Die Frau kam mit zügigen Schritten auf ihn zu und ging, ohne ihn zu sehen, zum Hauseingang, aus dem er soeben herausgekommen war. Vorsichtig lugte er durch das Geäst des Strauches. Er konnte nicht sehen, auf welchen der Klingelknöpfe die Frau drückte. Bevor sie im Eingang verschwand, drehte sie sich kurz um und blickte um sich, als wolle sie sich versichern, dass niemand sie gesehen habe. Da erkannte er sie.

Britta Raggenbass!

KAPITEL 23

Nach dem Lunch mit zwei Kollegen aus anderen Departements stellte Keller seinen Wagen wieder vor dem Polizeigebäude ab. Ein gewaltiges Herbstgewitter zog über die Stadt hinweg. Obschon es erst Nachmittag war, hatte sich der Himmel verfinstert. Aus den schwarzen Wolken, die sich zwischen Stadt und Bodensee auftürmten, zuckten in rascher Folge Blitze, unmittelbar gefolgt von rollendem Donner. Dann öffnete der Himmel seine Schleusen, und gewaltige Regenschauer ergossen sich über die

Häuser und Straßen, deren Kanalisation die Wassermassen kaum noch aufzunehmen vermochten. Er rannte die paar Schritte zur Eingangsschleuse und nestelte seinen Batch aus der Tasche seines Parkas.

Auf dem Weg in sein Büro streckte er den Kopf ins Sekretariat, worauf Nele ihm zurief: »Du hast Besuch. Ich habe ihr gesagt, ich wisse nicht, wann du zurückkommst, aber sie wollte unbedingt warten. Sie sitzt im Besucherraum.«

»Wer ist es?«

»Alberta Brenner von der *Vadiana*. Sie sagte, du kennst sie. Sie wartet seit fast einer Stunde. Sie müsse dich unbedingt sprechen.«

»Gut. Gib mir fünf Minuten, dann kannst du sie zu mir bringen.«

Im Büro ließ er die Tür leicht offen stehen. Er hängte die nasse Jacke an den hölzernen Garderobenständer, in dessen Korb auch der Regenschirm stand, den er beim Hinausgehen vor ein paar Stunden mitzunehmen vergessen hatte. Immerhin ist der trocken geblieben, dachte er sarkastisch. Er setzte sich kurz an sein Arbeitspult, aktivierte den Bildschirm und ließ seinen Blick über die eingegangenen Mails gleiten. Nichts von Bedeutung. Draußen hörte er die nahenden Schritte von Nele, die seinen Besuch zu ihm führte.

Keller erhob sich aus seinem Bürosessel und ging um das Pult herum auf sie zu. »Guten Tag, Frau Brenner. Bitte!« Er wies mit der Hand auf einen Stuhl am Besprechungstisch und setzte sich ihr gegenüber. Nele brachte beiden noch ein Glas Mineralwasser und schloss die Tür hinter sich. Alberta Brenner saß steif und hoch aufgerichtet ganz vorne auf der Stuhlkante. Sie trug eine hochgeschlossene silbergraue Bluse und einen bis zu den Knöcheln reichenden Rock. Ihren hellen Regenmantel hatte sie sorgfältig zusammengefaltet über die Knie gelegt. Darauf stellte sie ihre etwas unförmige Handtasche, die sie mit beiden Händen festhielt.

Keller lächelte ihr freundlich zu. »Was führt Sie zu mir?«

Alberta Brenner fühlte sich sichtlich unwohl. Sie schien kurz zu überlegen, wie sie beginnen sollte. »Sie haben mir gesagt, ich solle mich melden, wenn mir noch etwas einfällt, was für Sie wichtig sein könnte«, meinte sie zögernd.

Keller nickte zustimmend. »Und nun ist Ihnen etwas Neues eingefallen?«

Wieder zögerte sie kurz mit ihrer Antwort. »Nein.«

Keller blickte etwas irritiert.

»Es ist mir nichts Neues eingefallen«, präzisierte sie. »Was ich Ihnen sagen will, habe ich schon damals gewusst. Nur war ich mir nicht sicher, ob ich es Ihnen sagen soll.«

»Aha«, meinte Keller und wartete.

»Sie wissen, dass ich seit vielen Jahren in der *Vadiana* bin. Viel länger als Doktor Signer. Ich war vorher viele Jahre die Sekretärin von Herrn Raggenbass.«

Dass Keller freundlich den Kopf neigte und sie interessiert anblickte, nahm sie als Aufforderung, noch ein wenig präziser zu werden. »Ich bereite alle Entscheide der Herren der Geschäftsleitung und vor allem für Doktor Signer vor. Ich erstelle die Unterlagen für ihre Sitzungen, an denen ich fast immer teilnehme. Sie können mir glauben, den größten Teil von dem, was man heutzutage Management nennt, mache ich entweder direkt oder ich bereite die Entscheidungen so weit vor, dass sie eigentlich entschieden sind, wenn die Damen und Herren vor der Sitzung meine Papiere lesen.«

Keller konnte sich ein kurzes Lachen nicht verkneifen, hatte sich aber sogleich wieder im Griff. »Das heißt, wenn man es genau betrachtet, führen eigentlich Sie die *Vadiana*«, meinte er mit ernster Miene. Er ließ die Frage wie eine Feststellung klingen und versuchte, den ironischen Ton in seiner Stimme so weit wie möglich zu unterdrücken. Bestätigen wollte Alberta dies zwar nicht, ihre Miene zeigte jedoch, dass sie Kellers Feststellung nicht so daneben fand. Der sagte nichts mehr und wartete auf ihre weiteren Ausführungen.

Alberta gab sich einen Ruck. »Ich habe Mia gekannt, seit sie bei uns ihre Lehrstelle angetreten hat. Sie hatte damals einige Zeit auch bei uns oben, ich meine auf der Führungsetage, gearbeitet. Im Archiv, um genau zu sein. Wir haben in der *Vadiana* immer mehrere Lehrlinge, mindestens zwei pro Lehrjahr. Signer war damals der Personalchef in unserer Firma und auch für das Lehrlingswesen verantwortlich.«

Keller nickte ihr aufmunternd zu. Das wusste er alles bereits. »Und das heißt?«

»Er hatte damals auch Mia betreut.«

Keller nickte erneut, ohne etwas zu sagen. Schließlich rückte Alberta mit dem heraus, was sie offenbar zu ihrem Besuch auf dem Kommissariat veranlasst hatte. »Damals muss etwas vorgefallen sein zwischen Doktor Signer und Mia. Was genau weiß ich nicht.« Sie legte eine kurze Pause ein, ehe sie bedeutungsvoll hinzufügte: »Ich kann mir nur vorstellen, was es war.«

Keller hob fragend seine Augenbrauen. »Was genau stellen Sie sich vor? Und warum kommen Sie darauf?«

»Mia war ein kesser Feger, wie wir das so nannten. Sie war damals 16 oder 17. Immer blendend drauf und nie um einen flotten Spruch verlegen. Und eine wirklich attraktive junge Frau, die ihre Reize durchaus zur Geltung zu bringen wusste. Ich erinnere mich an mehr als einen Mitarbeiter, den sie mit ihrer aufreizenden Art in Verlegenheit brachte.«

»Hatte sie damals mit jemandem aus der Firma ein Verhältnis?«, fragte Keller ganz direkt.

Alberta schüttelte den Kopf. »Das glaube ich nicht. Zumindest habe ich nichts Derartiges bemerkt in der Zeit, die sie bei uns auf der Zentrale verbrachte. Aber was weiß man bei den Sitten, die bei den Jungen heutzutage herrschen ...«

Keller blieb geduldig und versuchte, das Gespräch wieder auf den Grund ihres Besuches zu lenken. »Was genau wollen Sie mir damit sagen?«

Seine Besucherin blickte ihn finster an. »Sie wissen, was ich meine. Ich sage nur ›meToo‹.«

Keller ahnte, dass sie nun den Bereich des unverbindlichen Gesprächs verlassen würden. Er stand auf und ging zu seinem Schreibtisch. Dort nahm er das kleine Diktiergerät aus der Schublade, legte es vor Alberta Brenner auf die Tischplatte und drückte den Startknopf.

»Wenn ich Sie richtig verstehe, möchten Sie eine Aussage machen. Bitte fahren Sie fort.«

Alberta beäugte misstrauisch das Aufnahmegerät. »Muss das sein?«

»Das muss sein«, bestätigte Keller entschieden. »Vor allem, wenn es um etwas so Wichtiges geht, wie Sie das gerade eben angetönt haben. Wir ermitteln in einem Mordfall!«

Alberta kratzte sich ausgiebig an der Nase. »Was genau passiert ist, weiß ich nicht«, fuhr sie zögernd in ihrer Aussage fort, und man hörte aus ihrer Stimme, dass sie dieses Unwissen ärgerte. »Sie hat sich mir damals nicht anvertraut. Ich erinnere mich, dass Mia auf mich eine Zeit lang verstört wirkte. Vielleicht eine Woche oder so. Das war nach einem

Firmenfest, soweit ich mich erinnere. Ich habe sie einmal gefragt, was mit ihr los sei. Sie hat nur abgewiegelt. Es sei nichts, meinte sie. Und wenig später war sie auch wieder normal. Ich habe das Ganze vergessen, sie war auch nur ein paar Wochen in der Zentrale, ehe sie turnusgemäss in einen anderen Bereich der Firma wechselte. Bald darauf hat sie ihre Lehre abgeschlossen und ist von der *Vadiana* weggegangen. Sie hat einen hervorragenden Abschluss gemacht, und ich habe Doktor Signer noch gefragt, ob er sie nicht in der Firma halten wolle und er ihr kein entsprechendes Angebot gemacht habe. Er meinte, sie wolle nicht hierbleiben, sondern ins Ausland gehen und anderswo weitere Erfahrungen sammeln. Was für eine junge Frau auch sinnvoll ist.«

»Und warum ist Ihnen«, er suchte nach einem passenden Wort, »dieses Vorkommnis jetzt eingefallen?«, wollte Keller wissen.

»Es ist mir nicht erst jetzt eingefallen, sondern vor einigen Jahren, nachdem sie zu uns zurückgekommen war. Ich habe rasch gemerkt, dass zwischen ihr und Doktor Signer eine …«, sie zögerte kurz, als müsse sie den richtigen Ausdruck finden, »sagen wir mal etwas spezielle Beziehung bestand.«

»Speziell? Was genau war an ihrer Beziehung speziell? Oder direkt gefragt: Wollen Sie mir sagen, die beiden haben ein Verhältnis miteinander gehabt?«

Alberta schüttelte den Kopf. »Nein. Da war nichts, das hätte ich sicher mitbekommen. Es muss etwas anderes gewesen sein.«

Keller wurde langsam ungeduldig. Musste er ihr jeden Satz einzeln aus der Nase ziehen? Er zog fragend seine Augenbrauen nach oben, ohne etwas zu sagen.

»Ich habe bereits während Mias Lehrlingszeit vermutet, dass er ihr gegenüber übergriffig geworden ist«, fuhr sie fort und richtete sich in ihrem Stuhl straffer auf. »Man weiß ja, wie das abläuft. Er ist der Juniorchef der Firma und ihr Vorgesetzter, sie die unerfahrene Lehrtochter. Wir haben damals nichts davon gewusst. Vielleicht auch nichts davon wissen wollen.«

»Und jetzt nehmen Sie an, dass sie Signer mit einem allfälligen früheren Übergriff erpresst hat?«, ergänzte Keller, um sie endlich zum Punkt ihrer Aussage zu bringen.

Alberta zuckte mit den Schultern. »Was weiß ich. Es würde mich nicht erstaunen. Ich habe wie viele andere in der Firma gestutzt, als vor einigen Jahren sozusagen Knall auf Fall die neue Designabteilung geschaffen wurde. Davon war in der Geschäftsleitung zuvor nie die Rede gewesen. Das hätte ich gewusst, ich führe in allen diesen Sitzungen das Protokoll. Ebenso überraschend wurde anschließend Frau Schneider eingestellt und zur Chefin der neuen Einheit ernannt. Ohne Ausschreibung und ohne vorgängige ausführliche Diskussion, wie das sonst bei uns üblich ist. Ich erinnere mich genau, dass die anderen Herren der Geschäftsleitung vom Antrag Doktor Signers genauso überrascht waren wie ich. Er brachte das Geschäft kurzfristig in der Form einer Tischvorlage in die Sitzung ein, was bei uns bisher völlig unüblich war. Wie soll man sich seriös auf Geschäfte vorbereiten, von denen man vor der Sitzung nichts weiß? Er erläuterte, weshalb aus seiner Sicht diese neue Designabteilung unbedingt notwendig sei. Alle weiteren Diskussionen zum Thema blockte er ab. Es war allen klar, dass er das durchziehen wollte, unabhängig von allenfalls abweichenden Meinungen der anderen Direktoren. So wurde es auch beschlossen. Auf die gleiche Weise setzte er später die Beförderung von Frau Schneider in die Geschäftsleitung durch. Bei uns war es nie üblich, dass jemand nach so kurzer Zeit so hoch befördert wurde, unabhängig davon, wie gut er oder sie qualifiziert war. Die Mitgliedschaft in der Geschäftsleitung musste man sich buchstäblich ersitzen. Da brauchte es immer viele Jahre und ein absolut loyales Verhalten der Firma und dem Patron gegenüber. Ihre rasche Beförderung hat denn auch großes Erstaunen ausgelöst, nicht nur bei den anderen Mitgliedern der Direktion, sondern auch bei vielen Mitarbeitern.«

»Warum meinen Sie, dass Doktor Signer das so gewollt hat?«

Sie lachte kurz und meinte trocken: »Ich bin mir sicher, dass er das keineswegs so gewollt hat. Sie wird ihn gezwungen haben, es zu tun. Obwohl es von Anfang an offensichtlich war, dass er nur ungern mit ihr zusammenarbeitete. Er ging ihr aus dem Weg, wo immer er konnte, und sorgte dafür, dass ihr Büro und ihre rasch wachsende Abteilung nicht bei uns im Hauptgebäude auf der Direktionsetage, sondern im gegenüberliegenden Neubau untergebracht wurde. An den gemeinsamen Sitzungen mit der Geschäftsleitung ließ er sie reden, ohne ihr je zu widersprechen. Und meist setzte sie sich mit ihren Anliegen durch.«

Sie unterbrach sich kurz, um einen Schluck Wasser zu nehmen.

»Ich frage mich auch«, setzte sie hinzu, »wie sie sich ihren luxuriösen Lebenswandel leisten konnte. Eine schicke Wohnung am Rosenberg, das teure Auto, und erst die Kleider … Sie hatte zwar ein gutes Salär, aber für die Lebensführung, die sie praktizierte, reichte das sicher nicht. Wenn ich nur an das protzige Bentley Cabrio denke, das sie jeweils großspurig vor unserem Hauptsitz parkierte, ohne es je ordentlich abzuschließen.«

Damit schien Alberta alles gesagt zu haben. Oder, dachte Keller bei sich, was sie zum jetzigen Zeitpunkt zu sagen gewillt war. Sie griff nach ihrer Handtasche und stand auf. Keller stellte das Aufnahmegerät ab und erhob sich ebenfalls.

»Danke, Frau Brenner. Sie haben uns sehr geholfen.«

Keller war klar, was Alberta ihm verklausuliert hatte mitteilen wollen. Sie beschuldigte ihren Chef, vor vielen Jahren seine Lehrtochter sexuell belästigt, wenn nicht gar vergewaltigt zu haben. Und sie vermutete, dass Mia ihn in der Vergangenheit deswegen erpresst hatte. Die Schlussfolgerung, dass sie Signer damit verdächtigte, Mia aus dem Weg geräumt zu haben, lag auf der Hand und brauchte von ihr nicht weiter ausgeführt zu werden. Er verkniff sich die tadelnde Bemerkung, die ihm eigentlich auf der Zunge lag, dass sie diese Aussage auch früher hätte machen können.

»Wir erstellen ein Protokoll über Ihre Aussage. Eine Mitarbeiterin wird es Ihnen heute noch vorbeibringen. Sie sind im Büro erreichbar, oder?«

Die Vorstellung, dass jemand von der Polizei sie in ihrem Büro aufsuchen würde, schien ihr nicht zu behagen. »Kann ich wegen des Protokolls nicht heute gegen Abend vorbeikommen?«, fragte sie zögernd.

Keller war einverstanden. Sie wollte wahrscheinlich nicht, dass ihr Chef etwas von ihrem Besuch auf dem Kommissariat mitbekam, was er verstehen konnte. »Das ist kein Problem. Wenn Sie wieder hier sind, nehmen Sie sich Zeit, das Protokoll sorgfältig durchzulesen, bevor Sie es unterzeichnen. Und wenn Ihnen noch mehr einfällt, können Sie mich jederzeit anrufen. Meine direkte Nummer haben Sie.«

Er war sich nicht sicher, ob sie nicht immer noch einen Teil ihres Wissens über Mia und Signer zurückhielt. Er spürte, für den Moment würde er nichts mehr aus ihr herauskriegen. »Eine Frage noch«, fügte er hinzu, bevor sie zur Tür hinausging. »Sie sind doch längst im Pensionsalter. Warum arbeiten Sie noch immer in der *Vadiana*?«

Sie drehte sich um und warf ihm einen kurzen Blick über den goldgefassten Rand ihrer Brille zu.

»Jemand muss doch die Werte unserer Firma hochhalten!«

KAPITEL 24

Keller stellte seinen Kombi auf einen der neben dem Haupteingang liegenden Besucherparkplätze und ging hinüber zur Hotellobby. Am späteren Nachmittag war in der Rezeption, wie meist um diese Zeit, viel los. In der Lobby standen anreisende Gäste mit ihrem Gepäck und warteten auf ihren Check-in. Offenbar fand auch noch eine größere Veranstaltung statt, und immer wieder wieselten Tagungsteilnehmer in Businesskleidung durch die Eingangshalle.

Stefanie, die mit einer Mitarbeiterin an der Rezeption stand und etwas besprach, sah aus ihren Augenwinkeln Keller durch die Drehtür in die Lobby treten. Rasch ging sie auf ihn zu und begrüßte ihn. »Haben Sie neue Informationen? Bitte, setzen wir uns nach hinten in die Bar. Da ist momentan noch nichts los, wir können uns in Ruhe unterhalten!«

Keller vermutete, dass es ihr vor allem darum ging, ihn so rasch wie möglich aus der Lobby und von den vielen Gästen und Mitarbeitern wegzubringen. Das verstand er natürlich. Das Auftauchen eines Kriminalpolizisten verursacht immer Unruhe, egal ob begründet oder nicht. Rasch durchquerten sie die Lobby und setzten sich an eines der kleinen Bartischchen.

»Was darf ich Ihnen anbieten?«, fragte Stefanie. »Ich unterstelle mal, Sie sind dienstlich hier?«

Er nickte und bat um ein Wasser. Sie ging hinüber zur Bar und kam mit zwei Gläsern und einer kleine Flasche *Appenzeller Mineral* zurück. Sie schenkte beiden ein und lehnte sich in ihrem Stuhl zurück, wobei sie sich Mühe gab, möglichst entspannt zu wirken. Trotzdem konnte Keller ihre Nervosität fast mit Händen greifen.

»Sind Sie weitergekommen mit Ihrer Untersuchung?« Sie versuchte offenbar, die Frage möglichst unbeteiligt klingen zu lassen. Er informierte sie, dass sie inzwischen davon ausgingen, dass Mia Schneider vergiftet worden sei und dass das Gift zweifelsfrei in den *St. Galler Spitzen* des Hotels nachgewiesen wurde. Er bestätigte auch, dass das Labor inzwischen alle anderen beschlagnahmten Packungen überprüft habe. »Es gab keine Hinweise, dass weitere Pralinen mit dem Gift präpariert wurden.« Bedauernd fügte er hinzu: »Die beschlagnahmten Exemplare können wir Ihnen allerdings nicht zurückgeben, da sie durch die Untersuchungen zerstört wurden.«

Stefanie zuckte mit den Schultern. »Es waren sowieso nur noch ein paar Dutzend der Schachteln da. Wir erwarten nächste Woche unsere monatliche Lieferung. Allerdings«, fügte sie hinzu, »überlegen wir uns, ob wir nicht auf ein anderes Begrüßungsgeschenk für unsere Gäste wechseln sollten, vielleicht auf *St. Galler Biber*. Wenn sich das mit der vergifteten Schachtel herumspricht ...«

»Wir werden das selbstverständlich vertraulich behandeln. Vielleicht können Sie mir ein paar Fragen zu diesen Pralinen beantworten?«

Stefanie deutete mit einer Geste ihre Bereitschaft an. »Gerne, fragen Sie!«

Keller öffnete sein Notizbuch und blätterte, bis er zu den Fragen kam, die er sich notiert hatte. »Wer im Hotel hat Zugang zu den Pralinenschachteln?«

»Puh«, verwarf Stefanie ihre Hände. »Eigentlich fast jeder von uns. Natürlich die Zimmermädchen, welche die Schachteln auf ihre Servicewagen laden, wenn sie sich an die Vorbereitung eines Zimmers für neue Gäste machen. Und alle Mitarbeiter der Rezeption, die gelegentlich einem Gast bei der Abreise ein kleines Abschiedsgeschenk überreichen. Auch die Leute im Lager. Jeder Mitarbeiter hat die Möglichkeit, sich dort zu holen, was er für seine Arbeit benötigt.«

Plötzlich schien ihr ein neuer Gedanke zu kommen. »Könnte es nicht sein, dass das Gift appliziert wurde, bevor uns die Schachteln geliefert wurden? Mia wäre einfach ein Zufallsopfer gewesen«, meinte Stefanie, schien aber selbst nicht so recht an diese These zu glauben. »Unwahrscheinlich, ich weiß. Obwohl, man liest immer wieder von Spinnern, die in Lebensmittelgeschäften Produkte vergiften und dann Geld oder was auch immer zu erpressen versuchen.«

Keller kannte solche Fälle. In diesem Fall erschien ihm so etwas unwahrscheinlich. Auch wenn sie bisher kaum handfeste Indizien und erst recht keinerlei Beweise für einen gezielten Mordanschlag auf Mia hatten. Ausschließen, das war er sich bewusst, konnten sie in diesem Stadium der Untersuchung noch nichts. »Hat es denn so einen Erpressungsversuch gegeben? Jetzt oder vielleicht früher einmal?«

Stefanie verneinte. »In so einem Fall hätten wir uns sofort bei der Polizei gemeldet und Unterstützung erbeten«, versicherte sie.

Keller wechselte das Thema. »Wir haben festgestellt, dass Mia ein Stammgast im *Seebad* war.« Er hatte in seiner langen Karriere bei der Kripo ein feines Sensorium für die emotionalen Reaktionen der Menschen entwickelt, die er bei seinen Ermittlungen befragen musste. Er spürte das leichte Zögern von Stefanie, als sie sich ihre Antwort auf seine Frage überlegte.

»Sie war öfters bei uns, wie ich Ihnen das letzte Mal sagte. Unsere Wellness ist beliebt, und sie suchte gelegentlich eine Auszeit, ohne gleich irgendwohin weit verreisen zu müssen. Sie hatte einen herausfordernden Job in der *Vadiana*.«

»Was heißt in diesem Fall ›öfters‹?«, hakte Keller nach.

Stefanie suchte ein Blatt aus ihren Unterlagen hervor. »Ich habe mir gedacht, dass man uns diese Frage stellen würde, und mir den entsprechenden Buchungsauszug geben lassen.« Sie ließ ihren Blick über die Zahlenreihen auf dem Auszug gleiten. »Zwei oder dreimal pro Monat.

Die *Vadiana* hat so etwas wie ein Rabattsystem für Aufenthalte in unserem Haus.«

»Rabattsystem? Was muss ich mir darunter vorstellen?«

»Die Firma kauft bei uns jedes Jahr eine bestimmte Menge an Buchungstagen für Aufenthalte ihrer leitenden Angestellten. Diese müssen bei einer Buchung nur noch den halben Preis bezahlen. Auch Frau Schneider war berechtigt, davon zu profitieren, was sie ausgiebig getan hat. Dabei hat sie sich oft erst kurzfristig angemeldet. Entweder hat sie bei uns in der Reservation angerufen oder sie hat selbst ihr Zimmer über unsere Website reserviert. Ich habe kaum mit ihr Kontakt gehabt. Wenn jemand außerhalb unseres Reservationscenters sie betreute, war das mein Mann.«

Während sie bisher freundlich und mit unverbindlichem Ton gesprochen hatte, spürte Keller, wie ihre Stimme beim letzten Satz etwas schärfer geworden war. Er machte sich eine kurze Notiz. Er würde sich diesem Thema zu einem späteren Zeitpunkt intensiver widmen müssen. Es war nicht das erste Mal, dass ihm Stefanies Reaktion auffiel, wenn sie auf Mia und ihren Mann zu sprechen kam.

»Ich möchte nochmals das Zimmer der Toten sehen«, bat er die Hotelmanagerin.

Die Erleichterung Stefanies über das vorläufige Ende der Befragung war fast mit Händen zu greifen. Sie erhob sich sogleich. »Bitte kommen Sie, ich führe Sie hin.«

Zimmer 112 im ersten Stock war noch immer mit zwei über den Türrahmen gespannten rot-weißen Bändern abgesperrt. Zwischen Tür und Türrahmen hatten seine Leute zudem eine Versiegelung angebracht. Keller entfernte die Bänder und brach das Siegel auf. Dann wandte er sich zu Stefanie, die hinter ihm stand. »Lassen Sie mich bitte einen Moment allein. Ich komme zu Ihnen in die Rezeption, sobald ich fertig bin.« Sie schien enttäuscht, dass sie nicht mit ihm ins Zimmer treten konnte, akzeptierte jedoch kommentarlos seine Entscheidung. »Bis später«, sagte sie und drehte sich um.

Keller trat ins Zimmer und schloss die Tür hinter sich. Natürlich fiel sein Blick sogleich auf das Bett. Es war nun leer, aber er meinte, auf dem Bett noch die Umrisse der Toten zu erkennen. Das zerknüllte Laken war zurückgeschlagen, vermutlich von den Leichenträgern, die nach Abschluss der Spurensicherung aufgeboten worden waren. Er hatte den Abtransport einer Leiche in seinem Berufsleben unzählige Male verfolgen müssen und sah die Szene vor sich, wie sie erst den Aluminiumsarg parallel zum Bett abstellten und den Deckel öffneten. Wie der eine der Männer die Tote an den Handgelenken, der andere an ihren Fußgelenken fasste. Sie hoben die Leiche aus dem Bett und legten sie sanft oder, wenn keine Dritten mehr anwesend waren, vielleicht auch grob in den Sarg, schraubten dessen Deckel fest und machten sich auf den Weg zum Leichenwagen, den sie wahrscheinlich unauffällig neben dem Haus oder in der Tiefgarage parkiert hatten und mit dem sie die Tote anschließend in die Gerichtsmedizin zur Obduktion brachten. Er nahm an, dass Stefanie oder ihr Mann die beiden zum Personallift begleitet hatten, um sicherzustellen, dass sie auf ihrem Weg möglichst keinem Gast begegneten.

Sein Blick ging zum großen Panoramafenster. Jemand hatte die Vorhänge zurückgezogen. Vom Bett aus sah man über den kleinen Balkon hinunter auf den diesmal ruhig daliegenden See. Die Nachmittagssonne beleuchtete ihn und das gegenüberliegende Ufer. Es war ein wenig föhnig, und das alte Städtchen Lindau mit dem Leuchtturm an seiner Hafeneinfahrt und die übrigen Ortschaften des gegenüberliegenden deutschen Ufers waren deutlich zu erkennen. Er versuchte, sich in die letzten Minuten von Mias Leben zu versetzen. Es war Nacht gewesen, die Zimmermädchen hatten während des abendlichen Zimmerservices die schweren Vorhänge zugezogen. Nur die Lampe auf dem Nachttischchen hatte das Zimmer beleuchtet. Saß sie drüben in einem der Sessel oder auf dem Sofa, während sie die süße Sankt Galler Schokolade in den Mund schob? Vielleicht war ihr nachher übel geworden und sie hatte entschieden, sich ins Bett zu legen. Oder hatte sie sich bereits ausgezogen und ins Bett gelegt, um noch im Krimi zu lesen, den er neben ihr liegend gesehen hatte? Hatte sie etwas vom Gift bemerkt, das in der Schokolade war? Oder war die Wirkung so schnell eingetreten, dass sie nicht einmal mehr dazugekommen war, ins Badezimmer zu laufen und sich zu übergeben oder über das Haustelefon Hilfe anzufordern?

Er setzte sich in einen der bequemen Sessel, die um den kleinen Salontisch gruppiert waren. Er musste sich eingestehen, dass er bisher noch nicht viel weitergekommen war mit seinen Ermittlungen. Erneut rief er sich das Gespräch mit der Hoteldirektorin in Erinnerung. Etwas an ihrem Verhalten kam ihm seltsam vor. Ihre Lockerheit wirkte aufgesetzt. Die Antworten, die sie ihm gab, waren schlüssig und zweifellos korrekt. Es war mehr sein Bauchgefühl, das ihn warnte, ohne dass er hätte sagen können, was genau ihn irritierte.

Und im Verlauf seiner langen Karriere hatte er gelernt, dass es gut war, manchmal auf sein Bauchgefühl zu hören.

KAPITEL 25

Zurück im Kommissariat beauftragte er Klemens und Hannah, die beiden Bergers genauer unter die Lupe zu nehmen. »Stellt mir zusammen, was man so weiß und hört über die beiden.«

»Hast du einen bestimmten Verdacht?«

Keller schüttelte den Kopf. »Eher ein unbestimmtes Gefühl. Ich habe mit der Frau gesprochen. Mein Gefühl sagt mir, dass sie mir etwas verschweigt, das wir wissen sollten.«

Die beiden machten sich an die Arbeit. Zwei Tage später streckte Klemens seinen Kopf durch die offene Tür von Kellers Büro. Hinter seinen breiten Schultern sah Keller auch Hannah im Flur stehen.

»Willst du einen Zwischenbericht in Sachen *Seebad* und Ehepaar Berger?«

Keller stand von seinem Pult auf und bat die beiden, am kleinen Besprechungstisch Platz zu nehmen. Hannah hatte sich, von Keller inspiriert, auch so ein kleines Büchlein besorgt, in das sie ihre Erkenntnisse und Überlegungen eintrug, und das nun vor ihr auf dem Sitzungstisch lag. Klemens nickte ihr zu.

»Also«, begann sie und überflog nochmals ihre Notizen. »Beginnen wir bei den Fakten. Wir haben uns das Hotel angesehen, genauer gesagt seine rechtlichen und finanziellen Verhältnisse. Dabei sind wir auf ein paar interessante Sachverhalte gestoßen. Das Hotel scheint gut zu laufen. Es hat eine für die Branche sehr hohe Auslastung. In einzelnen Perioden ist das Hotel sogar weit im Voraus mehr oder weniger ausgebucht.«

Hier übernahm Klemens die Berichterstattung. »Ich habe mich nach den Besitzverhältnissen erkundigt. Das *Seebad* besteht aus zwei Aktiengesellschaften. Die eine, die *Seebad Immo AG*, hält das Hotel und die dazugehörigen Immobilien. Die andere ist die *Seebad Betriebs* AG. Wie der Name sagt, läuft der Betrieb des Hotels über sie. Aktionäre der Immobilien AG und damit faktisch Besitzer des Hotels sind zum einen der alte Raggenbass, zum andern Lorenzo Berger und seine Frau. Die Familie Raggenbass hält privat und über die *Vadiana* eine starke Kontrollmehrheit, und das seit mindestens zwei Generationen. Ohne seine Zustimmung kann nichts Grundlegendes entschieden oder verändert werden. Die Bergers halten einen ganz kleinen, mehr symbolischen Anteil am Aktienkapital. Raggenbass war während Jahrzehnten Verwaltungsratspräsident, nach seinem Rücktritt hat Signer die Familie vertreten und dieses Amt übernommen. Daneben sind noch zwei lokale Politiker im Verwaltungsrat. Und natürlich Berger als Vertreter des Hotelmanagements.«

»Und die *Betriebs AG*?«

»Ist eine Tochtergesellschaft der Immobiliengesellschaft«, ergänzte Klemens. »Die *Seebad Immo AG* hält die meisten Aktien, daneben gibt es noch eine Treuhandgesellschaft mit einem kleineren Anteil. Für wen sie diese Aktien vertritt, wissen wir noch nicht. Lorenzo Berger ist als einziger Verwaltungsrat und CEO und seine Frau als Direktorin eingetragen. Sie haben beide Kollektivunterschrift zu zweien. Zwei der Kadermitarbeiter des Hotels sind mit Prokura aufgeführt, ebenfalls mit Kollektivunterschrift.«

Keller wusste, das war ein keineswegs unübliches Konstrukt im Hotelgeschäft. Mit der Aufspaltung in eine Immobilien- und eine Betriebsgesellschaft erreichte man eine saubere Trennung von Aufwand und Ertrag des Hotelbetriebs von denjenigen der Liegenschaften. Und im Fall, dass es mit dem Betrieb Schwierigkeiten gab, konnte die Betriebsgesellschaft in Konkurs gehen, ohne dass die meist wertvolle Liegenschaft davon in Mitleidenschaft gezogen wurde.

Mit einem kurzen Blick übergab Klemens das Wort wieder an Hannah.

»Wir haben uns die letzten Bilanzen angesehen«, fuhr diese fort. »Trotz der sehr guten Auslastung sieht man, dass sich die Betriebsfirma seit diesem Jahr über Bankkredite hoch verschuldet hat. Das ist erstaunlich, denn die Muttergesellschaft verfügt eigentlich über genügend Liquidität, um die Betriebsgesellschaft zu finanzieren.«

Keller runzelte die Stirne. »Gibt es einen speziellen Grund? Wozu brauchen sie das Fremdkapital?«

»Das lässt sich aus den Zahlen von außen nicht sagen. Mir ist aufgefallen, dass in der Bilanz der Betriebsgesellschaft ein Konto mit der Bezeichnung ›Aktivdarlehen‹ aufgeführt ist. Der ausgewiesene Saldo ist unerklärlich hoch, über eine Million Schweizer Franken. Die Gesellschaft hat also jemandem ein Darlehen in dieser Höhe gewährt. Wer der Empfänger ist und wozu das Geld eingesetzt wurde, sieht man nicht. Das müssten wir mit dem Buchhalter abklären.«

»Klärt das ab!« Keller wusste, dass Hannah sich auskannte mit Buchhaltung und Zahlen. Sie hatte vor ihrem Eintritt ins Polizeikorps einen Bachelor in Betriebswirtschaft erworben und war, nach ihrem Stage in seinem Team, für eine Position in der Gruppe für Wirtschaftskriminalität vorgesehen.

Er machte sich eine Notiz. »Sehr gut. Und was wissen wir zu den beiden Bergers?«

»Wir haben bisher ausschließlich Deskresearch gemacht«, schränkte Hannah ein. »Die beiden sind in den sozialen Medien aktiv. Das ist heutzutage für ein Hotel ein wichtiger Marketingkanal. Im Profil von Lorenzo Berger haben wir gesehen, dass er ein Wirtschaftsstudium an der HSG abgeschlossen hat. Er ist gleich nach seinem Abschluss von einer internationalen Hotelkette angeworben worden. Dort hat er offenbar rasch Karriere gemacht und an verschiedenen Standorten in Europa und Übersee Führungspositionen übernommen. Zuletzt war er in Singapur. Dort hat er auch seine Frau kennengelernt, die in der gleichen Hotelkette arbeitete wie er. Sie haben in Singapur geheiratet. Vor 15 Jahren sind sie zusammen ins *Seebad* gekommen und haben gemeinsam die Leitung des Hotels übernommen.«

Keller signalisierte mit einem Kopfschütteln sein Unverständnis. »Weshalb wechselt jemand aus einem so spannenden Umfeld in die beschauliche, um nicht zu sagen langweilige Welt eines viel kleineren Betriebs am Bodensee? Das muss für die beiden ein richtiger Kulturschock gewesen sein.«

»Das weiß ich nicht«, meinte Hannah. »Vielleicht hatten sie auch einfach genug von der permanenten Hektik in einem internationalen Hotelkonzern. Oder sie hatten es satt, alle paar Jahre von einem Land oder Kontinent in einen anderen zu wechseln. Immerhin waren beide bereits Mitte 30.«

Keller nickte. Das konnte er nachvollziehen. Er selbst war, abgesehen von Ferienreisen und gelegentlichen Fortbildungskursen, nie aus seinem Heimatkanton hinausgekommen. Er war sozusagen ein Ureinwohner der Stadt, in der seine Eltern und Großeltern zur Welt gekommen waren, gelebt und gearbeitet hatten und gestorben waren. Gleich nach seiner Grundausbildung in der Polizeischule und einigen Jahren im Streifendienst war er, nach entsprechender Weiterbildung, in das Korps der Kriminalpolizei versetzt worden. Nach seiner Scheidung hatte er sich überlegt, in einen anderen Kanton zu wechseln, um einen auch geografischen Strich unter sein bisheriges Leben zu ziehen. Seine Ex-Frau war ins Ausland gezogen, und er sah keinen Grund mehr, in einer anderen Stadt einen Neuanfang machen zu müssen. Jahre später wurde er auf den Chefposten der Gruppe Gewaltverbrechen berufen, und es war ihm klar, dass er für den Rest seines beruflichen Lebens hierbleiben würde.

»Heute sind sie beide gut 50. Kinder haben sie keine«, fuhr Hannah in ihrem Bericht fort. »Die Einträge auf *Facebook*, *Twitter* oder *Instagram* zeigen, dass sie in den Jahren seit der Übernahme der Geschäftsführung sehr erfolgreich waren. Das Hotel hat sich in diesem Zeitraum unter ihrer Führung von einem kleinen Provinzbetrieb zu einer Topadresse unter den Boutiquehotels des Bodenseeraums entwickelt. Sie wissen offenbar die Standortvorteile optimal zu nutzen. Die Einträge und Beurteilungen ihrer Gäste in den sozialen Medien sind durchwegs hervorragend. Die Auslastung ist, wie Klemens angetönt hat, das ganze Jahr über hoch. Entsprechend hoch sind auch die Gewinne, die sie jedes Jahr ausweisen. Das Hotel ist anscheinend sehr erfolgreich, und das ist zu einem guten Teil dem Direktorenpaar zu verdanken.«

Keller kannte den hervorragenden Ruf, den das Hotel in der Region und weit darüber hinaus genoss. Dass dieser berechtigt war, wussten er und Lea aus eigener Erfahrung.

»Das wirft eine ganze Reihe von weiteren Fragen auf«, meinte er nachdenklich. Er musste an die Einträge in Mias Tagebuch denken. »Wir müssen uns mit den beiden Bergers eingehender beschäftigen. Vor allem mit ihm. Es muss eine Verbindung zwischen ihnen und der Toten geben, die über ein reines Kundenverhältnis hinausgeht.«

»Soll ich ihn zur Einvernahme einbestellen?«, fragte Hannah.

Keller zögerte. Das Gespräch mit Stefanie kam ihm wieder in den Sinn. Und ihre Reaktion während des Gesprächs über die Tote. »Nein«, meinte er. »Ich besuche ihn im Hotel. Ruf ihn an und mach für morgen einen Termin aus!«

KAPITEL 26

»Herr Kommissar!«, begrüßte ihn Berger mit einem professionellen Lächeln, als Keller am nächsten Vormittag die Hotellobby betrat. »Ich nehme an, dass Sie beruflich zu uns kommen?«

Keller drückte die Hand des Hoteliers und verzog die Mundwinkel ebenfalls zu einem angedeuteten Lächeln. »So ist es. Ich will noch einige Fragen abklären, wobei Sie mir vielleicht behilflich sind. Können wir uns irgendwo ungestört unterhalten?«

»Sicher«, nickte Berger. »Gehen wir in mein Büro, gleich da hinten am Ende des Flurs.«

Er wartete Kellers Antwort gar nicht ab, drehte sich um und ging mit raschem Schritt den Flur neben der Rezeption hinunter. Am Ende des Flurs öffnete er die Tür zu seinem Direktionsbüro. »Bitte«, bat er Keller mit einer knappen Handbewegung in sein Büro. »Kann ich Ihnen etwas zu trinken organisieren?«

Keller winkte ab, er wolle nichts. Bergers Eckbüro war ungewöhnlich groß und hell, mit fast deckenhohen Fenstern zum See hin. Auf der einen Seite stand ein überdimensioniertes Arbeitspult, auf dem sich sorgfältig geordnete Aktenberge stapelten. Die andere Seite nahm ein ebenfalls sehr großer Tisch aus poliertem Mahagoniholz ein, offensichtlich der Sitzungstisch, um den herum einige lederbezogene Sessel angeordnet waren. An der Wand, die der Fensterfront zum See gegenüberlag, gab es einen weiteren, kleineren und quadratischen Tisch. Auf ihm sah Keller das Modell eines Gebäudekomplexes.

Berger sah, wie der Blick des Kommissars das Modell streifte. »Unser großes Erweiterungsprojekt!« Der Stolz in seiner Stimme war unüberhörbar. »Treten Sie nur näher und schauen Sie es sich an.«

Sie stellten sich beide neben den Tisch. Berger wies mit der Hand auf das aus weißem Karton und Sperrholz gefertigte Modell. »Das hier ist unser altes Haus, so wie es seit bald einhundert Jahren besteht«, erklärte er und zeigte auf das lang gezogene Gebäude im Zentrum des Modells. »Wir werden es ab dem kommenden Jahr einer gründlichen Sanierung unterziehen, ohne seinen speziellen Charakter zu verändern. Rechts und links des Hotels planen wir Erweiterungsbauten mit luxuriösen Zimmern, alle mit

Balkon oder Terrasse und zum See hin ausgerichtet. Auf dem Nebengrundstück wird ein Glaskubus für unsere Seminarinfrastruktur entstehen. Tagungsräume, Sitzungszimmer, ein großes Fitnesscenter, alles mit modernster Infrastruktur.« Er zeigte auf das vor dem Modell nur angedeutete Seeufer mit der Mole. »Und hier entsteht eine neue Hafenanlage. Sie wird nicht nur die Anlegestelle für unser kleines Dampfschiff *Lucy* sein, sondern auch größere Jachten aufnehmen können, die bei uns für ein kurzes Mittag- oder Nachtessen ihrer Eigner und deren Gäste oder für einen längeren Aufenthalt anlegen.«

Keller betrachtete das Modell des künftigen *Seebad*. »Ein eindrückliches Projekt«, musste er zugeben. »Da werden Sie das Hotel für längere Zeit schließen müssen!«

Berger zuckte bedauernd mit den Schultern. »Da sprechen Sie einen wunden Punkt des Projekts an. Wir rechnen damit, dass die Bauphase auch bei optimaler Planung mindestens ein Jahr dauern wird. Während dieser Zeit werden wir den Hotelbetrieb tatsächlich einstellen müssen. Wir können unseren Gästen die unumgänglichen Immissionen nicht zumuten.«

»Das wird teuer werden, all die Kosten, Investitionen, und die Ertragsausfälle während der Bauphase …«, meinte Keller und drehte sich vom Modell weg.

Berger verstand den Wink. »Das ist so, aber die Finanzierung ist bereits gesichert.« Er wies auf den Sitzungstisch. »Doch Sie sind sicher nicht deswegen hier. Bitte setzen Sie sich.«

Keller nahm am Sitzungstisch Platz und nestelte sein Notizbuch aus dem Jackett. Er wartete, bis auch der Hotelier sich in einen der Stühle gesetzt hatte und ihn fragend anblickte.

»Nein, deswegen bin ich nicht hier«, bestätigte er. Er blickte Berger zwei Sekunden lang direkt in die Augen.

Berger wich seinem Blick nicht aus. »Sondern?«

»Weil ich mehr über Ihre Beziehung zu Mia wissen möchte.«

»Was meinen Sie mit ›Beziehung‹?«

»Was das Wort sagt«, antwortete Keller. »Sie hatten eine engere Beziehung zu Mia. Um es genauer zu sagen, Mia und Sie hatten eine Affäre.« Die Tonalität seiner Aussage signalisierte unmissverständlich, dass es sich dabei nicht um eine Frage, sondern um eine Feststellung handelte.

Berger blickte ihn längere Zeit mit regloser Miene an. Keller hatte unzählige solcher Gespräche mit Beschuldigten erlebt. Er wusste, dass sein Gegenüber sich gerade überlegte, wie viel er, Keller, tatsächlich wusste beziehungsweise nur vermutete und durch seine Fragen zu verifizieren versuchte. Berger schwieg weiter, und Keller nahm an, dass er nichts mehr sagen und schon gar nichts zugeben würde. Was, wie er sich eingestehen musste, nicht die dümmste Strategie gewesen wäre.

Berger entschloss sich dennoch zu einer Antwort. »Ich weiß nicht, worauf sich Ihre Behauptung stützt. Auf jeden Fall ist sie falsch. Es ist richtig, dass Frau Schneider in der Vergangenheit für mich, das heißt für uns, für das Hotel gearbeitet hat. Sie ist«, er korrigierte sich, »war eine fantastische Designerin. Bei unserer letzten Erweiterung und Sanierung der Innenräume hat sie beratend bei der innenarchitektonischen Gestaltung mitgewirkt. Wir waren sehr froh um ihre gestalterischen Fähigkeiten und ihr großes Wissen, das sie bei allen Designfragen eingebracht hat. Und ich habe sehr gehofft, dass sie uns auch hierbei«, er wies kurz auf das Modell der geplanten Neubauten im Hintergrund, »unterstützt hätte. Ihr kritischer und unabhängiger Blick auf unser Projekt wird uns fehlen!«

Keller seufzte und nickte, während er sich einige Notizen machte. Berger konnte nichts von Mias Tagebuch wissen und von dem, was Keller daraus erfahren hatte. »Gut, wie Sie wollen«, nahm er die Erklärung Bergers entgegen. Auch hier schien es ihm noch zu früh, sein Gegenüber mit seinem Wissen aus Mias Tagebuch zu konfrontieren. Das sparte er sich für das nächste Gespräch auf, das Berger auf dem Kommissariat würde führen müssen. Er machte sich eine entsprechende Notiz. »Eine letzte Frage für den Moment: Wo waren Sie am Samstag und in der Todesnacht?«

Berger zuckte mit den Schultern. »Wo ist der Hoteldirektor an einem gut gebuchten Wochenende? Natürlich im Hotel bei seinen Gästen«, meinte er lakonisch. »Das kann Ihnen mindestens ein Dutzend meiner Mitarbeiter bestätigen. So gegen 22 Uhr wurde es langsam etwas ruhiger, die meisten unserer Gäste hatten sich auf ihre Zimmer zurückgezogen. Ich bin nach Sankt Gallen hinaufgefahren, um mich mit einigen Freunden zu treffen. Auch da kann ich Ihnen gerne Namen nennen. Ich bin erst so gegen 2 Uhr nachts zurückgekommen, in unser Appartement im Anbau gegangen und habe mich ins Bett gelegt.«

Keller war sich bewusst, dass unzählige Leute Bergers Anwesenheit bestätigen würden. Ein tragfähiges Alibi war das jedoch nicht, denn Berger hätte zweifellos viele Gelegenheiten gehabt, sich unbemerkt kurz in Mias Zimmer zu begeben. Für den Moment wollte er keine weiteren Fragen mehr stellen. Er stand auf und steckte sein Notizbuch in die Innentasche seines Jacketts.

»Bleiben Sie ruhig sitzen, ich finde den Weg hinaus«, verabschiedete sich Keller und ging zur Tür.

Berger blieb konsterniert zurück. Er lehnte sich in seinen weichen Sessel, drehte sich zur breiten Fensterfront und blickte hinaus auf den See. In den vergangenen Stunden war der Wind erneut stärker geworden. Die Wellen klatschten an die Steinmauer, die den Garten und die Restaurantterrasse vom Wasser trennte. Möwen schossen vor dem Hotel auf der Suche nach Nahrung in Form fliegender Käfer und Mücken hin und her. Am andern Seeufer, in Friedrichshafen und Lindau, blinkten bereits die gelborangen Lichter der Sturmwarnung. Einige früh abgestorbene Blätter der Kastanienbäume am Seeufer wirbelten vor dem Fenster vorbei und fielen auf den sorgsam geschnittenen Rasen vor dem Bürofenster.

Wie im Zeitraffer ließ er das Gespräch mit Keller Revue passieren. Er spürte eine unbestimmte Angst in sich aufsteigen. Von allen Seiten schienen sich Wände auf ihn zuzuschieben und ihn einzuschließen. Sein Atem ging schwer, auf seiner Stirn bildeten sich Schweißperlen. Er verspürte einen wachsenden Druck auf der Brust, der ihn einzuschnüren drohte. Die scheinbar festen Fundamente, auf denen er seine Welt gebaut hatte und die ihn in eine herausfordernde, erfolgreiche Zukunft tragen sollten, erschienen ihm mit einem Mal nicht mehr so stabil. Er wollte gerade auf die Terrasse vor seinem Büro gehen, um in der frischen Seeluft durchzuatmen und die Anspannung zu lösen, die sich während der Befragung durch Keller in ihm aufgebaut hatte, da trat, ohne anzuklopfen, seine Frau ins Büro. Sie schloss die Tür hinter sich und setzte sich in den Besuchersessel, auf dem vor Kurzem noch der Kommissar gesessen hatte.

»Was wollte er?«, fragte sie.

Lorenzo zuckte mit den Schultern. »Nichts Besonderes«, meinte er. »Die üblichen Fragen.«

»Und haben sie bereits jemanden in Verdacht?«

»Dazu hat er nichts gesagt. Aber er würde es mir auch nicht sagen, wenn sie jemanden im Auge hätten.«

»Und du?«, fragte sie.

»Was meinst du?«

Sie blickte ihn mit einer Mischung aus Nachdenklichkeit und Verachtung an. »Bist du einer der Verdächtigten auf ihrer Liste?«

»Was soll diese Frage?«, brauste er ärgerlich auf.

Seine Frau blickte ihn erneut eine Weile einfach an, ohne etwas zu sagen.

»Wissen sie von deinem Verhältnis mit Mia?«, durchbrach sie unvermittelt die Stille.

Berger zuckte zusammen. Er war bisher davon ausgegangen, dass seine Frau keine Ahnung von seiner Beziehung mit Mia hatte. »Seit wann …«, versuchte er zu fragen, doch sie schnitt ihm sogleich das Wort ab.

»Seit Langem. Das ist jetzt nicht wichtig.« Sie fixierte ihn mit einem Blick, in dem sich Mitleid, Trotz und Entschlossenheit vermischten. »Ich habe nichts gesagt, weil ich wusste, es geht vorbei. Du würdest erkennen, dass eine Frau wie sie nichts für dich ist. Ich wusste, du würdest ihretwegen nicht all das aufs Spiel setzen.« Sie machte mit der Hand eine Bewegung, die sein Büro, seine Stellung, das ganze Hotel zu umfassen schien. »Nicht für ein wenig Sex, den du bei mir offenbar nicht mehr in genügendem Maß bekommen hast. Ich musste nur ein wenig Geduld haben. Du würdest zurückkommen.«

Beide schwiegen. Was sollte er darauf auch sagen? Sie hatte recht. Für ihn war es ein Abenteuer gewesen. Aufregend, spannend, aber aus seiner Sicht immer auf eine begrenzte Zeit ausgelegt. Und eigentlich war er sich sicher gewesen, dass Mia das genauso sah. Von etwas anderem war nie die Rede gewesen. Und es musste ihr klar gewesen sein, dass er ihretwegen nicht seine Ehe und seinen Job riskieren würde. Zumindest hatte er sich das eingeredet.

Während seine Gedanken so in die Vergangenheit zurückwanderten, hatte seine Frau ihn nicht aus den Augen gelassen. Konnte sie lesen, was ihm durch den Kopf gegangen war? Wahrscheinlich besser, als umgekehrt er ihre Gedanken erraten konnte. Erneut brach Stefanie das Schweigen.

»Hast du sie umgebracht?«

KAPITEL 27

Keller ging durch den Hotelflur zurück in Richtung Rezeption und warf gewohnheitsmäßig einen Blick auf sein Handy. Während des Gesprächs mit dem Hoteldirektor war eine SMS eingegangen. Die Nummer sagte ihm nichts. Er machte die Meldung auf und sah, dass sie von Svetlana kam, dem Zimmermädchen, das die tote Mia gefunden hatte und das er am Tag des Mordes kurz befragt hatte. Sie schrieb, dass sie ihn vorhin im Hotel gesehen habe und ob sie kurz mit ihm sprechen könne. Nicht im Hotel. Sie habe Zimmerstunde und könne ihn im Café im Nachbardorf Steinach treffen. Ein rascher Blick auf die Uhr zeigte ihm, dass er genügend Zeit hatte, bevor er zurück im Büro sein musste. Steinach war nur wenige Kilometer vom *Seebad* entfernt. Er schrieb ihr zurück, er sei in zehn Minuten am gewünschten Ort.

Die Antwort kam postwendend: »Ich bin bereits da und warte auf Sie!«

Zehn Minuten später parkte er seinen Toyota vor der Konditorei. Svetlana saß ganz hinten im Café an einem Ecktisch und winkte ihm zu. Er setzte sich zu ihr an den Tisch. »Danke für Ihre SMS. Ich habe sie erst vorhin lesen können.«

Svetlana wartete, bis die Bedienung den Espresso brachte, den Keller sich beim Betreten der Konditorei bestellt hatte. »Sie haben mir damals gesagt, ich solle mich melden, wenn mir noch etwas einfällt, das für Sie wichtig sein könnte.« Sie wirkte nervös. »In der Aufregung damals habe ich nicht mehr daran gedacht.« Es war unübersehbar, dass sie sich unwohl fühlte. »Ich habe mir überlegt, ob ich es überhaupt melden soll. Herr Direktor Berger ist ein toller Chef, immer freundlich auch zu uns Zimmermädchen, und ich will ihn nicht in Schwierigkeiten bringen. Ich weiß nicht, ob es für Sie wichtig ist.«

»Wenn Sie mir nicht sagen, was Sie wissen, kann ich auch nicht beurteilen, ob es wichtig für uns ist«, meinte Keller mit einem freundlichen Lächeln. »Worum geht es?«

Svetlana gab sich einen Ruck. »Am Vorabend«, begann sie, »also am Abend vor dem Todesfall, machte ich den Turndown Service im ersten Stock. Ich kam gerade aus dem Zimmer ganz am Ende des Gangs und öffnete die Zimmertüre, da sah ich den Herrn Direktor vor dem Zimmer von Frau Schneider stehen. Er klopfte leise, während er mit seiner Chipkarte die Tür entriegelte. Ich sah, wie er die Tür einen Spaltbreit öffnete und ins Zimmer schlüpfte.«

Kellers Miene war mit einem Schlag ernst geworden. »Sie sind sich sicher, dass es Herr Berger war, den Sie gesehen haben?«

Svetlana nickte. »Ja, es ist trotz der indirekten Beleuchtung hell in unseren Fluren. Er war es.«

»Hat er Sie auch gesehen?«

»Das glaube ich nicht. Ich hatte die Zimmertür erst einen Spaltbreit geöffnet. Es ging alles sehr schnell. Zudem stand er mit dem Rücken zu mir vor der Tür von Frau Schneiders Zimmer.«

»Wissen Sie, ob Frau Schneider zu diesem Zeitpunkt auf ihrem Zimmer war?«

»Vor ihrer Zimmertür hing der ›Bitte nicht stören‹-Zettel.«

Das musste nicht heißen, dass sie tatsächlich im Zimmer war, dachte Keller bei sich. Es war allerdings ein starkes Indiz für ihre Anwesenheit. »Wie lange blieb Herr Berger im Zimmer?«, wollte er wissen.

»Das weiß ich nicht. Ich bin für den Abendservice ins nächste Zimmer gegangen. Es war das letzte meiner Tour. Ich habe den Trolley mit dem Servicelift am Ende des Flurs nach unten ins Lager gefahren und bin in mein Zimmer im Mitarbeiterhaus gegangen. Herrn Berger habe ich nicht mehr gesehen.«

»Und warum haben Sie mir das nicht gleich gesagt?« Er konnte den Ärger in seiner Stimme über diese verspätete Aussage der Serviceangestellten nicht unterdrücken. Hätte er das, was sie ihm sagte und was daraus abgeleitet werden konnte, früher gewusst, wäre das Gespräch mit Berger anders abgelaufen. »Haben Sie sich nicht denken können, dass das eine ganz wichtige Beobachtung ist, von der Sie mir hier erzählen?«

Er konnte Svetlanas Unbehagen fast mit Händen greifen. »Ich habe Ihnen gesagt, dass ich bei unserem ersten Gespräch nicht daran gedacht hatte. Ich war viel zu aufgeregt. Ich will Herrn Berger auch nicht in Schwierigkeiten bringen. Er ist ein guter Chef. Hat immer ein offenes Ohr für uns alle«, wiederholte sie. »Und ich will meinen Arbeitsplatz nicht gefährden. Deshalb habe ich hundertmal hin und her überlegt, ob ich es Ihnen sagen soll. Ich habe es meiner Freundin erzählt, die mit mir das Zimmer im Mitarbeiterhaus teilt. Sie meinte, ich müsse mich unbedingt bei Ihnen melden. Ich sah Sie vorhin ins Hotel zurückkommen und ins Büro des Herrn Direktor gehen, da gab ich mir einen Ruck und schickte Ihnen die SMS.«

»Das war die richtige Entscheidung«, sagte Keller, bereits wieder versöhnt. »Ihre Aussage ist tatsächlich wichtig. Sie haben uns damit sehr geholfen!«

»Kann ich jetzt wieder gehen?«

Keller nickte. »Ja, natürlich.«

Als sie nach ihrem Portemonnaie suchte, winkte er ab. »Das übernehme ich. Sie werden später bei mir vorbeikommen müssen, um das Ganze auch noch zu Protokoll zu geben. Das hat aber Zeit bis morgen. Sie erhalten eine Meldung, sobald wir so weit sind. Für den Moment danke ich Ihnen für Ihre Aussage.«

Svetlana erhob sich, sichtlich erleichtert, und verabschiedete sich. Keller winkte der Bedienung, um die Rechnung zu bezahlen. Eigentlich hatte er beabsichtigt, wieder zurück in die Stadt zu fahren, doch nach dem Gespräch mit Svetlana beschloss er, ins *Seebad* zurückzukehren, um Berger mit der Aussage des Zimmermädchens zu konfrontieren.

Im Direktionsbüro traf er nur auf Stefanie, die ihm sagte, ihr Mann sei vor wenigen Minuten weggefahren und werde erst abends ins Hotel zurückkommen. Er blickte sie für ein paar Sekunden wortlos an, bevor er ohne Umschweife fragte: »Haben Sie von der Affäre Ihres Mannes mit Mia gewusst?«

Stefanie schien nicht überrascht. Ihre Antwort war kurz und bestimmt.

»Ja.«

»Hat er sie Ihnen gestanden?«

»Nein.«

Eine mehr von der wortkargen Sorte, stöhnte Keller innerlich. Er ließ sich nichts anmerken und schob die nächste Frage nach. »Und wie haben Sie davon erfahren?«

Sie lachte trocken. »Männer meinen immer, sie könnten so etwas verheimlichen. Doch eine Frau spürt es, besonders wenn sie ihren Mann liebt. Und ich liebe meinen Mann. Als ich die ersten Anzeichen dafür wahrnahm, dass Lorenzo sich nicht mehr nur mir und seinen Gästen zu widmen schien, habe ich einen Privatdetektiv engagiert. Er hat mir rasch die entsprechenden Beweise geliefert.«

»Und mit denen haben Sie Ihren Mann konfrontiert?«

Stefanie schwieg für einen Moment. »Nein«, sagte sie. »Was bringt es, sich gemeinsam die Bilder anzuschauen? Ich habe gewusst, dass es nur eine Affäre ist und dass sie vorbeigehen wird. Wie andere kleine Affären zuvor. Lorenzo und ich müssen gemeinsam funktionieren, um das Hotel am Laufen zu halten. Gefühle kommen und gehen, die Aufgaben und Probleme bleiben. Ich habe ihm erst vorhin, nachdem Sie wieder weggefahren sind, gesagt, dass ich von der Affäre gewusst habe. Es scheint ihn mehr getroffen zu haben als Mias Tod.«

KAPITEL 28

Trotz der geschlossenen Bürotür hörte Keller im Vorzimmer eine laute Stimme, die eindeutig zu Staatsanwalt Obermüller gehörte. Reflexartig nahm Keller die Füße von seinem Pult und erhob sich aus seinem Sessel. Die Bürotür wurde aufgerissen, und sein Vorgesetzter stand im Türrahmen. Hinter ihm signalisierte Nele mit einer hilflosen Geste, dass sie ihn nicht habe stoppen können.

»Natürlich hat er Zeit«, schnauzte er Nele an und schloss die Tür hinter sich, noch ehe sie ihn nach Kaffee oder Wasser hatte fragen können.

Obermüller stand der Sinn offensichtlich nicht nach Kaffee. Er setzte sich unaufgefordert in den Besuchersessel am Sitzungstisch und forderte Keller mit einer Handbewegung auf, ebenfalls Platz zu nehmen, so als sei er in seinem eigenen Büro und Keller der Besucher. Er gab sich gar nicht erst mit einführenden Floskeln ab und funkelte Keller wütend an. »Also, wo stehen wir in der Causa Schneider?«

Keller beschloss, zu Obermüllers Verhalten keine Bemerkungen zu machen, und informierte ihn kurz und sachlich über den Stand der Ermittlungen. Etwas eingehender ging er auf sein letztes Gespräch mit dem Hotelier Berger ein und erwähnte auch seine starke Vermutung, dass Mias Schwangerschaft mit ihrem Verhältnis mit Berger zu tun haben könnte. Der Staatsanwalt, der seinen Ärger inzwischen überwunden hatte, hörte ihm konzentriert zu. »Haben Sie Berger darauf angesprochen? Was hat er gesagt?«

Keller erklärte ihm, der Hotelier habe eine intime Beziehung zu Mia abgestritten. Dass die Polizei von Mias Schwangerschaft wusste, habe er ihm noch nicht offengelegt. Er selbst sei der festen Überzeugung, dass Berger zu dieser Beziehung zur Toten noch nicht alles gesagt habe, was es zu sagen gäbe. Er verriet Obermüller allerdings nicht, woher er diese Erkenntnis hatte. Dass er Mias Tagebuch gefunden hatte, wollte er noch ein wenig für sich behalten. Er wusste nur zu gut, würde er seinen Fund jetzt hier erwähnen, würde Obermüller sogleich verlangen, ihm das Tagebuch auszuhändigen. Und aus vergangenen unerfreulichen Erfahrungen vermutete er, sein Vorgesetzter würde die Erkenntnisse aus dem Tagebuch sogleich für eine groß angekündigte Pressekonferenz nutzen, in der er sich selbst und seine Rolle bei der Aufklärung des Verbrechens ins optimale Licht stellen könnte. Dabei war Keller sich bewusst, dass die Einträge in Mias Tagebuch keine hieb- und stichfesten Beweise waren, die ein Untersuchungsrichter ohne Weiteres für einen Haftbefehl gegen wen auch immer akzeptieren würde.

Der Staatsanwalt war ganz Ohr. Wie Keller richtig vermutet hatte, klang das für ihn so, als könnte es zu einem raschen und erfolgreichen Abschluss der Ermittlungen kommen, was seiner Beförderung den entscheidenden Schub geben könnte.

»Das wäre ein starkes Indiz auf seine Täterschaft«, stellte er fest. »Wie wollen Sie hier weiter vorgehen? Warum verhaften Sie ihn nicht einfach? Ich denke, die vorhandenen Verdachtsmomente sollten dem Richter für die Ausstellung eines Haftbefehls reichen.«

Keller schüttelte den Kopf. »Das ist mir noch zu früh«, bremste er den Staatsanwalt. »Ich werde ihn für morgen vorladen und mit unseren Vermutungen konfrontieren. Ich brauche die Bewilligung für einen Gentest, damit können wir das rasch klären. Ich werde Berger wegen Verdunkelungsgefahr bei uns zurückbehalten, bis wir das Ergebnis des Tests haben. Ist es positiv, beantragen wir Untersuchungshaft.« Und rasch fügte er hinzu: »Ich maile Ihnen dann gleich das Protokoll.« Er wollte verhindern, dass Obermüller selbst bei der Vernehmung anwesend zu sein wünschte. Sein Vorgesetzter war zwar ein inzwischen langjähriger und erfahrener Staatsanwalt, doch Keller hatte mehrmals erlebt, wie seine Eitelkeit ihn dazu trieb, mit meist wenig qualifizierten Auslassungen und Fragestellungen in ein Verhör einzugreifen und damit die Verhörstrategie der erfahrenen Kriminalisten durcheinanderzubringen.

Zu seiner Überraschung schien Obermüller mit Kellers Vorschlag einverstanden zu sein. »Gut, warten wir die Einvernahme ab. Wenn Sie etwas von mir brauchen, sagen Sie's einfach. Ich bin morgen nicht im Büro, aber über mein Sekretariat jederzeit erreichbar.« Damit erhob er sich und signalisierte Keller, dass die Unterredung beendet war. Er wünschte Keller einen guten Tag und rauschte davon, ohne die Bürotür hinter sich zu schließen.

Nele streckte den Kopf ins Zimmer und verzog das Gesicht. »Noch einen Kaffee?«, fragte sie mit einem Lächeln, »vielleicht mit einigen Baldriantropfen?«

Keller musste lachen. »So schlimm war's nicht. Aber zu einem Espresso sage ich nicht Nein. Zudem hat er recht. Wir stecken momentan wirklich fest mit unseren Ermittlungen.« Während Nele den Kaffee holte, griff er zum Telefon und beauftragte Hannah, Berger für den kommenden Vormittag zum Verhör auf das Kommissariat einzubestellen.

KAPITEL 29

Pünktlich um neun Uhr in der Früh klopfte es an Kellers Bürotür, und Hannah streckte den Kopf ins Zimmer.

»Herr Berger ist da!«

Keller ging zur Tür, begrüßte den sichtlich nervösen Hotelier und wies auf den Stuhl vor seinem Pult. Er selbst setzte sich auf der anderen Seite der Pultplatte in seinen Sessel. »Bitte nehmen Sie Platz!«

Einen Moment lang blickten sich die beiden Männer stumm an. Dann eröffnete der Kommissar das Verhör. Er informierte ihn, dass er ihn vorläufig nur als Auskunftsperson befragen würde, und klärte ihn über seine Rechte und Pflichten auf. »Ich weise Sie auch darauf hin, dass das Gesetz für eine bewusste Falschaussage in einem Mordfall eine Gefängnisstrafe vorsieht.«

»Ich habe Ihnen alles gesagt, was ich zu dem Fall weiß«, antwortete Berger verärgert. »Was wollen Sie noch von mir?«

»Sie haben mir viel gesagt, stimmt. Aber nicht alles. Und vor allem nicht die Wahrheit.« Keller blätterte in seinen Notizen. »Sie haben mir zum Beispiel gesagt, dass Ihre Beziehung zu Mia rein beruflicher Natur gewesen sei.«

Berger schwieg.

»Diese Beziehung war weder beruflich noch platonisch«, fuhr Keller fort. »Wir haben Ihre Kontoauszüge und Kreditkartenabrechnungen der letzten zwölf Monate überprüft.« Er wies auf den Papierstapel, der in einem Sichtmäppchen neben ihm auf der Pultplatte lag. »Soll ich Ihnen vorlesen, wo überall Sie mit Mia Ihre Schäferstündchen verbracht haben? Es wäre einfacher, Sie würden uns heute die Wahrheit über die Beziehung zwischen Ihnen und Mia erzählen.«

Berger legte den Kopf in den Nacken und blickte an Keller vorbei aus dem Fenster, wo soeben die Morgensonne über dem Dach des gegenüberliegenden Polizeipostens erschien und die Wiese vor den Fenstern mit ihrem warmen Licht einfärbte. Er gab sich sichtlich Mühe, seine Fassung zu bewahren. Mia und er hatten versucht, ihre Beziehung geheim zu halten. Offenbar war ihnen das nicht gelungen. Er konnte sich nicht vorstellen, woher Keller seine Informationen hatte, aber es reichte, dass er sie hatte. Er musste sich wohl oder übel eine andere Strategie zurechtlegen, wenn er aus der Sache unbeschadet herauskommen wollte. Er atmete tief durch und gab sich einen Ruck.

»Also gut. Ja, Mia und ich hatten eine Affäre.«

»Seit wann?«

»Seit fast drei Jahren. Wir haben uns ein-, zweimal pro Woche getroffen, entweder bei ihr oder bei mir im Hotel. Manchmal hat sie mich bei einer kurzen beruflichen Reise begleitet oder umgekehrt ich sie.«

»Wusste Ihre Frau davon?«

Berger seufzte und verzog das Gesicht. »Anfänglich sicher nicht. Mit der Zeit muss sie Wind von der Sache bekommen haben. Wir sind längst nur noch beruflich ein Paar. Zudem war die Affäre mit Mia sozusagen vorbei. Ich habe ihr bei unserem letzten Treffen vor ihrem Tod gesagt, dass ich die Beziehung beenden will.«

»Und wie hat sie auf Ihre Ankündigung reagiert?«

Berger zuckte mit den Schultern. »Sie hatte auch gespürt, dass das Feuer erloschen war. Es war nur der Sex, der uns verband. Auch für sie schien es okay zu sein, einen Schlussstrich zu ziehen.«

Keller warf dem Hotelier einen kurzen Blick zu und machte sich ein paar Notizen in seinem Büchlein. »Wann war dieses ›letzte Mal‹?«

Berger zögerte kurz, ehe er antwortete. »Vor einigen Wochen. Wir haben uns in der Stadt getroffen. Sie wollte mit mir reden.«

»Worüber?«

»Über unsere Beziehung. Wie ich erwähnte, war sie einverstanden mit meinem Vorschlag, diese zu beenden.«

Keller blickte ihn eine ganze Weile stumm an. Es war offensichtlich, dass Berger ihm immer noch nicht die Wahrheit sagte. »Haben Sie gewusst, dass Mia schwanger war, als sie starb?«, fragte er ihn unvermittelt.

Bergers Gesichtsfarbe wechselte von bleich zu fahl. Keller hatte den Eindruck, dass er weniger über die Tatsache selbst erschrocken war, als darüber, dass Keller davon wusste.

»Ich habe es erst bei diesem letzten Gespräch mit ihr erfahren«, meinte er. »Es hat nichts an unserem gemeinsamen Willen geändert, unsere Beziehung zu beenden, zumindest in der bisherigen Form.«

»Und wie haben Sie reagiert, als Sie davon erfuhren?«, wollte Keller wissen.

»Ich war natürlich erschrocken. Sie hat mir versichert, dass sie das Kind nicht behalten wolle. Die Schwangerschaft war noch nicht weit fortgeschritten. Da hat niemand etwas bemerken können, ein Abbruch wäre eine einfache Sache gewesen.«

Beide schwiegen sie einige Augenblicke. Dann fragte Keller plötzlich:

»Hat Mia Sie erpresst?«

Berger zögerte einen winzigen Augenblick zu lang, um seine Antwort glaubhaft wirken zu lassen. »Nein, überhaupt nicht. Wie kommen Sie darauf? Sie war ja selbst der Überzeugung, dass ein Kind nicht in ihre aktuelle Lebensplanung passen würde. Da waren wir uns völlig einig.«

Keller spielte mit dem Kugelschreiber, der vor ihm auf der Pultplatte lag. Manchmal musste man bluffen, um weiterzukommen. »Ich will Ihnen mal erzählen, wie ich mir das Ganze vorstelle. Mia hat Ihnen von der Schwangerschaft erzählt und Sie damit unter Druck gesetzt. Was genau sie von Ihnen haben wollte, weiß ich nicht. Vielleicht Geld, vielleicht ein Eheversprechen, vielleicht etwas anderes. Sie sind in Panik geraten. Wenn das Verhältnis und die Schwangerschaft aufgedeckt worden wären, hätten Sie Ihre Pläne mit dem Hotel vergessen können. Mia hat gewusst, dass Sie unbefugt eine größere Summe vom Konto der Betriebsfirma für Ihren privaten Grundstückskauf abgezweigt hatten. Wahrscheinlich hätten Sie Ihren Posten im *Seebad* verloren, wenn das herausgekommen wäre. Sie haben keinen anderen Weg mehr gesehen, als Mia aus dem Weg zu räumen. Sie haben ihren Tod sorgfältig vorbereitet. Weil Sie von Mias Lust auf Süßigkeiten wussten, haben Sie die *Sankt Galler Spitzen* mit dem Gift präpariert und ihr bei ihrem nächsten Besuch auf das Zimmer gelegt.« Er beobachtete, wie seine Worte auf Berger wirkten. »Jemand hat gesehen, wie Sie am Abend des Mordes in ihr Zimmer schlichen, während Mia gemäß Zeugenaussage im Spa war und sich massieren ließ. Da haben Sie die präparierte Schachtel mit den vergifteten *St. Galler Spitzen* gegen die andere ausgetauscht, die das Zimmermädchen hingelegt hatte. Anschließend sind Sie nach Sankt Gallen zu der Klubveranstaltung gefahren, um für den Todeszeitpunkt ein Alibi zu haben.«

Berger schüttelte nur verzweifelt den Kopf. »Nein. Das ist alles nicht wahr. So war es nicht. Ich bringe niemanden um!«

Keller zuckte nur mit den Schultern. »Das werden wir sehen. Es spricht viel für meine Version und wenig für die Ihre.« Er stand aus seinem Stuhl auf und drückte auf den Knopf neben dem Besprechungstisch. Zwei uniformierte Beamte betraten das Büro.

»Ich muss Sie vorläufig festnehmen.«

KAPITEL 30

Die Zelle im Untersuchungsgefängnis maß etwa vier Meter in der Länge und drei Meter in der Breite. An der Wand ein Klappbett mit einer dünnen Matratze und einem Kissen sowie einem weißen Leintuch. Vorne ein kleiner Tisch mit einem Stuhl davor, darauf eine unberührt wirkende Ausgabe des Neuen Testaments. Bett und Tisch waren am Boden verschraubt. In der einen Ecke ein Klo mit Klobürste und Papierrolle, abgedeckt durch einen halbhohen Sichtschutz. Über der eisernen Zellentür mit dem Schieber war ein TV-Gerät in die Mauer eingelassen, der Bildschirm leicht nach unten geneigt, damit man vom Bett aus eines der freigeschalteten Programme verfolgen konnte.

Nachts bekam der Raum Licht von der Lampe, die in die überhohe Decke eingelassen war und abends pünktlich um 22 Uhr abgeschaltet wurde, tagsüber durch das quadratische Fenster, das noch die Originalmaße des mittelalterlichen Gefängnisses aufwies. Auch die daumendicken Eisenstangen der Fenstergitter waren die gleichen, zwischen denen die Gefangenen seit vielen Jahrhunderten auf das kleine Viereck Himmel starrten, das sich ihnen als Ausblick auf die Freiheit darbot.

Nachdem die Tür hinter dem Vollzugsbeamten, der ihn in die Zelle begleitet und ihm die wichtigsten Regeln erklärt hatte, wieder ins Schloss gefallen war, sank Lorenzo auf die harte Pritsche und schloss die Augen. Er kam sich vor wie in einem schlechten Film, nur dass das kein Film war, sondern Realität. Seine Realität. Keine zwei Stunden waren vergangen, seit er den BMW im Parkhaus abgestellt hatte und durch die Altstadt zum Büro des Kommissars gelaufen war. Er hatte ein mulmiges Gefühl gehabt, als er sich am Empfang meldete. Doch nicht im Traum hätte er sich vorgestellt, dass der Vormittag für ihn hier enden würde, in der kleinen Zelle im Karlsturm. Er musste Stefanie informieren, doch sie hatten ihm bei der Eintrittsprozedur sein Handy abgenommen, zusammen mit dem Gürtel, den Schürsenkeln und den Utensilien, die er in den Taschen seiner Anzugshose hatte.

Er stand wieder auf von seiner Pritsche und begann, unruhig auf und ab zu gehen. Fünf Schritte, Kehrtwende, wieder fünf Schritte. Dazwischen ein kurzer Blick durch die Gitterstäbe. Der Blick aus seiner Zelle ging direkt über den Hof auf das Gärtnerhaus, in dem das Kommissariat untergebracht war. Dort drüben sitzen sie jetzt, dachte er, und arbeiten daran, mir den Strick zu drehen, an dem sie mich aufhängen wollen. Es war zum Verzweifeln. Seine einzige Hoffnung war Schneider, sein Anwalt, der seit vielen Jahren für die rechtlichen Belange des Hotels arbeitete. Er hatte ihn noch vor seiner Einlieferung zu kontaktieren versucht, musste aber hören, dass er den ganzen Vormittag über im Gericht besetzt sei. Die Sekretärin hatte ihm versprochen, ihn sogleich herzuschicken, sobald er frei würde.

Seine Gedanken gingen zurück zu jenem Abend im Frühsommer vor drei Jahren. Es war ein für die Jahreszeit außergewöhnlich warmer Juniabend gewesen. Die Restaurantcrew hatte beschlossen, angesichts der fast sommerlichen Temperatur für das Abendessen auf der Terrasse am See aufzudecken. Die Außentische waren voll besetzt. Berger ging wie jeden Abend von Tisch zu Tisch, begrüßte die Gäste, wechselte mit dem einen oder anderen einige Worte und hieß Stammgäste oder Bekannte willkommen. Aus dem Augenwinkel sah er, wie eine jüngere, gut gekleidete Frau zum Empfangschef trat, der am Eingang der Terrasse hinter seinem Tischchen auf die eintreffenden Gäste wartete, um sie zu begrüßen und ihnen den reservierten Tisch zuzuweisen. Er beobachtete, wie die beiden einige Worte wechselten und der Empfangschef mit einer bedauernden Miene den Kopf schüttelte und mit einer Geste ins Innere des Restaurants wies.

Ohne viel zu überlegen, ging Lorenzo zurück zum Eingang, wo die Frau gerade daran war, sich umzudrehen und wieder in den Innenraum des Restaurants zu gehen.

»Kann ich helfen?«, fragte er mit einem freundlichen Lächeln, das sowohl den Empfangschef als auch die Frau einschloss.

Die Frau blieb stehen und drehte sich um. Der Empfangschef zuckte bedauernd die Schulter. »Frau Schneider hat leider nicht reserviert. Sie wissen, wir sind heute restlos

ausgebucht.« Er wies mit der Hand auf die eng nebenein-
anderstehenden Tische, zwischen denen Kellner und Kellnerinnen hin und her wieselten. »Sie ist Hotelgast, aber ich
habe bereits drei zusätzliche Tische aufstellen lassen, so
groß war der Andrang heute. Jetzt sehe ich einfach keine
Möglichkeit mehr für einen weiteren Einzeltisch auf der
Terrasse. Ich habe der Dame angeboten, ihr im Innenraum
des Restaurants einen schönen Tisch zu geben.«

Die Frau blickte Lorenzo direkt an und schenkte ihm
ein freundliches Lächeln. Trotz ihrer hellen blauen Augen
hatte sie schwarze, mit ein paar grauen Strähnchen auf-
gehellte Haare, die sie in einem kurzen Pagenschnitt trug.
Ihre Lippen waren dezent geschminkt, das Gesicht und
die aus einer teuer wirkenden Chiffonbluse ragenden
Arme leicht sonnengebräunt. Sie mochte etwa Ende 30
sein, wirkte aber jünger. Eher klein gewachsen und, wie
Lorenzo gleich konstatierte, der in einem Sekundenbruchteil ihre Figur vermaß, durchaus attraktiv.

Er knipste das professionell herzliche Lächeln des Hoteliers an und stellte sich ihr vor. »Es tut mir wirklich leid«,
er wies mit der Hand auf die dicht besetzte Terrasse, auf
der zwischen der Glasfront des Restaurants und dem Seeufer nirgends mehr ein freier Platz auszumachen war, auf
dem sich ein kleines zusätzliches Tischchen hätte aufstellen
lassen, »wie's hier aussieht, können wir tatsächlich nichts
mehr machen.«

Er überlegte einen kurzen Moment. »Ich habe eine
andere Idee!«

Mit der Hand wies er auf den Holzsteg, der ganz am
Ende der Terrasse in den See hinausführte. Am Ende des
Stegs lag das kleine Dampfschiff *Lucy* vertäut, die private
Jacht des Hotels. Zwei Matrosen in weißen Shirts han-

tierten an Bord. Aus dem schmalen, in leuchtendem Rot gestrichenen Kamin stieg dunkler Rauch in den Abendhimmel. Das den alten Holzjachten der 20er- und 30er-Jahren des vorigen Jahrhunderts nachempfundene Schiff war auf Bergers Vorschlag vor einigen Jahren zu einem schwimmenden Luxusrestaurant umgebaut worden und bot in seinem Inneren und auf dem Sonnendeck hinter dem Kamin Platz für die Verpflegung von etwa 50 Gästen.

»Soviel ich weiß, haben wir für unsere abendliche Sonnenuntergangs-Fahrt noch einige freie Plätze an Bord.« Er warf einen raschen Blick auf seine Armbanduhr. »Die *Lucy* legt allerdings in wenigen Minuten ab. Wenn Sie möchten, organisiere ich Ihnen einen Tisch an Deck. Der Abend ist sowieso fast zu schön, um ihn hier auf der dicht besetzten Terrasse zu verbringen! Und das Essen ist genauso gut wie im Hotelrestaurant. Das Schiff fährt eine Runde auf dem See, mit Blick auf den herrlichen Sonnenuntergang, der uns heute bevorsteht. In etwa zwei Stunden sind wir wieder zurück im Hotel. Was meinen Sie, wäre das eine Alternative für Ihr Abendessen?«

Mia strahlte ihn an. »Das ist so lieb von Ihnen! Vielen herzlichen Dank! Das nehme ich gerne an!«

Zwei dumpfe Hornstöße aus dem Horn neben dem schwarzen Kamin signalisierten, dass die *Lucy* gleich in See stechen würde.

»Kommen Sie, ich bringe Sie zum Schiff!« Er winkte dem Schiffsführer zu, der mit seiner Kapitänsmütze auf der schmalen Kommandobrücke vor der Führerkabine stand, mit dem Ablegen noch für einen Moment zu warten, und eilte Mia voran über die Holzplanken zur Jacht. Die hölzerne Einstiegsbrücke war bereits eingezogen und mit Seilen vertäut worden. Einer der Matrosen reichte ihr die Hand und half ihr an Bord. Als sie auf dem Deck stand, drehte sie sich um und wollte sich beim Hoteldirektor bedanken. Bevor sie etwas sagen konnte, kam der mit einem Sprung ebenfalls an Bord. »Ich wollte sowieso mal wieder mitfahren«, meinte er auf ihren erstaunten Blick hin lächelnd. »Schauen wir, wo wir für Sie noch einen schönen Platz finden!«

Er hatte damals keineswegs vorgehabt, den Abend auf dem See zu verbringen. In seinem Büro wartete ein Stapel von Papieren, die er bearbeiten, kontrollieren oder visieren sollte. Doch das schien ihm auf einmal nicht mehr wichtig. Die Möglichkeit, mit der attraktiven Frau eine kleine Rundreise auf dem See machen zu können, hatte ihn veranlasst, ohne viel zu überlegen seine Pläne buchstäblich über Bord zu werfen. Er hatte ihr, wie versprochen, einen schönen Tisch auf dem schmalen Oberdeck gleich neben der Reling geben lassen, war zu einem kleinen Rundgang durch die Räume der Jacht aufgebrochen, hatte freundlich die Gäste an den schmalen Tischen begrüßt und war unvermittelt wieder neben Mias Tisch gestanden.

»Alles in Ordnung?«, fragte er. Sie hatte ein Glas Weißwein vor sich stehen, strahlte ihn an und bedankte sich nochmals überschwänglich dafür, dass er sich so für sie eingesetzt hatte. »Das ist wirklich fantastisch hier, diese Rundfahrt an so einem schönen Abend! Ich genieße es sehr!«

»Das ist doch selbstverständlich«, meinte er mit einem gewinnenden Lächeln. »Sie haben Glück, einen so schönen Abend erleben wir nicht alle Tage.«

Sie schauten beide einige Augenblicke den kreischenden Möwen zu, die das Schiff in der vergeblichen Hoffnung umkreisten, irgendeinen Happen der verlockenden Speisen von den Tellern der Gäste abzubekommen.

»Haben Sie etwas dagegen, wenn ich mich auf ein Glas zu Ihnen setze?«

»Oh, natürlich nicht, bitte!« Mit einer einladenden Handbewegung zeigte sie auf den freien Stuhl an ihrem Tisch. Berger signalisierte dem Kellner, ihm ebenfalls ein Glas Wein zu bringen, und setzte sich Mia gegenüber an ihren Tisch. Gemächlich fuhr die *Lucy* dem Sonnenuntergang entgegen. Hin und wieder, wenn sie eines der Kursschiffe oder eine schöne Segeljacht passierten, schickte der Kapitän mit dem dumpfen Schiffshorn einen Gruß über den See. Die Bugwellen des Schiffes kräuselten die Wasseroberfläche und verloren sich in der Weite der Wasserfläche. Ein warmer, kaum spürbarer Abendwind strich über das Schiff. Lorenzo hob sein Glas, das im Abendlicht funkelte, und prostete Mia zu. Auch sie ergriff ihr Glas und lachte ihn an.

Nach dem Abend auf der *Lucy* hatten sie sich immer wieder getroffen, manchmal in der Stadt, manchmal im Hotel. Aus den langen Gesprächen war rasch eine lockere, mit der Zeit aber immer intensivere Beziehung geworden. Nach der ersten gemeinsamen Nacht in einem Hotel besuchte er sie meist in ihrem Appartement, da sie beide in der Stadt ziemlich bekannt waren und ihre Affäre geheim halten wollten. Mia kam weiterhin in regelmäßigen Abständen zu einem Wellness-Weekend ins *Seebad*, was Lorenzo mit gemischten Gefühlen sah. Das Risiko, dass seine Frau irgendetwas merkte, erschien ihm zu groß. Wenn Mia im Hotel war, schlich er sich trotzdem meist zu einer kurzen Liebesstunde in ihr Zimmer, achtete aber sorgsam darauf, dass niemand vom Personal oder von den Gästen ihn dabei beobachtete. Er war sich sicher gewesen, dass seine Frau bisher nichts von seinem Verhältnis mit Mia mitbekommen hatte.

In letzter Zeit begann ihm die Geschichte zunehmend über den Kopf zu wachsen. Basierte ihre Beziehung in seinem Verständnis bisher nur auf dem guten Sex, den sie zusammen hatten, schien Mia mit einem Mal etwas anderes zu wollen. Sie begann, ihn nach seiner Frau zu fragen, wollte mehr über seine Ehe und seine Gefühle für sie wissen.

»Warum betrügst du sie?«, hatte sie ihn vor einiger Zeit gefragt. Sie schmiegte sich nach einer lustvollen Liebesrunde auf ihrem Ledersofa in seine Arme. »Liebst du sie noch?« Er war ausgewichen, hatte vage von »erloschenem Feuer« und fehlendem Sex gemurmelt und versucht, ihr mit einem fordernden Kuss die Lippen zu verschließen. Doch sie hatte ihn zurückgestoßen und gelacht.

»Und was ist mit mir? Liebst du mich oder willst du mich nur im Bett?«

Sie hielt ihr Gesicht ganz nah an das seine und blickte ihm direkt in die Augen. Mit der einen Hand zog sie ihn am Nacken zu sich hin, mit der anderen griff sie zwischen seine Beine.

»Die Antwort liegt buchstäblich auf der Hand«, lachte sie und küsste ihn leidenschaftlich. Es kam, wie es kommen musste. Als sie nachher noch atemlos nebeneinander auf dem weichen Teppich ihres Wohnraums lagen, fragte sie plötzlich: »Wie würdest du entscheiden, wenn du zwischen mir und ihr wählen müsstest?«

Er hatte nur den Kopf geschüttelt, ohne zu antworten. Was sollte er auch sagen? So eine Entscheidung hatte nie zur Diskussion gestanden, und Mia war auch nie auf das Thema zurückgekommen. Er war sich trotz ihrer Fragen sicher gewesen, dass sie wie er nie daran gedacht hatte, ihre Beziehung über die gelegentlichen Sextreffs hinaus zu vertiefen. Sie wollte Sex, er wollte Sex, also was sollte das

Theater? Ihre Bemerkungen warnten ihn, dass sie vielleicht an einem Wendepunkt ihrer Beziehung angelangt waren. Auch wenn er erst nicht verstanden hatte, was sie eigentlich wollte. Nicht hatte verstehen können, musste er sich im Nachhinein eingestehen. Als er ihre wahren Absichten erkannte, war es zu spät. Sie hatte ihn in eine Falle gelockt, und er war, ganz Mann, arglos hineingetappt. Und jetzt saß er hier im Karlsturm und schaute durch das mittelalterliche Gitter auf die Scherben seiner Zukunft.

KAPITEL 31

Er war zum Schluss gekommen, dass es an der Zeit war, ihre Beziehung wieder distanzierter zu gestalten oder sie überhaupt zu beenden, bevor die Entwicklung außer Kontrolle geraten und seine Ehe und seine berufliche Zukunft gefährden würde. Bei ihrem letzten Treffen im *Seebad*, knapp zwei Wochen vor ihrem Tod, wollte er ihr eigentlich sagen, dass ihm ihre Beziehung zu gefährlich geworden sei und er sie beenden müsse. Er schlich sich wie gewohnt in ihr Zimmer und schloss die Tür hinter sich. Sie lag nackt auf dem Bett, hob die Decke und winkte ihn mit ihrem verführerischen Lächeln zu sich. Natürlich konnte er ihr so nicht widerstehen. Nachher wollte sie sich wie gewohnt an ihn schmiegen, doch er wand sich aus ihren Armen und setzte sich auf die Bettkante.

»Ich muss mit dir reden.«

Sie schien nicht überrascht und blickte ihn mit einem wissenden Blick an.

»Ich weiß. Du willst Schluss machen mit mir«, stellte sie mit nüchterner Stimme fest.

Jetzt war es an ihm, sie erstaunt anzusehen. »Wie kommst du darauf?«

Sie kniff ganz leicht ihre Augen zusammen und setzte sich im Bett auf.

»Das ist mir seit Langem klar«, sagte sie. Ihre Stimme hatte mit einem Mal einen harten Unterton. »Du und ich haben beide von Beginn weg gewusst, was wir wollten. Nur hast du nicht verstanden, was ich will.«

Er blickte sie verständnislos an.

»Du wolltest Sex. Den hast du auch bekommen. Ich hoffe, dass du zufrieden warst. Jetzt geht's um meine Wünsche.«

Lorenzo saß ihr noch immer nackt gegenüber auf der Bettkante. Das Fenster zum Balkon stand offen, ein kühler Seewind blähte die zugezogenen Chiffonvorhänge ins Zimmer hinein. Dennoch wurde ihm langsam heiß.

»Ich verstehe nicht, was du meinst.«

Anstatt sich weiter zu erklären, blickte sie ihn sekundenlang durchdringend aus ihren dunklen Augen an. Dann sagte sie mit nüchterner Stimme:

»Das glaube ich. Wie könntest du auch.« Sie legte eine kurze Pause ein, bevor sie fortfuhr: »Ich erwarte ein Kind.«

Und ohne den Blick von ihm abzuwenden, fügte sie hinzu: »Genauer, *wir* erwarten ein Kind.«

Mias Ankündigung ihrer Schwangerschaft hatte Lorenzo wie ein Blitz aus heiterem Himmel getroffen. Er blickte sie ungläubig an.

»Das meinst du nicht im Ernst?«

»Doch«, nickte sie. »Es gibt keinen Zweifel. Ich bin schwanger.«

Er wollte es nicht glauben. »Du nimmst die Pille, das hast du zumindest gesagt! Davon bin ich immer ausgegangen!«

Sie zuckte mit den Schultern. »Eine Panne ist jederzeit möglich. Das weißt du genauso wie ich. Und so wie es aussieht, ist hier halt eine passiert.«

Sie war selber unangenehm überrascht gewesen, als sie vor gut zwei Wochen festgestellt hatte, dass sie schwanger war. Ihre Regel war seit einiger Zeit überfällig, was Mia nicht weiter beunruhigt hatte. Ein unregelmäßiger Zyklus kam bei ihr häufig vor, besonders wenn sie beruflich unter Druck stand. Diesmal schienen die Blutungen aber ungewohnt lange auszubleiben, sodass sie sich in einer Apotheke einen Schwangerschaftstest besorgt hatte. Über das positive Ergebnis hatte Mia zunächst nur ungläubig den Kopf geschüttelt. Doch sie hatte sich eingestehen müssen, dass sie in letzter Zeit ein wenig unvorsichtig gewesen war und im Nachhinein nicht mehr genau sagen konnte, wann genau sie die Pille genommen hatte und ob überhaupt. Zwei Tage später hatte sie nochmals einen Test gemacht, um die Wahrscheinlichkeit eines falschen Ergebnisses auszuschließen.

Sie hatte nicht eine Sekunde lang daran gedacht, das Kind zu behalten. So etwas war in ihrer Karriereplanung nicht vorgesehen. Zu viel war im Moment im Fluss, und ein Kind wäre nur ein unbequemes Hindernis auf dem Weg, der noch vor ihr lag. Je mehr sie darüber nachdachte, desto mehr wurde sie sich bewusst, dass diese Schwangerschaft auch eine Chance für sie sein könnte. Noch hatte sie ein wenig Zeit für einen Abbruch. Wenn sie es richtig anstellte, könnte die ungeplante Schwangerschaft für ihre weitere berufliche Karriere sogar hilfreich sein.

Es belustigte sie, an seinem Mienenspiel abzulesen, wie sich die Gedanken in seinem Kopf überschlugen. »Und du bist dir sicher, dass …«, er sprach den Satz nicht zu Ende.

Sie nickte erneut, ohne ihn aus den Augen zu lassen. »Es gibt keine andere Möglichkeit«, antwortete sie mit fester Stimme. Das war zwar gelogen, es gab sehr wohl eine andere Möglichkeit, doch das konnte Lorenzo nicht wissen. Es war sogar sehr wahrscheinlich, dass nicht er, sondern Marc der Vater des ungeborenen Kindes war. Und natürlich war ihr klar, dass sich der Verursacher ihrer Schwangerschaft leicht feststellen lassen würde, wenn einer der beiden potenziellen Väter das wollte. Dazu würde es gar nicht erst kommen. Für den Moment reichte es, wenn er überzeugt war, der Grund ihrer Schwangerschaft zu sein.

Nach dem ersten Schock schien er sich wieder ein wenig zu fassen. Ein Ruck ging durch seinen Körper, und seine Miene entspannte sich. »Du wirst es nicht behalten wollen.« Das war keine Frage, sondern eine Feststellung.

Sie musste innerlich darüber lachen, wie vorhersehbar ihr Gespräch ablief. »Und warum nicht?«, fragte sie, ohne den Blick von ihm zu lassen.

Seine Miene verfinsterte sich wieder. »Du bist völlig verrückt! Meine Frau würde mich hinauswerfen. Und sie würde dafür sorgen, dass ich auch meinen Job hier verliere. Du weißt, wie konservativ der alte Raggenbass in solchen

Dingen ist. Wenn er von unserer Beziehung erfährt – und dafür würde Britta augenblicklich sorgen, da bin ich mir sicher – könnte ich meine Koffer packen.«

Davon war sie ausgegangen. Warum nicht das Spiel ein wenig weitertreiben? Sie bemühte sich, ihrer Stimme wieder einen weichen Klang zu geben. »Ich habe mir eigentlich immer ein Kind gewünscht. Vielleicht noch nicht jetzt«, meinte sie und blickte ihn mit leicht geneigtem Kopf an. »Aber wenn es nun mal passiert ist …«

Sie genoss seine wachsende Panik, die sich in seinem Gesicht abzuzeichnen begann.

»Und was ist mit dir?« Seine Stimme zitterte jetzt ein wenig. »Du hast immer erzählt, wie wichtig dir deine Karriere ist. Du weißt, wie rigide der alte Raggenbass in solchen Dingen ist. So wie ich aus dem Hotel fliege, fliegst du aus der *Vadiana*.«

»Du wirst eine andere Stelle finden«, meinte sie in gespielt zuversichtlichem Ton. »Ich kann meinen Job aufgeben, wir wären einfach eine kleine Familie, so wie andere auch.«

Er schüttelte nur noch ohnmächtig den Kopf. Sie hatte ihn jetzt dort, wo sie ihn haben wollte. Hilflos, in die Enge getrieben wie ein waidwundes Wild. Sie konnte den nächsten Schritt in Angriff nehmen.

»Allerdings …«, sie zögerte für einen kurzen Moment, »könnte ich mir auch etwas anderes vorstellen.«

Er blickte auf. »Wie meinst du das?« Sie konnte einen Hoffnungsstrahl in seinen Augen aufflackern sehen.

»Du verlangst viel von mir, meinst du nicht auch? Eine Abtreibung macht man nicht so leichtfertig.« Er brauchte nicht zu wissen, dass sie sich längst dazu entschlossen hatte. »Wenn ich dir entgegenkomme, musst auch du mir etwas geben.«

»Und was wäre das?« Seine Stimme drückte eine Mischung aus Hoffnung und Misstrauen aus. Er kannte sie gut genug, um zu wissen, dass der Preis für ihr Entgegenkommen nicht gering sein würde.

Sie zögerte für einen Moment, als müsse sie überlegen, was sie antworten solle. Dabei hatte sie sich längst alles bis ins letzte Detail ausgedacht.

»Ich will Mitinhaberin und Verwaltungsrätin des Hotels werden.«

Jetzt musste Lorenzo trotz seiner Verzweiflung lachen. »Und wie stellst du dir das vor?«

»Du hast mir vor einiger Zeit gesagt, dass du über eine Treuhandfirma ein kleines Aktienpaket hältst. Du wirst mir einen Teil davon überlassen. Und du wirst dafür sorgen, dass ich für einen Sitz in eurem Verwaltungsrat nominiert und an der nächsten Generalversammlung auch gewählt werde.«

»Das ist lächerlich«, antwortete er, ohne seinen Ärger zu verbergen. »Du weißt, dass Raggenbass unser Hauptaktionär ist. Er wird dem nie zustimmen. Signer, dem er seine Stimmrechte delegiert hat und der auch unser Verwaltungsratspräsident ist, wird ebenso wenig dafür sein, dich in unseren Verwaltungsrat zu wählen, selbst wenn ich es vorschlagen würde. Da bin ich mir ganz sicher. Es gibt auch keinen Grund, weshalb ausgerechnet du in unserem Gremium dabei sein solltest!«

Mia lächelte. »Signer lass nur meine Sorge sein. Übertrage du mir die Aktien, und ich sorge dafür, dass Signer meiner Wahl zustimmt.«

Seine Miene zeigte überdeutlich, was er davon hielt. Mia fest im Hotel etabliert, das war das Letzte, was er sich vorstellen wollte. Sie wusste, dass sie ihn an der Angel hatte. Sie musste ihn noch etwas zappeln lassen, schließ-

lich würde er nachgeben. Nachgeben müssen. Sie lächelte
maliziös, drehte sich auf den Rücken und räkelte sich mit
ihrem makellosen Körper vor ihm auf dem zerknitterten
Laken. »Du möchtest auch den Kredit, den du dir aus
der Firmenkasse gewährt hast, mit gutem Gewinn wieder zurückzahlen können, oder? Mit meinem Einfluss auf
Signer kann ich dir dabei helfen. Glaube mir, wir können
beide davon profitieren!«

Er schüttelte nur ohnmächtig den Kopf. Dass sie ein
Kind erwarten könnte, war völlig außerhalb seiner Vorstel-
lungskraft gelegen. Erst als sie ihn mit ihren Forderungen
nach Teilhabe am Hotel und Mitwirkung in der Führung
zu erpressen begann, wurde ihm klar, wie sehr er sich in
ihr getäuscht hatte. Und dass die Beziehung vielleicht von
Beginn weg nicht ganz so harmlos gewesen war, wie er das
in seiner Naivität gedacht hatte. Mit einem Schlag war ihm
klar geworden, dass er sie unterschätzt hatte. Er hatte nicht
gemerkt, dass sie nicht wie er nur Sex im Kopf hatte, sondern seine Lust auf ein Abenteuer gezielt für ihre eigenen
Bedürfnisse nutzte, die nichts mit Sex und schon gar nichts
mit Liebe zu tun hatten. Schlagartig wurde ihm bewusst,
wie gefährlich sie ihm werden konnte. Ihre Schwangerschaft brachte ihn in eine fast aussichtslose Lage. Alles,
was er sich in den vergangenen Jahren hier im Hotel aufgebaut hatte, stand mit einem Mal vor dem Zusammen-
bruch. Seine Position des Hoteldirektors, sein finanzielles
Engagement für die Erweiterung des *Seebades* und auch
seine Ehe wären verloren, wenn Mia ihre Drohung wahr
machen und ihre Beziehung offenlegen würde. Sein größ-
ter Fehler war es gewesen, ihr von seinen Plänen und seiner Verschuldung im Zusammenhang mit dem Hotelpro-
jekt zu erzählen. Wie hatte er nur so dumm sein können?

»Denk darüber nach«, sagte sie, und ihre Stimme klang wieder verständnisvoll. Nach wenigen Sekunden fügte sie hinzu, diesmal mit unüberhörbar drohendem Unterton:

»Aber nicht zu lange. Die Uhr tickt ...«

KAPITEL 32

Sie kam, wie fast immer, etwas verspätet. Marc hatte eine Flasche *Dom Perignon* kaltgestellt. Eigentlich konnte er sich Champagner gar nicht leisten. Ganz in den Anfängen ihrer Beziehung wollte er ihr einmal einen italienischen Prosecco anbieten. Sie hatte sein Angebot etwas pikiert mit der Bemerkung zurückgewiesen, sie trinke eigentlich nur Champagner oder Mineralwasser. Seither hielt er immer eine oder zwei Flaschen von beidem im Kühler bereit. Den Champagner für sie, das Mineralwasser für sich. Das teure Getränk war für ihn so etwas wie eine Investition wie auch ihre gelegentlichen Treffen bei ihm oder in einem Hotel in der näheren Umgebung. Und er musste zugeben, dass diese Investition ihm bisher die erwartete Rendite gebracht hatte.

Wie immer, wenn sie sich bei ihm verabredet hatten, ließ er die Eingangstür zu seinem kleinen Appartement einen Spaltbreit offenstehen. Und wie immer klopfte sie dennoch leicht an die Tür.

»Hallo, ich bin's!« Der Lift war gerade in Revision, und sie war ein wenig außer Atem nach den vielen Treppenstufen hinauf zu seiner Wohnung.

Wer denn sonst ..., dachte er und bemühte sich, ein freudiges Lächeln aufzusetzen, während er ihr entgegenging und sie umarmte. Sie musste ihren Kopf in den Nacken legen, um ihm ihre Lippen zu einem ersten langen Kuss anzubieten. Sie war mit der Eleganz von Frauen gekleidet, die auf ihren Kleidungsstücken keine Markenembleme tragen mussten, um zu demonstrieren, wie teuer sie gewesen waren. Heute trug sie eine mit einem dezenten Blumenmuster bedruckte Seidenbluse, eine zu deren Farben perfekt assortierte Hose und einen leichten Blazer. Während er sie küsste, fuhren seine Hände über ihren Rücken, zu ihren Hüften, unter die Bluse zu ihren Brüsten. Er spürte ihre Erregung. Sie stöhnte leise und drückte sich an ihn. Die Frage, ob er ihr erst ein Glas des kaltgestellten Champagners anbieten dürfe, erübrigte sich.

Später lagen sie nebeneinander auf seinem breiten Bett. Die Sonne war längst hinter den Dächern der Häuser verschwunden. Die Dämmerung breitete sich im kleinen Zimmer aus und legte sich wie ein großes Tuch über das Bett und ihre Körper. Sie hatte ihre Augen geschlossen. Er lag neben ihr, hatte mit einer Hand seinen Kopf aufgestützt und betrachtete sie mit kritischem Blick. Das weiche Licht der Abenddämmerung meinte es gut mit ihr. Dennoch waren die Spuren des Alters nicht zu übersehen. Marc wusste, dass sie zweifellos alles tat, um den Alterungsprozess zu bremsen, wenn sie ihn auch nicht umkehren konnte. Ihre Haut zeigte trotz mehrerer Eingriffe in der berühmten Klinik am Bodensee die altersbedingten Falten. Auch im Gesicht vermochten die teuren Cremes und Spritzen kaum mehr über ihr wahres Alter hinwegzutäuschen. Wenn sie so entspannt auf dem Rücken lag, war es immerhin nicht so offensichtlich, dass sie den Kampf gegen die Schwerkraft längst verloren hatte.

Sie war ein Vierteljahrhundert älter als er. Mit ihren gefärbten Haaren, den überflüssigen Pfunden auf Hüften und Schenkeln und den großen Brüsten war sie überhaupt nicht sein Typ. Warum schlafe ich immer wieder mit ihr?, fragte er sich regelmäßig, wenn er sie so vor sich liegen sah. Natürlich kannte er die Antwort. Er brauchte sie, genauer gesagt ihr Geld. Seine kleine Firma wäre längst bankrott, wenn sie ihn nicht regelmäßig aus ihrer gut gefüllten Privatschatulle unterstützen würde.

Sie hatten sich im vergangenen Herbst an einer großen Textilmesse in Mailand kennengelernt. Auf seinem nur wenige Quadratmeter umfassenden Aussteller-Stand hatte er sein Produkt präsentieren können: einen 3D-Drucker, mit dem man mithilfe der von ihm entwickelten Software textile Spitzenborte herstellen konnte. Britta war zusammen mit einer deutlich jüngeren Frau an die Messe gereist, die sich ihm unkompliziert mit »Ich bin Mia!« vorstellte. Die beiden Frauen waren vor seinem Stand stehen geblieben und hatten staunend verfolgt, wie er mit seinem Drucker kleine, mit Spitzen verzierte Bänder produzierte. Er hatte ihnen eines der Stücke geschenkt. Beide hatten das Muster ungläubig betrachtet. Mia zog ein kleines, ebenfalls weißes und sorgfältig gefaltetes Taschentuch aus ihren eng anliegenden Jeans.

»Kennen Sie das?«, fragte sie ihn und streckte es ihm entgegen. Sie sah sein Zögern und lachte. »Es ist ungebraucht!«

Er nahm ihr das kleine viereckige Stück Stoff aus der Hand und entfaltete es. Die vier Ränder und die Ecken des Taschentuchs waren mit feinsten Stickereien verziert. Er hielt den Stoff kurz zwischen seinen Fingerkuppen und nickte mit einem feinen Lächeln. »Reine Baumwolle, langstapelig, wahrscheinlich Ende des vorletzten Jahrhunderts. Könnte ein Exemplar der berühmten Sankt Galler Spitzen sein. Habe ich recht?«

Mia lachte und bestätigte seine Vermutung. Er nahm das Stofftuch und legte es auf den Tisch mit der summenden Maschine. Mit einem Handscanner erfasste er eine der vier Seiten und gab Mia das antike Taschentuch zurück. Er setzte sich an seinen Laptop und tippte in rascher Folge einige Befehle in die Tastatur. Die beiden Frauen waren inzwischen ebenfalls zum Tisch getreten und blickten ihm gespannt über die Schultern. Vom 3D-Drucker auf dem Nebentisch war ein leises Summen zu vernehmen. Wenig später entnahm Mark dem Outputfach einen weißen Gegenstand. Er schüttelte ihn und präsentierte ihn auf seiner Handfläche den beiden Frauen. Es war ein Taschentuch, an den vier Rändern mit feinen Spitzen verziert, die genau gleich aussahen wie das Taschentuch, das Mia zuvor aus ihrer Hose gezogen hatte.

»Bitte! Ein Geschenk.«

Mia nahm das gedruckte Taschentuch entgegen. Beiden Frauen entfuhr ein ungläubiges »Nein!« Mia legte es neben ihr eigenes Taschentuch auf den Tisch. Wenn man nicht genau hinsah, sahen beide Stücke identisch aus. Erneut schüttelte Mia ungläubig den Kopf. »Ein Taschentuch mit alten Spitzen, frisch aus dem Drucker. Das gibt's ja nicht!«

Marc lächelte erneut. Offensichtlich freute er sich an der Überraschung der beiden Frauen. »Natürlich sieht und fühlt man Unterschiede, wenn man die beiden Stücke miteinander vergleicht«, gab er zu. »Doch die Entwicklung der 3D-Technologie geht auch im Textilbereich rasant voran.« Er wies mit der Hand auf den Drucker auf dem Tisch neben ihm. »In nicht allzu ferner Zukunft werden wir fast jede Art von Textilien aus fast allen Materialien mit solchen Geräten herstellen können. Im Kleinen geht das bereits heute, wie dieses Taschentuch zeigt. Ich arbeite an einer Software, die es ermöglichen soll, solche Spitzen auch im industriellen Ausmaß herzustellen.«

Er hatte die beiden zu einem Kaffee an die Messebar eingeladen, wo sie sich noch längere Zeit über moderne Verfahren der Textilproduktion unterhielten. Sie stellten fest, dass sie alle drei aus Sankt Gallen kamen. Er erfuhr, dass Britta die Tochter und Erbin des Raggenbass-Textilimperiums und Gattin von dessen CEO war und Mia die Chefdesignerin der *Vadiana*. Er wiederum stellte sich als Textilingenieur vor und erzählte ihnen, wie er auf die Idee gekommen war, die Fortschritte im 3D-Druck zur preisgünstigen und umweltfreundlichen Produktion von Luxusspitze zu nutzen.

»Ich habe mit einem Partner ein kleines Start-up gegründet«, erklärte er ihnen stolz. »Natürlich in der Welthauptstadt der Spitzentradition! Leider ist mein Partner aus privaten Gründen bald darauf wieder ausgestiegen.« Mit deutlich weniger Zuversicht in der Stimme fügte er hinzu: »Wie ich die notwendige Weiterentwicklung selber stemmen kann, weiß ich allerdings nicht. Mein erspartes Kapital geht zur Neige, ich kann höchstens noch zwei, drei Monate weitermachen. Ich denke über eine Finanzierungsrunde über eine Crowdfunding-Plattform nach. Wenn das nicht klappt, werde ich aufgeben müssen.«

Die beiden Frauen hatten sich verabschiedet, und er hatte sie im Trubel der Messe rasch vergessen. Er war erstaunt und überrascht, eine knappe Woche später einen Anruf von Britta auf seinem Handy zu erhalten. Sie lud ihn zu einem Abendessen in das sternegekrönte Restaurant im Hotel *Einstein* ein. Um, wie sie es ausdrückte, »einige Fragen im Zusammenhang mit der Finanzierung deiner kleinen Unternehmung zu diskutieren«. Es wurde ein schöner Abend bei gutem Essen und gutem Wein. Britta war eine gute Zuhörerin. Er merkte gar nicht, wie wenig sie selbst erzählte und wie viel sie mit ihren Fragen zu ihm und seinen Plänen aus ihm herausholte. Sie ließen den Abend in der Bar ausklingen. Gegen Mitternacht wollte er sich verabschieden, doch sie sagte ihm, sie habe hier im Hotel ein Zimmer reserviert. »Komm mit!«, sagte sie einfach, und er folgte ihr, benebelt vom vielen Wein und Whisky.

Seither trafen sie sich regelmäßig. Sie hatte ihm gleich zu Beginn ihrer Beziehung gesagt, dass ihr Mann und sie seit Langem ihre eigenen Wege gingen, auch wenn sie nach außen weiterhin zusammenlebten. Kurz nach ihrem ersten Treffen hatte sie ihm ein großzügiges zinsenfreies Darlehen gewährt, das seine drängendsten Finanzprobleme behob und ihm erlaubte, seine Entwicklungsarbeit voranzutreiben. »Das muss strikt unter uns bleiben«, hatte sie gefordert. »Ich will nicht, dass es heißt, die Gattin des *Vadiana*-Bosses finanziere heimlich die Entwicklung eines Verfahrens, das Firmen wie der *Vadiana* am Markt massiv schaden könnte.«

Sie hatte ihn weiterhin finanziell unterstützt, wenn immer er antönte, mehr Kapital zu brauchen. Zusätzlich hatte sie

ihm zu einem guten Preis einen Teil seiner Aktien abge-
kauft. »Der Form halber«, hatte sie gesagt. »Und um zu
unterstreichen, dass ich an dich und dein Projekt glaube.«
Er hatte zu spät gemerkt, dass sie ihn damit noch mehr als
mit den Darlehen und Geldgeschenken in der Hand hatte.
Er konnte nicht mehr zurück. Sein Projekt war von ihrem
Geld abhängig, sonst hätte er ihre Beziehung längst beendet. Er würde sicher noch zwei weitere Jahre brauchen, um
sein Projekt so weit zu haben, dass er es potenten Investoren vorstellen und gemeinsam mit ihnen auf den Markt
bringen konnte. Über ihre Beziehung machte er sich keine
Illusionen, soweit man ihre Affäre überhaupt »Beziehung«
nennen konnte. Eigentlich bist du ein Gigolo, der Geld
gegen Sex erhält, dachte er sich manchmal in einem ehrli-
chen Moment. In seinem Fall viel Geld für wenig Sex. Das
alte Muster, nur mit umgekehrten Vorzeichen.

Einige Wochen nach jener ersten Nacht mit Britta im
Einstein hatte er auf der Straße zufälligerweise Mia getroffen. Sie hatte ihn gleich erkannt und war mit einem fröhlichen Lachen auf ihn zugekommen. »Der Spitzen-Magier!
Ich habe gewusst, dass ich dich wieder treffen werde!«,
begrüßte sie ihn überschwänglich. Ihre Freude über das
zufällige Zusammentreffen schien echt zu sein. Auch er
freute sich, sie wiederzusehen. Sie war ihm bereits beim
ersten Treffen damals an der Textilmesse sehr sympathisch
gewesen. Spontan lud er sie auf einen Kaffee ein. Sie verab-
redeten sich zu einem weiteren Treffen. Eines führte zum
anderen, und wenig später hatte er eine weitere Geliebte.
Anfänglich basierte auch ihre Beziehungen vor allem auf
Sex, der ihm allerdings viel mehr Spaß machte als die
Pflichtübungen mit Britta. Sie trafen sich meist bei ihr zu
Hause in ihrem luxuriösen Appartement mit dem herrli-

chen Ausblick. Mia interessierte sich ernsthaft für seine Arbeit. Sie schien begriffen zu haben, dass er daran war, etwas für die Textilindustrie wirklich Revolutionäres zu entwickeln. Oft, wenn sie nach einer langen Liebesrunde erschöpft auf ihrem breiten Bett lagen und durch die raumhohen Glasscheiben auf die Lichter der unter ihnen liegenden Stadt blickten, löcherte sie ihn mit Fragen, die ihm zeigten, dass sie sich intensiv mit den Möglichkeiten der neuen Technologien in der Textilindustrie auseinandersetzte.

»Du stehst eigentlich auf der falschen Seite der Geschichte«, neckte er sie in einem ihrer Gespräche. Sie blickte ihn lange an, packte ihn am Hals und zog ihn zu sich her.

»Wart's ab«, meinte sie nur.

KAPITEL 33

Keller tigerte in seinem Eckbüro auf und ab. Aus dem Fenster an der Stirnseite des Büros ging sein Blick auf das letzte verbliebene Stück der einstigen Schiedsmauer, einem steinernen Relikt der jahrhundertlangen Auseinandersetzung zwischen Kloster und weltlicher Macht in der Stadt.

Die beiden zur Frontseite gerichteten Fenster gaben den Blick frei auf den ehemaligen Pfalzhof mit den mächtigen barocken Gebäuden des einstigen Bischofssitzes, die heute, wie fast alle Gebäude der weitläufigen Klosteranlage, von irgendwelchen Verwaltungsabteilungen oder Parlamentsdiensten belegt waren. Die letzten Sonnenstrahlen wärmten den Asphalt vor dem gegenüberliegenden Polizeigebäude. Der mittelalterliche Turm des Untersuchungsgefängnisses wirkte in den von Minute zu Minute dunkler werdenden Schatten noch ungemütlicher. Über der kleinen Wiese vor dem Gartenhaus, dem letzten Überbleibsel des einstigen Pfalzgartens und Friedhofs, tanzten Mückenschwärme im schwindenden Licht.

Heute nahm er nichts von alledem wahr. Er hatte die Bürotür geschlossen, das Zeichen für Nele, dass er ungestört sein wollte. Zwischen den beiden Fernstern, gegenüber dem Arbeitspult, hatte er seinen alten Flipchart aufgestellt, auf dem er die in den Fall involvierten Personen mit farbigen Kreisen aufgezeichnet und durch Linien miteinander in Beziehung gebracht hatte. Neben jeden Kreis hatte er ein Karteikärtchen gepinnt, das die wichtigsten Stichworte zur Beschreibung der Person im Kreis und zu deren Beziehung mit anderen Kreisen enthielt. Er wusste, dass er dazu besser die Projektmanagement-Software auf seinem Computer genutzt hätte, welche die Verwaltung im vergangenen Jahr den Ressorts zur Verfügung gestellt hatte. Sie war, wie es so schön hieß, »multi-user-fähig«, was besonders in so einem Fall, bei dem viele Mitarbeiter des Teams gleichzeitig zusammenarbeiten mussten, Sinn gemacht hätte. Seine Mitarbeiter versuchten immer mal wieder, ihn zu deren Einsatz zu motivieren. Bisher hatte er sich störrisch gezeigt. Irgendwie fühlte er sich mit dem alten Flipchart besser. Wahrscheinlich hatte Obermüller recht. Er war tatsächlich zu einem »lonely wolf« geworden. Vor allem, was Obermüller zwar nicht gesagt, aber zweifellos gedacht hatte, zu einem alten »lonely wolf«.

Das bunte Bild zeigte ein Geflecht der direkt oder indirekt Verdächtigen, ohne dass es ihm wirklich weiterhalf. Er musste sich eingestehen, dass er bisher kaum weitergekommen war. Zwar hatte sich Obermüller beruhigt, nachdem er ihm die Verhaftung von Berger gemeldet hatte. Die vorhandenen Indizien belasteten den Hotelier von allen Kreisen, die er da aufgezeichnet hat, am stärksten. Nur sein Gefühl sagte ihm, dass sie wahrscheinlich wiederum auf dem Holzweg waren. Er dachte zurück an die Besprechung mit seinem Team Ende letzter Woche. Es schien alles schlüssig, was sie da miteinander besprochen hatten. Jedes Kärtchen war richtig beschriftet, jeder Pfeil, der eines oder mehrere der Kärtchen verband, nachvollziehbar. Nichts schien falsch zu sein. Und doch fehlte etwas. Wenn alles richtig war, was sie bisher wussten, hieß das nicht, dass sie bereits alles wussten. Und offensichtlich war es die entscheidende Information oder die entscheidende Verbindungslinie, die fehlte. Waren sie noch immer auf dem Holzweg?

Es klopfte. Keller wollte gerade aufbrausend darauf hinweisen, was die geschlossene Tür signalisiere, da streckte Lange seinen Kopf ins Büro.

»Hallo, Robert, störe ich? Ich war gerade gegenüber bei der Kapo und habe mir gedacht, ich schaue rasch bei dir herein. Ich habe eine Information, die dich wahrscheinlich interessiert. Nele ist offenbar irgendwo unterwegs und hat mich nicht aufhalten können, so …«

Keller unterbrach seinen Bürolauf. Sein Kollege war natürlich immer willkommen. »Nein, nein, komm nur herein. Ich zerbreche mir den Kopf und komme nicht weiter. Vielleicht bringt es etwas Klarheit in meine Gedanken, wenn ich den ganzen Wirrwarr des Falles jemandem zu erklären versuche.« Er lehnte sich an sein Pult, den Blick auf das Bild auf dem Flipchart gerichtet. »Falls du bereit bist, mir zuzuhören natürlich …«

Der Gerichtsmediziner setzte sich auf einen Stuhl am Besprechungstisch und schaute sich das gezeichnete Netzwerk aus Personen und Beziehungen an. »Nur los! Der Fall Mia Schneider, vermute ich.«

Keller bestätigte es und zeigte auf das bunte Bild mit den Karteikästchen. »Wie du siehst, haben wir inzwischen sechs verdächtige Personen.«

Lange runzelte fragend die Stirne. »Ich dachte, dass ihr bereits jemanden verhaftet habt? Zumindest habe ich gerüchteweise so etwas gehört, auch wenn ich nicht weiß, wer es ist.«

»Du hast richtig gehört«, bestätigte Keller. »Ich habe gestern Lorenzo Berger, den Hotelier, in Untersuchungshaft nehmen lassen. Momentan ist er da drüben.« Er wies mit der Hand auf das Fenster, durch das man den Karlsturm mit dem Untersuchungsgefängnis sah, wo der Hotelier hinter einem der vergitterten Fenster einsaß und wahrscheinlich verzweifelte Gedanken wälzte. »Viele, zu viele Indizien sprechen gegen ihn. Er hat zugegeben, dass er seit einigen Jahren ein Verhältnis mit der Toten hatte. Er wusste nicht, dass seine Frau das bereits herausgefunden hatte, und fürchtete, dass sie ihn verlassen würde, wenn seine Affäre herauskäme. Was das für seinen Job im *Seebad* bedeutet hätte, wissen wir nicht. Sicher nichts Gutes. Er hat seine finanzielle Zukunft an den Ausbau der Hotelanlage geknüpft. Und vor allem: Jemand hat ihn am Abend des Mordes ins Zimmer der Toten gehen sehen. Er hatte die Gelegenheit, und vor allem hat er ein Motiv. Wir sind uns inzwischen fast sicher, dass Mia ihn mit ihrer Schwangerschaft erpresst hat. Sie wollte für sich einen Anteil am Hotel und Mitbestimmung im Verwaltungsrat. Das spricht alles gegen ihn. Zudem will Obermüller unbedingt einen ersten Erfolg kommunizieren, ich habe dir von seinen Ambitionen erzählt. Er hat mich fast genötigt, Berger angesichts der vorliegenden Verdachtsmomente in Untersuchungshaft zu nehmen. Ich werde ihn aber auf dieser schwachen Grundlage wohl nur bis zum morgigen Haftprüfungstermin festhalten können. Es besteht bei ihm weder ein Fluchtrisiko, noch gibt es eine Verdunkelungsgefahr. Wie ich die Haftrichterin kenne, wird sie ihn unverzüglich auf freien Fuß setzen lassen, mit der einzigen Beschränkung, uns jederzeit für weitere Befragungen zur Verfügung zu stehen.«

Lange hatte mit wachsender Irritation den Ausführungen des Kommissars zugehört. Er hob die Hand und unterbrach ihn. »Sorry, Robert, ich habe da etwas, das du wissen solltest, ehe du weiterredest.« Er nestelte aus einem Plastikmäppchen ein Blatt hervor und überreicht es Keller. »Das Ergebnis der DNA-Analyse, um die du gestern gebeten hast. Das Labor hat sie soeben freigegeben, und ich dachte mir, ich bringe dir den Bericht gleich selber vorbei, wenn ich ohnehin in der Nähe bin.«

Keller überflog den kurzen Bericht des Labors. Lange fasste unnötigerweise zusammen, was Keller gerade las. »Das Ergebnis ist eindeutig. Berger ist nicht der Vater von Mias Kind.«

Beide schwiegen für einen Moment, ehe Keller wieder auf den Flipchart zeigte. »Wir sind also noch weniger weit, als ich bis jetzt gehofft habe. Dass Berger nicht der Kinds-vater ist, entlastet ihn ein Stück weit. Das heißt nicht, dass er nicht geglaubt hat, er sei es. Sein Motiv bleibt das glei-che, auch wenn er nur fälschlicherweise angenommen hat, der Kindsvater zu sein.«

»Kann ich nachvollziehen«, meinte Lange. »Du sagst, dass du trotz der Indizien an seiner Täterschaft zweifelst?«

Keller zuckte mit den Schultern. »Es ist mehr ein Gefühl. Berger ist ein intelligenter Mann. Wenn er Mia aus dem Weg räumen wollte, hätte er das wahrscheinlich nicht gerade in seinem Hotel getan.« Er schüttelte erneut den Kopf. »Nein, das ist mir alles zu einfach. Wir übersehen noch immer irgendetwas.«

Lange folgte Kellers neuerlichem Blick auf die Darstel-lung auf dem Flipchart. »Was ist mit den anderen Kreisen auf deinem Bild?«

»Beginnen wir mit dem augenfälligsten Verdächti-gen«, begann Keller seinen Vortrag. »Signer, der Chef der *Vadiana*. Auch hier haben wir Verdachtsmomente, die letztlich nur Vermutungen sind. Wenn die Aussage der alten Sekretärin stimmt, hat er sich in der Vergangenheit, noch zu Mias Lehrzeit, sexuelle Übergriffe zuschulden kommen lassen. Mia hat ihn damit erpresst und von ihm nicht nur Geldzahlungen, sondern die aktive Förderung ihrer Karriere verlangt und, so wie es aussieht, auch erhal-ten. Wären seine damaligen Sünden und seine Leistungen zu ihren Gunsten seit ihrer Rückkehr in die Firma pub-lik geworden, wäre er sowohl privat wie beruflich erledigt gewesen. Er hätte also allen Grund gehabt, Mia und mit ihr die permanente Gefahr, die von ihr ausging, loswerden zu wollen. Genauso wie Berger hat er für den mutmaßlichen Todeszeitpunkt und die Zeit davor kein belastbares Alibi.«

»Was spricht gegen ihn als Täter?«, wollte Lange wissen.

»Eigentlich nichts«, meinte Keller. »Nur dass wir überhaupt nichts Handfestes gegen ihn haben. Nicht einmal die starke Vermutung eines damaligen sexuellen Übergriffs lässt sich beweisen. Es bleibt bisher bei der Vermutung, auch wenn vieles dafür spricht, dass etwas in dieser Richtung vorgefallen sein muss.«

Lange nickte nachdenklich. Er wusste, dass es für einen Haftbefehl und später eine Anklage sehr viel mehr brauchen würde als ein paar Vermutungen, die erst noch auf die Aussagen eher zweifelhafter Zeugen zurückgingen und einen mutmaßlich weit in der Vergangenheit liegenden Tatbestand betrafen.

»Die Nächste auf der Liste ist Stefanie Berger, die Frau des Hoteliers«, fuhr Keller in seiner Auslegeordnung fort und wies mit einem Bleistift auf das entsprechende Karteikärtchen auf dem Chart. »Sie hat mehr von den außerehelichen Eskapaden ihres Gatten gewusst, als diesem bewusst war. Sie hat einen Privatdetektiv auf ihn angesetzt, der ihr handfeste Beweise für die Affäre mit Mia geliefert hat. Hat sie sich entschieden, nicht ihren Gatten zu bestrafen, den sie für die gemeinsame Führung des Hotels brauchte, sondern die Nebenbuhlerin aus dem Weg zu räumen? Wenn Berger ausfällt, würde auch sie ihren Job verlieren. Sie war am Mordabend den ganzen Abend hindurch in Zürich und ist erst nach Mitternacht zurückgekehrt. Dafür hat sie Zeugen. Aber für den Samstagvormittag ist ihr Alibi gleich unbrauchbar wie dasjenige ihres Mannes. Sie war im Hotel, mal hier, mal dort, und hätte gut kurz vor Mias Ankunft unbemerkt in das für sie vorgesehene Zimmer schlüpfen und die Schachtel mit dem Willkommensgruß gegen die von ihr präparierten *St. Galler Spitzen* austauschen können.«

Er machte eine kurze Pause, bevor er mit dem nächsten Verdächtigen auf seinem Bild fortfuhr. »Eine dubiose Rolle in dem Ganzen spielt auch der junge Start-up-Manager Marc London.«

Lange blickte interessiert auf. Der Name war neu für ihn.

»London ist ein junger Typ, gut ausgebildet, intelligent, offenbar mit Schlag bei den Frauen. Jedenfalls hatte er Affären mit Mia wie auch mit Britta, der Frau Signers. Und das gleichzeitig.«

Lange seufzte theatralisch. »Oh wonnevolle Jugendzeit, mit Freuden ohne Ende …« Keller warf ihm einen irritierten Blick zu, und Lange beeilte sich, mit wieder ernster Miene Kellers weiteren Ausführungen zu folgen. »London lässt sich seine Entwicklungen, deren Wert von uns nur schwer einzuschätzen ist, von Britta Signer finanzieren. Gleichzeitig plante er mit der Hilfe von Mia, seine Technologie in der *Vadiana* zu implementieren. Er braucht Brittas Geld, um überhaupt zu dem Punkt zu kommen, dass er etwas präsentieren und irgendwo ausprobieren kann. Vielleicht setzte Britta ihn unter Druck, die Beziehung mit Mia zu beenden, und versprach ihm, nach dem absehbaren Ableben des alten Raggenbass mit ihm zusammen die *Vadiana* zu sanieren und seine neue Technologie im großen Stil testen zu lassen. Mit Britta, der Alleinerbin der *Vadiana*, hatte er die Firma auf sicher. Mit Mia dagegen brauchten sie noch Investoren, mit denen zusammen seine Rolle in der Unternehmensführung voraussichtlich weniger gewichtig ausfallen würde. Vielleicht hat Mia auch ihn erpresst wie Signer oder Berger. Wobei wir zugegebenermaßen nicht wissen, womit er erpresst worden sein könnte.«

Er zeigte auf das nächste Karteikärtchen, das in einem Dreieck zwischen Signer und Marc eingefügt war. »Auch

Britta Signer kann man ein handfestes Motiv zuordnen«, sagte Keller, fügte aber sogleich hinzu, »das sich aber genauso wenig beweisen lässt wie die Motive der anderen Verdächtigen. Wie ich vorhin sagte, hat Britta Signer den Jungunternehmer mit substanziellen Beträgen unterstützt. Sie hat sich sogar an seinem Start-up beteiligt. Ihre Freundin entwickelte sich zu einer cleveren Geschäftsfrau, während sie weiterhin einfach die reiche Gattin von Signer ist und bleiben wird. Britta könnte das Verhältnis Mias mit ihrem Geliebten Marc mitbekommen haben. Vielleicht wollte sie ihre Nebenbuhlerin loswerden. Oder sie hat von der Erpressung ihres Mannes durch Mia erfahren und wollte das Risiko ausschalten, dass der Ruf ihrer Familie durch das Aufdecken einer unappetitlichen Geschichte aus der Vergangenheit Schaden nehmen könnte. Ist sie eifersüchtig auf Mias private und geschäftliche Erfolge gewesen und hat sie deshalb aus dem Weg räumen wollen? Oder hat sie gar etwas von den Plänen der beiden mitbekommen, die sich die *Vadiana* unter den Nagel reißen und sie als Alleinerbin außen vor lassen wollten? Ein belastbares Alibi für den fraglichen Zeitraum hat auch sie nicht.«

»Hier haben wir noch einen letzten Kreis«, schloss Keller seine Auslegeordnung ab und wies auf den farbigen Kreis auf dem Chart. »Er gehört zu Sybille, der Assistentin von Mia. Sie war gemäß eigener Aussage während einiger Zeit ihre Geliebte. Mia hat sie abserviert und sich Marc London zugewendet, vielleicht weil sie erkannte, wie sie ihn für ihre weiteren Pläne mit der *Vadiana* einspannen konnte. Im Job hat sie aber weiterhin mit Syb zusammengearbeitet und von der Kreativität ihrer Assistentin profitiert, deren Entwürfe sie gerne als ihre eigenen ausgab. Auch hier könnte Eifersucht das Motiv sein, oder Rache für die permanente Zurücksetzung im Beruf. Sie macht sich zudem Hoffnung, den Posten ihrer verstorbenen Chefin übernehmen zu können. Alibi hat auch sie keines. Wie sie allerdings die *St. Galler Spitzen* in Mias Zimmer hätte platzieren können, wissen wir nicht.«

Keller lehnte sich an die Pultplatte und betrachtete einmal mehr das bunte Bild aus Kreisen, Pfeilen, Linien und Karteikärtchen. Den großen Kreis in der Mitte des Bildes hatte er mit dem Namen der Toten angeschrieben. Von ihm gingen die meisten Pfeile aus: zu Signer, zum Hotelier, zu Marc, zu ihrer Assistentin, zu Britta. Eigentlich, dachte er, zeigte das Bild vor allem eines: was für ein Miststück Mia gewesen sein musste. Sie hatte alle anderen auf dem Bild benutzt und ausgenutzt. Signer und Berger waren von ihr erpresst worden. Marc benutzte sie, um ihre Pläne für die *Vadiana* umsetzen zu können. Syb war die Zulieferin für kreative Ideen, mit denen sie selber brillieren konnte. Und ihre Freundin Britta hinterging sie mit ihrer Affäre. Doch diese Gedanken halfen ihm auch nicht weiter. Mia war das Opfer, und er musste den Täter oder die Täterin finden. Etwas fehlte in dem Bild. War es ein Kreis? Eine Verbindung? Oder etwas auf einem der Karteikärtchen?

Er wusste es immer noch nicht.

KAPITEL 34

Der letzte Sonntagmorgen im September begann mit strahlendem Sonnenschein und einer Wärme, die vergessen ließ, dass es zumindest im Kalender bereits Herbst war. Die Blätter der Bäume hatten sich in diesem Jahr schon früh zu verfärben begonnen, ein Zeichen der langen Hitze und Trockenheit, die seit vielen Wochen anhielt. Die Natur und auch die Menschen hatten inzwischen genug vom scheinbar endlosen Sommer und den periodischen Sommergewittern und sehnten sich nach einem ausgiebigen herbstlichen Regen.

Keller hatte auf der kleinen Terrasse seines Appartements den Klappliegestuhl aus der Metallbox geholt, in der er seine Gartenmöbel zu verstauen pflegte. Im Café unten im Haus hatte er sich zwei Buttergipfel besorgt, in der Küche einen Espresso aus der Maschine tröpfeln lassen und alles zusammen mit ein wenig Konfitüre und Butter unter den Sonnenschirm auf die Terrasse gestellt. Lea war an diesem Wochenende zu einer Freundin gefahren und würde erst im Laufe des Nachmittags zurückkommen. Mit einem tiefen Seufzer machte er es sich im Liegestuhl bequem. Kaum hatte er die Sonntagszeitung aufgeschlagen und einen ersten herzhaften Biss vom mit Butter und Konfitüre bestrichenen Gipfel genommen, vibrierte sein Handy neben ihm. Auf dem kleinen Screen leuchtete ihm Hannahs Name entgegen.

»Wir haben einen Toten«, platzte sie heraus, kaum hatte er auf den grünen Knopf gedrückt, um den Anruf entgegenzunehmen.

»Wer? Wo?« Er spürte, wie sein Adrenalinspiegel einen Sprung nach oben machte.

»Die Notrufzentrale hat den Anruf erhalten. So wie's aussieht, ist es im Haus von Signer. Mehr wissen wir noch nicht. Das Team ist aufgeboten. Ich bin auf dem Weg zur Villa Falkenstein.«

Keller bestätigte ihr, dass er die Adresse kannte. »Ich bin unterwegs. Wir treffen uns oben.«

Rasch raffte er die Zeitungen zusammen, stellte Geschirr und Frühstückskorb in die Küche und eilte die Treppe hinunter. Im Laufschritt rannte er hinüber zum Parkplatz vor dem Kommissariat, wo sein Wagen stand. Einer der wenigen Nachteile, wenn man in der Altstadt in einem alten Haus ohne Garage wohnte. Eine knappe Viertelstunde nach Hannahs Anruf passierte er das offen stehende Einfahrtstor zur Villa Falkenstein.

Vor dem Haus erkannte er den alten Volvo von Klemens sowie das silberne Coupé des Gerichtsmediziners. Offenbar waren die Leute von der Spurensicherung und Lange bereits angekommen. Der zweite Sonntagseinsatz innerhalb zweier Wochen, dachte er bei sich. Die große Eingangstür zum Haus war geschlossen. Keller klingelte und hörte kurz darauf Schritte sich nähern. Eine junge, etwas verstört wirkende Frau öffnete. Wahrscheinlich ein Hausmädchen, vermutete Keller. Er zeigte seinen Ausweis und trat in die Eingangshalle der Villa.

»Sie sind drüben in der Bibliothek«, sagte die Hausangestellte und zeigte zu einer offen stehenden Tür gegenüber vom Eingang. Keller bedankte sich und durchquerte die Halle. Von Weitem hörte er Männerstimmen. Unter der Tür zur Bibliothek sah er Lange, der gerade im Begriff war, seinen Arztkoffer zu schließen. Ein Fotograf machte Aufnahmen, während Klemens und Hannah vor dem großen, die ganze Rückwand des Raumes einnehmenden Bücherregal standen. Zwei weitere Mitarbeiter in weißen Ganzkörperanzügen des Teams des Technischen Dienstes knieten am Boden neben der großen geöffneten Kiste mit den Standardinstrumenten zur Spurensicherung. Alle blickten auf, sobald Keller den Raum betreten hatte. Lange begrüßte ihn mit einem knappen Nicken.

Dann sah Keller Signer in einem wuchtigen Ledersessel sitzen, die massige Gestalt in sich zusammengesunken. Der Kopf war ihm auf die linke Schulter gefallen und leicht nach oben gerichtet. Eine Hand lag auf der Armlehne. Mund und Augen waren weit geöffnet, der Blick ging ins Leere. Am Boden ein Whiskyglas in einer Pfütze.

»Ich hatte Pikett heute«, sagte Hannah, die auf ihn zukam, sobald sie ihn in die Bibliothek treten sah. »Als ich hörte, wer der Tote ist, habe ich mir gleich gedacht, dass wir uns das ansehen sollten, obschon der Arzt eigentlich von einem Herzinfarkt ausgeht.«

Keller nickte anerkennend. »Das war absolut richtig.« Dann wandte er sich Lange zu und hob fragend die Augenbrauen.

»Nichts mehr zu machen«, meinte der Gerichtsmediziner und zog die durchsichtigen Schutzhandschuhe aus. »Und bevor du fragst: Der Tod liegt einige Stunden zurück, Todeszeitpunkt schätzungsweise um Mitternacht, vielleicht ein wenig früher. Die Totenstarre hat bereits eingesetzt. So auf den ersten Blick sehe ich keine Anzeichen für eine Gewalteinwirkung. Der Hausarzt, der als Erster hier war, hat schon den Totenschein ausgestellt und im entsprechenden Kästchen ›Natürliche Todesursache‹ und als Grund ›Herzinfarkt‹ notiert. Wie er mir sagte, war Signer herzkrank und, wie man

sieht«, er wies mit einer knappen Geste auf die zusammen-
gesunkene Gestalt im Sessel, »ziemlich gut im Futter. Seine
Diagnose scheint mir nachvollziehbar. Auf Wunsch der Frau
des Toten hat er aber dann doch die Polizei informiert.«

Dann wies er mit dem Kinn auf das Beistelltischchen,
das neben dem Sessel stand. »Kommt dir das bekannt vor?«

Auf dem Tischchen stand eine Whiskykaraffe aus
geschliffenem Glas. Neben ihr lag der ebenfalls gläserne
Stöpsel. Und eine Schachtel, die Keller sogleich erkannte. *St.
Galler Spitzen*! Lange nickte. »Du denkst wahrscheinlich,
was ich auch denke. Wir werden uns das genauer ansehen.
Ich lasse ihn in die Pathologie bringen. Mehr kann ich erst
nach der Obduktion sagen.«

Klemens schaltete sich ein. »Wir sind auch gerade erst
gekommen. Er scheint bei seinem Tod allein im Raum
gewesen zu sein. Die Fenster zur Terrasse«, er wies mit der
Hand auf die beiden großen Flügeltüren, die nach draußen
auf eine Terrasse führten und die Keller vom Apéro-Anlass
her kannte, »sind von innen verschlossen.« Ein Mitarbeiter der Spurensicherung war gerade daran, die Fensterrah-
men auf Fingerabdrücke zu überprüfen.

»Wer hat ihn gefunden?«, fragte Keller.

Diesmal antwortete Hannah. »Seine Frau. Sie hat einen
Schock und ist in ihrem Schlafzimmer. Ihr Hausarzt ist
gerade bei ihr. Sie hat ihn gleich angerufen, kaum hat sie
den Toten gesehen. Da er nicht weit von hier wohnt und
offenbar zu Hause war, war er rasch vor Ort. Er hat den
Tod festgestellt und die Polizei informiert.«

Keller nickte. Hier gab es für ihn vorläufig nichts mehr
zu tun, erst musste die Spurensicherung ihren Job machen.
»Ich schaue mal, ob ich mit ihr sprechen kann. Wo, sagst
du, ist ihr Schlafzimmer?«

Hannah erklärte es ihm. Keller verließ die Bibliothek und ging bis zum Ende des Flurs. Die Tür zum Schlafzimmer von Britta war nur angelehnt. Er klopfte und erhielt ein schwaches »Ja, bitte?« zur Antwort. Vorsichtig stieß er die Tür auf und trat ins Zimmer. Neben ihr saß ein Mann auf einem Stuhl und war gerade daran, ihren Blutdruck zu messen.

»Guten Morgen. Keller, Kriminalpolizei Sankt Gallen«, stellte er sich vor. Der Mann auf dem Stuhl blickte kurz auf.

»Rentsch. Ich bin der Hausarzt der Familie.« Er blickte mit gekrauster Stirn zu seiner Patientin. »Ich denke, es ist noch zu früh, um mit ihr zu sprechen. Sie hat einen Schock erlitten. Ich habe ihr ein Beruhigungsmittel gespritzt. Sie sollte jetzt eine Weile Ruhe haben.«

Britta schüttelte den Kopf. »Nein, lassen Sie ihn nur. Ich fühle mich wieder besser.«

Keller stand vor ihrem Bett. Der Arzt packte seine Utensilien ein, erhob sich und wies auf den freien Stuhl. »Bitte.«

»Danke. Ich bleibe nur kurz bei ihr. Könnten Sie derweilen vielleicht draußen warten? Ich möchte nachher auch noch mit Ihnen sprechen.«

Der Arzt nickte und verabschiedete sich von Frau Signer. »Ich schaue gegen Abend nochmals bei Ihnen vorbei. Wenn Sie mich brauchen, können Sie mich jederzeit anrufen!«

Britta bedankte sich, während Keller sich auf den Stuhl neben ihrem Bett setzte. Sie sah müde aus, wahrscheinlich wirkte auch das Beruhigungsmittel, das ihr der Arzt verabreicht hatte. Sie trug einen Morgenmantel, den sie mit dem Gürtel eng zugebunden hatte. Ohne Make-up und im hellen Licht der Morgensonne, die durch die hohen Fenster ins Schlafzimmer fiel, wirkte sie deutlich älter, als Keller sie von jenem Abend beim Apéro im Garten in Erinnerung hatte. »Wir müssen nicht jetzt miteinander reden, wenn Sie sich lieber erholen möchten«, meinte er. »Aber wenn Sie sich fit genug fühlen, erzählen Sie mir, was geschehen ist.«

Britta schloss für einen Moment die Augen, dann begann sie zu erzählen: »Ich habe heute etwas länger geschlafen. Gestern hatte ich Kopfschmerzen und bin früh zu Bett gegangen.«

Keller unterbrach sie. »Sie und Ihr Mann haben getrennte Schlafzimmer?«

»Unsere Ehe besteht seit Langem nur noch auf dem Papier. Sein Schlafzimmer liegt am anderen Ende des Flurs.«

»Ist Ihnen an Ihrem Mann gestern etwas aufgefallen? Hat er sich nicht wohlgefühlt oder über irgendwelche Beschwerden geklagt?«

Britta schüttelte den Kopf. »Ich habe ihn gestern Abend gar nicht mehr gesehen. Er hat oft auch am Samstag gearbeitet und kam wie meist spät nach Hause.«

»Wann war das?«

»Kurz nach 23 Uhr. Ich erinnere mich noch, wie ich die Turmuhr unten im Dom schlagen hörte. Ich war im Bett und hörte ihn in die Bibliothek gehen. Das machte er fast immer, wenn er abends heimkam.«

Keller hatte sein Notizbuch hervorgezogen. »Und heute Morgen?«

»Ich habe, wie gesagt, heute Morgen länger geschlafen. Wir frühstücken sonntags meist zusammen unten im Frühstückszimmer, gleich neben der Küche. Eines der wenigen Rituale, die uns aus unserem früheren gemeinsamen Leben geblieben sind. Jeannette, unsere Hausdame, hatte bereits den Frühstückstisch gerichtet. Meist sitzt Ludwig am Tisch, wenn ich komme, und liest seine Zeitung. Manchmal, wenn er früh wach ist, geht er mit der Zeitung auch in die Bibliothek, bevor er in den Frühstücksraum hinüberkommt. Ich bin durch den Salon zur Bibliothek gegangen, um ihm zu sagen, ich sei wach und hungrig. Die Tür war nur angelehnt. Ich habe geklopft. Es kam keine Antwort, deshalb habe ich die Tür aufgestoßen.« Ihre Stimme zitterte und wurde immer leiser. »Da habe ich ihn gesehen, in seinem Stuhl. Ich habe gleich gewusst, dass er tot ist.« Sie schlug die Hände vor die Augen, als könne sie die Szene, die sich ihr geboten hatte, so vertreiben.

Keller ließ ihr Zeit, sich zu fassen, bevor er weiterfragte. »Sind Sie zu ihm gegangen?«

Sie schüttelte wieder den Kopf, griff nach einem Taschentuch, das zerknüllt auf ihrem Nachttischchen lag, und schnäuzte sich ausgiebig. »Nein. Ich bin in die Küche gelaufen und habe das Dienstmädchen aufgefordert, Doktor Rentsch anzurufen. Der war kurz darauf da und ging sogleich hinüber in die Bibliothek, während ich mit Jeannette in der Küche wartete. Er bestätigte uns, dass Ludwig tot war und dass er wahrscheinlich einen Herzinfarkt erlitten habe.«

»Und warum haben Sie ihn gebeten, trotzdem die Polizei anzurufen?«

Britta zögerte. »Es ist mehr ein Gefühl, dass mehr dahinterstecken könnte. Und ich will wissen, woran er gestorben ist.«

Keller nickte und erhob sich. »Danke. Für den Moment ist das alles. Sie brauchen Ruhe, wie der Arzt gesagt hat. Wir kommen später wieder auf Sie zu.«

Er verabschiedete sich und trat in den Gang hinaus. Vorne im Flur lehnte der Hausarzt neben der Treppe am Geländer der Galerie. Keller bedankte sich für das Warten. »Frau Signer sagte mir, sie habe Sie angerufen und gebeten herzukommen?«

»Das ist so. Eigentlich habe ich am Sonntag keine Ordination. Ich bin seit vielen Jahren der Hausarzt der Familie, und da ich nicht weit weg wohne, bin ich gleich hergekommen. Ich ging in die Bibliothek zu Herrn Signer und habe kurz am Hals seinen Puls gefühlt.«

»Sie haben ihn nicht weiter untersucht?«

»Nein, es war mir sogleich klar, dass er tot ist. Ich habe eine erste Untersuchung gemacht und keine Anzeichen für einen unnatürlichen Tode gefunden. Alle Anzeichen weisen auf einen Herzinfarkt hin. Ich habe dann den Totenschein ausgefüllt und mich um Frau Signer gekümmert, die einen Schock erlitten hat.«

»Hatte Herr Signer gesundheitliche Probleme?«, fragte Keller weiter.

Der Arzt nickte. »Er hatte seit Längerem Herzprobleme. Vor einigen Jahren musste er sich drei Stents setzen lassen, seither ging es ihm jedoch deutlich besser. Er war erst vor einigen Wochen zum jährlichen Check bei mir in der Ordination. Er schien mir gesund zu sein, abgesehen vom für Männer seines Alters nicht ungewöhnlichen Übergewicht und einem leicht erhöhten Blutdruck. Nichts Gefährliches.«

»Speziell aufgefallen in der Bibliothek ist Ihnen nichts?«

»Nein, nichts.«

Keller bedankte sich und verabschiedete den Arzt. Unten in der Halle trugen zwei Männer einen Zinksarg hinüber zur Bibliothek, um Signers Leiche in die Gerichtsmedizin zu bringen. Ein Toter mehr, ein Verdächtiger weniger, dachte er. Und ein Problem mehr.

Diesmal machte er nicht den Fehler, mit der Information an Obermüller zu lange zu warten. Sonntag hin oder her, er rief ihn gleich an, sobald er zurück in seinem Büro war.

Obermüller war natürlich in höchstem Maße alarmiert von seinem Bericht. »Ich brauche Ihnen nicht zu sagen, dass es sich bei Doktor Signer nicht um irgendjemanden handelt. Er war ein hochgeachtetes Mitglied unserer städtischen Gesellschaft. Sein Tod wird großes Aufsehen erregen, wenn die Information sich heute verbreitet. Ich sehe die morgigen Schlagzeilen in den Medien vor mir …«

Keller konnte sich gerade noch die Bemerkung verkneifen, dass Obermüller wohl eher sich und die notwendige neuerliche Medieninformation in den Schlagzeilen sah. Und die Kritik an den Ermittlungen der Kripo, die unweigerlich auch auf ihn, den für den Fall zuständigen Staatsanwalt, zurückfallen würde.

»Ich erwarte Fortschritte!«, bellte Obermüller durchs Telefon, während im Hintergrund Babygebrüll zu hören war. »Setzen Sie alles ein, was Sie haben! Und wenn Sie etwas brauchen, sagen Sie es mir. Ich werde dafür sorgen, dass Sie es kriegen. Aber präsentieren Sie mir endlich etwas Handfestes!« Damit beendete er das Gespräch.

»… das ich dann als mein Verdienst an der Medienkonferenz präsentieren kann«, ergänzte Keller Obermüllers Satz für sich und begann, die weiteren Aktivitäten im neuen Mordfall zu organisieren.

KAPITEL 35

Lea gehörte auch an diesem sonnigen Herbstmorgen zu den Ersten, die zur Arbeit im Textilmuseum eintrafen. Wenn sie nicht bei Keller übernachtete, war sie meist früh an ihrem Arbeitsplatz. Sie liebte den kurzen Marsch von ihrer Wohnung hinunter in die Stadt. Heute machte sie einen kleinen Umweg über den Marktplatz, wo die Straßenreinigung daran war, die Abfälle zu entsorgen, die vom üblichen Partygeschehen der vergangenen Nacht liegen geblieben waren, und hinauf zur Schmiedgasse. Sie lief an den alten Häusern mit den bemalten Erkern vorbei zum Grüningerplatz, an dessen einen Ecke in Roberts Lieblingscafé *Amici* bereits Licht brannte. Das Café war noch geschlossen um diese Zeit, die Tischchen und Stühle auf dem Vorplatz gegen nächtliche Vandalen mit Stahlketten gesichert. Durch die Glasscheibe sah sie die junge Servicemitarbeiterin an der Kaffeemaschine hantieren. Sie wusste, dass Robert im obersten Stock des Hauses noch schlief, und schickte ihm einen stummen Kuss hinauf zum dunklen Schlafzimmerfenster. Sie überquerte den Platz, vorbei am plätschernden Brunnen und dem alten Bankgebäude. Noch waren die vielen Fenster der Wohnungen und Geschäfte meist dunkel und die an den Platz angrenzenden Ladenlokale geschlossen. Einzig im *Blüten & Blatt* hatten die Floristinnen bereits begonnen, die vom Patron noch vor der Morgendämmerung an der Pflanzenbörse eingekauften Blumen zu bunten Gebinden zusammenzustellen und auf Verkaufstischen vor dem Laden zum Verkauf vorzubereiten.

Mit dem Fuß verscheuchte sie einen Schwarm überaktiver fetter Tauben, der sich mit lautem Gurren um einige Brotkrümel stritt, die jemand beim Essen auf dem Weg zum nahen Bahnhof hatte zu Boden fallen lassen. Sie überquerte die auch um diese Zeit von Pendlern aus dem Appenzell bereits stark befahrene Straße und erreichte nach wenigen Schritten das Gebäude des Textilmuseums, das der Volksmund wegen seiner roten Ziegelsteinfassade den »Palazzo Rosso« nannte. Tatsächlich erinnerte der stattliche Bau aus dem vorletzten Jahrhundert mit seinen klaren Linien und den hohen Bogenfenstern in der ersten Ausstellungsetage an einen Palast eines italienischen Granden aus einer vergangenen südländischen Epoche.

Sie stieg die wenigen Stufen der in die Fassade eingelassenen Treppe hinauf und öffnete mit ihrem Batch die verschlossene Eingangstür. Für Besucher war das Museum erst am späteren Vormittag zugänglich. Die alte Maria, die seit einer gefühlten Ewigkeit das Ticket Office und den Museumsshop betreute, saß bereits in ihrer Glasbox neben der Kasse und ordnete Prospekte, die sie später in den Behältern in den verschiedenen Museumssälen auslegen würde. Lea winkte ihr einen kurzen Morgengruß zu und stieg das breite, mit seinem an feine Sankt Galler Spitzen erinnernden Treppengeländer und Mosaikböden verzierte Treppenhaus hinauf zu ihrem Büro im Dachgeschoss. Sie legte die Handtasche und den leichten Mantel ab, den sie unnötigerweise gegen die morgendliche Kühle mitgenommen hatte, und ging über eine kurze Verbindungstreppe zurück zur tiefer liegenden Bibliotheks- und Archivetage.

Lange Reihen hoher Regale zogen sich quer durch den Raum. Auf den Tablaren lagen Hunderte große Präsentationsbücher, prall gefüllt mit bunten Stickereimustern aus vergangenen Jahrhunderten. Einige lagen aufgeschlagen auf kleinen Stelltischchen oder wurden in Vitrinen mit von jahrzehntelangen Reinigungsbemühungen des Personals stumpf gewordenem Glas präsentiert. Ein feiner Geruch aus einer Mischung von altem Papier, Leder, Staub und Leim erfüllte den Raum. Im hintersten Teil des Archivs standen im Halbdunkel Gestelle mit großen Archivschachteln aus Karton, die von einem früheren Archivar in einer zittrig wirkenden Sütterlinhandschrift mit einem Stichwort oder einer Jahreszahl beschriftet worden waren.

Lea hatte vor einiger Zeit begonnen, die Materialien in einigen dieser Kartonschachteln zu sichten, die ihr für ihr geplantes Buchprojekt interessant erschienen. Auch heute zog sie eine der Schachteln aus dem Gestell und trug sie zu einem der Arbeitstische ganz vorne am Fenster. Die Sonne war inzwischen über den Häuserzeilen gegenüber dem Museum aufgegangen und beleuchtete die Arbeitsfläche. Sie stand nochmals auf, um sich am Kaffeeautomaten einen Espresso zu holen. Zurück am Arbeitstisch knipste sie die Tischlampe an, zog vorsichtig einen Stapel Dokumente aus der Schachtel und legte die Papiere vor sich auf die Tischplatte. Gemäß Etikett der Schachtel handelte es sich um »Vermischtes« aus den beiden letzten Jahrzehnten des vergangenen Jahrhunderts: Abrechnungen, Verträge, Beschreibungen, Geschäftskorrespondenz und ähnliche Papiere, alles mit einer Beziehung zum lokalen Textilgewerbe. Routiniert nahm sie eine erste oberflächliche Sichtung des Materials vor und suchte sich heraus, was für ihre Arbeit von Interesse sein könnte.

Ihr Blick fiel auf ein rotes Kartonmäppchen, auf dessen Rückseite ein Sticker mit der Aufschrift »Vadiana Wohnheim Sankt Anna« klebte. Sie erinnerte sich, dass es sich dabei um eines der Mitarbeiterhäuser handeln musste, die manche Textilfirmen seit dem späten 19. Jahrhundert bis in die Neuzeit hinein unterhalten hatten, um den weiblichen ledigen Stickerinnen, Fädlerinnen, Näherinnen und Ferggerinnen eine günstige Unterkunft zu vermitteln. Und, vor allem in den Anfängen der Textilindustrie, um eine möglichst weitgehende Kontrolle des sittsamen Lebenswandels der Bewohnerinnen sicherzustellen.

Das Mäppchen war mit dem Namen »Maria Schneider« beschriftet. Sie zog die wenigen losen Blätter aus dem Mäppchen und blätterte oberflächlich durch die mit einer schülerhaft wirkenden Frauenhandschrift eng beschriebenen Seiten. Soweit sie bei der ersten Sichtung feststellen konnte, handelte es sich um alte Schulunterlagen, Notizen zu irgendwelchen Ereignissen, ein Bewerbungsschreiben für eine Stelle bei der *Vadiana*, einige Briefe und ähnliche Alltäglichkeiten. Sie würde das alles in einem zweiten Durchgang aufmerksam studieren und im Hinblick auf Erkenntnisse für ihr Buchprojekt auswerten. Gerade wollte sie das Mäppchen in die Schachtel zurücklegen, da stach ihr auf einem kleinen, mit blauem Stift beschriebenen einzelnen Blatt Papier ein Wort ins Auge: Raggenbass. Sie griff nach dem Blatt, lehnte sich in ihrem Arbeitsstuhl zurück und begann zu lesen.

Der Text war offensichtlich ein Entwurf zu einem Brief. Er hatte weder eine Anrede noch einen formellen Schluss. Überall waren Worte durchgestrichen oder korrigiert. Der Brief musste entweder später nochmals geschrieben oder, was Lea wahrscheinlicher schien, in dieser Form gar nie abgeschickt worden sein. Oben rechts hatte die Verfasserin das Datum hingeschrieben: 18. Januar 1986. Leas Herz schlug höher, je weiter sie den handgeschriebenen Text entzifferte. Es war der Brief einer jungen Frau, die wusste, dass sie unheilbar krank war und bald sterben würde. Sie hatte ein kleines Kind, erst wenige Monate alt. Lea las den Namen des Mädchens, und ihr Herz machte einen Sprung. Mia! In dem Brief akzeptierte die Mutter, dass der Vater des Säuglings wegen seiner gesellschaftlichen Stellung nicht zu seiner Tochter stehen wollte. Sie erinnerte ihn an sein Versprechen, dass die »mächtige Familie Raggenbass« im Gegenzug für ihre Diskretion bis zu deren Volljährigkeit für seine Tochter sorgen würde.

Der Brief enthielt noch eine Reihe teils mit dünnem Stift durchgestrichene oder korrigierte Abschnitte. Doch Lea hatte genug gelesen. Sie hatte Mia zwar nur an wenigen Anlässen des Textilmuseums gesehen. Eigentlich konnte sie sich kaum an sie erinnern. Aber seit Robert sich mit der Aufklärung ihres Todes befasste, war ihr der Name der Toten ein Begriff. War die verstorbene Briefschreiberin Mias Mutter gewesen?

Sie lehnte sich in ihrem Sessel zurück und faltete die Hände hinter dem Kopf. Ihr Blick ging aus dem Bürofenster auf das kleine Stück Himmel, das sie über der Fassade des gegenüberliegenden Hauses erspähen konnte. Die Bedeutung, die dieser Briefentwurf für Roberts Arbeit haben konnte, war ihr sogleich bewusst. Sie griff zum Telefon und rief ihn auf seiner privaten Nummer an, erreichte jedoch nur die Combox und bat um Rückruf. Anschließend wählte sie seine Direktnummer im Kommissariat. Nach zwei Piepsern hatte sie Nele in der Leitung, die ihr mitteilte, dass Robert den ganzen Tag hindurch an einer Weiterbildungsveranstaltung und nicht erreichbar sei. Aber so wie sie ihn kenne, fügte sie hinzu, werde er sicher nicht bis zum Schluss des Seminars ausharren, sondern sich spätestens am Nachmittag bei der ersten Gelegenheit davonschleichen und ins Büro zurückkehren. Sie versprach, dass er Lea sogleich nach seiner Rückkehr zurückrufen werde. So kopierte Lea den Text, steckte die Kopien in ihre Handtasche und widmete sich wieder ihrer Arbeit.

Wie Nele vermutet hatte, nutzte Keller die erstbeste Gelegenheit, sich unauffällig aus der langweiligen Weiterbildungsveranstaltung des Justizdepartements herauszuschleichen. Diese Gelegenheit bot sich erst bei der nachmittäglichen Kaffeepause. Da so viele Teilnehmer aus verschiedenen Verwaltungsbereichen anwesend waren, würde es niemandem auffallen, wenn sein Stuhl nach dem im Tagesplan mit »Coffee Break« und »Networking« umschriebenen Programmpunkt leer bleiben würde. Auf der Treppe traf er ausgerechnet auf Obermüller, den er am Vormittag kurz im Auditorium gesehen hatte. Keller murmelte etwas von dringenden Terminen und beeilte sich, Obermüller aus den Augen zu kommen. Zurück im Büro informierte ihn Nele über den Anruf von Lea. Er war erstaunt, fast beunruhigt, denn sie pflegten sich eigentlich gegenseitig nicht während der Arbeitszeit anzurufen. Natürlich rief er sogleich zurück.

Lea nahm den Anruf gleich nach dem ersten Klingelton entgegen. »Tut mir leid«, entschuldigte sie sich. »Ich weiß, ich sollte dich tagsüber nicht anrufen. Ich glaube, es könnte wichtig sein!«

»Was könnte wichtig sein?«

»Ich habe alte Unterlagen gefunden. Sie haben vielleicht etwas mit der Toten im *Seebad* zu tun. Wenn du Zeit hast, komm vorbei!«

Keller warf einen raschen Blick auf seine Uhr. Es war kurz nach 16 Uhr. Er musste noch einen Bericht schreiben und einige Formulare ausfüllen. »Wenn du in einer Stunde noch im Museum bist, komme ich dich abholen. Einverstanden?«

»Super, ich freue mich! Bis nachher!« Sie unterbrach die Verbindung, und Keller setzte sich wieder hinter seinen Budgetantrag.

Sie trafen sich vor dem Eingang des Textilmuseums. Keller sah Lea durch die Glasscheiben der Eingangstür die Treppe hinunterkommen. Trotz der vielen Menschen, die vor dem Museum in der abendlichen Rushhour vor dem Museum hin und her eilten, fiel sie ihm um den Hals und drückte ihm einen langen Kuss auf die Lippen. Er erwiderte ihren Kuss und fragte sich, womit er das Glück mit seiner Partnerin verdient habe. Da er auf diese Frage wie immer keine befriedigende Antwort fand, beschloss er, es bei der Feststellung der Tatsache seines Glücks zu belassen und sich darauf zu beschränken, es einfach zu genießen. Er griff nach ihrer Hand, und zusammen gingen sie zurück durch die Altstadt in Richtung seiner Wohnung.

Die weit in den Platz hineinreichenden Tische des Café *Amici* standen in der Abendsonne. »Wie wär's mit einem Apéro«, fragte Lea und nahm die Antwort gleich vorweg, indem sie auf einen der Tische zusteuerte, der etwas abseits an der Hausmauer stand und an dem sie nicht von einem der zahlreichen Gäste belauscht werden konnten. Sie setzten sich und bestellten ihre Getränke, Lea einen *Aperol Spritz*, Keller ein *Klosterbräu*. »Auf uns! Und einen schönen gemeinsamen Abend«, stießen sie miteinander an und küssten sich. Lea nestelte ein Sichtmäppchen aus ihrer Basttasche, die sie neben sich auf einen Stuhl gestellt hatte. Sie zog den kopierten Briefentwurf der unbekannten Frau aus dem Mäppchen und legte ihn vor Keller auf den Tisch.

»Das habe ich bei uns im Archiv gefunden. Ich dachte, es wird dich interessieren!«

Keller nahm den Papierbogen und begann zu lesen. Erst

einfach neugierig auf das, was Lea ihm da gebracht hatte, dann mit steigendem Interesse.

Du hast gestern selbst gesehen, dass es bald zu Ende ist. Wir haben es nicht gesagt, obwohl wir es beide gewusst haben: wir sahen uns zum letzten Mal. Ein paar Tage noch, und der Druck ist weg, der mich immer fester zusammenpresst und mir den Atem nimmt. Ich habe keine Kraft mehr. Sie reicht kaum mehr, um dir diesen Brief zu schreiben. Ich mag nicht mehr kämpfen. Das Einzige, was mich in den vergangenen Wochen und Monaten am Leben gehalten hat, war der Gedanke an meine, an unsere kleine Mia.

Ich bin so glücklich, dass du mir gestern wenigstens die Angst um ihre Zukunft genommen hast. Auch wenn ich nicht verstehe, weshalb du nicht zu deiner unehelichen Tochter stehen willst, bin ich erleichtert über dein Versprechen, dass der mächtige Raggenbass zumindest aus der Ferne seine schützende Hand über sie halten wird.

Es hätte nie so weit kommen dürfen. Aber es ist nun mal, wie es ist. Und alles in allem war es eine schöne Zeit. Ich weiß, dass du das auch so siehst. Behalte mich in Erinnerung, wie du mich kennen- und lieben gelernt hast. Ich werde in unserer Tochter Mia weiterleben.

Lea beobachtete ihn, während seine Augen über die handgeschriebenen Zeilen glitten. Sie sah, wie er die Stirn runzelte und die Augen zusammenzukneifen begann, ein untrügliches Zeichen, dass seine Anspannung zunahm. Er legte das Blatt wieder vor sich auf den Tisch und blickte hinüber zum blumengeschmückten Brunnen mitten auf dem Grüningerplatz, der munter vor sich hin plätscherte und in dessen gestautem Wasser die ersten herbstlich gefärbten Blätter der ihn umgebenden Kirschbäume schwammen. Menschen eilten geschäftig über den Platz oder schlenderten paarweise am Brunnen vorbei und fotografierten die mittelalterlichen Häuser, die den Platz umrahmten. Vor ihrem Atelier fegte die Goldschmiedin die Pflastersteine. Einige verfettete Tauben stapften gurrend auf der Suche nach heruntergefallenen Apérokrümeln der Gäste zwischen den Tischchen des *Amici* herum. Irgendwo hoch über dem Platz trillerte ein Vogel von einem Dach.

»Das ist ja ein Ding!«, sagte er nach einer Weile.

Lea nickte. »Denkst du auch, was ich gedacht habe?«

»Es ist fast nicht von der Hand zu weisen«, überlegte Keller laut. »Dieser Text wurde mit ziemlicher Sicherheit von Mias Mutter an den Vater unseres Mordopfers geschrieben. Und es scheint, dass der alte Raggenbass dieser Vater ist.«

Beide schwiegen eine Weile. »Zuerst einmal muss das, was wir aus dem Briefentwurf glauben herauslesen zu können, bestätigt oder widerlegt werden«, überlegte Keller schließlich.

»Das wird sich mit einer DNA-Analyse rasch feststellen lassen«, warf Lea ein.

Keller nickte. »Sicher. Zuerst muss der Alte allerdings damit einverstanden sein, dass wir seine DNA mit derjenigen von Mia abgleichen. Das kann eine Weile dauern, falls er sich weigert. Und seine Angehörigen werden sicher nicht einverstanden sein. Aber wenn wir einmal annehmen, dass der alte Textilbaron tatsächlich der Vater der Toten ist, eröffnen sich ganz neue Perspektiven auf Motive und Täter.«

Lea blickte ihn fragend an. »Was meinst du damit?«

»Dass Raggenbass seine eigene Tochter umbringt, ist nicht anzunehmen. Da bringt uns auch die Erkenntnis seiner möglichen Vaterschaft nicht weiter. Er scheint mir bei Weitem nicht so dement, wie sein Umfeld uns das weismachen will.« Keller erinnerte sich an seine Begegnung mit dem Alten im Rollstuhl anlässlich der Cocktailparty auf der Terrasse der Villa Falkenstein. Die Aussage des Alten klang ihm noch im Ohr: »Ich bin nicht so gaga, wie alle meinen, aber ich lasse sie in dem Glauben. Es ist einfacher für mich …« Vielleicht war der Alte so raffiniert, sie alle bisher getäuscht zu haben, so wie er alle ein Leben lang über die Existenz einer unehelichen Tochter getäuscht hatte.

Nachdenklich nahm er den Faden seiner Überlegungen wieder auf. »Es könnte sein, dass er davon ausging, sein Schwiegersohn sei der Täter gewesen. Vielleicht hat Raggenbass gewusst oder vermutet, dass Mia Signer erpresst hat. Vielleicht hat er überhaupt die ganze Geschichte gekannt, über die wir immer noch rätseln. Er könnte gedacht haben, dass Signer die Erpresserin hatte loswerden wollen, die seine Karriere und Ehe gefährdete. Er könnte zum Schluss gekommen sein, dass sein Schwiegersohn Mia aus dem Weg geräumt hat. Aus Rache hat er seinerseits veranlasst, Signer zu töten. Selbst hat er es sicher nicht tun können, dazu ist er zu schwach und zu immobil. Er könnte jemanden aus seinem Umfeld, der ihm ergeben ist, dazu benutzt haben.«

»Vielleicht seine Tochter Britta?«, fragte Lea. »Sie hat längst genug von ihrem Mann und betrügt ihn, wo immer sie eine Möglichkeit findet.«

Keller spann die Gedanken weiter. »Erinnerst du dich an

den pensionierten Buchhalter, den wir letzthin bei unserer Joggingrunde oben auf Drei Weieren getroffen haben? Er war sein ganzes Berufsleben hindurch die rechte Hand des alten Raggenbass. Und offenbar steht er bis heute regelmäßig mit ihm in Kontakt. Hat er ihn, seinen treuen Handlanger, dazu benutzt, um sich am Mörder seiner Tochter zu rächen?«

»Und wenn Signer nicht der Mörder von Mia war und Raggenbass das auch gar nicht vermutet hat?«, unterbrach Lea kritisch seine galoppierenden Spekulationen.

Natürlich hatte sie recht. Die Fantasie drohte mit ihm durchzugehen. Das waren wieder alles nur Spekulationen, für die es keine belastbaren Indizien gab. Immerhin öffnete Leas Fund den bisher geschlossenen Kreis der Verdächtigen und brachte mit all den zusätzlichen Möglichkeiten frischen Wind in die verfahrenen Ermittlungen. Zwei Dinge galt es abzuklären: War Mia tatsächlich die Tochter von Raggenbass? Und was hatte der Alte mitbekommen von den Ereignissen der vergangenen Wochen? Das Erste war einfach abzuklären. Mias DNA hatten sie bereits, diejenige von Raggenbass ließ sich beschaffen, auch wenn dazu ein umständlicher gesetzlicher Prozess in Gang gesetzt werden musste. Das würde er gleich an die Hand nehmen. Für den zweiten Punkt hatte er eine andere Idee.

Er blickte Lea an. »Dein Projekt, Lea, wäre ein idealer Vorwand, um Raggenbass auf den Zahn zu fühlen! Wenn du unter dem Vorwand deiner Ausstellung um ein Interview mit ihm nachsuchst, kommst du vielleicht besser an ihn heran. Du könntest ihn direkt oder indirekt auf Mia ansprechen. Erinnert er sich an sie? Weiß er noch, dass sie seine Tochter war? Weiß er, dass sie tot ist, ermordet wurde? Und was fühlt er dabei? Könnte er etwas damit zu tun haben? Das alles würde mich brennend interessieren.«

Lea war etwas skeptisch. »Wäre es nicht einfacher, du würdest ihn all das direkt fragen?«

»Es wäre korrekter«, gab Keller zu. »Aber nicht einfacher. Ich müsste ein offizielles Begehren stellen, ihn als Auskunftsperson vernehmen zu können. Wahrscheinlich würden seine Angehörigen das über ihre Anwälte ablehnen. Auch wenn ich vom Richter die Erlaubnis bekommen würde, verlieren wir viel Zeit. Wenn du unter einem Vorwand zu ihm kommst, ist das viel einfacher. Und ich vermute, dass sich der Alte einer Frau wie dir gegenüber eher öffnen wird. Ich vertraue auf deine Intuition, die dir nach dem Gespräch sagen wird, ob er etwas mit der Geschichte zu tun hat oder nicht. Nachher sehen wir, wie wir auf dem offiziellen Weg weitergehen wollen. Wir müssen das Gespräch natürlich sorgfältig vorbereiten. Er wird wissen wollen, weshalb du ihn nach Mia fragst. Der Brief hier«, er zeigte auf das Papier vor ihnen auf dem Tisch, »ist ein guter Vorwand für das Gespräch. Rufe ihn an und sorge dafür, dass du möglichst rasch einen Gesprächstermin bekommst. Du erzählst ihm von einem Fund im Archiv, der ihn betreffe und ihn interessieren könnte. Wenn er kein Interesse zeigt, gibst du ihm einige Informationen zum Brief. Das wird ihn neugierig machen, da bin ich mir sicher. Du musst einfach sicherstellen, dass du für das Gespräch mit ihm allein sein kannst und nicht jemand vom Pflegepersonal oder gar seine Tochter dabei ist.«

Lea blieb erst skeptisch, war aber nach einigen Überlegungen doch einverstanden. Die Sache mit dem Briefentwurf hatte sie selbst ins Rollen gebracht. Da war es folgerichtig, dass sie die Spur weiterverfolgen wollte. Und sie war überzeugt, dass das Gespräch mit Raggenbass interessant werden würde.

KAPITEL 36

Einen Termin bei Raggenbass zu erhalten war einfacher gewesen, als Lea erwartet hatte. Eine Haushälterin nahm Leas Anruf entgegen und verband sie mit der Pflegerin, die den Alten betreute. Lea erklärte ihr, sie sei eine Mitarbeiterin des Textilmuseums, die für eine Ausstellung zur Geschichte der Sankt Galler Spitzen mit Zeitzeugen und Pionieren der Textilindustrie Interviews führe, und dass sie dazu gerne auch mit Doktor Raggenbass ein Gespräch führen wolle.

Die Pflegerin hatte nichts dagegen einzuwenden, doch sie warnte sie vor zu hohen Erwartungen. »Er freut sich bestimmt über die Abwechslung«, meinte sie. »Mit seinen über 90 Jahren ist seine Tagesverfassung schwierig vorauszusagen. Manchmal geht es ihm gut und er ist geistig wach und gut ansprechbar, manchmal dämmert er mehr oder weniger vor sich hin und zeigt wenig Reaktion auf sein Umfeld. Momentan scheint er eine recht gute Phase zu haben. Wenn Sie gleich morgen Nachmittag kommen können, stehen die Chancen gut, dass er einigermaßen fit ist. Seien Sie nicht enttäuscht, falls wir Sie morgen abweisen müssen. Seine Kondition wechselt manchmal rasch.«

Kurz nach drei Uhr nachmittags schritt Lea den kurzen Weg von der offen stehenden Pforte zur Eingangstür der Villa Falkenstein hinauf. Sie hatte vormittags zur Sicherheit angerufen. Wie beim ersten Mal hatte eine Frau ihren Anruf entgegengenommen und sich mit dem Namen des Hausherrn gemeldet: »Raggenbass!« Wahrscheinlich die

Haushälterin, dachte sie, oder die Hausdame. Oder was reiche Leute sonst in ihrem Haushalt beschäftigen. Sie hatte sich auf ihre Abmachung berufen und gefragt, ob die Verabredung zum Gespräch noch gelte.

»Das geht in Ordnung«, hatte die Frauenstimme bestätigt. »Wir erwarten Sie nach dem Mittag. Bitte kommen Sie nicht vor drei Uhr. Er schläft in letzter Zeit nach dem Mittagessen immer länger.«

Lea ging die wenigen Stufen der halbrunden Treppe zur Haustür hinauf. Sie drückte den kleinen Messingknopf neben der Tür und hörte im Inneren eine Glocke anschlagen. Nach einer kurzen Wartezeit ging die Tür auf. Eine Frau mit blondierten Haaren in einem unauffälligen und, wie Lea sachkundig sogleich feststellte, zweifellos teuren Kostüm begrüßte sie.

»Frau Doktor Lehmann, nehme ich an«, sagte sie und bat Lea mit einem freundlichen Lächeln ins Haus. Lea erkannte die Stimme vom vormittäglichen Telefongespräch.

»Britta Raggenbass«, stellte die Frau sich vor und ergänzte auf Leas spontanen erstaunten Blick hin mit einem kurzen Lächeln: »Die Tochter. Ich habe meinen Namen nach der Heirat behalten.« Sie schloss die Tür hinter ihnen. »Ich gehe voraus. Mein Vater erwartet Sie. Bitte, folgen Sie mir!«

Während Lea neben ihr durch die Halle ging, fügte sie hinzu: »Mein Vater wohnt drüben im Gartenhaus, zusammen mit der Pflegerin, die ihn seit einigen Jahren betreut. Er hat es für sich umbauen lassen und ist dorthin umgezogen, nachdem mein Mann und ich die Villa bezogen haben.«

Durch eine Seitentür verließen sie das Haus und betraten einen gedeckten, von wilden Reben überwachsenen Laubengang, der über verwitterte Steinplatten zum abseits gelegenen Gartenhaus führte. Dessen steinerne Mauern waren fast völlig mit Efeu und Glyzinien überwuchert. Die im Sommer leuchtend blauen Blüten waren inzwischen verblasst, die meisten von ihnen auf den Boden gefallen, wo sie sich mit den vom Wind verwehten gelb-rot gefärbten Blättern der Ahornbäume im Park mischten.

Sie schritten nebeneinander durch den Laubengang. »Wissen Sie«, meinte sie mit einem raschen Blick zu Lea, »mein Vater wirkt in letzter Zeit manchmal etwas verwirrt. Kein Wunder, mit bald 92 Jahren. Es ist mehr die Gegenwart, die ihn verwirrt. Wenn es um die Vergangenheit geht, ist sein Gedächtnis aber noch hervorragend. Sie haben Glück, heute geht es ihm vergleichsweise gut.«

Sie waren wenige Schritte vom Gartenhaus entfernt, da öffnete sich dessen Eingangstür. Ein Mann und eine Frau traten aus dem Haus und kamen auf sie zu. Lea wusste, dass sie die beiden schon irgendwo gesehen hatte, doch spontan fiel ihr nicht ein, woher sie ihre Gesichter kannte.

»Johann Gerner, der ehemalige Buchhalter und Finanzchef der *Vadiana*«, sagte Britta, »und Alberta Brenner, auch sie eine langjährige Mitarbeiterin meines Vaters. Beide arbeiten noch immer für die privaten Angelegenheiten meines Vaters.« Ihrem kühlen Ton entnahm Lea, dass sie den beiden nicht gerade herzlich zugetan war. Auch Albertas Blick, mit dem sie Brittas Ausführungen quittierte, ließ nicht auf ein besonders inniges Verhältnis zwischen ihr und der Tochter ihres früheren Chefs schließen. Sie nickten sich gegenseitig ein kühles »Guten Tag!« zu und drückten sich aneinander vorbei, ohne weitere Worte zu wechseln. Lea folgte Britta zur Eingangstür des Gartenhauses. Erst jetzt erinnerte sich Lea plötzlich, woher sie die beiden kannte: von der Joggingrunde

mit Robert, oben auf den Drei Weieren, bei den Schrebergärten. Johann, der Ex-Buchhalter, und Alberta, die noch
immer nicht Ex-Sekretärin!

Sie traten in einen kleinen Vorraum. Britta nahm Lea
den Mantel ab, hängte ihn über einen der an der Wand
festgeschraubten Garderobenhaken und öffnete die dem
Eingang gegenüberliegende Tür.

»Papa!«, rief sie in den Raum, »Frau Doktor Lehmann
ist da!«

Aus dem Inneren erklang eine rauchige Stimme, die
offenbar dem alten Raggenbass gehörte. Britta wiederholte,
diesmal etwas lauter: »Die Frau vom Textilmuseum. Sie
will mit dir reden. Wir haben gestern darüber gesprochen!«

Sie drehte sich um und winkte Lea, ihr in den großen,
auf drei Seiten von Fenstern eingefassten Raum zu folgen.
Die Nachmittagssonne beleuchtete den Parkettboden und
die aus dunklen Hölzern gefertigten Stilmöbel, die offensichtlich aus der Villa stammten. Auch die Teppiche hatte
man beim Umzug in die Gartenwohnung aus der Villa
mitgenommen. Lea musste unwillkürlich an ihre verstorbene Mutter denken. Bei deren Auszug aus ihrem Haus
am Stadtrand in das winzige Appartement in der Senioren-
residenz gehörte es zu den schwierigsten Entscheidungen,
welche Möbelstücke und Einrichtungsgegenstände sie aus
ihrem bisherigen Zuhause mitnehmen wollte und konnte.
Der alte Raggenbass war in seinem Gartenhaus immerhin
nur wenige Meter von seinem ehemaligen Wohnhaus entfernt und konnte in seinem Rollstuhl jederzeit in seine frühere Lebensumgebung zurückrollen. Lea vermutete, dass
es ihm dennoch nicht leichtgefallen war, aus dem Haus
auszuziehen, in dem er aufgewachsen war und das er jahr-
zehntelang bewohnt hatte. In einer der Ecken, neben den

raumhohen Terrassentüren in den Park, saß der alte Patriarch in seinem Rollstuhl, eine wollene Decke über den Knien, und blickte den beiden Besuchern entgegen. Lea ging zu ihm hinüber und streckte ihm die Hand entgegen.

»Danke, dass Sie sich Zeit nehmen für ein Gespräch. Ich weiß es zu schätzen!«, begrüßte sie ihn.

Der Alte ergriff ihre Hand und drückte sie. Lea staunte über die Kraft, die trotz seines hohen Alters in seinen Händen war. Er wies auf einen kleinen runden Tisch beim Fenster, um den drei mit hellem Stoff bezogene Stühle gruppiert waren. »Nehmen Sie sich da drüben einen Stuhl und setzen Sie sich.« Auch seine Stimme war erstaunlich fest für einen alten Mann. »Mein Arzt sagt mir zwar, ich werde langsam senil. Wahrscheinlich hat er recht. Aber ich habe immer noch viele gute Tage, an denen mein Kopf recht gut arbeitet. Sie haben Glück, heute ist so ein Tag.« Er drehte sich zu seiner Tochter, die inzwischen neben seinem Rollstuhl stehen geblieben war. »Ich denke, wir brauchen dich nicht mehr. Lass mich mit ihr allein.«

Britta, die offenbar davon ausgegangen war, dem Gespräch beiwohnen zu können, verzog etwas beleidigt das Gesicht. »Ruf mich, wenn du mich wieder brauchst.« Sie warf Lea einen kurzen Blick zu und schloss die Zimmertüre hinter sich.

Der Alte kicherte. »Wenn ich mal wieder die Gelegenheit habe, mit einer attraktiven jungen Frau alleine im Zimmer zu sein …« Er bewegte seinen Rollstuhl zum Tisch, sodass er Lea gegenübersaß. Mitten auf dem Tisch lag eine offene Schachtel mit Pralinen. *St. Galler Spitzen*, wie Lea sogleich feststellte.

»Nehmen Sie ruhig. Es sind meine Lieblingspralinen. Mein früherer Buchhalter versorgt mich zuverlässig mit ihnen. Das einzige Laster, das mir noch bleibt, nachdem von ›Wein, Weib und Gesang‹ nichts mehr möglich ist – den Wein verbietet mir der Doktor, die Weiber interessieren mich nicht mehr, und singen konnte ich noch nie.«

Lea lehnte dankend ab, während Raggenbass sich eines der Schokostücke aus der Verpackung klaubte. »Meine Tochter hat mir gesagt, dass Sie an einem Projekt zur Textilgeschichte unserer Stadt arbeiten. Kommen Sie deswegen? Oder hat Ihr Freund, der Kommissar, Sie geschickt, um mir auf den Zahn zu fühlen?«

Lea fühlte sich ertappt und hoffte, dass der Alte ihre im Gesicht aufsteigende Röte nicht wahrnahm. Sie lächelte ihn freundlich an. Robert hatte ihr von seinem Gespräch erzählt, dass er am Apéro vor einigen Tagen mit Raggenbass geführt hatte. Sie vermutete, dass er dabei auch erwähnt hatte, dass er mit ihr an diesen Anlass gekommen war. Der Alte hatte das offenbar nicht vergessen.

Raggenbass erwiderte ihr Lächeln. »Also, worum geht's, und was kann ich dazu beitragen?«

Fast eine Stunde lang löcherte Lea den Alten mit ihren Fragen. Raggenbass schien gerne in seinen Erinnerungen zu kramen. Er lebte sichtlich auf, als er von den aufregenden Jahren zur Zeit seines Großvaters und Vaters erzählte, aus dem noch sehr guten Gedächtnis Ereignisse und Entwicklungen schilderte, die er selbst in seiner Kindheit erlebt hatte, und treffend Aufstieg und Niedergang der einst so reichen und mächtigen ostschweizerischen Textildynastien schilderte. Mit der Zeit spürte sie, dass er müde wurde. Sie legte den Stift auf die Tischplatte und schloss ihr Notizbuch. Es war an der Zeit, den eigentlichen Grund ihres Besuchs anzusprechen. Sie lehnte sich in ihrem Stuhl zurück und blickte ihm für einen Moment in die Augen.

»Erinnern Sie sich an Maria Schneider?«, fragte sie unvermittelt.

Der Alte erwiderte ihren Blick aus seinen stumpfen Augen. Kein Muskel zuckte in seinem faltigen Gesicht. Lea schien es, dass sein Atem etwas schwerer ging und seine Hände, die er während des bisherigen Gesprächs im Schoß gefaltet hatte, sich verkrampften.

»Woher haben Sie diesen Namen?«, fragte er leise.

Lea erzählte ihm von ihrem zufälligen Fund im Archiv des Museums. Sie nahm das Brieffragment aus ihrer Tasche und legte das Blatt Papier vor sich auf den Tisch. »Soll ich es vorlesen?«

Nach einer kurzen Pause nickte Raggenbass stumm, und Lea begann, ihm den kurzen Text vorzulesen. Als sie fertig war und aufblickte, sah sie zwei Tränen, die sich ihren Weg über seine faltigen Wangen suchten. Eine Weile blieben beide stumm. Er nestelte das Taschentuch aus der Ablage seines Rollstuhls, tupfte sich die wässerigen Augen und schnäuzte sich laut.

Er wirkte plötzlich wieder erstaunlich wach und fixierte Leas Blick. »Ja, Mia war meine uneheliche Tochter«, begann er zu erzählen. »Die Zeiten waren anders damals. Es gab kein *MeToo*, dafür noch weit mehr scheinheilige Moralvorstellungen als heute. Anna, meine Frau, Gott hab' sie selig, hätte mir die Augen ausgekratzt, wenn sie gewusst hätte, dass ich ein uneheliches Kind habe. Die Sache mit Maria hatte nur kurz gedauert. Es war, wie man damals sagte, eine ›amour fou‹, für beide von uns. Sie hatte offenbar die Pille vergessen. Mia war das Ergebnis unserer wenigen gemeinsamen Stunden. Nachdem sie mir sagte, dass sie schwanger sei, habe ich ihr eine Abtreibung vorgeschlagen und angeboten, alles Notwendige zu organisieren. Sie wollte das Kind unbedingt behalten. Sie war damals bereits schwer krank, und ihr Zustand hat sich nach der Geburt von Mia rasch verschlechtert. Ich habe versprochen, als Gegenleistung für ihre Diskretion für das Kind bis zu dessen Volljährigkeit zu sorgen. Das habe ich auch getan. Sie hat eine gute Privatschule besucht, und sie konnte ihre Lehre bei uns in der *Vadiana* machen.«

»Hat sie gewusst, dass sie Ihre Tochter ist?«, fragte Lea.

Er schüttelte den Kopf. »Nein. Ich habe sie nicht mehr gesehen, bis sie hier in der Villa Falkenstein auftauchte. Ich habe sie gleich erkannt, sie war das Abbild ihrer Mutter. Auf meinen Wunsch hat sie mich gelegentlich im Gartenhaus besucht, und wir haben uns so etwas wie angefreundet. Dass sie meine Tochter ist, hätte sie erst nach meinem Tod erfahren, bei der Testamentseröffnung. Ich habe sie zur Haupterbin meines Vermögens gemacht. Im Unterschied zu meiner anderen Tochter Britta hatte Mia die Fähigkeiten, die es braucht, um ein großes Vermögen zu verwalten und eine Firma in die Zukunft zu führen. Mia hatte meine Gene, Britta gleicht mehr ihrer verstorbenen Mutter.«

»Und was sagte Ihre leibliche Tochter?«

»Britta hat nicht gewusst, dass sie eine Schwester hat. Sie weiß es bis heute nicht. Die beiden waren befreundet, ihre wahren verwandtschaftlichen Beziehungen haben sie nicht gekannt.«

Lea hatte längst aufgehört, sich Notizen zu machen. Sie wusste, dass sie Keller das Gehörte auch so fast wörtlich würde berichten können. Eine Frage hatte sie noch. »Haben Sie Mia zurück in die *Vadiana* geholt und ihr den Job in der Firma besorgt?«

Der Alte schüttelte den Kopf. Seine Stimme wurde

zunehmend schwächer. »Damit habe ich nichts zu tun. Sie ist nach dem Abschluss ihrer Lehre ins Ausland gegangen. Ich habe lange gar nicht gewusst, dass sie wieder zurückgekommen ist. Mein Schwiegersohn hat sie eingestellt. Wahrscheinlich eine der wenigen guten Entscheidungen, die er getroffen hat, seit er meine Nachfolge an der Spitze der *Vadiana* angetreten hat.«

Auf Leas fragenden Blick machte er eine abfällige Handbewegung und fügte hinzu: »Signer war eine Fehlbesetzung. Keine Führungsfähigkeit, keine Visionen fürs Geschäft. Die größte Pfeife, die ich je eingestellt und erst noch befördert habe. Das habe ich leider zu spät gemerkt. Meine Tochter hat mich bekniet, ihn in die Firma zu nehmen. Ich war von Beginn weg gegen diese Beziehung. Was kann ich tun, wenn meine Tochter blind ist und nicht auf mich hören will? Anfänglich hat er sich gut gehalten. Dass er ein Blender ist, habe ich erst erkannt, nachdem ich ihm die Macht übergeben und mich aus der Firma zurückgezogen hatte. Andere haben mich vor diesem Schritt gewarnt, ich habe leider nicht auf sie gehört.«

»Welche anderen?«, fragte Lea spontan nach, obschon sie nicht hätte sagen können, weshalb sie das überhaupt interessierte.

Er wies mit dem Kinn auf die Zimmertür. »Die beiden zum Beispiel, die vorhin bei mir waren. Sie haben sie wahrscheinlich beim Hinausgehen getroffen. Johann, mein ehemaliger Buchhalter, und Alberta, meine langjährige Sekretärin. Ich sehe immer noch die Zahlen, die mir Johann jeweils präsentiert. Umsätze, die zurückgehen, von Jahr zu Jahr geringere Gewinne, im vergangenen Jahr sogar einen kleinen operativen Verlust. Das gab es früher nie.«

Er sank in sich zusammen. Seine Stimme wurde zunehmend schwächer. »War mein Fehler. Hätte auf meine Leute hören sollen. Jetzt ist es zu spät.«

Sein bisher wacher Blick verschleierte sich, die Hand auf der Lehne des Rollstuhls begann zu zittern. Mit krächzender Stimme rief er nach seiner Tochter, die rasch ins Zimmer trat.

»Das reicht, Papa«, sagte sie, und fügte mit Blick auf Lea hinzu: »Sie sollten jetzt gehen. Sie sehen, dass er müde ist.« Sie beugte sich über ihren Vater und tupfte ihm mit einem weißen Tuch einen Speichelfaden aus dem Mundwinkel. Sankt Galler Spitzen, notierte Lea automatisch in ihrem Kopf. Sie steckte ihr Notizbuch ein und bedankte sich für das Gespräch. Raggenbass nickte und streckte ihr seine fleckige, von Sehnen durchzogene Greisenhand zum Abschied hin. Sobald Lea sie ergriff, zog er sie mit überraschender Kraft zu sich und flüsterte ihr so leise, dass seine Tochter davon nichts mitbekommen konnte, ins Ohr:

»Grüßen Sie Ihren Kommissar von mir. Sagen Sie ihm, dass er den Mörder finden muss!«

KAPITEL 37

Spätabends hatte Hannah ihm eine SMS geschickt mit der Frage, ob sie ihn gleich morgen früh im Büro sprechen könne. Sie sei auf eine interessante Information gestoßen. Er musste lächeln, als er die Nachricht öffnete. Offenbar arbeitete seine junge Assistentin auch außerhalb der Bürozeiten am Fall. Gut so, dachte er. Er würde sie morgen zumindest augenzwinkernd ermahnen, dass sie sich nicht spät nachts noch um den anstehenden Fall zu kümmern brauche und er nicht erwarte, von ihr nach Büroschluss Mails oder Meldungen zu erhalten oder selber solche zu lesen. Obwohl er selbst genau das auch tat und seine Mitarbeiter wussten, dass er es unausgesprochen auch von ihnen erwartete. Wenn ein wichtiger Fall zur Aufklärung anstand, konnte er davon ausgehen, dass sein Team rund um die Uhr erreichbar und einsatzbereit war. Dafür drückte er gerne das eine oder andere Auge zu, wenn eine etwas ruhigere Zeit anzustehen schien. Wobei in seinem Einsatzgebiet »Gewaltverbrechen« die ruhigen Zeiten sich nicht planen ließen.

Am nächsten Morgen durchquerte er früher als üblich den Durchgang von der Klosterwiese zum Pfalzhof. Er sah, dass an Hannahs Arbeitsplatz im Erdgeschoss des Gartenhauses bereits Licht brannte. Sie gehörte morgens zu den Ersten, die im Kommissariat eintrafen, während er meist der Letzte war, der so gegen acht Uhr im kleinen Pfalzgebäude auftauchte, obwohl er den kürzesten Arbeitsweg aller Mitarbeiter hatte. Er stieg gar nicht erst die Treppe zu seinem Büro im ersten Stock hinauf, sondern ging direkt zu ihr. Sie saß an ihrem Pult und quälte mit ihrem an ein Maschinengewehr erinnernden Staccato die Tastatur.

»Guten Morgen, Hannah!«

»Oh, so früh heute?« Sie blickte erfreut auf und griff sogleich nach einem Mäppchen, das sie neben sich auf dem Pult bereitgelegt hatte, offensichtlich in der Erwartung, seinen Inhalt mit ihm besprechen zu können. »Tut mir leid, dich gestern so spät noch gestört zu haben. Ich habe etwas gefunden und war ganz aufgeregt!«

Sie zog eine eng beschriebene Liste aus einer Ablage und reichte sie Keller, der sich einen Stuhl herangezogen und sich ihr schräg gegenüber ans Pult gesetzt hatte. Mit einem raschen Blick überflog er die Liste, die ihm bekannt vorkam.

»Ist das nicht das Melderegister aus dem *Seebad*, das wir uns gleich zu Beginn unserer Ermittlungen schon vorgenommen haben?«

»Doch«, bestätigte Hannah. »Wir haben uns damals auf die Daten der Gäste konzentriert, die in der Mordnacht vom Samstag auf den Sonntag im Hotel waren. Ich hatte so ein Gefühl, dass wir etwas übersehen haben könnten, und mir den Auszug gestern Abend nochmals vorgenommen. Diesmal habe ich mir auch die Eintragungen der Tage vor dem Mord angesehen.«

Keller nahm erneut die Liste in die Hand und schaute Hannah fragend an.

»Auf der vierten Seite! Ich habe es farbig markiert«, sagte sie.

Er blätterte zur angegebenen Markierung. Unter dem Vermerk »Abreise« fand er Alberta Brenners Name, zusammen mit den Details der Zimmerrechnung und dem Vermerk

»vorzeitig abgereist/Stornierungsgebühr erlassen«. Er ließ das Blatt sinken und blickte Hannah nachdenklich an. Das war in der Tat bemerkenswert. Niemand hatte bisher gewusst, dass auch Alberta Brenner am Tatort war, auch wenn sie abgereist war, noch bevor der Ort zu einem Tatort geworden war. War sie tatsächlich abgereist? Oder war sie unbemerkt im Hotel geblieben? Oder später, vielleicht nachts, heimlich ins Hotel zurückgekommen? Sie selbst hatte ihren Aufenthalt im *Seebad* am Tag vor dem Mord mit keinem Wort erwähnt. Aber es hatte sie auch niemand danach gefragt.

»Ich habe gestern im *Seebad* angerufen und gefragt, ob Alberta schon früher einmal Gast im Hotel war und falls ja, wann das gewesen sei«, fuhr Hannah fort. »Tatsächlich verbrachte sie gut eine Woche zuvor eine Nacht im *Seebad*. Das war, wie mir die *Seebad*-Verwaltung sagte, ihr erster Aufenthalt dort.«

»Gut gemacht, Hannah!«, lobte Keller seine Assistentin. »Ich schlage vor, wir fragen sie am besten gleich selbst, was sie dort gemacht hat!«

Kurz vor acht Uhr bogen sie in Kellers Toyota auf den Firmenparkplatz vor der *Vadiana* ein und stellten den Wagen auf einen der Besucherparkplätze. Oben in der Chefetage brannte bereits Licht. Sie war also da. Die Eingangstür war noch verschlossen. Sie klingelten, und die Rezeptionistin öffnete ihnen. Sie blickte etwas erstaunt, als sie die frühen Besucher erkannte. Sie schickte sich an, die beiden Polizisten anzumelden, doch Keller wies sie mit barscher Stimme an: »Nein, lassen Sie das. Wir kennen den Weg.«

Alberta saß an ihrem ausladenden Arbeitstisch und war damit beschäftigt, einen Stapel farbiger Sichtmäppchen zu sortieren, die sie vor sich auf der Tischplatte aufgetürmt

hatte. Sie blickte auf, sobald die Lifttür mit einem gedämpften Klingelton zur Seite glitt.

»So früh, Herr Kommissar! Sie überraschen mich!«,
begrüßte sie die beiden. Tatsächlich schien sich ihre Überraschung in Grenzen zu halten. Keller hatte den Eindruck,
sie sei weniger vom Zeitpunkt des Besuchs als vom Besuch
an sich überrascht. Ohne weitere Bemerkungen erhob sie
sich aus ihrem Sessel und wies zur weit offen stehenden
Tür des Büros des Chefbüros. »Wir können den Sitzungstisch in seinem Büro benutzen.«

Sie bot ihnen nichts zum Trinken an und stellte auch
keine Fragen. Alle drei setzten sich, und Alberta blickte
Keller mit hochgezogenen Augenbrauen an. Offensichtlich
hatte sie nicht vor, etwas zu sagen oder zu fragen, sondern
wartete ab, was die beiden Polizisten von ihr wollten. Keller beschloss, gleich zum Punkt zu kommen. »Wir haben
festgestellt, dass Sie am Tag vor der Ermordung von Mia
Schneider im *Seebad* waren«, eröffnete er die Befragung.

Alberta nickte ohne sichtbare Regung. »Das stimmt.«

»Und warum haben Sie uns das nicht gesagt?«

Sie zuckte mit den Schultern. »Hätte ich das erwähnen
müssen? Mich hat nie jemand danach gefragt. Und ich
dachte nicht, dass das wichtig sei. Ich bin ja bereits am
Vortag von Mias Tod abgereist.«

»Das haben wir gesehen«, bestätigte Keller. »Ursprünglich hatten Sie Ihr Zimmer auch für die Nacht auf Sonntag
gebucht. Sie haben dem Hotel Ihre vorzeitige Abreise erst
am frühen Samstagnachmittag mitgeteilt. Weshalb dieser
plötzliche Sinneswandel?«

Alberta blickte die beiden für ein paar Sekunden mit ausdrucksloser Miene an. »Wissen Sie, meine ältere Schwester ist schwer krank«, sagte sie. »Sie hat Lungenprobleme,

genauer gesagt Lungenkrebs. Sie wird nicht mehr lange leben. Ich habe ihr immer gesagt, sie solle weniger rauchen. Aber sie hört ja nicht auf mich. Eigentlich hätte ich mich um sie kümmern sollen, anstatt mir ein freies Wochenende zu nehmen. Mich hat auf einmal das schlechte Gewissen übermannt, und ich habe mich entschlossen, abzureisen und zu ihr zu fahren. Ich weiß, man traut mir das nicht zu, doch manchmal reagiere ich in solchen Dingen sehr spontan. Ich bin direkt nach meiner Abreise aus dem *Seebad* zu ihr gefahren und habe die Nacht auf den Sonntag sowie den ganzen Sonntag bei ihr verbracht.« Sie blickte die beiden mit einem, wie es Keller schien, spöttischen Blick über den Rand ihrer goldgefassten Brille an. »Wahrscheinlich fragen Sie mich jetzt nach meinem Alibi?«

»Und, haben Sie eines?«

»Meine Schwester hat eine Pflegerin, die 24 Stunden am Tag bei ihr wohnt und für sie sorgt. Sie war auch an diesem Samstag im Einsatz und kann, neben meiner Schwester, meine Aussage bestätigen. Wir haben uns zudem von einem Lieferdienst etwas zum Essen bringen lassen. Den Boten kenne ich nicht, aber wenn Sie ihn aufspüren, wird er bestätigen, dass er mich gesehen hat.« Sie holte im Büro nebenan ihre Handtasche und suchte ein Papier hervor, das sie Keller überreichte.

»Auf dem Lieferschein finden Sie die Adresse und die Zeit der Lieferung.«

Keller und Hannah warfen sich einen Blick zu. »Wir überprüfen das selbstverständlich. Geben Sie uns Name, Adresse und Telefonnummer Ihrer Schwester und der Pflegerin.«

Alberta griff wortlos nach einem *Postfix* und schrieb die gewünschten Informationen auf den Zettel. Dann blickte sie die beiden Polizisten fragend an.

»Sonst noch was?«

»Wir melden uns«, bedankte sich Keller und verabschiedete sich.

»Gerne«, hörten sie Alberta mit leicht ironischem Unterton in der Stimme sagen, während die Lifttür sich geräuschlos hinter ihnen schloss. Zurück im Kommissariat schickte Keller Hannah sogleich zur Überprüfung von Albertas Alibi los. »Geh selber hin und überprüfe das bei ihrer Schwester«, forderte er sie auf.

Noch vor dem Mittag meldete sie sich in seinem Büro zurück. Ihre enttäuschte Miene signalisierte, dass sie schlechte Nachrichten brachte. »Die Schwester hat alles so bestätigt, wie Alberta es uns geschildert hat«, rapportierte sie. »Alberta ist offensichtlich gleich nach dem Auschecken im *Seebad* zu ihr nach Winkeln gefahren. Zeitlich kommt es etwa hin. Ich habe auch die Krankenschwester gesprochen, die sie erwähnt hat. Sie hat Albertas Ankunftszeit bestätigt, und dass sie beide die ganze Nacht hindurch bei der Kranken waren. Alberta besuche ihre Schwester regelmäßig und verbringe auch immer die Nacht bei ihr im freien Gästezimmer. Die Pflegerin meinte, sie sei froh um die Abwechslung gewesen. Der Kranken sei es in dieser Nacht vergleichsweise gut gegangen, und sie hätten bis nach Mitternacht Karten gespielt. Anschließend seien sie alle drei schlafen gegangen. Auch den Pizzaboten von Lieferservice habe ich kontaktiert. Er bestätigt ebenfalls Albertas Aussage.«

Die Enttäuschung in Hannahs Stimme war unüberhörbar. Alberta hatte für den mutmaßlichen Zeitpunkt des Mordes, egal wie weit man den Zeitraum ihres Todes fassen wollte, ein wasserdichtes Alibi. Daran gab es nichts zu rütteln. Auch diese neueste Spur in ihren Ermittlungen schien in eine Sackgasse zu führen.

KAPITEL 38

Aus irgendeinem Grund, der ihm selbst nicht klar war, kam ihm im Laufe der folgenden Tage immer wieder die Begegnung mit der Chefsekretärin und dem pensionierten Buchhalter der *Vadiana* oben auf Drei Weieren in den Sinn. Seit Lea ihm ausführlich von ihrem Gespräch mit dem alten Raggenbass berichtet und dabei auch erwähnt hatte, Johann und Alberta begegnet zu sein, ging ihm das Gesicht des Hobbygärtners in seinem Schrebergarten nicht mehr aus dem Kopf. Die beiden hatten offenbar noch immer regelmäßigen Kontakt mit dem Alten. Er rief Hannah an und beauftragte sie, ihm Informationen zum ehemaligen Buchhalter zu beschaffen, besser noch ihn gleich direkt nach seiner Biografie zu befragen. Wozu die Informationen ihm helfen sollten, wusste er zwar nicht. Doch vielleicht brauchte es noch ein oder zwei weitere Karteikärtchen auf seinem Flipchart.

Hannahs Mail mit den gewünschten Informationen lag kurze Zeit später in seiner In-Box. Sie hatte Johann in seinem Garten getroffen und befragt. Sie schrieb, er habe ohne sichtbares Erstaunen alle ihre Fragen beantwortet. Er hatte sein ganzes Berufsleben in der *Vadiana* verbracht. Nach dem Abschluss seiner kaufmännischen Berufslehre war er in die Buchhaltungsabteilung der Firma eingetreten. Später wurde er deren Leiter, nochmals einige Jahre später ernannte ihn Raggenbass zum Finanzchef und Mitglied der Geschäftsleitung. Auf Wunsch des Patrons stand er ihm weitere drei Jahre über das ordentliche Pensionsalter hinaus zur Verfügung, ehe er sich vor gut zehn Jahren endgültig aus der Firma verabschiedete. Offenbar erledigte er auch heute noch private administrative Arbeiten für seinen ehemaligen Chef. Im Unterschied zu Alberta, die ihr ordentliches Pensionierungsalter längst erreicht hatte, hatte Johann keinen Arbeitsplatz mehr in der Firma. Hannah hatte ihn bei der Befragung routinemäßig auch gefragt, wo er am Abend von Mias Tod gewesen sei. Sein Alibi war absolut wasserdicht.

Keller beschloss trotzdem, den Hobbygärtner aufzusuchen. Er vermutete, dass er ihn am ehesten am frühen Abend auf seinem kleinen Pflanzstück oben bei den Drei Weieren finden würde. So war es auch. Johann stand in seinem Schrebergarten vor dem Geräteschuppen, rauchte eine seiner krummen Zigarillos und blickte über den Weiher zur Badehütte, wo die immer gleichen Sonnenanbeter die letzten wärmenden Strahlen der Herbstsonne einzufangen versuchten. Zwei Amseln trillerten einander irgendwo in den hohen Buchen zwischen Buben- und Mannenweiher ihre Melodien zu. Sonst war es ruhig im Schrebergarten. Nur Rosa im angrenzenden Gärtchen saß auf ihrem Klappstuhl und ließ sich mit geschlossenen Augen die Abendsonne auf ihr faltiges Gesicht scheinen.

Johann sah Keller von der Straße her durch die Abschrankung zum Mannenweiher kommen. Ruhig beobachtete er, wie der Kommissar am Badehäuschen vorbei zum Eingangstor der Schrebergartenanlage lief. Bevor er das Törchen öffnete, blickte er suchend hinauf zum oberen Rand der Anlage. Johann hob die Hand und winkte ihm zu. Zwei Minuten später stand Keller auf dem gekiesten Vorplatz vor dem Gerätehaus. Die beiden Männer begrüßten sich, und Johann wies auf den freien Campingstuhl neben dem Blechtischchen. Er bot ihm ein Glas Wacholdersaft an.

»Aus dem eigenen Garten«, meinte er und zeigte auf die Büsche, die einige Meter weiter unten seine Pflanzung gegen den Nachbarn hin abgrenzten. Er trat ins Gerätehaus, um den Saft und zwei Gläser zu holen, während Keller hinter ihm unter dem Türrahmen wartete. Als er den schmalen Blechschrank öffnete, sah Keller eine Reihe von Flaschen und Kartons auf dem Tablar stehen. Auf einem unteren Fach waren Teller und Gläser gestapelt. Am Boden stand ein kleiner Kühlschrank, dem Johann eine Flasche mit Beerensaft entnahm.

Keller interessierte sich mehr für die Flaschen und Dosen, die auf den oberen Schranktablaren standen. »Mein Giftschrank«, meinte Johann lächelnd, der Kellers Blick bemerkte. »Auch als Hobbygärtner braucht man ein ganzes Arsenal an Mittelchen, wenn man nicht alle Früchte seiner Arbeit den Insekten und Vögeln überlassen will. Fast alles, was ich hier anbaue, ist allerdings streng biologisch. Den Schrank schließe ich immer ab, obschon hier kaum je einer etwas klauen würde.«

Er wollte den Schrank gerade wieder schließen, als Keller ihn abrupt unterbrach. »Darf ich?« Er griff an Johann vorbei nach einer Plastikflasche und las deren Etikett. Er zeigte auf die Beschriftung und schaute Johann fragend an. »Das ist aber nicht biologisch, oder?«

»Nein«, meint dieser, »das ist ein eher starkes Pflanzengift, ein erprobtes Mittel. Es ist sehr wirkungsvoll gegen alle Arten von Unkraut. Ich setze es ein, wenn alles andere versagt. Ich weiß, sein Einsatz ist eigentlich verboten. In kleinen Mengen bekommt man es problemlos übers Internet. Das machen fast alle so. Wir wollen auch ernten, was wir das Jahr hindurch in mühseligen Arbeitsstunden herangezogen haben.«

Keller sagte nichts darauf. Beide gingen hinaus, setzten sich auf die Campingstühle und nippten an ihrem Beerensaft. Unvermittelt stellte Keller sein Glas auf die Tischplatte und sagte: »Mia und Signer wurden beide mit *Paraquat* vergiftet. Haben Sie das gewusst?«

Johann erbleichte und blickte Keller mit großen Augen an. »Nein, das habe ich nicht gewusst«, antwortete er leise.

Keller erzählte ihm die ganze Geschichte, die sie über die *St. Galler Spitzen* und das Gift herausgefunden hatten. Und was sie von Raggenbass und seiner unehelichen Tochter wussten.

Mit wachsendem Entsetzen hörte Johann ihm zu. »Deswegen also sind Sie bei mir«, stellte er fest. »Ich habe mich gefragt, warum mich heute Morgen Ihre Mitarbeiterin besucht hat.« Seine Stimme war fast nur noch ein Flüstern.

Keller bestätigte mit einem kurzen Nicken. »Erzählen Sie mir von Mia«, forderte er ihn auf.

Johann lehnte sich in seinem Campingstuhl zurück, legte den Kopf in den Nacken und schloss die Augen. Seine Miene war leicht verzerrt, ein Hauch von Trauer oder Schmerz lag auf seinem Gesicht. Keller wusste nicht, hatte er Kopfschmerzen oder steckten seine Gedanken irgendwo in der Vergangenheit. Mit einem Ruck straffte sich sein Körper, er setzte sich gerade in seinen Stuhl und erfasste Kellers Blick. »Ja, Mia war seine Tochter. Er hat es mir kurz nach dem Tod ihrer Mutter gesagt und mich gebeten, in seinem Auftrag diskret für Mia zu sorgen. Sie hat die ersten Jahre in einem städtischen Waisenhaus verbracht. Im Auftrag von Raggenbass habe ich ihre Schulzeit finanziert. Später habe ich ihr die Lehrstelle bei uns in der *Vadiana* besorgt. Wir haben eine gute Beziehung gehabt. Sie hat mir vertraut, ich war so etwas wie der gute Onkel, den sie nie hatte.«

Beide blieben eine Weile stumm und nippten an ihrem Saft.

»Haben Sie ihr nie gesagt, dass sie die Tochter von Raggenbass ist?«, brach Keller das Schweigen.

Wieder blieb Johann eine lange Weile hindurch stumm.

»Doch, vor ein paar Monaten.« Seine Stimme klang müde. »Sie hat mir von den aktuellen Schwierigkeiten der *Vadiana* berichtet und von ihren Ideen, wie man den Problemen begegnen müsste. Sie war resigniert und sprach davon, Investoren in die Firma bringen zu können, die das benötigte Kapital für einen Neubeginn einschießen würden. Sie ging davon aus, dass weder Raggenbass noch Signer oder Britta dem Verkauf der Firma an Außenstehende je zustimmen würden. Sie wirkte verzweifelt. Da sagte ich ihr, dass es vielleicht einen Weg geben würde, und klärte sie darüber auf, dass sie eine Tochter von Raggenbass und Haupterbin seines Vermögens war.«

»Wie war ihre Reaktion auf diese Eröffnung?«

Johann winkte ab. »Es wurde ein langer Abend. Sie wollte alles wissen, von Anfang an, mit allen Details. Ich habe es ihr erzählt, stundenlang. Ich glaube nicht, dass sie es Raggenbass übel genommen hat, sie nicht als seine Tochter anerkannt zu haben. Das mit dem Erbe schien sie rasch darüber hinweggetröstet zu haben. Plötzlich sah sie einen Weg, ihre Pläne umzusetzen.« Seine Miene verdüsterte sich. »Ich hätte es ihr nie sagen dürfen. Vielleicht würde sie noch leben.«

Die beiden Männer saßen nebeneinander auf den Campingstühlen und blickten über den Weiher zum Badehäuschen am anderen Ufer. Die letzten Strahlen der Abendsonne beleuchteten den weiter unten gelegenen Badesteg, während das Badehäuschen bereits im Schatten lag. Die verbliebenen Gäste packten ihre Sachen zusammen und strömten dem Ausgang zu. Sobald die Sonne weg war, wurde es auch im kleinen Schrebergarten kühler. Keller versuchte, das Gehörte zu verarbeiten. Was änderte sich in der Beurteilung der Verdächtigen, wenn Mia von ihrer verwandtschaftlichen Beziehung zur Familie Raggenbass gewusst hatte? Abrupt wechselte er das Thema. Er zog einen zusammengefalteten Zettel aus seinem Notizbuch und legte ihn vor Johann auf den Tisch. »Das ist ein Auszug aus dem Melderegister vom *Seebad*. Ihre frühere Arbeitskollegin Alberta war in der Nacht vor Mias Ermordung im Hotel. Haben Sie eine Ahnung, warum sie dort war und warum sie vorzeitig abgereist ist?«

Johann warf einen kurzen Blick auf das vor ihm liegende Papier. Er wirkte müde und um Jahre gealtert. Erneut schloss er für einen Moment die Augen.

KAPITEL 39

Seine Gedanken gingen zurück zu jenem Nachmittag im Frühsommer. Alberta war unangemeldet in seinem Schrebergarten aufgetaucht. Er war gerade im Begriff gewesen, eines seiner drei terrassierten Pflanzbeete umzugraben, um anschließend Kartoffeln zu setzen. Die Setzlinge, die er sich von einer der Gärtnereien am Stadtrand hatte liefern lassen, standen in Reih und Glied auf dem schmalen Kiesweg, der sich jedem der drei Beete entlangzog. Es war Ende Juni, und die Sonne brannte wie im Hochsommer auf den Schrebergarten herab. Als Johann sich kurz aufrichtete, um sich den Schweiß abzuwischen, der ihm über das Gesicht lief, sah er unten beim Weiher Alberta in Richtung der Schrebergärten kommen. Sie winkte ihm zu. Offenbar wollte sie zu ihm. Er stützte sich auf seinen Spaten und schaute zu, wie sie das eiserne Zugangstor zu den Schrebergärten öffnete und hinter sich wieder schloss. Normalerweise war es versperrt, nur wenn einer der Hobbygärtner auf seinem Gartenstück war, ließ er es offen stehen. Langsam stieg Alberta die Treppenstufen zu Johanns Garten hinauf. Er steckte den Spaten in die Erde, wischte sich die Hände an seiner Hose ab und ging ihr entgegen. An ihrem heftigen Atem merkte er, dass sie viel zu schnell zu ihm hinaufgestiegen war. Und dass sie ziemlich aufgeregt war.

»So eine Überraschung!«, begrüßte er sie, als sie schwer atmend vor ihm stand. Er wies auf einen der verzinkten Stühle vor dem Gartenhaus.

»Setz dich! Wie wär's mit einem Glas Holunderblütensaft?«

Dankbar setzte sich Alberta. »Wir werden alle nicht jünger«, meinte sie und atmete einige Male tief durch. »Ein Glas Wasser wäre mir lieber.«

Johann holte das Gewünschte und stellte es zusammen mit einem kühlen Bier für sich auf das Tischchen. Er setzte sich auf den anderen Stuhl und blickte Alberta lächelnd an. »Kommst du mich einfach mal wieder besuchen, oder hat dein Besuch einen bestimmten Grund?«

Alberta hatte sich inzwischen erholt. Erst jetzt bemerkte Johann, dass sie eine große Umhängetasche dabeihatte, aus der sie eine gelbe, mit dem Logo der *Vadiana* bedruckte Mappe zog. Sie legte es auf die schmale Tischplatte. »Ja, es gibt einen Grund.« Sie wies auf das Mäppchen. »Ich wollte gestern Mia nach einem Dokument fragen, das ich für ein Protokoll brauchte. Sie war nicht da, also ging ich hinüber in ihr Büro und suchte nach dem Dokument. Dabei bin ich zufälligerweise auf diese Präsentation gestoßen.« Sie wies auf das gelbe Mäppchen. »Nicht dass du meinst, ich stöbere in fremden Pultschubladen herum. Es lag offen auf einem Stapel von Papieren. Du weißt, wie chaotisch es auf Mias Pult aussieht. Der Titel des Dokuments ist mir gleich ins Auge gestochen: ›New Vadiana‹. Ich habe es kurz durchgeblättert. Es ist eine PowerPoint-Präsentation, die Mia für jemanden erstellt hat. Ich war völlig schockiert vom Inhalt. Deshalb habe ich es kopiert und das Original zurückgelegt.«

Sie schob den Folder zu Johann hinüber. »Schaue es dir selber an. Ich habe die ganze Nacht kaum schlafen können. Ich habe mir gedacht, dass du bei diesem Wetter im Garten arbeiten würdest. Deshalb bin ich hergekommen.«

Johann zog die zusammengeheftete Präsentation aus dem Folder und begann, sie durchzulesen. Unter dem Titel »Strategie New-Vadiana« stand Mias Name. Die nachfolgenden Seiten beschrieben detailliert die aktuellen Probleme der Firma, deren desolate finanzielle Situation und die Lösung, die Mia zur Bewältigung der großen Herausforderungen vorschlug. Dass es der *Vadiana* finanziell nicht gut ging, war für Johann keine Überraschung. Zwar kannte er seit seinem Ausscheiden aus der Geschäftsleitung die finanziellen Details der Firma nicht mehr. Er wusste, dass sein ehemaliger Arbeitgeber Probleme hatte. Die meisten der traditionellen Textilfirmen waren in den vergangenen Jahren in einem schleichenden Prozess in eine Krise geraten, aus der es keinen Ausweg zu geben schien. Billigkonkurrenz aus asiatischen und europäischen Ländern, steigender Investitionsbedarf, überholte Geschäftsmodelle und veraltete Produktionstechnologien waren nur einige Gründe zur Erklärung des stetigen Niedergangs der Branche. Die *Vadiana* war davon genauso betroffen wie die meisten ihrer europäischen Konkurrenten. Mit der Fokussierung auf Herstellung und Vertrieb der traditionellen Sankt Galler Spitzen hatte sie eine Nische gefunden, die ihr bisher das Überleben gesichert hatte, wenn auch auf einem von ihrer ehemaligen Blütezeit weit entfernten Niveau. Die Verfasserin dieses Strategiepapiers ging mit nachvollziehbaren Argumenten davon aus, dass die Firma in ihrer heutigen Form nicht überlebensfähig war. Sie schlug deshalb eine Zerschlagung der aktuellen Strukturen und eine radikale technologische Neuausrichtung vor. Eine Konsequenz der Restrukturierung wäre der Abbau von über zwei Dritteln der heutigen Arbeitsplätze. Das für den sehr teuren Umbau und die Investitionen in die neue Technologie benötigte Kapital sollte mit einem asiatischen Investor beschafft werden, dem man im Gegenzug einen substanziellen Anteil am Aktienkapital übertragen wollte. Zusätzlich sollte der Verkauf zahlreicher Firmenimmobilien Geld in die Kasse spülen.

Alberta hatte gespannt zugesehen, wie er konzentriert Seite um Seite des Papiers durchlas, ohne auch nur einmal aufzublicken. Seine Miene war dabei immer finsterer geworden. Auf der letzten Seite sah er die Bemerkung »Einverstanden«, versehen mit Signers Unterschrift. Ungläubig blickte er Alberta an und schüttelte den Kopf. »Das ist Wahnsinn. Sie will unsere Firma zerschlagen. Und das, was übrig bleibt, einem Chinesen verkaufen. Das wäre das Ende der *Vadiana*, so wie wir sie gekannt haben.« Nach einer kurzen Pause fügte er hinzu: »Und für die über eintausend Menschen, die bei uns noch immer einen guten und vermeintlich sicheren Arbeitsplatz haben.«

Beide schwiegen eine Weile und hingen ihren Gedanken zu den absehbaren Konsequenzen der Neuausrichtung ihres Arbeitgebers nach. »Ich verstehe zu wenig von diesen Dingen«, meinte Alberta zögernd. »Kann Mia so etwas überhaupt umsetzen? Sie ist zwar Mitglied der Firmenleitung. Das heißt nicht, dass sie alleine über die Zukunft der *Vadiana* bestimmen kann. Die Firmenanteile gehören immer noch dem Alten. Und wenn der stirbt, was vermutlich bald der Fall sein wird, wird seine Tochter sie erhalten. Selbst wenn sie Signer womit auch immer unter Druck setzen kann, wird Britta kaum mit einer Zerschlagung der Firma einverstanden sein«

Johann sagte längere Zeit nichts und blätterte nochmals durch die Präsentation. Dann blickte er auf und schüttelte den Kopf.

»So einfach ist es leider nicht.«

KAPITEL 40

»Haben Sie gewusst, was Alberta plante?« Kellers Frage holte Johann zurück in die Gegenwart.

Er verneinte. »Gewusst habe ich es nicht. Ich erinnere mich, dass wir miteinander darüber gesprochen haben, was man tun könnte, um den Untergang der *Vadiana* zu verhindern. Ich habe ihr gesagt, dass es keinen Weg gäbe, Mias Plan zu verhindern. Ihre Analyse im Strategiepapier war nicht falsch. Die Unternehmung hat so, wie sie heute aufgestellt ist, tatsächlich kaum Überlebenschancen. Alberta hat nur gemeint, man müsse halt nach einer anderen Lösung suchen. Ich bin nicht weiter darauf eingegangen, da ich mir nicht vorstellen konnte, was sie damit meinte. Nach Mias Tod habe ich befürchtet, dass sie etwas damit zu tun haben könnte. Ich habe sie darauf angesprochen. Sie hat mich nur mit diesem Blick angesehen, mit dem sie wahrscheinlich ein Leben lang die Männer von sich ferngehalten hat. ›Frag' nicht‹, war ihre Antwort. Und ich habe auch nicht weiter gefragt.«

Er machte eine kurze Pause. Sein Blick ging ins Leere, dann nahm er den Faden seiner Erzählung wieder auf. »Das Unheil begann mit der Ernennung von Mia zur neuen Designchefin. Wir kannten sie alle aus ihrer Lehrlingszeit, eine lebenslustige und intelligente junge Frau. Beide Eigenschaften zeigte sie auch nach ihrer Rückkehr. Ich stand damals kurz vor meiner Pensionierung und war nur noch für einige Monate in der Firma. In der Geschäftsleitung standen die meisten dem Vorschlag von Signer eher skeptisch gegenüber, sie für den Aufbau einer neuen Design-abteilung zu wählen. Vor allem weil wir diese Reorgani-sation vorher nie besprochen hatten. Aber der Vorschlag machte durchaus Sinn, und so haben wir alle zugestimmt.«

Er nahm einen Schluck aus seinem Glas und fuhr sich über die Augen. »Es war offensichtlich, dass Mia von Beginn weg einen großen Einfluss auf Signer hatte. Ihre rasche Karriere erstaunte nicht nur mich. Sie hat ihren Job gut gemacht, das stand außer Zweifel. Doch bei uns musste man sich bisher eine Beförderung buchstäblich ersitzen. Weshalb sie Signer so stark beeinflussen konnte, habe ich nie herausgefunden. Mias Wahl in die Geschäfts-leitung habe ich nicht mehr erlebt, da war ich schon in Pension. Alberta, ich meine Frau Brenner, hat mich aber auf dem Laufenden gehalten, wie die Geschichte mit Mia sich weiterentwickelt hat. Vor einigen Wochen zeigte sie mir die Kopie eines Businessplans, den Mia entwickelt hatte. Er forderte einen fundamentalen Strategiewechsel, verbunden mit einer radikalen Reorganisation der Firma und einem damit einhergehenden drastischen Stellenab-bau. Mia wollte aus der ehrwürdigen *Vadiana* so etwas wie eine High-Tech-Firma machen, alles digitalisiert, mit einer völlig neuen und in unserer Branche wenig erprob-ten Drucktechnik. Es hätte das Ende unserer traditions-reichen Firma bedeutet und unzählige Menschen in die Arbeitslosigkeit geschickt. Da wäre kein Stein auf dem anderen geblieben. Alle unsere vermeintlich modernen Webstühle, Stickautomaten und Färbemaschinen wären zu Museumsstücken geworden. Die Vorschläge hätten den Verrat an allem bedeutet, was uns an Tradition und Werten wichtig gewesen war und bisher das Fundament unserer Firma definiert hat.«

Johann trank wieder einen Schluck Saft und wischte sich die Lippen ab. »Mias Absicht war uns klar. Nach dem absehbaren Tod von Raggenbass würde Mia offenlegen, dass sie seine uneheliche Tochter und damit erbberechtigt war. Natürlich würde Britta mit einer Batterie von Anwälten Mias Erbberechtigung zu verhindern versuchen. Sie hätte keine Chance gehabt. Mia wusste, dass sie früher oder später die Kontrolle über die Unternehmung erhalten würde. Zusammen mit den Investoren, die sie offenbar bereits gefunden hatte, und der Technologie ihres Freundes Marc hätte sie Schritt für Schritt die ›neue‹ *Vadiana* erschaffen, die sie in ihrem Strategiepapier skizziert hatte.«

Wieder schwiegen beide eine Weile. »Und Signer?«, wollte Keller wissen. »Warum musste auch er sterben?«

Johann schüttelte müde den Kopf. Sein faltiges Gesicht drückte Hilflosigkeit, ja Verzweiflung aus. »Wir waren beide überzeugt, dass der Plan von Mia entwickelt wurde. Ich kannte Signer gut genug, um zu wissen, dass diese Strategie nicht auf seinem Mist gewachsen sein konnte. Er hatte weder den Mut noch die Fähigkeiten, Mias Strategie umzusetzen. Hätte Alberta mir gesagt, was sie vorhatte, hätte ich sie natürlich davon abzubringen versucht. Das wusste sie. Deshalb hat sie mir erst gar nichts von ihrer Absicht verraten. Auf die Idee, dass sie auch Signer aus dem Weg räumen würde, bin ich nicht gekommen. Doch als ich von seinem Tod hörte, war mir sogleich klar, wer dahintersteckte. Vielleicht war es gut so. Signer taugte nicht zum CEO. Hätte er nicht die Tochter von Raggenbass geheiratet, wäre er nie in diese Position gekommen. Alberta hat das nicht beurteilen können. Weil Signer Mias Plan zugestimmt hatte, freiwillig oder unter Mias Druck, sah sie auch in ihm eine Bedrohung für die Firma. Nach Signers Tod am letzten Sonntag ist sie hierhergekommen. Wir haben zusammen etwas getrunken, und sie hat mir alles erzählt. Sie war der Meinung, da er die Strategie gemeinsam mit Mia unterzeichnet habe, hätte er ihre Umsetzung unterstützt. Deshalb glaubte sie, auch ihn ausschalten zu müssen.«

»Und was nachher mit der führungslosen Firma geschehen würde, hat sie sich nicht überlegt?« Keller schüttelte den Kopf. »Ihre Morde werden genau das bewirken, was sie verhindern wollte.«

Johann öffnete die Hände zu einer hilflosen Geste. »So weit hat sie sicher nicht gedacht. Für sie waren die Verfasser des Strategiepapiers die Wurzel des Übels. Wenn die Wurzel ausgerissen war, dachte sie, würde auch das Übel verschwinden.«

Keller gab sich keine Mühe mehr, seinen Ärger zu verbergen. »Sie sind sich bewusst, dass Sie mit Ihrem Wissen viel früher zu mir hätten kommen müssen? Sie hätten damit zumindest den zweiten Mord verhindern können, an dem Sie sich durch Ihr Schweigen zumindest mitschuldig gemacht haben!«

Johann zuckte erneut teilnahmslos mit den Schultern und schwieg. Er schien um Jahre gealtert.

»Wie ist Alberta an das Gift gekommen?«, wollte Keller wissen.

»Ich habe es ihr nicht gegeben, wenn Sie das meinen. Sie haben meinen Giftschrank im Gartenhaus gesehen. Sie muss heimlich eine kleine Menge davon weggenommen haben. Ich habe nichts davon bemerkt. Das müssen Sie sie selber fragen.«

Keller erhob sich von seinem Stuhl. Mehr gab es im Moment nicht zu sagen. Er sah Johanns müden Blick und verspürte fast ein wenig Mitleid mit dem alten Mann. »Ich muss Sie bitten mitzukommen.«

Johann stand ebenfalls auf und trug die beiden Gläser zurück ins Gartenhäuschen. Er klappte seinen Campingstuhl zusammen und lehnte ihn ordentlich an die Wand. Er drückte das Hängeschloss an der Tür zu und rückte den Tisch an die Außenwand des Häuschens. Mit einer knappen Handbewegung winkte er zum Nachbargrundstück hinüber, wo Rosa in ihrem Liegestuhl neugierig den Aufbruch der beiden Männer verfolgte.

»Ich muss weg«, rief er ihr zu. »Kannst du nach meinen Pflanzen schauen?«

»Sicher«, rief sie zurück. »Bist du länger weg?«

Johann warf Keller einen kurzen Blick zu, dann nickte er. »Wahrscheinlich.«

KAPITEL 41

Hannah kam, diesmal begleitet von einem uniformierten Beamten, in das Chefsekretariat. Die Tür zum Vorzimmer des verwaisten Chefbüros stand weit offen. Alberta saß in ihrem Bürostuhl, die Hände vor dem Bauch gefaltet, und blickte den beiden Beamten entgegen. Sie schien weder überrascht noch aufgeregt. Wahrscheinlich hatte die Rezeptionistin sie informiert, dass zwei Polizeibeamte auf dem Weg zu ihr seien, obwohl Hannah ihr ausdrücklich untersagt hatte, sie anzumelden. Vielleicht hatte sie auch einfach gewusst, dass es früher oder später dazu kommen würde.

»Wir haben den Auftrag, Sie auf das Kommissariat zu bringen«, sagte Hannah sachlich und zeigte ihr den Haftbefehl. »Möchten Sie ihn lesen?«

Alberta schüttelte den Kopf. »Müssen Sie mir Handschellen anlegen?«, fragte sie mit einem leichten Zittern in der Stimme.

»Nicht, wenn Sie friedlich mitkommen«, antwortete Hannah.

Sie räumte ohne Hast einige Sichtmäppchen in die Ablage und schloss die Pultschublade. Sie nahm ihre Tasche und stand auf. Nach einem letzten langen Blick auf das, was für fast ein halbes Jahrhundert ihre Welt gewesen war, nickte sie Hannah mit einem freundlichen Lächeln zu.

»Wir können gehen.«

Unten in der Halle verfolgte die Rezeptionistin mit großen Augen, wie der kleine Trupp mit Alberta in der Mitte durch die Empfangshalle zum wartenden Polizeiwagen ging. Stunden später wurde sie von einer Vollzugsbeamtin ins Verhörzimmer geführt. Die Beamtin, die sie in der Zelle abgeholt hatte, nahm ihr die Handschellen ab. Sie rieb sich kurz die schmerzenden Handgelenke, begrüßte Keller, der sich höflich erhoben hatte, und nickte Hannah zu, die neben Keller am Tisch saß. Sie wirkte ruhig und gefasst.

»Bitte setzen Sie sich«, forderte Keller sie auf und wies auf einen Stuhl auf der gegenüberliegenden Seite des

Tisches. Er klärte sie kurz über ihre Rechte auf. Alberta winkte ab. »Ich kenne meine Rechte. Stellen Sie Ihre Fragen, und ich werde mir überlegen, was ich beantworten kann und will.«

Hannah füllte ihr aus der Karaffe, die zusammen mit einigen Gläsern auf dem Tisch im Vernehmungsraum stand, ein Glas mit Wasser und stellte es vor sie hin. Sie setzte sich ans andere Ende des Tisches und startete das Aufnahmegerät.

Keller lehnte sich in seinem Stuhl zurück. »Nun erzählen Sie mal. Und bitte ganz von Anfang an.«

Für einen Moment schien sie zu überlegen, wie sie ihre Aussage beginnen sollte. »Ich bin kein gewalttätiger Mensch«, waren ihre ersten Worte. Sie sah Kellers ironischen Blick. »Ich weiß, das klingt unglaubwürdig, wenn man zwei Menschen umgebracht hat, aber es ist so. Für mich kam nur Gift infrage. Johann hat mir einmal vor längerer Zeit erzählt, dass er in seinem Gartenhaus ein starkes Pflanzengift habe, das er gelegentlich gegen hartnäckiges Unkraut einsetze. Ich wusste, wo er den Ersatzschlüssel zum Gartenhaus versteckte. Im Internet habe ich mir einige Informationen zu diesem Gift besorgt. Ich kannte seine Wirkung und die notwendige Konzentration. Sie mussten beide nicht leiden. Oder zumindest nicht lange.« Erneut legte sie eine kurze Pause ein, ehe sie fortfuhr. »Von einem früheren Besuch im *Seebad* kannte ich die Gepflogenheit des Hotels, den Gästen ein Begrüßungspräsent in Form einer kleinen Schachtel *St. Galler Spitzen* auf das Zimmer zu legen. Und natürlich auch Mias Vorliebe für Süßigkeiten, insbesondere für die *St. Galler Spitzen*, die auch Doktor Signer so liebte und von denen wir immer einen größeren Vorrat bei uns im Kühlschrank haben. Ich habe zwei dieser Pralinen genommen und sie mit dem Gift präpariert.«

»Wie?«, unterbrach sie Keller knapp.

»Mit einer kleinen Spritze, die ich mir besorgt habe. Im elektronischen Kalender habe ich gesehen, für wann Mia wieder ein Weekend im *Seebad* eingeplant hatte. Sie hat dort auch die Details ihrer Buchung eingetragen. So wusste ich, welches Zimmer sie sich hatte reservieren lassen. Ich habe mir für das gleiche Wochenende ebenfalls ein Zimmer auf der gleichen Etage gebucht und am Vorabend von Mias Ankunft eingecheckt. Natürlich lag auch auf meinem Nachttischchen das übliche Willkommenspräsent des Hotels. Ich habe die beiden Pralinen gegen die von mir präparierten Stücke ausgetauscht.«

»Wie sind Sie in Mias Zimmer gekommen?«

Keller schien es, Alberta habe fast Freude daran, ihnen aufzuzeigen, wie clever sie bei ihrer Tat vorgegangen war. »Ich musste nicht selber in ihr Zimmer. Wenn die Zimmermädchen ein Gästezimmer vorbereiten, lassen sie den Servicewagen draußen im Gang stehen. Ich habe aus meinem Zimmer heraus beobachtet, wie das Mädchen den Wagen vor Mias Zimmer rollte. Sie verschwand mit der frischen Wäsche im Zimmer, da habe ich rasch die oberste der Pralinenschachteln gegen meine präparierte Schachtel ausgetauscht und bin zurück in mein Zimmer gegangen.«

»Und weiter?«

»Eigentlich hatte ich bis Sonntag gebucht, einfach für den Fall, dass etwas nicht geklappt hätte. Durch den Türspalt habe ich verfolgt, wie das Zimmermädchen mit einigen Hygieneprodukten auch meine Pralinenschachtel ins Zimmer genommen hat, in das Mia gleich einchecken würde. Da habe ich meine Reisetasche gepackt und unter einem Vorwand vorzeitig ausgecheckt.«

»Und darauf haben Sie auch Signer umgebracht«, ergänzte Keller. Es war keine Frage, sondern eine Feststellung.

Alberta nickte. »Er hat die Strategie mitgetragen und hätte ihre Umsetzung und damit das Ende der *Vadiana* unterstützt. Deshalb musste ich auch ihn ausschalten.«

Keller spielte mit seinem Kugelschreiber. Es war unglaublich, wie ruhig, fast stolz Alberta ihre Taten schilderte. »Sie glaubten, die Firma zu retten, wenn Sie Mia und Signer aus dem Weg räumten?«

Alberta blickte ihn ausdruckslos an. »Ich habe mein ganzes Berufsleben in der *Vadiana* verbracht. Fast ein halbes Jahrhundert! Die Firma war für mich nicht nur einfach ein Arbeitgeber. Sie war meine Welt. Und nicht nur für mich. Ich wollte nicht zulassen, dass all das zerstört wurde, was mir und unzähligen Menschen so wichtig ist.«

»Und dazu mussten Sie beide gleich umbringen?«

»Als ich Mia das nächste Mal im Büro traf, habe ich sie mit der Präsentation konfrontiert und versucht, sie von ihren Plänen abzubringen. Ich habe ihr auf den Kopf zu gesagt, dass sie Signer erpressen würde. Sie hat mich nur ausgelacht. »Ich muss ihn nicht erpressen«, sagte sie. »Er profitiert so stark von meinem Projekt, dass er es mit Begeisterung unterstützt.« Dann meinte sie noch, was ich darüber denke, sei ihr egal und spiele keine Rolle mehr. Ich spiele längst schon keine Rolle mehr für die Zukunft der Firma. Sie forderte mich auf, mich nicht in ihre Angelegenheiten einzumischen, und ließ mich einfach stehen. Nach diesem Gespräch war für mich klar, dass sie verschwinden musste, wenn wir ihren verhängnisvollen Einfluss auf die Zukunft der *Vadiana* ausschalten wollten.«

KAPITEL 42

Der Nieselregen, der seit Tagen die Stadt wie ein feuchtes Leintuch einhüllte, hatte aufgehört. Der Himmel war wieder blau, und die noch immer angenehm warme Oktobersonne trocknete die Hausdächer und Gassen des Klosterviertels.

Robert und Lea saßen auf der Dachterrasse seiner Wohnung beim Sonntagsbrunch. Sie hatte beim Bäcker Kuhn, der auch am Sonntagmorgen frisches Brot verkaufte, einige Brötchen, einen Zopf und zwei Buttergipfel geholt, während Robert die übrigen Zutaten zu ihrem Brunch auf die Terrasse brachte. In den vergangenen Tagen hatten sie sich wenig sehen können. Der Abschluss der Ermittlungen hatte Keller neben den Einvernahmen auch umfangreichen Papierkram beschert. Erschwerend kam dazu, dass Johann in der Untersuchungshaft einen

Herzinfarkt erlitten hatte. Das Verfahren hatte ihm offenbar viel mehr zugesetzt, als er nach außen zeigte. Zwar wurde er umgehend auf die Notfallstation des Kantonsspitals eingeliefert, doch er starb wenige Stunden später.

»Besser für ihn«, meinte Lea. Er gab ihr recht. Und insgeheim dachte er, dass der Tod von Johann Alberta und ihre Verteidiger vor Gericht in eine bessere Ausgangslage bringen würde.

Inzwischen war der Fall für Keller offiziell abgeschlossen. Er hatte die umfangreichen Akten der Staatsanwaltschaft überstellt. Für ihn und Lea ging es in wenigen Tagen in den lang geplanten Urlaub.

Lea schnitt ein Brötchen in zwei Hälften und bestrich sie mit Butter und Konfitüre. »Was ist eigentlich mit Lorenzo geschehen?«, wollte sie wissen.

»Wir haben ihn bereits vor der Verhaftung von Johann und Alberta entlassen. Er ist zurück im Seebad und hat nur noch das Problem, seiner Frau die ganze Geschichte erklären zu müssen.«

»›Nur‹ ist vielleicht ein wenig untertrieben«, meinte Lea, mit vollem Mund ihr Brötchen kauend.

»Nun, verglichen mit einer Mordanklage …«

»Und was geschieht nun mit der *Vadiana*?«

Keller zuckte mit den Schultern. »Das weiß ich nicht. Sie werden sich einen neuen Chef suchen. Wie die Firma die nächsten Jahre überleben kann, ohne Vision, ohne neues Kapital und ohne Anschluss an die neuen Technologien, wird sich zeigen. Wahrscheinlich wird es so kommen, wie Mia das in ihrem Plan skizziert hat. Niedergang, finanzieller Kollaps und dann Rettung durch einen Investor, der die Firma zerschlagen, die Immobilien verkaufen und den Rest sanieren wird. Vielleicht findet sich auch ein ›weißer

Ritter‹, der sie zumindest in Teilen mit neuem Kapital und neuen Technologien weiterführt.«

»Jedenfalls wird es nicht einfach werden«, meinte Lea und nahm sich ein Stück Käse vom Brett, das Keller für ihren Brunch vorbereitet hatte. »Ich vermute, sie wird das Schicksal vieler alteingesessener und traditionsverbundener Textilfirmen in unserer Region teilen, die einst stolze Firmen mit großen Fabrikhallen und weltweiten Vertriebssystemen waren und zu kleinen Organisationen geschrumpft oder ganz aus dem Markt verschwunden sind. Aufstieg, Blüte, Niedergang – der ewige Kreislauf gilt auch für unsere Textilindustrie.«

Sie lehnte sich in ihrem Stuhl zurück, verschränkte die Arme hinter dem Kopf und strahlte Robert an.

»Aber weißt du was? Das kann uns beiden erst mal egal sein. Jetzt heißt es nur noch: Ferien!«

Wolfgang Bortlik
Die drei schönsten Toten von Basel
Kriminalroman
256 Seiten, 12,5 x 20,5 cm,
Broschur
ISBN 978-3-8392-0767-3

Drei Tote in der Basler Fasnachtswoche, alle drei
wurden nacheinander an einem idyllischen Weiher im
Naherholungsgebiet gefunden. Die Kriminalpolizei
ist überfordert. Geht ein Serienmörder um? Handelt
es sich um Rache? Waren es Morde oder bloß Un-
fälle? Alles scheint möglich, nichts ist klar. Als sein
Freund Bike-Werner als Verdächtiger einsitzt, mischt
sich Hobbydetektiv Melchior Fischer ein, obwohl er
lieber mit seiner Enkelin an die Fasnacht gegangen
wäre.

GMEINER SPANNUNG

WWW.GMEINER-VERLAG.DE
Wir machen's spannend